本书为国家哲学社会科学基金青年项目"霍夫曼斯塔尔
表达研究"（项目编号：17CWW014）的结项成果（成

本书出版得到浙江大学钟子逸基金资助

浙江大学法德文学与思想研究平台

法德文学与思想研究文丛

主　编　赵　佳

丛书编委会

主　任　许　钧

副主任　赵　佳　刘永强

编　委　李　媛　史烨婷　樊艳梅　庄　玮　于梦洋

法德文学与思想研究文丛　赵　佳　主编

霍夫曼斯塔尔的
跨艺术诗学研究

刘永强　著

浙江大学出版社
ZHEJIANG UNIVERSITY PRESS
·杭州

* * *

献给我的爱人解雯

主编的话

　　法国和德国是欧洲大陆两个重要的国家，拥有悠久的历史和灿烂的文明，在文学和思想领域群英荟萃，在中西方文化交流中发挥了重要作用。加强对法国和德国的人文研究能够进一步加深我国对欧陆文明的了解、理解与探索，促进文化多样性，推动中西文明互鉴。

　　浙江大学在法德人文研究领域拥有深厚的学科积淀，涵盖文学、翻译、历史、哲学等多个学科，汇聚了众多名家，研究成果丰硕。如何在现有基础上凝聚多学科力量，加强理论创新，展示浙江大学在法德人文研究领域的特色和优势，进一步推动我国外国文学与思想研究向纵深发展？带着这样的思考和初衷，浙江大学法德文学与思想研究平台应运而生。

　　该平台承蒙浙江大学钟子逸基金资助，由浙江大学文科资深教授许钧领衔，浙江大学外国语学院法语语言文化研究所、外国语学院德国文化研究所、历史学院世界历史研究所、哲学学院外国哲学研究所四个单位合作共建，旨在凝聚浙江大学在法国和德国人文研究领域的多学科优势，聚焦以法国和德国为代表的欧陆文学、思想、历史、文化研究，加强合作，深化研究，推出标志性成果。平台扎根中国，致力于理论创新和突破，推进具有国际影响力的原创性研究，在科学研究、学术交流、人才培养等多个方面发挥引领作用，拓展精神疆域，拟推出一系列研究丛书，其中包括"法德文学与思想研究文丛"。

　　"法德文学与思想研究文丛"聚焦学术前沿，展示中国学者在法德人文研究领域的优秀学术成果。文丛具有以下特点：首先，研究主题具有时代性和前沿性。所选论著或反映时代特色，或紧跟学术前沿，或注重跨学科交叉，或追求当代性和经典性的融合。其次，研究主题和研究方法呈现多元化。文丛虽聚焦于文学与思想的研究，尤以文学研究为主导，但致力于横跨文学研究内部的多个领域，涉及小说、诗歌、文论等各种类型。在研究方法上也呈现多元态势，既有文学内部的互通，也有与其他学科的交叉融合。再次，以文学带动思想研究。文学与思想密不可分，文学虽是人类想象力的产物，但想象能够助力思想的形成，甚至成为思想形成的基石，更是思想表达的有力途径。研究文学，恰恰可以倚借想象之翅，探究灵魂之秘，书写存在之思。文丛注重文、史、哲等人文学科的融会贯通，不断拓宽思想的边界。最后，文丛致力于推介我国法德人文研究领域的新生代力量，所选作品以中青年学者的成果为代表。中青年学者是未来的学术中坚力量，代表了该领域在未来厚积薄发的可能性。文丛鼓励并支持法德人文研究领域的中青年学者发表优秀学术成果，形成集群效应，扩大在该领域的国内外影响力。

　　在人工智能等技术蓬勃发展的今日，人文学科愈发显示出其重要性。人的审美能力、思考能力、道德能力构成了人在机器面前的主体性。对"人文性"的建构和弘扬能够帮助我们更好地利用技术，与技术和谐共生。因此，人文科学在受到技术冲击的同时，也迎来了新的发展机遇。本文丛希望以法德人文研究为切入口，推动技术时代的人文思考，启发、拓宽人的存在向度，构建一个诗意栖居的精神领地。

赵　佳

2024 年 9 月 16 日

于浙江大学紫金港校区

目　录

第 1 章 导 论

1.1 研究对象

19 世纪末,哈布斯堡王朝统治下的奥匈帝国如大厦之将倾,民族矛盾尖锐,政治变革此起彼伏,整个社会都处于一种动荡不安、风云莫测的状态之中。有趣的是,相较于政治的日益衰败,奥地利的思想文化界却迎来了空前的繁荣,各种文艺思潮如雨后春笋般竞相涌现,举凡印象主义、唯美主义、象征主义、新浪漫主义等,不一而足。作为奥地利的首都,彼时的维也纳笼罩在一股悲观厌世、颓废感伤的"世纪末"(fin de siècle)氛围之中,在流光溢彩、穷奢极侈的社会生活下潜藏着的是维也纳人民空虚苦闷的精神危机。在这样的社会文化语境下,一个与柏林自然主义针锋相对的文学团体在维也纳诞生了,史称"青年维也纳"(Jung-Wien),在文学史上又被称作"维也纳现代派"(Wiener Moderne)。

维也纳现代派既没有清晰的美学纲领,也没有严格的组织关系,各个作家之间风格迥异却有着相同的审美旨趣,即反对自然主义将现实视作艺术表现对象的立场,追求人的精神世界和内心情感。毫不夸张地说,维也纳现代派是 19 世纪20 世纪之交德语国家最具影响力的文学团体之一,它包括如胡戈·冯·霍夫曼斯塔尔(Hugo von Hofmannsthal)、阿图尔·施尼茨勒(Arthur Schnitzler)、赫尔曼·巴尔(Hermann Bahr)、理查德·比尔-霍夫曼(Richard Beer-Hofmann)、费利克斯·萨尔腾(Felix Salten)等一众文豪,在德语文学史,甚至世界文学史上都有着不可撼动的重要地位。作为"维也纳现代派"代表作家之一,奥地利现代主义作家霍夫曼斯塔尔(1874—1929)自然当属 19 世纪末 20 世纪初德语文坛上最璀璨、最受人瞩目的领军作家序列。

1874 年 2 月，霍夫曼斯塔尔出生于维也纳一个家境优渥的犹太家庭。[①]他的祖父是从事纺织行业的著名商人，父亲是维也纳一家银行的副总裁。身为家中独子的霍夫曼斯塔尔自小便拥有良好的教育资源。在上中学之前，他一直在家里接受私人家庭教师的教育。由于缺少玩伴，书籍成为他最主要的伙伴，阅读成为他打发时间的主要方式。他从阅读经验中汲取人生体验，通过阅读和梦想来预见世界。这种早期教育背景使得文学传统成为霍夫曼斯塔尔写作灵感的重要源泉，同时也成为他的沉重负担。

1892 年，霍夫曼斯塔尔听从父亲的建议，进入维也纳大学学习法律。然而，他很快发现法律并非自己的兴趣所在，于是便主动中断学业，赴捷克服兵役一年。一年后兵役期满，霍夫曼斯塔尔重新回到维也纳大学继续学业，但彼时的他放弃了法律，转而学习法语语言文学。1898 年，霍夫曼斯塔尔在维也纳大学提交博士毕业论文《论七星诗社诗人的语言运用》（„Über den Sprachgebrauch bei den Dichtern der Plejade"），取得博士学位。在随后两年多的时间内，他又撰写了教授资格论文（Habilitationsschrift）《论诗人维克多·雨果的发展》（„Studie über die Entwickelung des Dichters Victor Hugo"）。从这段求学经历来看，霍夫曼斯塔尔似乎可以在维也纳大学谋求教授席位，继续自己的学术生涯，但他却在提交教授资格论文后不久就决定撤回论文，放弃这一宝贵机会，毅然决然地踏上了自由作家的道路。1901 年，他与格特鲁德·施莱辛格（Gertrude Schlesinger，昵称 Gerty，即"格尔蒂"）结为夫妻，两人共育有二子一女。1929 年 7 月，霍夫曼斯塔尔年仅 26 岁的大儿子弗朗茨（Franz）饮弹自尽。儿子的离世无疑给霍夫曼斯塔尔造成了巨大的精神打击，以至于他在儿子离世后不久也因中风逝世。

霍夫曼斯塔尔逝世时年仅 55 岁，但他从 16 岁开始便投身文学创作，因此有着长达近 40 年的创作生涯。在他一生中，霍夫曼斯塔尔笔耕不辍，不仅创作了大量优美的诗歌和诗剧，还撰写了诸多小说、戏剧（囊括话剧、歌剧、哑剧和舞剧剧本）和杂文，对 20 世纪的德语文学产生了深远的影响，被世人誉为与斯特凡·格奥尔格（Stefan George）和赖纳·马利亚·里尔克（Rainer Maria Rilke）齐名的作家。

霍夫曼斯塔尔在青年时期的创作以诗歌和诗剧为主。这位年少英才的才华在中学时期便显露出来。他于 1890 年发表第一首诗《问》（„Frage"），随即收获

---

①至于霍夫曼斯塔尔是否算犹太作家，这是文学史上一个争议较多的问题。根据历史记载，霍夫曼斯塔尔的曾祖父伊萨克·勒威·霍夫曼（Isaak Löw Hofmann）是一名富有的犹太企业家，因其功勋显赫被奥匈帝国皇帝加封为贵族。霍夫曼斯塔尔的祖父与意大利人通婚，继而皈依天主教。霍夫曼斯塔尔本人对自己家族的犹太背景持有非常矛盾的态度：一方面，他有相应的身份自觉；另一方面，他又极力排斥和压抑这一身份定义。相关讨论详见：Rieckmann, Jens. Zwischen Bewußtsein und Verdrängung. Hofmannsthals jüdische Erbe. *Deutsche Vierteljahrsschrift für Literaturwissenschaft und Geistesgeschichte*, 1993, 67(3): 466-483.

文艺界的高度认可，并被引荐到"青年维也纳"的作家圈内。从此，他经常与年长许多的知名作家相聚咖啡馆，交流写作心得，讨论文学艺术。他们的聚会地点"格林斯泰德尔咖啡馆"（Café Griensteidl）也因此远近闻名，成为众多文艺青年的朝圣地点。

在当时的奥地利，中学生还不被允许公开发表作品。因此，在创作生涯最开始的头几年，年轻的霍夫曼斯塔尔曾用"洛里斯"（Loris）、"洛里斯·梅里科夫"（Loris Melikow）和"特奥菲尔·莫伦"（Theophil Morren）等笔名来发表作品。他的诗歌和散文作品有着与其年龄极不相符的成熟度和文学价值，正如奥地利作家斯蒂芬·茨威格（Stefan Zweig）在自传《昨日的世界》（*Die Welt von Gestern*）中所描述的那样：

> 年轻的霍夫曼斯塔尔的出现可以作为心智早熟的伟大奇迹之一，今天和以后将始终为人们所称道。在世界文学中，除了济慈和兰波以外，我不知道还有别的像他这样了不起的天才——他在青年时代就能驾驭如此完美无瑕的语言，有如此丰富的想象力，即便是极为偶然写成的一行诗也都诗意盎然。[①]

青年霍夫曼斯塔尔（见图 1-1）凭借《昨日》（*Gestern*）、《提香之死》（*Der Tod des Tizian*）、《愚人与死神》（*Der Tor und der Tod*）、《外部生活之谣曲》（„Ballade des äußeren Lebens"）等作品迅速在德语文坛崭露头角，收获了诸多美誉，例如"文学界的莫扎特""神童""坐在课桌旁的歌德"等一系列溢美称谓。这个时期的霍夫曼斯塔尔深受德国浪漫派和法国象征主义的感染，对当时文坛上由现实主义和自然主义主导的那种刻意复制和再现社会现实的创作风格不以为然。他认为，精神性的艺术理应与社会现实保持一定距离。持有这一观念的他在德国象征主义诗人格奥尔格那里找到了共鸣。格奥尔格将霍夫曼斯塔尔比作自己的"双胞胎兄弟"（zwillingsbruder），试图联合霍夫曼斯塔尔对德语文坛进行"一次颇有益处的专制化改良"[②]。在格奥尔格的影响下，霍夫曼斯塔尔早期的诗歌创作有着明显的形式主义特征。他的诗歌语言精湛，辞藻华丽，同时又极富音乐性，令人读后如沐春风、不胜欣喜。然而，与格奥尔格及其追随者所

---

①茨威格. 昨日的世界：一个欧洲人的回忆. 舒昌善，译. 北京：生活·读书·新知三联书店，2010：62.

②参见格奥尔格与霍夫曼斯塔尔的书信集：Boehringer, Robert (Hg.). *Briefwechsel zwischen George und Hofmannsthal*. 2. erg. Aufl. München/Düsseldorf: Küpper Verlag, 1953: 13, 150. 后文将用缩写 BW George 标记引文出处。霍夫曼斯塔尔与格奥尔格的个人交集是现代主义文学史上的一个重要片段，也是学界讨论较多的话题，详见：Rieckmann, Jens. *Hugo von Hofmannsthal und Stefan George. Signifikanz einer ,Episode' aus der Jahrhundertwende*. Tübingen/Basel: Francke, 1997. 另外，格奥尔格拒绝名词首字母大写的语法规则，所以这里 zwillingsbruder 首字母为小写。

提倡的"为艺术而艺术"（l'art pour l'art）的创作纲领不同，霍夫曼斯塔尔既不赞同自然主义复制现实生活的做法，也不认可唯美主义脱离现实生活的主张，他认为艺术是一种"间接的自然"（Natur auf Umwegen），是对现实生活的虚构和再创造。①尽管如此，他的早期作品经常以艺术与生活（Kunst und Leben）为主题，以高度艺术化的细腻语言对唯美主义进行了批判，这为他赢得了颓废唯美主义者的名声。②他自己拒绝接受这样的名声，并在后来将自己的早期作品视作一种负担。

图 1-1　青年霍夫曼斯塔尔③

①相关论述参见：贺骥. 从《诗与生活》看霍夫曼斯塔尔的早期诗学. 同济大学学报（社会科学版），2006(2)：13.

②相关论述甚多，可参见：Briese-Neumann, Gisa. *Ästhet, Dilettant, Narziss. Untersuchung zur Reflexion der Fin-de-siècle-Phänomene im Frühwerk Hofmannsthals.* Frankfurt am Main u.a.: Peter Lang Verlag, 1985; Stern, Martin. Kreativität und Krise. Hofmannsthals Teilhabe und Kritik am europäischen Ästhetizismus vor 1900. Eine These. In Lörke, Tim; Streim, Gregor & Walter-Jochum, Robert (Hg.). *Von den Rändern zur Moderne. Studien zur deutschsprachigen Literatur zwischen Jahrhundertwende und Zweitem Weltkrieg. Festschrift für Peter Sprengel zum 65. Geburtstag.* Würzburg: Königshausen & Neumann, 2014: 17-25.

③图片来源：Portrait des jungen Hugo von Hofmannsthal. https://www.hofmannsthal.de/fotoarchiv/?page=object&id=7888.

1902 年，霍夫曼斯塔尔在柏林的《日报》（*Der Tag*）上发表了《一封信》（„Ein Brief"，又名„Chandos-Brief"，即《钱多斯信函》）。这个文本标志着霍夫曼斯塔尔在诗学理念和文学实践中经历的一次重大转变。他在这封信中假借青年作家钱多斯所经历的创作危机，表达了一种对语言的深刻怀疑和彻底批判，而这种对语言的怀疑和批判正是对欧洲现代化进程中精神症状的真实写照。因此，《一封信》成为德语现代主义文学的奠基之作。

对霍夫曼斯塔尔而言，这封信同时拓展了他的创作文类。从《一封信》起，"虚构书信"和"虚构谈话"成为他惯用的文体之一。他在这类文本的写作中实现了一种"越界"（Grenzüberschreitung）：文学的虚构性与散文的真实性在这里有机融合，他能够在虚构的语境下进行诗学反思。除了《一封信》，还有《关于诗的谈话》（*Das Gespräch über Gedichte*）、《返乡者书信集》（*Die Briefe des Zurückgekehrten*）、《恐惧》（*Furcht*）等重要的诗学文本都采用了这样的文体，以至于《霍夫曼斯塔尔全集（评注版）》（*Hofmannsthal: Sämtliche Werke. Kritische Ausgabe*）专门为"虚构的谈话和书信"（erfundene Gespräche und Briefe）设立了独立的卷本。

《一封信》中表达的"语言批判"（Sprachkritik）是霍夫曼斯塔尔作品的一个重要主题，也是贯穿他整个创作生涯的重要线索。就霍夫曼斯塔尔后续的诸多作品而言，他的语言批判思想无疑是读者理解文本深意的重要坐标。与此同时，正是在"语言危机"（Sprachkrise）和"语言怀疑论"（Sprachskepsis）的促发下，霍夫曼斯塔尔将目光投向"视觉感知"和"身体表达"，试图从其中寻求克服语言危机的济世良方，他的创作重心也开始从早期的诗歌逐渐转向后来的戏剧。

在创作生涯的中后期，霍夫曼斯塔尔创作了许多舞剧和哑剧，这跟他与伊莎多拉·邓肯（Isadora Duncan）、露丝·圣丹尼斯（Ruth St. Denis）、格雷特·维森塔尔（Grete Wiesenthal）和瓦斯拉夫·尼金斯基（Vaslav Nijinsky）等一众著名舞蹈家的相识相知有密不可分的关联。霍夫曼斯塔尔从他们的生动舞姿中深切感受到了潜藏在身体姿势下最真实和最直接的艺术表现力，这一发现促使他对舞蹈艺术进行深入的美学探讨和诗学思考，并在后来形成了有关"纯净姿势"（reine Gebärde）的美学构想。在与舞蹈家的交往中，他和维也纳女舞者维森塔尔的关系最为紧密。霍夫曼斯塔尔为维森塔尔量身打造了《爱神与普绪刻》（*Amor und Psyche*）、《陌生女孩》（*Das fremde Mädchen*）、《黑暗兄弟》（*Der dunkle Bruder*）和《无用人》（*Taugenichts*）等多部舞剧，甚至还把自己构思和撰写的舞剧《蜜蜂》（*Die Biene*）馈赠给维森塔尔，并以维森塔尔的名义出版。同时，两人的深厚友谊和思想共振也直接影响了维森塔尔对维也纳华尔兹的现代主义改革，舞蹈与文学的互动交融在此展现得淋漓尽致。无独有偶，在歌剧领域，霍夫曼斯塔尔和德国音乐家理查德·施特劳斯（Richard Strauss）的紧密合作也被世人视作西方歌剧史上鲜有的一段佳话。不像和格奥尔格因创作理念的不同而最终分道扬镳，霍夫曼斯塔尔和施特劳斯始终保持着良好的合作关系和个人友谊。两人共同创作了 6 部歌剧，分别为《厄勒克特拉》（*Elektra*）、《玫瑰骑士》（*Der Rosenkavalier*）、《阿里阿德涅在纳克索斯岛》（*Ariadne auf Naxos*）、《没有影子的女人》（*Die Frau ohne Schatten*）、《埃及海伦》（*Die ägyptische Helena*）和《阿拉贝拉》（*Arabella*）。尽管这 6 部歌剧的主题各不相同，但霍夫曼斯塔尔的"设位美学"（Ästhetik der Konstellation）创作理念将它们互相串联。因此，这 6 部歌剧形成一个对立统一的辩证整体，受到大众广泛的赞誉和热烈的反响。[①]

此外，霍夫曼斯塔尔还积极投身民族文化的建构事业，主持编选《德语小说选》（*Deutsche Erzähler*）、《德语读本》（*Deutsches Lesebuch*）、《奥地利年鉴》（*Österreichischer Almanach*），以及 26 卷本的《奥地利图书馆》（*Österreichische Bibliothek*），并且创办期刊《新德语文献》（*Neue deutsche Beiträge*）。在这些文化工程中，持续最久、影响最广的当属"萨尔茨堡艺术节"（Salzburger Festspiele，又被译为"萨尔茨堡音乐节"）。1920 年，霍夫曼斯塔尔联合施特劳斯和奥地利著名导演马克斯·莱因哈特（Max Reinhardt）等文化名人一起创办这一具有现代意义的艺术节。[②]1920 年 8 月 22 日，由霍夫曼斯塔尔改编的中世纪道德剧《耶德曼》（*Jedermann*）在萨尔茨堡大教堂广场上演（见图 1-2），标志着萨尔茨堡艺术节的正式设立。从此，艺术节连年举办，经久不衰，成为奥地利文化的标志性活动。霍夫曼斯塔尔的《耶德曼》是艺术节的常规保留剧目，每届艺术节都会上演。萨尔茨堡艺术节迄今已经有百余年的历史，是世界上最负盛名、影响最大的音乐节庆之一。

①霍夫曼斯塔尔与施特劳斯的合作曾被许多同行作家和友人视作"自降身价"的行为，因为剧本作者通常只是歌剧创作的"配角"，人们关注的更多是音乐家的角色。不过，霍夫曼斯塔尔本人却对歌剧创作情有独钟。他认为歌剧是融戏剧情节、歌词、声乐、器乐和舞蹈等诸多要素为一体的综合艺术，具有最大的舞台表现力。国内日耳曼学者贺骥强调："霍夫曼斯塔尔主张歌词与音乐的统一、语言与舞台造型的统一，并且致力于通俗与雅致的融合。"他进一步指出，霍夫曼斯塔尔"采用'共存的美学'（Ästhetik der Konstellation）来处理剧中的人物关系。他创作的每部歌剧中的人物既互相对立，又互相依赖，共存于一个彼此互动的统一体"。参见：贺骥. 霍夫曼斯塔尔的歌剧创作. 国外文学，2000(2)：91. 笔者基本同意贺骥的观点，但考虑到戏剧人物设置和剧情构造中 Konstellation 一词的特殊含义，建议将 Ästhetik der Konstellation 翻译为"设位美学"。

②关于霍夫曼斯塔尔对萨尔茨堡艺术节的贡献，可参考：Wolf, Norbert Christian. *Eine Triumphpforte österreichischer Kunst. Hugo von Hofmannsthals Gründung der Salzburger Festspiele*. Salzburg/Wien: Jung und Jung, 2014.

图 1-2 《耶德曼》在萨尔茨堡大教堂广场上演①

1929 年 7 月 15 日，在儿子弗兰茨下葬的日子，霍夫曼斯塔尔也因中风与世长辞。他的突然离世在奥地利引发不小的震动，不计其数的文学家、政治家和艺术家以及成千上万的维也纳市民纷纷前往悼念，与这位伟大的文学家做最后的道别（见图 1-3）。"随着霍夫曼斯塔尔的离世，一大块的德意志文化也寿终正寝了。"②作为霍夫曼斯塔尔的生前好友，哈里·凯斯勒伯爵（Harry Graf Kessler）如是评论。虽然他的这句评价听来似乎有点夸张，但毫无疑问，霍夫

①图片来源：*Jedermann*-Aufführung vor dem Salzburger Dom. https://hessen.museum-digital. de//object/96155.

②Kessler, Harry Graf. Hofmannsthals Tod und Begräbnis. In Fiechtner, Helmut A. (Hg.). *Hugo von Hofmannsthal. Der Dichter im Spiegel der Freunde*. Bern/München: Francke Verlag, 1963: 284.

曼斯塔尔的逝世对很多奥地利人和众多德语文学的爱好者来说，意味着一个时代的结束。正如霍夫曼斯塔尔的同行、著名作家阿图尔·施尼茨勒在日记中的惋叹："这个时代痛失了最伟大的诗人。"①

图 1-3　霍夫曼斯塔尔葬礼的出殡队伍，前两位
是其妻格尔蒂和二儿子莱蒙（Raimund）②

1.2 研究状况

一直以来，德语国家对霍夫曼斯塔尔的研究非常重视。自霍夫曼斯塔尔逝世以来，不断有人尝试成立霍夫曼斯塔尔协会，以促进对霍夫曼斯塔尔本人及其作品的研究。根据记录，最早的一次尝试是在 1929 年 10 月 6 日，德国著名诗人、霍夫曼斯塔尔的生前好友鲁道夫·博尔夏特（Rudolf Borchardt）在慕尼黑王宫剧院（Residenztheater）的一次公开演讲中宣布成立霍夫曼斯塔尔协会，

①Schnitzler, Arthur. *Tagebuch 1927–1930*. Unter Mitwirkung von Peter Michael Braunwarth u.a. Wien: Verlag der österreichischen Akademie der Wissenschaften, 1997: 360.

②图片来源：Trauerzug bei Hofmannsthals Beerdigung mit Gerty und Raimund von Hofmannsthal im Vordergrund. https://goethehaus.museum-digital.de/object/5307.

但该协会基本只存在于少量的书信和手稿当中。1948 年 8 月 21 日，奥地利作家和戏剧导演恩斯特·洛塔尔（Ernst Lothar）联合霍夫曼斯塔尔的几位生前好友，宣告成立霍夫曼斯塔尔协会，注册地点为奥地利的萨尔斯堡，会长是格奥尔格·冯·弗兰肯斯坦（Georg von Franckenstein），约瑟夫·雷尔（Josef Rehrl）担任名誉会长。不过，该协会由于会长的过早离世，一直停留在创建阶段，未曾实际运行过。直至 1968 年，真正意义上的"霍夫曼斯塔尔研究协会"（Hofmannsthal-Gesellschaft）才在德国法兰克福宣告成立。①为了表达对作家的敬意和怀念，协会的注册日期选定为霍夫曼斯塔尔在这一年的生日当天，即 2 月 1 日。协会成立初期的主要工作是协助出版《霍夫曼斯塔尔全集（评注版）》。为了能够将尽可能多的霍夫曼斯塔尔研究者、感兴趣的读者，以及曾结识过或亲自接触过霍夫曼斯塔尔的人聚集在一起，并且为他们提供思想沙龙和交流平台，协会先后出版过多种刊物。从 1968 年开始出版的《霍夫曼斯塔尔通讯》（Hofmannsthal-Blätter）主要服务于《霍夫曼斯塔尔全集（评注版）》的编订，刊载内容以新史料、新发现为主，只有少量文章兼顾研究中的新见解和新观点。为了弥补该不足，专业集刊《霍夫曼斯塔尔研究》（Hofmannsthal-Forschungen）自 1971 年起不定期地发行，刊载最新的研究成果和会议论文。1993 年，两种期刊合并起来，并正式更名为《霍夫曼斯塔尔年鉴》（Hofmannsthal-Jahrbuch），这也是霍夫曼斯塔尔研究协会的会刊。这些刊物的出版、扩容和升级有效地促进了对作家和作品的研究。德国研究基金会（Deutsche Forschungsgemeinschaft，DFG）从 1975 年开始资助规模浩大的《霍夫曼斯塔尔全集（评注版）》的编辑工程。2022 年 2 月 23 日，随着最后一卷的正式出版，包含 40 卷（42 册）的《霍夫曼斯塔尔全集（评注版）》出版完毕。②这时时间已经过去了近 50 年。全集的编辑和出版几乎伴随了二战后德语国家日耳曼学（又称：德语语言文学）这一学科的整个发展史。

国外的霍夫曼斯塔尔研究与德语文学研究的学科发展史密切相关，大体经历了以下四个阶段：（1）从 20 世纪 60 年代末霍夫曼斯塔尔研究协会成立一直到 70 年代，霍夫曼斯塔尔研究普遍偏重对社会史和文体学的考察，讨论多涉及对唯美主义的道德批判、霍夫曼斯塔尔创作体裁的类别研究等问题，备受关注的文本多选自其创作早期。在这一阶段比较典型的研究成果包括辛里希·席巴（Hinrich Seeba）的著作《对唯美主义者的批评》（Kritik des ästhetischen

---

① 关于霍夫曼斯塔尔协会成立的全过程及法兰克福大学德语文学教授马丁·施泰恩（Martin Stern）发挥的推动作用，参见：Dangel-Pelloquim, Elsbeth. Hofmannsthal 1968. Zur Gründung der Hofmannsthal-Gesellschaft vor 50 Jahren. *Hofmannsthal-Jahrbuch zur europäischen Moderne*, 2018(26): 309-327.

② 由于其中两卷皆包含上下两册，所以名为 40 卷的《霍夫曼斯塔尔全集》实际有 42 册。

Menschen）①和罗尔夫·塔罗特（Rolf Tarot）的专著《霍夫曼斯塔尔：此在形式与诗性结构》（*Hofmannsthal. Daseinsformen und dichterische Struktur*）②。（2）20 世纪 80 年代，社会心理学和精神分析理论的兴盛为文学研究提供了新的研究方法，在霍夫曼斯塔尔研究中亦成果丰硕，其中两部著作的知名度甚广，分别是米夏埃尔·沃布斯（Michael Worbs）的《神经艺术：世纪转折期间维也纳的文学与精神分析》（*Nervenkunst. Literatur und Psychoanalyse im Wien der Jahrhundertwende*）③和美国历史学家卡尔·休斯克（Carl Schorske）的著作《世纪末的维也纳》（*Wien. Geist und Gesellschaft im Fin de Siècle*）④。它们从社会心理学的角度探讨了这一时期的青年文学家、艺术家与政治自由派的父辈之间的矛盾，提出集体性的俄狄浦斯情结等概念，大大推进了心理发展史和社会心理学等理论方法在霍夫曼斯塔尔研究中的应用。（3）20 世纪 90 年代，霍夫曼斯塔尔研究发生了一次较大的转向，研究界关注的重点不再局限于霍夫曼斯塔尔的早期作品，不再将他单纯定义为唯美主义作家，也不再一味强调他的生平经历和心理发展史，而是在现代主义美学的视域下重新审视霍夫曼斯塔尔的文学创作。这次转向也体现在霍夫曼斯塔尔研究协会会刊的改版事宜中。自 1993 年起，霍夫曼斯塔尔研究协会组织出版的期刊正式更名为《霍夫曼斯塔尔年鉴》，它的副标题为"欧洲现代主义研究"（zur europäischen Moderne）。这充分体现了霍夫曼斯塔尔研究界对自身定位的理解。从此，对霍夫曼斯塔尔的研究开始放在欧洲现代主义的美学和诗学语境下进行。年鉴主编之一、德国著名日耳曼学专家格尔哈特·诺依曼（Gerhard Neumann）在 20 世纪 90 年代发表的两篇论文——《霍夫曼斯塔尔的幻象诗学》（„Hofmannsthals Poetik des Visionären"）⑤和《霍夫曼斯塔尔的瞬间美学》（„Hofmannsthals Ästhetik des Flüchtigen"）⑥为后来的研究指明了方向。（4）进入 21 世纪，关于现代性的探讨常与 1900 年前后都市文化的兴起、媒介技术的变革、感知方式的转变、身体的解放、可技术复制图像的泛滥等社会现象结合起来，霍夫曼斯塔尔研究从中受到启发，呈现出

---

①Seeba, Hinrich. *Zur Kritik des ästhetischen Menschen. Hermeneutik und Moral in Hofmannsthals „Der Tor und der Tod"*. Bad Homburg: Gehlen Verlag, 1970.

②Tarot, Rolf. *Hofmannsthal. Daseinsformen und dichterische Struktur*. Tübingen: Niemeyer Verlag, 1970.

③Worbs, Michael. *Nervenkunst. Literatur und Psychoanalyse im Wien der Jahrhundertwende*. Frankfurt am Main: Europäische Verlagsanstalt, 1983.

④Schorske, Carl. *Wien. Geist und Gesellschaft im Fin de Siècle*. Deutsch von Horst Günther. Frankfurt am Main: Fischer Verlag, 1982.（中译本再版多次，当前新版：休斯克. 世纪末的维也纳. 李锋，译. 北京：光明日报出版社，2022.）该书为英文著作，于 1982 年被译成德文。

⑤Neumann, Gerhard. „Die Wege und die Begegnungen". Hofmannsthals Poetik des Visionären. *Freiburger Universitätsblätter*, 1991(1/2): 61-75.

⑥Neumann, Gerhard. „Kunst des Nicht-lesens". Hofmannsthals Ästhetik des Flüchtigen. *Hofmannsthal Jahrbuch zur europäischen Moderne*, 1996(4): 227-260.

明显的文化学转向。近年来出版多部重要相关研究作品，如德国学者乌苏拉·伦纳尔（Ursula Renner）关于霍夫曼斯塔尔与造型艺术的讨论①、萨比娜·施耐德（Sabine Schneider）关于图像诗学的探讨②、海因茨·希伯勒（Heinz Hiebler）关于霍夫曼斯塔尔与媒介文化的讨论等③。

国内德语文学研究界很早就意识到霍夫曼斯塔尔的重要性，但有关的翻译和研究的工作起步较晚。目前仅有一部译文选集出版，而且是以诗歌为主。④对霍夫曼斯塔尔的研究从 20 世纪 90 年代才真正开始，韩瑞祥和马文韬共同撰写的《20 世纪奥地利、瑞士德语文学史》⑤中有相关段落的论述。韩瑞祥的论文如《〈一封信〉：一个唯美主义者的反思》⑥和《霍夫曼斯塔尔早期作品中死亡的象征意义》⑦，以及他在维也纳现代派研究中有关"审美现代性"⑧和"瞬间感知"⑨的探讨为后来的研究指明了方向。此外，贺骥、李双志、杨宏芹、杨劲等中青年学者也相继发表论文推进国内的霍夫曼斯塔尔研究。杨劲的著作《深沉隐藏在表面：霍夫曼斯塔尔的文学世界》⑩（2015）为国内首部霍夫曼斯塔尔研究专著，该书以霍夫曼斯塔尔的 20 部文学作品为研究对象，遵照创作的时间顺序，展现了霍夫曼斯塔尔创作的发展轨迹和主题嬗变。

1.3 研究方法

本研究秉承近年来在霍夫曼斯塔尔研究中呈现的文化学转向，结合跨媒介性（Intermedialität）和跨艺术研究（Interart Studies）的理论视角，探讨霍夫曼斯塔尔作品中的视觉感知和身体表达。在选题上，本研究是对伦纳尔和施耐德研究成果的加深和拓展。与这两位学者的研究不同，本研究没有局限在文学与绘画、语言与图像的对比关系当中，而是在分析霍夫曼斯塔尔作品中的观看场

①Renner, Ursula. „*Die Zauberschrift der Bilder*". *Bildende Kunst in Hofmannsthals Werken*. Freiburg im Breisgau: Rombach Verlag, 2000.

②Schneider, Sabine. *Verheißung der Bilder. Das andere Medium in der Literatur um 1900*. Tübingen: Niemeyer Verlag, 2006.

③Hiebler, Heinz. *Hugo von Hofmannsthal und die Medienkultur der Moderne*. Würzburg: Königshausen & Neumann, 2003.

④霍夫曼斯塔尔. 风景中的少年：霍夫曼斯塔尔诗文选. 李双志，译. 南京：译林出版社，2018.

⑤韩瑞祥，马文韬. 20 世纪奥地利瑞士德语文学史. 青岛：青岛出版社，2004.

⑥韩瑞祥.《一封信》：一个唯美主义者的反思. 外国文学评论，2001(3)：82-88.

⑦韩瑞祥. 霍夫曼斯塔尔早期作品中死亡的象征意义. 外国文学，2009(1)：53-60.

⑧韩瑞祥. 自我—心灵—梦幻：论维也纳现代派的审美现代性. 外国文学评论，2008(3)：66-73.

⑨韩瑞祥. 瞬间感知：维也纳现代派的哲学基础. 外国文学评论，2011(4)：114-123.

⑩杨劲. 深沉隐藏在表面：霍夫曼斯塔尔的文学世界. 北京：北京师范大学出版社，2015.

景、主人公观赏艺术品的经历，探讨其作品中的图像性问题之后，引入身体美学的思考。霍夫曼斯塔尔的创作美学和诗学观与身体的感知和表达紧密相关，他甚至认为艺术的创造力来自身体的表达，这也能够解释他为何在中后期的创作中转向哑剧、舞蹈等以身体为基础的艺术形式。同时，本研究立足于文学文本，重点考察文学借鉴其他艺术形式的表达特点进行自我革新的诗学诉求和创作实践，这是一种从内向外的视角，不像希伯勒那样一味强调媒介技术对文学的影响，而更关心文学本身的诗性特征。唯有通过这样的一种视角转换才能更加凸显出霍夫曼斯塔尔作品的先锋性，更好地揭示它与欧洲现代主义文艺思潮的紧密关联。

作为一种新兴的研究范式，跨媒介性研究在最近几年备受关注。媒介技术的迅猛发展引发了对媒介的广泛反思与尝试。"跨媒介"（intermedia）这一术语由激浪派艺术家迪克·希金斯（Dick Higgins）首次提出，包括具象诗（concrete poem）、行动音乐（action music）、偶发艺术（happenings）等跨媒介先锋艺术实践。[1]他在 1966 年发表的《跨媒介》（"Intermedia"）[2]一文中曾一针见血地指出，媒介划分的概念在文艺复兴时期诞生，与当时的社会等级制度思想高度相关，但这样的划分方法并不适用于阶级意识没落的现代社会。[3]自 19 世纪下半叶以来，艺术创作表现出追求媒介特殊性和纯粹性的倾向。以绘画艺术为代表，克莱门特·格林伯格（Clement Greenberg）等人主张的形式派现代主义阐述了"媒介特殊性"（Media Specificity）理论，强调媒介边界之不可逾越。[4]而20 世纪中期以来，随着媒介多样化与技术的日益进步，"纯粹媒介"（pure media）在实践中日渐式微，甚至不复存在，媒介边界的模糊和混合不可避免。在这样的历史语境下，许多学者纷纷高擎"反媒介特殊性"的旗帜，推动了"跨媒介转向"（intermedia turn）。

自 20 世纪 90 年代起，学界开始频繁使用"跨媒介性"（Intermedialität）的概念。这一概念脱胎于茱莉亚·克里斯蒂娃（Julia Kristeva）在 20 世纪 60 年代提出的"互文性"（Intertextualität）理论，并在其基础上有所延伸。在学界享有盛誉的文学跨媒介性研究学者维尔纳·沃尔夫（Werner Wolf）认为两者的区别主要在于，互文性更多指向某一同质媒介内部的关系，而跨媒介性则强调不

①但汉松. 跨媒介性. 外国文学，2023(6)：99-100.

②Higgins, Dick. Intermedia. *Something Else Newsletter*, 1966, 1(1): 1-6.

③Friedman, Ken & Díaz, Lily. Intermedia, Multimedia, and Media. In Bruhn, Jørgen; Azcárate, Asun López-Varela & Vieira, Miriam de Paiva (eds.). *The Palgrave Handbook of Intermediality*. Cham: Springer International Publishing, 2023: 1-27.

④张晓剑. 视觉艺术中媒介特殊性理论研究——从格林伯格到弗雷德. 文艺研究，2019 (12)：30-39.

同符号系统之间的"异质媒介性"（heteromedial）。①在文学研究视域下，跨媒介性通常考察文本与视觉艺术或音乐之间叙事策略（erzählerische Strategien）的相互借鉴。随着媒介间相互影响的不断加深，文本与电影、广播剧之间的跨媒介性也被纳入研究范畴。②作为研究对象的跨媒介文本并非话语形式单一的语言文字，而是基于特定跨媒介性话语形式生成的一种"文学"形态，即语言或文字与肢体动作、音响、图像等媒介及其话语形式相整合的产物。③跨媒介研究要做的就是考察不同媒介之间所发生的共通、混合、转化等关系，其分析路径可以归纳为：提炼共通性，辨析混合性，探究转化之道。这是审视不同媒介之间关联和互动的重要视角。④值得注意的是，目前跨媒介性研究中，"媒介"与"艺术"之间的区分尚不清晰，必须始终将其置于相应的具体历史背景中进行考察。⑤

在这样的理论语境下，德国美学中的"出位之思"⑥（Anders-Streben）、以奥斯卡·瓦策尔（Oskar Walzel）为代表的"艺术互鉴"⑦理念（die wechselseitige Erhellung der Künste），以及以"述画"（Ekphrasis，又译为"艺格敷词"或"艺格符换"）为核心的跨艺术诗学迅速成为学界的研究热点。2020 年，欧荣及其团队合作撰写的著作《语词博物馆：欧美跨艺术诗学研究》将跨媒介研究集中到跨艺术诗学的领域，在总结前人研究成果的同时，推陈出新，凝练出研究欧美文学——尤其是欧美现代主义文学——的路径和方法，对本研究颇有启发。所谓跨艺术诗学，彰显的其实是一种从跨艺术批评的视角进行诗歌研究的学术旨趣，其倡导学界在研究诗歌之时要追本溯源，回归诗歌的"诗乐舞合体"与"诗画交融"的原生状态，以期在视听等多重感官的刺激下收获更为丰富的审美体验与研究成果。⑧然而，这种研究方法并不局限于诗歌研究，对小说、戏剧等

①Wolf, Werner. Intermediality. In Herman, David; Jahn, Manfred & Ryan, Marie-Laure (eds.). *The Routledge Encyclopedia of Narrative Theory*. London: Routledge, 2005: 255.

②Jeßing, Benedikt & Köhnen, Ralph. *Einführung in die Neuere Deutsche Literaturwissenschaft*. Stuttgart / Weimar: Metzler Verlag, 2003: 163-164.

③近年来文学研究中的跨媒介研究方向备受关注，相关理论论述汗牛充栋，本研究主要参考了美因茨大学世界文学和比较文学讲席教授伊莉娜·拉耶夫斯基（Irina Rajewsky）的论著。参考：Rajewsky, Irina. *Intermedialität*. Tübingen: Francke Verlag, 2002; Rajewsky, Irina Intermedialität: eine Begriffsbestimmung. In Bönnighausen, Marion & Rösch, Heidi (Hg.). *Intermedialität im Deutschunterricht*. Baltmannsweiler: Schneider Verlag Hohengehren, 2004: 8-30.

④施畅. 跨越边界：跨媒介艺术的思想谱系与研究进路. 艺术学研究，2023(4)：55-69.

⑤Zemanek, Evi. Intermedialität-Interart Studies. In Zemanek, Evi & Nebrig, Alexander (Hg.). *Komparatistik*. Berlin: Akademie Verlag, 2012: 167.

⑥参考：龙迪勇. "出位之思"与跨媒介叙事. 文艺理论研究，2019(3)：184-196.

⑦Walzel, Oskar. *Die wechselseitige Erhellung der Künste. Ein Beitrag zur Würdigung kunstgeschichtlicher Begriffe*. Berlin: Reuther & Reichard, 1917.

⑧参考：欧荣，等. 语词博物馆：欧美跨艺术诗学研究. 北京：北京大学出版社，2022：1-12.

文类同样适用。

霍夫曼斯塔尔的诗学思想和文学创作正是延续了西方古典主义以来的跨艺术诗学传统，对文学语言的表达潜能进行了深入的批判性思考，并不断从相近的艺术形式——如绘画和舞蹈——中汲取养分，将视觉感知和身体表达的元素融入文学创作，以此拓宽文学的表现空间，强化文学语言的表现力，优化表达效果。因此，本研究将从跨媒介性和跨艺术性的研究视角出发，深入探究霍夫曼斯塔尔如何在文学实践中克服语言危机，如何将视觉和身体的元素融入文学文本，进而达到丰富表达手段、拓宽表现空间、跨越语言界限的目的。

1.4 研究思路

本书的研究对象是维也纳现代派代表作家霍夫曼斯塔尔的文学创作，所涉及作品贯穿其早、中、晚期三个创作阶段，兼具文学三大体裁，即小说、诗歌和戏剧。

本研究拟采用跨媒介性和跨艺术性的研究视角，立足于文本细读，从霍夫曼斯塔尔作品中的语言危机入手，勾勒他的语言批判思想，再现其力图摆脱语言束缚、克服语言危机的尝试。因此，本研究要回答的核心问题是，霍夫曼斯塔尔如何在文学创作中克服语言危机？霍夫曼斯塔尔的作品以极高的敏锐度刻画了 20 世纪初的危机体验，他笔耕不辍的创作实践可以被视作克服危机的文学尝试。正是基于这点考虑，本研究集中考察他如何克服危机，如何拓宽或跨越语言界限。概括来讲，霍夫曼斯塔尔主要通过两种途径走出危机困境，强化文学表现：他一方面向其他艺术形式学习表达策略，通过文学的手段将不以文字为基础的、非文学的感性领域纳入自己的言说范围（如身体语言、姿势语言、色彩语言、图像语言等）；另一方面又直接转向不依赖词汇语言的艺术形式（如绘画、舞蹈、哑剧等），进而营造出摆脱语言束缚的表象。笔者在研究中力图通过细致入微的文本分析，挖掘和梳理出这种跨界尝试的运作机制和它在文学作品中的表现特征。

具体到本研究的整体框架，全书包括 5 章。第 1 章"导论"对霍夫曼斯塔尔的文学创作及其影响做简单介绍，然后将论述的重点放在对霍夫曼斯塔尔研究状况的梳理和总结上。因为霍夫曼斯塔尔的研究史与战后日耳曼学的学科史关联紧密，这样的梳理可以很好地呈现文学理论和研究方法的更新迭代，为下一步引入跨媒介性和跨艺术性研究的新兴研究范式做铺垫。与之相呼应，霍夫曼斯塔尔的作品本身表现出明显的跨媒介和跨艺术特征，这首先归因于霍夫曼斯塔尔的媒介自觉。他在语言危机的促动下，不断尝试通过融合其他媒介和其他艺术形式的元素，拓宽甚至跨越语言界限。理论方法和作品特征的一一对应确保了本研究的合理性。

第2章以"霍夫曼斯塔尔作品中的语言危机与语言批判"为题，重点分析三部极具思辨色彩的文本，分别是书评文本《米特沃泽评论》（*Mitterwurzer-Rezension*）、虚构书信《钱多斯信函》和虚构对话《关于诗的谈话》。通过解读这些文本，可以勾勒出霍夫曼斯塔尔对语言的批判思想。霍夫曼斯塔尔的语言批判主要包括两个方面：其一，质疑语言再现现实的功能及其合法性；其二，文字作为记载历史和传承文化的主要媒介，其弊端日渐明显。霍夫曼斯塔尔将1900年前后弥散开来的语言怀疑观定义为时代的症结，并将语言危机解释为一种感知危机和认识危机。他的名言"当我们开口说话，数以万计的死者总会和我们一起说话"[1]表现了作家创作中的无奈，即在记忆文化和历史传统的笼罩下，人们口中的每个字、每个词都是在重复前人，讲话成了背诵，字词语句与引文雷同，丧失了鲜活的生命力和独特性。历史记忆的重荷压迫了创造力，抑制了创新的可能。词汇变成了窠臼俗套，它不再是人类真情实感的表达介质，而更像是擅长辞令者的骗人工具。正是出于对语言的怀疑，他试图从其他非言说的艺术形式中获取灵感，拓展文学的表达手段。在这一章的论述中，笔者想着重强调的一点是，霍夫曼斯塔尔的语言批评并非要完全摒弃语言，而是为了构建一种新的语言表达，也就是文学的言说方式、诗的语言。这种语言以视觉性和身体性为依托，表现为一种直接性（Unmittelbarkeit），抹去了语言的概念性和历史性，摆脱了语词的束缚和羁绊，变成发自言说者内心的真情流露，这种真情以流动性的形式涌入接收者的内心，令其感同身受。这些关于新语言的论述主要是为了说明霍夫曼斯塔尔的创作理念，同时引入"视觉感知"和"身体表达"这两个关键词语，进而展开全书最重要的两章的讨论。"视觉感知"和"身体表达"是接下来两章各自的关键词语，也是本书的核心关键词语。

第3章以"视觉感知"为关键词语，把"图像"和"观看"作为切入点，重点探讨霍夫曼斯塔尔作品中的语图关系，分析其作品中经常出现的观画场景。由于作品人物的观看方式各不相同，其观看经历也因人而异，笔者择取若干颇具代表性的典型文本，如《两幅画》（"Bilder"，叙事者虚构的观画体验）、《途中幸福》（"Das Glück am Weg"，借用望远镜完成的偷窥式观看）、《愚人与死神》（隔窗远望的审美式观看）、《返乡者书信集》（凡·高画作前的天启式观画体验）、《在希腊的瞬间》（"Augenblicke in Griechenland"，雕像前心潮澎湃、幻象浮生的观看体验）等。通过对这些场景描述的细致分析，试图得出以下两个方面的结论：其一，文中人物的视觉感知模式有何特征，并会带来什么认知结

---

[1]Hofmannsthal, Hugo von. *Gesammelte Werke in Zehn Einzelbänden. Reden und Aufsätze I: 1891–1913*. Frankfurt am Main: Fischer Verlag, 1979: 480.

果，或会造成什么认知局限；其二，霍夫曼斯塔尔使用怎样的叙事策略实现图像表达的直观性。

第 4 章与第 3 章为平行结构，以"身体表达"为关键词语，重点探讨舞蹈作为走出语言危机的第二种可能性路径。在 20 世纪初，舞蹈是备受关注的艺术形式，是作家想要克服语言表达局限性的希望载体。霍夫曼斯塔尔不仅对这种身体表达的艺术倍感兴趣，进行过深刻的审美思索，他还主动与当时舞蹈变革的践行者（如圣丹尼斯、维森塔尔、尼金斯基等舞蹈家）建立联系，深入交流，并一起进行艺术创作。考虑到国内学界少有论著专门研究舞蹈与文学的互动关联，相关主题的研究文献也不丰富，至于霍夫曼斯塔尔与舞蹈家的跨界合作更是鲜有人了解，笔者在第 4 章着墨较多，旨在系统呈现霍夫曼斯塔尔接触舞蹈艺术的全过程：从他最早的舞蹈剧剧本创作，到他的舞蹈美学思想逐渐形成，再到他跟舞蹈家合作推动哑剧和舞台艺术的现代主义变革。这一章重点分析的作品包括其早期的芭蕾舞蹈剧脚本《时间的胜利》（*Der Triumph der Zeit*）、哑剧剧本《学徒》（*Der Schüler*），还有舞蹈评论《无与伦比的舞者》（„Die Ungleichliche Tänzerin"）和极具思辨色彩的虚构对话《恐惧》，以及系统缜密的理论性文本《论哑剧》（„Über die Pantomime"）与颇具实验性的合作作品《爱神与普绪刻》与《陌生女孩》。

第 5 章是全书的结语。这一章在总结全书主要观点的同时，展现了霍夫曼斯塔尔在创作后期逐步朝向"总体艺术"发展的审美取向。与一般的全书结语不同，这一章还会聚焦一部文学作品，以其为案例具体论述霍夫曼斯塔尔有关"总体艺术"的构想和创作实践。这里选择的文本案例是霍夫曼斯塔尔晚年创作的歌剧脚本《埃及海伦》，这是他和施特劳斯合作以来自认为最成功的一部歌剧。按照霍夫曼斯塔尔的理解，他在这部歌剧中实现了以神话歌剧为蓝本的"总体艺术品"（Gesamtkunstwerk），并以此延续了理查德·瓦格纳（Richard Wagner）开创的先河。本章从跨媒介性和跨艺术性研究的视角出发，结合心理学的创伤理论，对这部剧作进行了分析，展现了霍夫曼斯塔尔在一战后转向古代和东方找寻文化滋养的思想倾向，论述了他在晚期创作中的和谐思想。这种和谐思想也体现在剧中实现了的音乐、舞蹈、造型艺术和唱词语言的最佳融合。

整体来说，本书的研究以语言危机作为切入点，从视觉感知和身体表达这两个侧面探讨霍夫曼斯塔尔克服语言危机的尝试：一方面，以霍夫曼斯塔尔作品中经常出现的观看场景为例，探讨文学融合图像元素所能达到的表达效果；另一方面，以霍夫曼斯塔尔中晚期创作中转向哑剧、舞蹈等身体艺术为例，探讨他如何在美学思考和文学实践中挖掘身体的表达潜能，钩沉舞蹈及身体动作在文学创作中的应用可能。

就学术创新而言，本书不赞同霍夫曼斯塔尔研究界盛行的"语言—图像对立说"，该说法简单地将图像诗学理解为克服语言危机的途径。本书的研究试图通过深入细致的文本分析，证明两个论点：其一，霍夫曼斯塔尔的语言批判思想并没有导致他放弃文学创作，而是促使他去思考和探寻如何拓宽文学的疆域，强化文学语言的表现力和感染力；其二，霍夫曼斯塔尔的文学语言观、创作美学和跨艺术诗学都与身体的感受和表达紧密相关，他关于文学、图像和舞蹈的美学思考都以身体体验为基础。无论他谈的是文学、图像还是舞蹈，无论主题侧重的是视觉感知还是身体表达，他的思考都是以人类普遍的身体经验为基础的。因此，本书虽然采用跨媒介性和跨艺术性研究的理论方法，以复调和交叉的研究模式展开论述，但仍坚持"文学是人学"的基本理念，在规避牺牲文学诗性特征的同时，深刻洞察和挖掘文学自我反省、自我更新的动力源泉与发展空间，进而在欧洲现代主义的语境下重塑霍夫曼斯塔尔的创作美学与诗学观。

第2章 霍夫曼斯塔尔作品中的
语言危机与语言批判

　　1900 年前后的德语世界经历了一场规模空前的社会与文化变革：一方面，现代工业推动大都市（如柏林和维也纳）的形成，高效率、快节拍成为工作、生活的基本准则，而现代技术产物（如汽车、电话、电影等）的推广更是增强了现代人对运动和自由的追求；另一方面，都市生活的嘈杂和事物的快速更替对传统的认知和表达方式提出挑战，多种文化危机形态同时出现，其中表现最为突出、影响最为广泛的当属语言危机。

　　在当时的德语文化界，人们愈发意识到语言的局限，感知危机和对认知的怀疑也由此产生。[①]弗里德里希·尼采（Friedrich Nietzsche）在《不合时宜的沉思》（*Unzeitgemäße Beobachtungen*）中生动描述了语言的自治化和高度理性化，语言不再是交流沟通的工具抑或表达的介质，而是仿佛获得了自我意志，它干扰甚至操控着思想的表达。尼采如是说："鉴于这种模糊地感觉到的状态，语言到处都成为对自己的一种暴力，这种暴力就像用妖怪的手臂一样抓住人们，并把他们推到他们真正说来并不想去的地方。"[②]随着现代化进程的高速推进，语言问题逐渐受到越来越多的重视：一方面，人们需要通过语言来构造科学概念，深化认知，助推科学化和现代化的发展；另一方面，由于受到文化历史传统的影响，语言难以再将世界置于彼此相连的关系之中，如霍夫曼斯塔尔所言，语

---

　　①相关研究已深入探讨这一时期的感知危机与认知危机，参见：Brandstetter, Gabriele. *Tanz-Lektüren. Körperbilder und Raumfiguren der Avantgarde*. Frankfurt am Main: Fischer Taschenbuchverlag, 199: 49; Spörl, Uwe. *Gottlose Mystik in der deutschsprachigen Literatur um die Jahrhundertwende*. Paderborn u.a.: Schöningh Verlag, 1997: 28-74.

　　②尼采. 不合时宜的沉思. 李秋零，译. 上海：华东师范大学出版社，2007：376.

言"出现在事物之前"①。换言之，语言在人和世界之间蒙上一层轻纱，它阻碍了人对事物的直接感知以及对世界的认识过程。

霍夫曼斯塔尔的这一思想正好和尼采契合。尼采在他的著作中写道："词语挡在我们的路中间！古人无论在哪里搁置词语，他们都以为发现了什么。事实根本不是这样！他们触碰到一个问题，还以为已经解决了这个问题，事实上他们是制造了解决问题的障碍。现在人们在每次获取认知时都不得不被坚如磐石的不朽词语绊倒，受损的是腿而不是词语。"②精通修辞的尼采在这里用形象的语言表述了一个众所周知的事实，即19世纪下半叶的德语文化带有鲜明的历史主义色彩，大行其道的记忆文化（Erinnerungskultur）为后辈创作者带来了累累重负。

在日耳曼学界，每当人们讨论那个时代的语言危机和感知危机时，都难以绕开霍夫曼斯塔尔这座德语现代主义文学的高峰。人们一再援引霍夫曼斯塔尔的名言："当我们开口说话，数以万计的死者总会和我们一起说话。"（RA I, 480）与此同时，他的《钱多斯信函》也早已成为德语诗学的名篇，其中对于语言与现实之间辩证关系的沉思引起了一大批学者的研究兴趣。可以说，霍夫曼斯塔尔的文章和论断正好切中了那个时代的脉搏，深刻洞察了其中的文化症候，并在最终提出了超越语言危机的诗学方案。

本章以霍夫曼斯塔尔的书评文本《米特沃泽评论》（1895）、虚构书信《钱多斯信函》（1902）与虚构对话《关于诗的谈话》（1904）这三篇文本为研究对象，通过细致入微的文本细读，考察其中围绕语言进行的批判性反思。

2.1 《米特沃泽评论》：语言的轻纱与新语言的构想

《米特沃泽评论》（又称：《一部专著》③）围绕戏剧评论家欧根·古格利亚（Eugen Guglia）撰写的一部专著展开，着重讨论了专著的研究对象——维也纳戏剧演员弗里德里希·米特沃泽（Friedrich Mitterwurzer）。如此看来，《米特沃泽评论》似乎仅仅是一篇关于表演艺术的书评。然而仔细研究就会发现，霍夫曼斯塔尔在其中深入反思了语言本身，文中的很多观点都与后来的《钱

①Hofmannsthal, Hugo von. *Gesammelte Werke in Zehn Einzelbänden. Reden und Aufsätze I: 1891–1913*. Frankfurt am Main: Fischer Verlag, 1979: 479. 后文将在括弧中用缩写 RA I 及页码标注引文出处。

②Nietzsche, Friedrich. *Sämtliche Werke. Kritische Studienausgabe. KSA III: Morgenröte; Idyllen aus Messina; Die fröhliche Wissenschaft*. München: DTV, 1980: 53. 后文将在括弧中用缩写 KSA III 及页码标注引文出处。

③该评论在1895年发表时题名为 *Eine Monographie*，译作《一部专著》，研究界多用 *Mitterwurzer-Rezension* 来指称该文本，因此这里沿用《米特沃泽评论》这一说法。

多斯信函》和《关于诗的谈话》相互呼应。《米特沃泽评论》不仅涉及了语言批判[①]，而且着手构想了一种新的语言模式，因此对理解霍夫曼斯塔尔的语言观较为重要。为了梳理霍夫曼斯塔尔语言反思的发展脉络，有必要详细分析其中的相关表述。[②]

在《米特沃泽评论》的开头，霍夫曼斯塔尔直截了当地指出，他的同代人普遍有"厌恶文字"（RA I, 479）的不良情绪。原因在于，人们认为语言和现实之间存在着欺骗性的差异。即便官方机构和科学体制保证了语言的可靠性，语言看起来仍然像谎言一般。[③]霍夫曼斯塔尔通过一个隐喻来说明这一点：话语宛如一层轻纱，其背后隐藏着事物的本体存在。换言之，语词不再按照意义指涉事物，而是遮蔽甚至吞噬它们——"传言已吞噬世界"（RA I, 479）。在此基础上，霍夫曼斯塔尔表达了对修辞术的厌恶，他认为语词和概念在无休止的循环过程中自成一体，形成一个封闭的体系，丧失了与事物的关联。[④]在他眼中，飘浮的能指只有"幽灵般的关联"，它迷惑着人们，将人们束缚在欺骗性的表象世界中。由此一来，人们"不断按照'角色'言说，带着表象之感、表象之思及表象之念"（RA I, 480），最终逐渐架空语词与自我的真实经验之间的联系。

幸运的是，霍夫曼斯塔尔在米特沃泽身上找到了一种理想化的真实言说方式。他在批评语词的同时，极为推崇米特沃泽的表演艺术。不过，我们不能想当然地以为，这标志着从概念语言到身体语言的转向，也不能把它当成从无意

①有评论者指出："众所周知，霍夫曼斯塔尔日后抨击了修辞术，其核心论点早就包含在他前期关于米特沃泽的评论文章当中，《米特沃泽评论》为后来的批评提供了弹药。"参见：Matala de Mazza, Ethel. Gaukler, Puppen, Epigonen. Figuren der Mimesis im Essay Hugo von Hofmannsthals. In Matala de Mazza, Ethel & Pornschlegel, Clemens (Hg.). *Inszenierte Welt. Theatralität als Argument literarischer Texte*. Freiburg im Breisgau: Rombach Verlag, 2003: 85.

②《米特沃泽评论》之于霍夫曼斯塔尔语言观的重要性已被研究界所关注，并在多篇文献中有所提及。然而，对这一文本的详细分析却尚属罕见，只有很少几篇文章具体讨论过该文本，其中包括：Matala de Mazza, Ethel. Gaukler, Puppen, Epigonen. Figuren der Mimesis im Essay Hugo von Hofmannsthals. In Matala de Mazza, Ethel & Pornschlegel, Clemens (Hg.). *Inszenierte Welt. Theatralität als Argument literarischer Texte*. Freiburg im Breisgau: Rombach Verlag, 2003: 79-101; Frank, Gustav. Assoziationen/Dissoziationen. Von den „stummen Künsten" (Hofmannsthal) zum „sichtbaren Menschen" (Balazs): eine Triangulation des „Neuen Tanzes" durch Literatur und Film. In *Kodikas/Code. Ars Semeiotica: Vol. 26, No. 3-4*. Themenheft: *Tanz-Zeichen. Vom Gedächtnis der Bewegung*. Tübingen: Narr Verlag, 2003: 225-241; Singer, Rüdiger. „Die er uns gab, wir konnten sie nicht halten." Absenz als Präsenz von Schauspielkunst in den Mitterwurzer-Texten von Eugen Guglia und Hugo von Hofmannsthal. In Grutschus, Anke & Krilles, Peter (Hg.). *Figuren der Absenz*. Berlin: Frank & Timme, 2010: 173-187.

③霍夫曼斯塔尔在文中这样表述："时间中无限复杂的谎言、传统中极为沉闷的谎言，公家的谎言、个人的谎言、科学的谎言，所有这些都像不计其数的致命苍蝇，停留于我们可怜的生命之上。"（RA I, 479）

④霍夫曼斯塔尔在文中有如下说法："所有正直的人从一开始就厌恶口若悬河者。'好的表述'自动地引起人们的疑虑，怀疑它无法被人感知。"（RA I, 479）

义的言说到在场的展演的过渡。①对表演艺术的钟爱并不等于放弃语言，而且也不是所有演员都能达到米特沃泽的高度。霍夫曼斯塔尔在文中如此说："由于不了解场景的独特性，差劲的演员只会在场景中自顾自地演出"；而"那些假演员，只能扮演表象中的表象"，他们的姿态最终沦为"话语的伴奏"，与话语毫无内在的一致性（RA I, 480）。相比之下，米特沃泽的表演艺术精妙绝伦，既具备"独特性"也实现了话语和姿态的内在统一。

正如前文所述，由于文化和社会的传播以及历史的积淀，语词已成为知识的重负，言说也由此变为引言的堆砌和重复——"当我们开口说话，数以万计的死者总会和我们一起说话"（RA I, 480）。但米特沃泽的言说方式却别具一格，仿佛是在场的、个体化的，似乎"净化"了语词的重负——"他将数以万计的死者踢开，当他开口说话的时候，只有他自己在说话"（RA I, 480）。在米特沃泽身上，语词卸下了重负，重建与事物的直接关联。语词似"牙齿与[……]钉子"，在米特沃泽的嘴里进进出出，聚精会神的观众仿佛能切实感知到语词的所指。于是，能指与所指、符号与象征在语词中融为一体，正如文中所言，"他一说到火与水，我们就感到'它'在升温、'它'在浸润"（RA I, 481）。②

米特沃泽的言说之所以能让人身临其境，与他"对于自我之本质"的"深刻洞见"（RA I, 481）密不可分，霍夫曼斯塔尔将这种洞见称为"内在知识"。内在知识不以任何沉思为前提，就像性别意识那样不言自明、自然而然。③米特沃泽完全认同自己的演员身份，并将表演融入他的生命。他能够理解"场景的独特性"（RA I, 481），所以他的表演完全不是对日常生活场景的模仿或者再现，而是对他生活常态的展演。换言之，要想实现"情况的独特性"就必须扬弃模仿论，而米特沃泽作为"不同世界之间难以预料的跨界者"④，消弭了虚构与真实之间的界限。

《米特沃泽评论》主要批评了被奉为圭臬的模仿论，但这并不是因为不存

---

①参见：Singer, Rüdiger. „Die er uns gab, wir konnten sie nicht halten." Absenz als Präsenz von Schauspielkunst in den Mitterwurzer-Texten von Eugen Guglia und Hugo von Hofmannsthal. In Grutschus, Anke & Krilles, Peter (Hg.). *Figuren der Absenz*. Berlin: Frank & Timme, 2010: 173-187.

②应当注意，这种效果取决于接受者深信不疑的信念：只有当他们真正相信米特沃泽的话语时，才能感受到这些话语背后所指的内容。在后来的《关于诗的谈话》一文中，这种观点被反复提及。

③霍夫曼斯塔尔在文中这样表述："所有的环节都是一种知识，一种内在的知识。并且，如同每一种对自身的深刻认识一样，它完全、彻底地摆脱了语言和概念。它是深层的、无孔不入的，正如所有男人都知道他们是男人，而所有女人知道自己是女人。"（RA I, 481）

④Matala de Mazza, Ethel. Gaukler, Puppen, Epigonen. Figuren der Mimesis im Essay Hugo von Hofmannsthals. In Matala de Mazza, Ethel & Pornschlegel, Clemens (Hg.). *Inszenierte Welt. Theatralität als Argument literarischer Texte*. Freiburg im Breisgau: Rombach Verlag, 2003: 83.

在一个独立于语言的、可模仿的物的世界，也不是因为作者倡导一种与语言无关的表达形式。真正的原因在于米特沃泽是一位高超的"杂耍者"（RA I, 482），他的表演始终在欺骗观众，让人无法预料他下一刻将要表演什么："他对哑剧的力量和文字的力量［……］了然于胸，认识到自己是个演员，是个熟练运用这些手段来欺骗观众的意识并且征服他们的思想的人。"（RA I, 482）因此，他的美德已经变为"极度的随意"，他自己也变成了难以揣测的主宰者，"对人们有着绝对的权力"（RA I, 482）。在米特沃泽这位"真实的喜剧演员"（RA I, 483）那里，语词不仅带来了身临其境的真实效果，而且还伴随着极大的偶然性，使他能够"在下一刻抛弃这个角色，如同抛弃一块恼人的抹布一般"（RA I, 482）。正是由于他的表演出人意料，米特沃泽超越了观众的逻辑意识，摆脱任何概念的阐释与束缚。[1]霍夫曼斯塔尔将米特沃泽奉为艺术典范，神秘莫测的新语言模式在这位演员身上淋漓尽致地体现出来。

《米特沃泽评论》既对语言进行批评，又对演员加以赞美。和在场的表演相比，苍白的语词相形见绌。[2]霍夫曼斯塔尔批评了戏剧艺术中的模仿论，隐晦地批评了语言的再现功能，认为模仿和再现割裂了词与物、能指与所指。受限于概念建构与历史重负，每一个"展示的行为都会造成遮蔽"，每一次"展演只有以伪装为代价才能成功"。[3]相反，米特沃泽"体现"着一种新的语言，借助能指与所指的统一净化了知识的负荷。语词和所指之间的统一，唯有倚靠任意性和偶然性才能实现，超越了语言的再现陈规和计算理性的束缚。正因为如

---

①霍夫曼斯塔尔在文中这样写道："记者并未对他进行解读，一位教授注意到他脸上的变化和声音的缄默，如同苏拉的胜利或者帕拉迪奥的设计。"（RA I, 483）

②吕迪格尔·辛格尔（Rüdiger Singer）基于艾丽卡·费舍尔-里希特（Erika Fischer-Lichte）"强烈的在场"的概念对该文加以阐释，并将这一概念替换成了"激进的在场"。然而，他把文本简化为语言的历史重负与展演的当下效果之间的矛盾，并未抓住文本的要旨。参见：Singer, Rüdiger. „Die er uns gab, wir konnten sie nicht halten." Absenz als Präsenz von Schauspielkunst in den Mitterwurzer-Texten von Eugen Guglia und Hugo von Hofmannsthal. In Grutschus, Anke & Krilles, Peter (Hg.). *Figuren der Absenz*. Berlin: Frank & Timme, 2010: 179.

③Matala de Mazza, Ethel. Gaukler, Puppen, Epigonen. Figuren der Mimesis im Essay Hugo von Hofmannsthals. In Matala de Mazza, Ethel & Pornschlegel, Clemens (Hg.). *Inszenierte Welt. Theatralität als Argument literarischer Texte*. Freiburg im Breisgau: Rombach Verlag, 2003: 85. 霍夫曼斯塔尔在1891年的笔记中写道："对我们那些尚不明确的思想来说，由于我们满是继承来的、感受到的和学习到的东西，一种现成的表达形式能够即刻供我们使用。我们会从《圣经》或哲学上，从修辞上，抑或以歌德、叔本华乃至昙花一现的封建主义风格来言说它；在业余剧场里，我们像真正的二流子一样，戴着某些历史或人物的面具来表演它；我们赋予它几乎正确的形式，然而只是'几乎'正确；总有残余的东西没有加入其中，一个谎言。因此，即使是我们认为不言自明的思想也根本不属于我们，因为我们不自觉地通过挪用他者的媒介来观看，而他者在我们身上言说出来。"Hofmannsthal, Hugo von. *Gesammelte Werke in Zehn Einzelbänden. Reden und Aufsätze III: 1925—1929. Buch der Freunde. Aufzeichnungen: 1889—1929*. Frankfurt am Main: Fischer Verlag, 1980: 324-325. 后文将在括弧中用缩写 RA III 及页码标注引文出处。

此，霍夫曼斯塔尔不是单纯地批判传统语言，而是同时暗示了新语言模式的生成路径。这种语言在《钱多斯信函》中被明确表述为静默之物的语言，而在《关于诗的谈话》中则被神化成诗人的语言。

2.2 《钱多斯信函》：文字的衰落与静默之物的语言

1902 年，霍夫曼斯塔尔发表《钱多斯信函》（又名《一封信》《钱多斯致培根》）①，在德语文化圈内引起了不小的轰动。这部作品本身蕴含的美学价值很快得到承认，与此同时，作品中表达的对语言的怀疑和批判成为时代精神症状的真实写照，即现代生存、感知经验与传统表达方式的脱节。因此，《钱多斯信函》成为文学现代性的经典之作，并始终与"语言危机""语言批判"等概念联系在一起。这一思潮的主要代表人物是语言批评家弗里茨·毛特纳（Fritz Mauthner）。他将《钱多斯信函》视作自己的哲学作品《语言批判论》（*Beiträge zu einer Kritik der Sprache*）的文学呼应，认为霍夫曼斯塔尔在《钱多斯信函》中表达了与他类似的观点，即"语言不是认识的有力工具"，且"借助语言人们无法实现认识世界的目的"②。毛特纳的观点大大影响了后人对该作品的解读。尽管在一百多年的接受史中，钱多斯的危机被解释成"意识危机"③、"生存危机"④、"主体危机"⑤、"文字危机"⑥等多种危机形态，但其出发点都与语言危机密切相关。

从接受史的另一条线索来看：一直到 20 世纪 50 年代末，研究界都习惯于将信的书写者与作品的作者等同起来，认为天才少年钱多斯是人称"坐在课桌旁的歌德"⑦的青年霍夫曼斯塔尔的化身，而钱多斯所经历的语言和创作危机则正是作者本人所处的危机。60 年代，史蒂芬·舒尔茨（Stefan Schultz）打破

---

①霍夫曼斯塔尔在 1902 年 10 月的柏林《日报》上发表该作品的时候，所用标题为„Ein Brief"，即《一封信》。这是一封杜撰的信函，表达了对语言的怀疑和批评。由于在文学史书写和文学研究当中惯常称之为„Chandos-Brief"，即《钱多斯信函》，因此本书沿袭了这一惯习，一以贯之地用《钱多斯信函》指称该文本。

②Mauthner, Fritz. *Beiträge zu einer Kritik der Sprache (1900–1902): Band I.* Hildesheim: Vero Verlag, 1969: 35.

③参见：Bohrer, Karl-Heinz. Zur Vorgeschichte des Plötzlichen. Die Generation des *gefährlichen Augenblicks*. In Ders. *Plötzlichkeit. Zum Augenblick des ästhetischen Scheins.* 3. Aufl. Frankfurt am Main: Suhrkamp Verlag, 1998: 43-67 (重点 55-57).

④参见：Mayer, Mathias. *Hugo von Hofmannsthal.* Stuttgart: Metzler Verlag, 1993: 116.

⑤参见：Wiethölter, Waltraud. *Hofmannsthal oder Die Geometrie des Subjekts: Psychostrukturelle und ikonographische Studien zum Prosawerk.* Tübingen: Niemeyer Verlag, 1990: 54.

⑥参见: Steiner, Uwe C. *Die Zeit der Schrift. Die Krise der Schrift und die Vergänglichkeit der Gleichnisse bei Hofmannsthal und Rilke.* München: Fink Verlag, 1996: 122-131.

⑦Kraus, Karl. *Die demolirte Literatur.* Wien: Severus Verlag, 1897: 14.

了这一局面。他所做的源头考察将研究界的注意力集中到作品的虚构性上。①与约翰·沃尔夫冈·冯·歌德（Johann Wolfgang von Goethe）笔下的维特一样，钱多斯只是一个虚构的人物形象，而"虚构书信"（erfundener Brief）作为霍夫曼斯塔尔经常使用的一种文体也得到了广泛承认。1979 年，贝恩德·舍勒（Bernd Schoeller）整理出版了 10 卷本的《霍夫曼斯塔尔全集》，在小说卷本中专门开设"虚构的谈话和书信"（Erfundene Gespräche und Briefe）一栏，霍夫曼斯塔尔的许多重要作品如《钱多斯信函》《关于诗的谈话》《返乡者书信集》等都被归入此类。在从 1975 年开始陆续整理出版的规模浩大的《霍夫曼斯塔尔全集（评注版）》中，编者们更是为"虚构的谈话和书信"设立了独立的卷本。作者和书信者的区分正式成为解读该作品的一个预设前提和基本出发点。这在一定程度上解释了文本中存在的一个悖论：作者在"失语"状态下如何完成这样一篇语言考究、技巧娴熟的作品？

综上所述，"语言危机"作为解读《钱多斯信函》的基本范式一直贯穿于这部作品的接受史中，而这种危机又到底在文本中得到了怎样的体现？

2.2.1 "语言危机"作为一种"概念危机"

钱多斯，这位 19 岁就写出辞藻华丽、令人难忘的田园牧歌，23 岁就悟出拉丁语圆周套句的结构的青年作家，在文学上却渐渐陷入持续的沉默。在给培根的回信中，他坦言了自己的转变，并称自己之前的创作为"极度紧张的思想的畸形儿"②。他形象地形容了自己与自己的作品之间的关系："一道难以逾越的鸿沟将我与我那些已问世的作品和看来好像尚待问世的作品割裂开来。那些已献于世人的诗文对我来说是那么陌生，我几乎不愿将其称为我的东西。"（EGB 462）

这位年轻的作家曾经将世界理解成彼此息息相关的整体，现在却不能够"连贯地考虑和表达任何东西"（EGB 465）。即便是培根来信中那篇短文的标题，他也只能"逐字逐句地领会，好像这些紧密联系的拉丁语词汇破天荒地映入自己的眼帘似的"（EGB 462）。他这样描述自己现在的状况：

> 我已经完全丧失，连贯地考虑、表达任何东西的能力。首先，我

---

①参见：Schultz, H. Stefan. Hofmannsthal and Bacon: The Sources of *The Chandos-Letter*. *Comparative Literature*, 1961(13): 1-15.

②Hofmannsthal, Hugo von. *Gesammelte Werke in Zehn Einzelbänden. Erzählungen, erfundene Gespräche und Briefe, Reisen*. Frankfurt am Main: Suhrkamp Verlag, 1979: 462. 后文将在括弧中用缩写 EGB 及页码标注引文出处。译文参考：霍夫曼斯塔尔. 钱多斯致培根. 魏育青，译//刘小枫. 德语诗学文选. 上海：华东师范大学出版社，2006：82-93.

渐渐地不能运用所有人不假思索就能运用自如的词汇来谈论较为高尚或较为一般的题目了。即使说一说"精神""灵魂"或"身体"这些词，我都会感到一阵莫名其妙的不适。（EGB 465）

钱多斯的这段话作为其"语言危机"和"创作危机"的有力论据曾被多次引用，但这段话中同时也包含了对"语言危机"这种简单化的解读范式的一种驳斥：钱多斯所经历的并非广义的"语言危机"或"失语"，而是一种"概念危机"①，他所丧失的是以理性思维为基础的逻辑推导和判断能力。"信仰的奥秘"和"尘世的概念"对他避而远之。他无力对宫廷、议会的政务，或街坊邻居的家事做出判断，即便是向四岁的小孩解释为人诚实的意义，也让他"脸色发白，头晕目眩"（EGB 465）。他就像用放大镜观察自己小指头上的皮肤一样，细致地审视着人们的言行举止，因为他再也不能用"习以为常的简单化的目光理解这一切了"，对他来说，"所有的事物都是一分再分，不能用一个概念来总括"。（EGB 466）

相反，在危机之前，他却总是感到万物的融合。他写道：

> 当时我长醉不醒，觉得全部生活是一个恢宏的统一体。在我看来，精神世界和肉体世界并非相互对立，高雅者和野蛮人、艺术和非艺术、孤寂和群体同样不会分庭抗礼。（EGB 463-464）

钱多斯用一个"醉"字描述当时的状态，清楚地将这种未经启蒙的、非理性的，甚或是原初态的存在方式表达了出来。因为没有概念的引入，没有两分法（Dichotomie）的确立，所以他感觉到了世界的整合性（Totalität）："我在万物中感觉到了自然，而在一切自然中我又感觉到了我本身。"（EGB 464）也正是一个"醉"字道出了这种状态的非真实性，它只能作为一种理想的状态存在幻觉当中。但事实上，钱多斯并未将现有的语言危机理解成一种开化的过程，或者从幻觉中清醒过来的过程，而是继续去寻找那已经消逝的整体感或整合性，想要回到其原初的状态，这正是其危机的症结所在。②

为了摆脱自己的困境，钱多斯试图求助于古罗马的西塞罗（见图 2-1）

---

①关于"概念危机"的提法以及论述主要受到沃尔夫刚·李德尔（Wolfgang Riedel）的启发。参见：Riedel, Wolfgang. *Homo Natura. Literarische Anthropologie um 1900. Studienausgabe.* Würzburg: Königshausen & Neumann, 2011: 1.

②参见：Helmstetter, Rudolf. Entwendet. Hofmannsthals Chandos-Brief, die Rezeptionsgeschichte und die Sprachkrise. *Deutsche Vierteljahrsschrift für Literaturwissenschaft und Geistesgeschichte*, 2003(3): 446-480.

和塞内卡（见图 2-2），希望通过他们的那种"有限的、有条不紊的概念之间的和谐能使自己恢复健康"（EGB 466）。西塞罗和塞内卡是斯多葛学派的主要代表，他们认为理性能提供"共同概念"（common notions），使人人

图 2-1　西塞罗的雕像①　　　　图 2-2　塞内卡的雕像②

具有共同的经验，从而形成知识和真理的标准。钱多斯试图从这两位先哲那里找回已经丧失的整合性。然而，这种尝试注定是失败的，因为不会进行逻辑思考、无法驾驭概念语言的钱多斯根本无法进入概念的世界：

> 我理解这些概念：我看见它们在面前进行着精彩的表演，就像美不胜收的喷水池水柱与金珠共舞。我可以围着它们转圈，欣赏它们如何一个接一个地嬉戏玩耍；可是它们只是相互纠缠在一起，我思想中最深邃、最富于个性的东西无法跻身于它们的行列。我站在它们身边，一种可怕的孤独感攫住了我；我感到自己似乎被关在花园里，几尊没有眼睛的雕像作伴；于是我又逃了出来。（EGB 466-467）

正如上文所述，钱多斯的语言危机其实是一种概念危机，他与强调理性和抽象概念的理性主义传统格格不入，而书信的接受者以及"给予我的精神莫大

---

①图片来源：Statue von Marcus Tullius Cicero. https://www.britannica.com/biography/Cicero.
②图片来源：Statue von Lucius Annaeus Seneca. https://www.britannica.com/biography/Lucius-Annaeus-Seneca-Roman-philosopher-and-statesman.

益处的善人"（EGB 472）则是重视感觉经验的英国经验主义哲学的主要代表和奠基人弗朗西斯·培根。经验主义者们从感觉论出发探讨审美和认识的问题，而培根更是认为，知识和观念起源于感性世界，感觉经验是一切知识的源泉。"他在研究方法上倡导从感性经验出发去采花酿蜜，以取代过去从概念出发进行玄学思辨的吐丝织网。"①如此一来，钱多斯的危机在一定程度上正是以经验主义与唯理主义的对峙为背景的。然而，霍夫曼斯塔尔笔下的钱多斯并未止步于英国的经验主义哲学思潮，他在信的末尾写道："看来这是我最后一次给弗朗西斯·培根写信了。"（EGB 472）如此，钱多斯给培根的这封回信，不再只是回复友人关心、解释自身困境的寻常信件，而是与培根以及科学主义哲学的整套归纳总结、逻辑推衍的思辨系统的告别仪式。在这里，钱多斯完成了一次转变和过渡，他彻底地摆脱了理性的束缚，从而投向一个充满神秘和偶然的世界。"一把喷壶，一柄丢在地里的木耙，一条晒着太阳的狗，一片残破的教堂墓地，一个残者，一间小小的农舍"，这些彼此毫无关联的事物，平常人都不会特别在意，但在钱多斯的眼中，它们却会在某一时刻"突然呈现出一种崇高感人的特征"（EGB 467）。

霍夫曼斯塔尔曾在笔记中写道："艺术经验让人有可能领会到事物的本质，而科学家只是机械使用概念的牺牲者。"②对科学的批判正体现为对其语言使用的批判。科学语言或概念语言是一种"没有主体的言语系统"③，其使用必然导致言说主体的瓦解，科学家以及形而上学者的行为只能让自我变得"不可救药"④。19 世纪末期，在自然科学迅猛发展的同时，人们不仅开始怀疑形而上学，而且开始质疑经验主义、科学主义的思潮，因为科学并不能解释一切，而我们的感官所告诉我们的也只不过是对外在刺激的反应。在质疑理性普遍性的同时，人们试图寻找其他的出路，霍夫曼斯塔尔选择的是图像和艺术体验。

2.2.2 图像与图像性表达

《钱多斯信函》虽然言说的是语言表述的危机，但该作品的行文表述却是非常的生动形象。比喻、象征、托寓等手法的大量使用，使得书信的语言获得

---

①朱志荣. 中西美学之间. 上海：上海三联书店，2006：9.

②转引自：Renner, Ursula: „Die Zauberschrift der Bilder". Bildende Kunst in Hofmannsthals Werken. Freiburg im Breisgau: Rombach Verlag, 2000: 514.

③转引自：Renner, Ursula: „Die Zauberschrift der Bilder". Bildende Kunst in Hofmannsthals Werken. Freiburg im Breisgau: Rombach Verlag, 2000: 515.

④马赫在《感觉的分析》（Die Analyse der Empfindungen）的"反形而上学序言"中提出"不可救药的自我"这一表述，参见：Mach, Ernst. Die Analyse der Empfindungen und das Verhältnis des Physischen zum Psychischen. Nachdruck der 9. Aufl., Jena, Fischer, 1922, mit einem Vorwort zum Neudruck von Gereon Wolters. Darmstadt: Wissenschaftliche Buchgesellschaft, 1991: 20.（中文译本参考：马赫. 感觉的分析. 洪谦，唐钺，梁志学，译. 北京：商务印书馆，1986.）

非常强的图像感。正如上文引文中描述的那样，抽象的概念在钱多斯面前进行着精彩的表演，"就像美不胜收的喷水池水柱与金珠共舞"，他只能用眼睛去"欣赏"，而无法融入其中。《钱多斯信函》展现给我们的也是各种用文字和语言勾勒的图像，它们呈现在我们的想象当中，呈现在我们的"内部眼睛"（innere Augen）之前。信中那句一再被引用的话——"那些抽象词汇像腐坏的蘑菇一样在我嘴里烂掉了"（EGB 465）——更是在用图像的语言来描述概念的沦丧。钱多斯在概念上的缺憾往往通过语言图像来填补，《钱多斯信函》正表达了这种概念和图像的对立[①]。

图像[②]——霍夫曼斯塔尔往往对图像、隐喻和象征并不进行严格区分——及图像性表达是"一切诗作的核心和本质"（RA I, 234）。霍夫曼斯塔尔在 1894年的评论《隐喻的哲学》（"Philosophie des Metaphorischen"）、1897 年的短文《图像性表达》（"Bildlicher Ausdruck"）、1904 年的虚构性对话《关于诗的谈话》、1906的评论《一千零一夜》（"Tausendundeine Nacht"）和讲演《诗人与这个时代》（"Der Dichter und diese Zeit"）中都反复探讨了（语言）图像之于文学、诗人和精神的关系。在他看来，隐喻不只是简单的修辞手法，它是人类"所有思想和言谈的真正根源"（RA I, 190），它和象征一样，揭示了那些貌似毫无关系的事物背后的关联。图像性表达是诗人的语言，而使用这种"生动语言"的诗人却"像逃避大黑狗似的，逃避着概念"（RA I, 193）。

毫无生气的、冰冷的概念只限于抽象的理性思索和逻辑推理，而栩栩如生的图像却能唤起人们情感上和身体上的反应，相比于抽象的文字，图像是"热媒介"（麦克卢汉语），它"在非概念的话语中，为诗人无法逾越的语言媒介开辟了阐释学和符号学上的活动空间，进一步拓展了可言之物的界限"[③]。钱多斯在致培根的信中多次强调自己的言说困难，他经常写道："真不知道该怎样描述……""找不到词儿""一种没有称呼，也许根本无法称呼的东西""我竭尽全力也词不达意"；然而就在这些指称和言说的困难之后，紧随而来的却是形象化的语言表达："真不知道该怎样向您描绘这种罕见的精神折磨：我伸开双臂，硕

---

①德语文学研究专家魏育青也指出："在《钱多斯信函》中，概念关联越是分崩离析，就有越加多的图像将之代替。"参见：Wei, Yuqing. Muräne und Reuse. Eine daoistisch-sprachkritische Lesart des *Chandosbriefs* von Hugo von Hofmannsthal. *Zeitschrift für Germanistik*, 2006(2): 268.

②此处的图像概念可参照威廉·约翰·托马斯·米歇尔（William John Thomas Mitchell）对其的定义，他认为"图像"可分为版画类（如绘画、图表等）、光学类（如镜子、投影等）、感知类（如造型、现象等）、思想类（如梦、记忆、想象等）和语言类（如隐喻、描述等）等多种类别。参见：Mitchell, William John Thomas. Was ist ein Bild?. In Bohn, Volker (Hg.). *Bildlichkeit. Internationale Beiträge zur Poetik*. Frankfurt am Main: Suhrkamp Verlag, 1990: 17-68.

③Renner, Ursula. *"Die Zauberschrift der Bilder". Bildende Kunst in Hofmannsthals Werken*. Freiburg im Breisgau: Rombach Verlag, 2000: 520.

果累累的树枝向上飞去；我口干舌燥，潺潺流水就朝后退去。"（EGB 465）或：
"在上述美好时刻到来时展现在我面前的是一种没有称呼，也许根本无法称呼的东西，它像往瓶里灌水一样将高尚生活的汹涌洪水倾倒在我日常生活的某个部位。"（EGB 467）

　　而浮现在他脑海中的那些老鼠在储奶窖里垂死挣扎的景象，则让他的心情"跟一个战战兢兢、束手无策地站在这位逐渐僵硬的尼俄柏身旁的奴仆一样沉重"（EGB 468）。这些景象直接流入他的心中，他感到"同它们融为一体了"。图像体验与人的情感和身体感受紧密相连。不仅是想象中的景象，就算是现实中的图像，在特定的组合或场景下，也会激起观赏者强烈的身体反应。钱多斯在胡桃树下发现的一把园丁遗忘的喷壶，壶里有一只龙虱在阴暗的壶壁间游动，这样简单的图像组合就让他"不寒而栗，从发根到脚踵直打哆嗦"（EGB 468）。这种近乎神秘的关联和体验，是用理性的概念系统无法解释的，也是无法通过抽象的文字媒介实现的。

2.2.3 物的言说

　　钱多斯在经历言说的困难之后，对平日显得微不足道的哑物表现出极大的热情。"这些不会说话，甚至不会活动的造物是那么充实，带着那么现实的爱，赫然呈现在我面前，我幸福的目光无暇光顾周围的毫无生气之处了。"（EGB 469）在这里，目光替代了原先的语言，目光与这些哑物的接触，将他带入一种"奇特的陶然魔境"（EGB 469）。他再次同周围世界达成和谐："我感到我内心、我周围有一种使人目眩神摇的，简直无涯无涘的相互作用，同参与这种相互作用的所有物质我都愿意融为一体。这样，我的躯体似乎纯粹由密码组成，这种密码向我阐释一切。"（EGB 469）

　　值得注意的是，这种目光没有受到任何概念框架的束缚，它延伸开来，一直通向幽远之处。这甚至是一种没有焦点的目光，它关注的不再是那些显眼的、引人注意的事物：他的佃农和管家向他脱帽致意，毕恭毕敬地迎接他的目光时，他的目光却不露声色地掠过那些烂木板，透过狭窄的铁窗射进黑咕隆咚的室内，越过屋角矮床上的花哨床单，投向其貌不扬的小狗或在花盆间钻来钻去的猫儿身上。在所有这些具有乡村生活格调的事物中，他的目光总是寻找着某种无足轻重的细微之物。"此物不显眼的外形，无人注意的姿势位置以及默默无言的本质有可能成为那种神秘、无声、横无涯际的陶醉心情的源泉。"（EGB 470）这是一种近似于纯粹的观看，它拆除了语言和概念的栅栏，拓宽了视线的疆界，吸纳了平日被人忽视、不显眼的事物，霍夫曼斯塔尔在类似的语境下将其称之为"边缘观看"（peripherisches Sehen）[1]，它与后来里尔克笔下的那种"现象学式的观看"（phänomenologisches Sehen）有相通之处，但又截然不同。钱多斯的观看伴随着一种突如其来的、形而上学意义上的、顿悟似的豁然开朗。"一把喷壶，一柄丢在地里的木耙，一条晒着太阳的狗，一片残破的教堂墓地，一个残者，一间小小的农舍"（EGB 467），以及他后来提到的区区细物，"如一条狗，一只老鼠，一个甲虫，一株枯萎的苹果树，一条蜿蜒山丘之间的大车路，一块铺满苔藓的石头"（EGB 469）。这些分散的、无足轻重的微物，"通过在观看主体中形成图像，而成为形而上学意义的承载者"[2]，它们默默无言的本性成为"那种神秘、无声、横无涯际的陶醉心情"（EGB 470）的源泉。这种陶醉以及上文提到的"震撼"的到来是完全偶然的，钱多斯的那种豁然开朗的天启式的观看也完全依赖于这种偶然："它们会在某一时刻——促使这一时刻到来绝非我力所能及——突然呈现出一种崇高感人的特征。"（EGB 467）

钱多斯的自我镜像是克拉苏和他心爱的海鳝——"一条呆头呆脑、从没一点声响的红眼鱼"（EGB 471）。克拉苏为了这条鱼的死而痛哭流涕，他的形象与"统治天下、商讨无比崇高的事务的元老院"里的元老多米提乌斯形成鲜明的对比。前者的"可笑"与"鄙俗"在元老院里暴露无遗。然而，就是这个"可笑"而"鄙俗"的人物形象却有时会扎入钱多斯的脑海，迫使他去思想，"但是这种思想却置身于一种比词语更直接、更酣畅、更灼热的物质之中"（EGB 471）。这样一种比语言更"热"的思想媒介正是图像。作为能指的符号，语言词汇总有其所指，虽然这个所指可以无限延宕，甚至遥不可及。语言的词汇是以理性（逻各斯，Logos）为依托的，而万千哑物所用的语言，或者说图像的语言，却有着神秘和非理性的力量。它以视觉体验为基础，直接涌入我们的内心，触动我们的情感。钱多斯在此以"观看"替代"言说"，他停止写作，是因为他现在已无法用语言来进行言说，这是一种"无言之美"的境界。钱多斯写道："我既能用于写作，也能用于思考的语言不是拉丁语和英语，也不是意大利语和西班牙语，而是一种我一字不识的语言。万千哑物操着这种语言朝我说话，我也许只有在坟墓里才能以这种语言在一位陌生的法官面前为自己辩护。"（EGB 472）

2.2.4 对语言危机的媒介学解读

德国学者鲁道夫·赫尔姆斯泰特（Rudolf Helmstetter）曾撰文指出，《钱多

---

①Hofmannsthal, Hugo von. Das Schöpferische (1906/1909). In Ritter, von Ellen (ed.). *Sämtliche Werke XXXI: Erfundene Gespräche und Briefe*. Frankfurt am Main: Fischer Verlag, 1991: 96.

②Wellbery, David E. Die Opfer-Vorstellung als Quelle der Faszination. Anmerkungen zum *Chandos-Brief* und zur frühen Poetik Hofmannsthals. *Hofmannsthal-Jahrbuch zur europäischen Moderne*, 2003(11): 281-310.

斯信函》涉及的是口语和文字的关系。他认为，钱多斯缺少身体在场的、面对面的交流，而这种"对直接、感观和社会性的贬低和对内在、间接、精神和抽象性的推崇，并不只是钱多斯在危机时期的特征"①。他进而认为："钱多斯体现的并不是语言危机，而是语言的堕落，具体说是文字的堕落。"②笔者认为，钱多斯在危机前后的转变，不仅体现为抽象语言或文字的堕落，同时还有向带有超验性的图像体验的转向。

从媒介发展史看，文字秩序的建构与概念体系的形成相似，表现为一种抽象化的过程。由于西方语言的"语音中心论"传统，文字实为语音或者说逻各斯的肉身化（Inkarnation），从口语向文字的转化表现为一种"去身体化"（Entkörperlichung）的过程；而文字向图像的转向在一定程度上又重新完成一次身体性的回归。图像容纳了身体的形象感，通过视觉器官"眼睛"对观赏者的身体感知发生作用。即便是语言图像，这种以文字为依托的图像性表达，也能通过读者的"内感官"，激发其想象力，进而对其身体的感知产生影响。钱多斯在危机后放弃了以往的"言说"，而转向当下的"观看"，以沉默的方式亲身体验着世界并与之相融合，正如他自言："这就像一股涡流，然而它不同于语言的涡流，它不是通往无底深渊，而是以某种方式流向我内心，流向宁静的怀抱的最深处。"（EGB 471）

正如本节开头所描述的那样，《钱多斯信函》是一封杜撰的信函，霍夫曼斯塔尔在其中深化自己的语言批评，继续探索新的语言模式。《钱多斯信函》构想了一种没有语词束缚的"静默之物的语言"，这种语言不仅具备霍夫曼斯塔尔梦寐以求的直接性，而且带有《米特沃泽评论》所赞许的偶然性与随意性。它不再是一个连贯一致、秩序井然的符号体系，因此彻底摆脱了语言的再现要求、概念的围困和逻辑规则的制约。③

上文已经指出，《米特沃泽评论》认为文字的轻纱遮蔽了世界。《钱多斯信函》则修正了这一观点，霍夫曼斯塔尔不再把语言具象化为分隔词与物的轻纱，也不再认为存在一个未被遮蔽的、本体意义上的事物世界。就此而言，《钱多斯

---

①Helmstetter, Rudolf. Entwendet. Hofmannsthals *Chandos-Brief*, die Rezeptionsgeschichte und die Sprachkrise. *Deutsche Vierteljahrsschrift für Literaturwissenschaft und Geistesgeschichte*, 2003(3): 457.

②Helmstetter, Rudolf. Entwendet. Hofmannsthals *Chandos-Brief*, die Rezeptionsgeschichte und die Sprachkrise. *Deutsche Vierteljahrsschrift für Literaturwissenschaft und Geistesgeschichte*, 2003(3): 464.

③关于《钱多斯信函》的研究早已汗牛充栋，此处不再一一列举。研究现状可参见：Günther, Timo. *Hofmannsthal. Ein Brief.* München: Fink Verlag, 2004; King, Martina. Sprachkrise. In Feger, Hans (Hg.). *Handbuch Literatur und Philosophie.* Stuttgart/Weimar: Metzler Verlag, 2012: 159-177; Günther, Timo. Ein Brief (1902). In Mayer, Mathias & Werlitz, Julian (Hg.). *Hofmannsthal-Handbuch. Leben–Werk–Wirkung.* Stuttgart: Metzler Verlag, 2016: 316-320.

信函》不仅包含激进的语言批判，而且通过文学书写实践着一种新的语言，进而实现了新的感知模式与认知形态。

在《钱多斯信函》中，钱多斯爵士经历了三个不同阶段的心境：在起初的青年时代，他仿佛置身天堂，沉醉于语言之中；但他随后遭遇语言危机，饱受折磨；最终，钱多斯在"美好时刻"（gute Augenblicke）经历天启般的体验，这预示新的语言模式和新的观看方式逐渐形成。通过比较不同阶段的精神状态，钱多斯不仅书写了自身的病症，同时也揭示语言在感知与认识过程中的关键意义。既有研究一再探讨钱多斯的语言危机，而笔者认为这种危机的本质是感知与认识的危机——更准确地说，是文字编码的概念语言的危机，是阅读与阐释的感知模式的危机。①

钱多斯在青年时代有着狂热的自恋，就连他自己回首那段岁月时也认为曾经"疏狂不羁"②。在青年钱多斯眼中，世界是"上帝天衣无缝的安排"（XXXI 48），宇宙犹如浩瀚的统一体，一切对立都消融于其中。一方面，他把自己想象成第二个上帝，通过向外投射的感知赋予这个世界以统一的秩序："当时我长醉不醒，觉得全部生活是一个恢宏的统一体。在我看来，精神世界和肉体世界并非相互对立，高雅者和野蛮人、艺术和非艺术、孤寂和群体同样不会分庭抗礼。[……]总之在一切之中我感觉到了自然天性，而在一切自然天性中我又感觉到了我自身。"（XXXI 47）与此同时，另一方面，世界在他眼中可阅读、可阐释，同时也是可掌控的："换句话说，我有这样的预感，一切都是比喻，每一造物都是把握另一造物的钥匙。我觉得我有能力不断抓住一个又一个的造物，用一个造物来揭开尽可能多的其他各事物的奥秘。"（XXXI 48）他沉醉于世界的符号秩序，这个可阅读、可阐释的世界形成了统一连贯的整体，一切都有牢固的联系，他与世界之间的主客关系因此十分稳固。他把自己视作唯一的解释者和主宰者，即唯一的主体，于是，恢宏的统一体归功于他一人。在全能的幻觉之中，青年钱多斯酝酿着各种计划，醉心于意义。而他最得意的那个计划当中蕴藏着一种独特的感知模式：

> 另外，在那段生气勃勃的快乐日子里，有关形式的知识如同通过
> 永不淤塞的管道从塞勒斯特笔下汩汩流进我的心田。这是一种深刻的、
> 真实的、内在的形式，一种唯有超越讲究修辞的艺术作品的樊篱才能

---

①研究者谈到语言危机时常常也会提及其他形式的危机，认为语言危机也是感知危机和认识危机。参见：Brandstetter, Gabriele. *Tanz-Lektüren. Körperbilder und Raumfiguren der Avantgarde.* Frankfurt am Main: Fischer Taschenbuchverlag, 1995: 51.

②Hofmannsthal, Hugo von. *Sämtliche Werke. Kritische Ausgabe. Band XXXI: Erfundene Gespräche und Briefe.* Frankfurt am Main: Fischer Verlag, 1991: 48.

感觉到的形式；不能蹈常袭故地说形式安排素材，因为我所指的这种形式贯穿于素材之中，扬弃了素材，同时又创造了诗与真。这是诸多永恒力量的交互作用，这和音乐、和代数一样美妙。当初我酷爱这个写作计划。（XXXI 46）

由此可见，钱多斯钟爱的并不是修辞，而是那些超越修辞的"深刻的、真实的、内在的形式"。换言之，即使在光辉的青年时代，钱多斯也并不痴迷于语言本身，而是试图认识语言或修辞无法触及的"内在的形式"（XXXI 46）。

钱多斯推崇内在而拒绝外在，这不仅塑造了他的价值观和判断标准，也影响着他阅读和解释的感知模式。"内在"就是本质，它被蒙上轻纱，遮蔽于语词的表象之下。①唯有阐释的目光才能真正认识"内在"，这种目光可以穿透外在的表象，使被遮蔽之物重新显现。因此钱多斯青年时期是内在之物的阐释者，如他所言，"无论在哪里，我始终处于中心"，并且"从未觉察到有什么不实在的虚幻之物"（XXXI 48）。

然而到了所谓的语言危机阶段，钱多斯的言说能力逐渐丧失。众所周知，若没有外在的语言，人们就无法最终触及事物的内在。钱多斯在这一时期的语言危机表明主体对世界的感知已被语言塑造并编码，甚至为文字、文学所渗透。随着语言的衰落，钱多斯此时"已经完全丧失了连贯地考虑、表达任何东西的能力"（XXXI 48）。在他眼中，即在他感官感知的直接源头那里，整个世界已经分崩离析。由于传统的语言秩序已经瓦解，钱多斯无奈地感慨概念语言已经失效，他为自己无法参与到日常谈话中而倍感苦恼。产生语言危机的原因在于，直接感知与惯习所塑造的语言模式之间存在矛盾：

我的心灵强迫我凑到这类谈话的内容跟前仔细打量。有一回我用放大镜观察自己小指上的皮肤，那块皮肤酷似布满垄沟、坑坑洼洼的田野；现在我就用这种方法来审视各种人，以及他们的所作所为。我再也不用习以为常的简单化眼光理解这一切了。在我看来，所有的事物都是一分再分，不能用一个概念来总括。（XXXI 49）

在对这一文段进行阐释时，德语学界常常从生活哲学出发将文本视为反科学、反概念的宣言，认为钱多斯要求弃绝传统的、简化的语用。他们的论据是：

①针对语词建造出的谎言世界，霍夫曼斯塔尔在 1895 年的一篇笔记中表达了自己的质疑："词语的世界是一个表象世界，它像色彩世界一样封闭自我，并且与现象世界相协调。"（RA III, 400）此处的语言虽然仍与现实世界相联系，但已经可以读出与《钱多斯信函》类似的观点。

按照钱多斯的说法，人们在谈论家长里短时总是依赖于惯习塑造的、过于简化的模式，无法真正触及事物的本质；如果我们放弃（概念）语言中大而化之的语用模式，人人便能看到轻纱背后的隐匿之物。实际上，这种解读逻辑在对于《米特沃泽评论》的阐释中就有迹可循：阐释者以为语言是蒙在人与物之间的一层轻纱，一旦这层轻纱被掀开，它背后的本质就会暴露出来。甚至，这种阐释的方式也被运用到后文钱多斯所说的天启体验当中：在天启般的"美好时刻"，世界似乎摆脱了普遍的范畴和分类，从前被忽视、被低估的事物这时进入了钱多斯的视域之内。

然而仔细研究就会发现，上述解读过于笼统。实际上，文中有明显的证据支持另一种截然不同的阐释方式。我将这些证据归结为以下几点：

首先，钱多斯之所以批评简化的语用，原因恰恰在于他追求一种以理性和逻辑为基础的言说方式。虽然这段文字对概念文化、对普遍概念的使用都有所批判，但是绝不能想当然地以为钱多斯反对科学。相反，钱多斯的批判态度表明他是文字的倡导者。毕竟，他以极其理性主义的方式来看待问题。钱多斯认为"不拘礼节、平平常常的交谈中"所作的判断"纯属杜撰，全都言之无据，漏洞百出"（XXXI 49），恰恰可以归因于他秉持理性主义的基本立场，习惯于阐释式的观看方式。钱多斯坚持"以真实为标准，期待一致性"，这必须以"距离、抽象、分析的态度，也即文字"为前提，于是他把分析性的、有距离感的文字性的目光投向语言。[1]由是观之，与其说钱多斯的语言危机是一种突然袭来的病症，并将病因归结为超越理性的个性特征，不如说这种危机其实是阅读与阐释的感知模式带来的必然后果。这种感知模式的表现就是努力探索真理的科学精神以及抽象化、分析式的文字文化。

其次，语言这层轻纱绝不可能被完全掀开。钱多斯不仅批评了简化的语用和语言的概念性，而且也强调语言作为认知媒介的重要意义。他在言语间含蓄地表明语言对感知与认识不可或缺，如果没有语言的约束和界限，世界将会分裂成各自独立的碎片："在我看来，所有的事物都是一分再分，不能用一个概念来总括。"（XXXI 49）日耳曼学学者克劳斯·穆勒-里希特（Klaus Müller-Richter）和阿图罗·拉卡蒂（Arturo Larcati）曾经对文中描绘的支离破碎的世界加以分析[2]，并且提到了米歇尔·福柯在《词与物》（*Die Ordnung der Dinge*）中写过

---

[1]参见：Helmstetter, Rudolf. Entwendet. Hofmannsthals *Chandos-Brief*, die Rezeptionsgeschichte und die Sprachkrise. *Deutsche Vierteljahrsschrift für Literaturwissenschaft und Geistesgeschichte,* 2003(3): 464.

[2]参见：Müller-Richter, Klaus & Larcati, Arturo. Hugo von Hofmannsthals Konezpt des symbolischen Augenblicks. In Dies. *„Kampf der Metapher!".* *Studien zum Widerstreit des eigentlichen und uneigentlichen Sprechens. Zur Reflexion des Metaphorischen im philosophischen und poetologischen Diskurs.* Wien: Österreichische Akademie der Wissenschaften, 1996: 302.

的失语者。借助失语者的例子，福柯证明认知过程中的分类先于每一次感知与认识。[①]因为有了术语系统中的分类，所以才有可能通过概念将相似的个体涵盖在特定的种属或范畴之内。换言之，概念分类有助于形成长久、稳固且连贯的秩序。然而失语者无法建立这种秩序，他们像钱多斯一样面对一个四分五裂的世界，最终陷入焦躁不安的情绪当中。[②]分类对于语言而言尤为关键，它在感知和认识世界的过程中发挥着基础性的作用。这也说明钱多斯的语言批判并非主张弃绝语言，而是旨在说明人们亟需新的语言。[③]广义上的语言对钱多斯而言不可或缺，否则他就不会使用语言写下这封信，文采斐然地描绘自己的语言危机和天启体验，以此满足自己的表达意愿以及交流需求。

由此可见，钱多斯的感知模式和思维方式仍然是理性化的。[④]他对日常判断中滥用概念的现象加以批判，原因在于他认为概念应当范畴化、精确化。作为一位饱读诗书的作家[⑤]，钱多斯的感知模式受制于书本，这使他对相似概念中的细微差别尤为敏感。但是，久而久之，钱多斯难以摆脱这种习以为常的感

---

①参见：Foucault, Michel. *Die Ordnung der Dinge. Eine Archäologie der Humanwissenschaften*. Frankfurt am Main: Suhrkamp Verlag, 1974: 20-21.

②福柯《词与物》中的原文是："这样，病人们就无止境地进行编组，又解散编组，堆积不同的相似性，破坏那些看上去最清楚的编组，分散相同的事物，重叠不同的标准，激动不已地重新开始，惶惑不安并最终到了焦虑的边缘。"参见：福柯. 词与物. 莫伟民，译. 上海：上海三联书店，2002：6.

③参见：Müller-Richter, Klaus & Larcati, Arturo. Hugo von Hofmannsthals Konezpt des symbolischen Augenblicks. In Dies. *„Kampf der Metapher!"*. *Studien zum Widerstreit des eigentlichen und uneigentlichen Sprechens. Zur Reflexion des Metaphorischen im philosophischen und poetologischen Diskurs*. Wien: Österreichische Akademie der Wissenschaften, 1996: 304.

④不少阐释都以理性批判为前提。例如，克莱门斯·鲍尔恩施雷格尔（Clemens Pornschlegel）认为，近代以来，理性虽然取代了宗教神权，却无法继续赋予世界统一的秩序："弗朗西斯·培根是启蒙科学的代表人物，钱多斯写信给他，提醒他注意辩证法中被'遗忘'的另一面：启蒙解构了宗教所维系的意义关联，它尝试用科学去继承神学的遗产，然而它在这样做的时候也丧失了自身意义的前提。"参见：Pornschlegel, Clemens. Bildungsindividualismus und Reichsidee. Zur Kritik der politischen Moderne bei Hugo von Hofmannsthal. In Graevenitz, Gerhart von (Hg.). *Konzepte der Moderne*. Stuttgart/Weimar: Metzler Verlag, 1999: 255. 丹尼尔拉·格雷茨（Daniela Gretz）延续了上述思路，以《钱多斯信函》中"放大镜"的例子来说明科学理性造成了世界的多样性——世界一旦破碎，便无法重新统一："此处的放大镜代表近代科学的发展，通过细节上更高的分辨率，人们日益将目光投向细节之中，因此人们原本谋求的同一性转变为个体难以统合的多元性。"参见: Gretz, Daniela. *Die deutsche Bewegung. Der Mythos von der ästhetischen Erfindung der Nation*. München: Fink Verlag, 2007: 197.

⑤参见：Helmstetter, Rudolf. Entwendet. Hofmannsthals *Chandos-Brief*, die Rezeptionsgeschichte und die Sprachkrise. *Deutsche Vierteljahrsschrift für Literaturwissenschaft und Geistesgeschichte*, 2003(3): 457, 460-463.

知模式。①在他看来，需要创造一种新的语言来超越传统语言。这种新的语言
能随着情境的变化而变化，把他感知中那些看似无序的事物组织到一起，以此
赋予感知图像以意义的轮廓。只有明白语言发挥着建立秩序的作用，才能读懂
钱多斯的危机：当钱多斯指责概念再也无法涵盖事物时，他不是要求抛弃语言，
恰恰相反，他在无奈地慨叹人类的感知与认识无法脱离语言。

钱多斯的语言反思与艺术史学家威廉·沃林格（Wilhelm Worringer）形成
了一定程度上的思想共振（见图 2-3）。沃林格于 1907 年发表的论著《抽象与
移情》（*Abstraktion und Einfühlung*）如今已成为 20 世纪早期最重要的美学作品
之一（见图 2-4），其中描绘的原初世界与钱多斯笔下的世界异曲同工。根据沃
林格的想象，"原始人"在混乱无序的现象世界面前茫然无措，因此陷入深深的
恐惧中。在原始本能的驱动下，他们画下线条与图形，以此对复杂混沌的周遭
环境进行抽象，从而克服自我的恐惧。最初的抽象化过程受到本能的驱使，是

图 2-3　威廉·沃林格②　　　　　图 2-4　《抽象与移情》封面③

---

①钱多斯从青年时代对语言的沉醉"无缝"过渡到危机中的天启感知，参见：Helmstetter, Rudolf. Entwendet. Hofmannsthals *Chandos-Brief*, die Rezeptionsgeschichte und die Sprachkrise. *Deutsche Vierteljahrsschrift für Literaturwissenschaft und Geistesgeschichte,* 2003(3): 463-464.

②图片来源：Porträt von Wilhelm Worringer. Bildgegenstand im Deutschen Literaturarchiv Marbach.

③图片来源：Das Titelblatt von *Abstraktion und Einfühlung*. Mit Signatur von Elga Worringer. Bildgegenstand im Deutschen Literaturarchiv Marbach.

心理需求诱发的必然行动，这被沃林格称为"抽象的冲动"①。而早在《抽象与移情》发表前五年，霍夫曼斯塔尔就已经通过《钱多斯信函》描绘了与沃林格类似的混沌景象。不过，霍夫曼斯塔尔并不是往回追溯到混沌的原初自然，而是更多地立足于理性化的现代社会。②就此而言，德国学者鲁道夫·赫尔姆斯泰特的观点令人信服：钱多斯经历的"不是对语言的怀疑，而是语言的衰败，更准确地说是文字的衰败"③。因此，《钱多斯信函》不是激进的语言批判，更不是主张放弃语言。它真正要批判的是人们因袭已久的对概念的范畴化④，是人们想用语言再现真实世界的企图。⑤如此一来就不难理解，钱多斯为何在描述语言危机、讲述天启体验后仍然在谈语言——更具体地说，在谈"静默之物的语言"。

一方面，钱多斯的语言危机根源于他对语词的细微差别过于敏感，这既造

---

①参见：Worringer, Wilhelm. *Abstraktion und Einfühlung*. München: Piper Verlag, 1964: 48. 关于文学家和艺术家对沃林格的接受情况可参见：Öhlschläger, Claudia. *Abstraktionsdrang: Wilhelm Worringer und der Geist der Moderne*. München: Fink Verlag, 2005.

②实际上，沃林格也曾指出人们在 1900 年前后又重新面临着一个混沌的世界，而这一现象是高度发达的理性化和日益增多的偶然体验造成的："只有在人类精神于几千年之久的发展中竭尽了理性认识的所有方面之后，对'自在之物'的感受作为对认识的最后放弃，在人类精神中才又死而复生，这时，先于直觉存在的就是最后的认识产物。当人类认识到了下述这种情形之后，人类又从自傲的知识中跌落下来. 又重新像原始人一样面对外在世界处于被失落和茫然不知所措的境地中。"参见：沃林格. 抽象与移情（修订版）. 王才勇，译. 北京：金城出版社，2019：38.

③Helmstetter, Rudolf. Entwendet. Hofmannsthals *Chandos-Brief*, die Rezeptionsgeschichte und die Sprachkrise. *Deutsche Vierteljahrsschrift für Literaturwissenschaft und Geistesgeschichte*, 2003(3): 464.

④早在 1891 年，霍夫曼斯塔尔就注意到概念分类的任意性，他在当年的日记中写道："语言（无论是口头语言还是思维语言，因为我们如今更多地通过语词和代数公式来思考，而不是通过图像和感受）教会我们，脱离种种现象的单一性；通过随意的分离，我们产生了真正具备差异的概念。我们要费一番周折才能回到这些分类的模糊性，记住善与恶、明与暗、动物与植物不是自然赋予的，而是被人任意区分出来的。"（RA III, 324）从这段引文（尤其是括号中的引文）中不难看出，霍夫曼斯塔尔很早就意识到人类感知受到媒介编码。实际上，霍夫曼斯塔尔同年写下的一处笔记也揭示了媒介对于感知的建构作用："我们从不是在画一个事物，而是始终在画事物赋予我们的印象：图像之图像。"（RA III, 332）传播的媒介性不可或缺。

⑤参见：Müller-Richter, Klaus & Larcati, Arturo. Hugo von Hofmannsthals Konzept des symbolischen Augenblicks. In Dies. *„Kampf der Metapher!"*. *Studien zum Widerstreit des eigentlichen und uneigentlichen Sprechens. Zur Reflexion des Metaphorischen im philosophischen und poetologischen Diskurs*. Wien: Österreichische Akademie der Wissenschaften, 1996: 300. 穆勒-里希特和拉卡蒂指出，钱多斯在描述青年阶段和语言危机阶段时都使用了"宇宙"这一字眼，两处提到的"宇宙"含义相同，世界究竟是恢宏的同一体还是散落的碎片取决于钱多斯自己的语言能力。一方面，语言与世界一一对应的设想受到质疑，语言的再现模式因此也被动摇；另一方面，语言在感知和认识过程中发挥的作用愈发明显。

成了世界的碎裂，也在眩晕中削弱了钱多斯自己的主体性。①另一方面，语言危机彰显了语言本身在感知与认知过程中的关键作用。在钱多斯眼中，语言既是无法扬弃的轻纱，也是不可或缺的媒介。因此，钱多斯描述语言危机绝不是主张完全放弃语言，而是寻求一种新的、无言的交流模式。

笔者认为，语言危机构成了钱多斯语言反思的出发点，他希望"净化"语言的模仿陈规和再现功能。《钱多斯信函》和《米特沃泽评论》一样，寻求一种超越模仿和再现、挣脱概念束缚的纯净语言。如果说在《米特沃泽评论》中演员米特沃泽是这种语言的具体化身，那么在《钱多斯信函》里这种语言则抽象为"静默之物的语言"。在一个个"美好时刻"里，静默之物仿佛开口朝向钱多斯言说，使他顷刻间从精神束缚之中解脱出来。值得注意的是，钱多斯拒绝用言语来描绘这些转瞬即逝的奇妙体验：

> 这是因为在上述美好时刻到来时展现在我面前的是一种没有称呼，也许根本无法称呼的东西，它像往瓶里灌水一样将高尚生活的汹涌洪水倾倒在我日常生活的某个部位。光这样说您可能还不明白我的意思，请原谅我举几个拙劣的例子。一把喷壶，一柄丢在地里的木耙，一条在晒太阳的狗，一片残破的教堂墓地，一个残者，一间小小的农舍，这一切均能成为我彻悟的盛器。人们看到这些物体（以及成千上万类似的物体）时当然不会特别注意，但是对我来说，它们却会在某一时刻——促使这一时刻到来绝非我力所能及——突然呈现出一种崇高感人的特征，要描写这种特征我竭尽全力也词不达意。（XXXI 50）

钱多斯反复提到"词不达意"的体验，他的极力渲染为此增添了神秘气息。钱多斯从中感受到偶然性和随机性，这让"美好时刻"显得更加神秘莫测。一切骤然发生，让人来不及用理性去揣度，体验者因此无法通过意识来掌控它。

在日耳曼学界，常常有人将天启体验解读为纯粹感官性的感知模式，认为它摆脱了语言和意识的束缚。持这种观点的学者认为钱多斯描绘出事物本身的纯粹表象——所谓"纯粹表象"指的是，事物从语言的等级和概念结构中生成，无法再用语言表达出来。这种解读方式还暗示，事物的存在可以先于语义，人

---

①参见原文："一个一个的词在我前后左右飘荡，转而凝结成一些眼睛，呆呆地凝视着我；我也只得目不转睛地看着它们：这些眼睛是旋涡，我一往下瞧就头晕。旋涡以不可阻挡之势打着转转，只要通过他人就坠入虚无之中。"（XXXI 49）当话语"凝视"钱多斯，他便变成了观看的客体。昔日稳固的主客关系似乎在此处被消解，眩晕的感受凸显出主体性的弱化。

能够与事物产生直接的接触。①

　　笔者并不赞同上述解读方式。与其说这里写的是事物本身，不如说是把事物看成容器，其中盛满了"高尚生活的汹涌洪水"。这里的事物仍是意义的载体。即便其中的意义未被表达抑或无法被表达，但通过细读文本还是能够读出事物的符号性特征。"充盈状态造成了钱多斯的空无与固滞，使符号秩序被视为前提和中介。这种符号秩序既不是原初的、先于符号的，也不是一种未经分割的'统一体'，先于差异或破坏符号的中介过程。"②事物的指涉性或意义性原本就是空无的，在钱多斯眼中，这片空无骤然变成了有意义的符号。事物符号（Ding-Zeichen）无法指涉不可读的符号，它们无法"在所指缺席时"③发挥作用。当符号和事物共同存在并且具备"同质性"（Konsubstanzialität）④时，或者当事物以自我指涉的一元形式"倾倒在我日常生活的某个部位"（XXXI 50）的时候，符号才能发挥作用。

　　在天启般的"美好时刻"，钱多斯眼中的一切都"处于如此无穷无尽的现在"，显得"那么充实"（XXXI 52）。于是，钱多斯像水滴融于海洋一般，和事物形成了流动的统一体：

---

　　①钱多斯描绘的天启模式误导了一大批阐释者，他们一再谈论对于事物纯粹感官性的感知模式。其中具有代表性的是："对于世间事物的感官性感知取代了语词。"参见：Küpper, Peter. Hugo von Hofmannsthal–Der Chandos-Brief. In Aller, Jan & Enklaar, Jattie (Hg.). *Zur Wende des Jahrhunderts*. Amsterdam: Rodopi Verlag, 1987: 81. 然而，这种解读方式忽略了事物本身也有符号特征。人类的感知过程必须由媒介建构并编码，所谓的直接性（Unmittelbarkeit）始终是无从实现的乌托邦，霍夫曼斯塔尔自己也意识到语言不可或缺。针对《钱多斯信函》相关阐释中感知直接性论点的批判，参见：Müller-Richter, Klaus & Larcati, Arturo. Hugo von Hofmannsthals Konezpt des symbolischen Augenblicks. In Dies. „*Kampf der Metapher!"*. *Studien zum Widerstreit des eigentlichen und uneigentlichen Sprechens. Zur Reflexion des Metaphorischen im philosophischen und poetologischen Diskurs*. Wien: Österreichische Akademie der Wissenschaften, 1996: 305.

　　②Helmstetter, Rudol. Entwendet. Hofmannsthals *Chandos-Brief*, die Rezeptionsgeschichte und die Sprachkrise. *Deutsche Vierteljahrsschrift für Literaturwissenschaft und Geistesgeschichte*, 2003(3): 467.

　　③Helmstetter, Rudolf. Entwendet. Hofmannsthals *Chandos-Brief*, die Rezeptionsgeschichte und die Sprachkrise. *Deutsche Vierteljahrsschrift für Literaturwissenschaft und Geistesgeschichte*, 2003(3): 468.

　　④在阐述 1900 年前后现代文学、音乐和艺术之间的关联时，德国学者曼弗雷德·施奈德（Manfred Schneider）使用了这一概念。施奈德认为现代派的美学主张"同质性而不是反映"，它"从模仿论跳跃至同质论"。此外，他还指出这一概念的宗教背景："'同质的'意味着：能指与所指必须由同一种神圣的原始质料制成。"按照施奈德的说法，现代派接受了这一古老教条并对此做了新的理解："一切具备审美价值的符号都成为一元的。它们关闭了自己与世界的关联，只向启动者敞开神秘的艺术关联。"参见：Schneider, Manfred. Bildersturm und Überbietung. Die Reorganisation des Imaginären im Fin de siècle. In Lubkoll, Christine (Hg.). *Das Imaginäre des Fin de siècle. Ein Symposion für Gerhard Neumann*. Freiburg im Breisgau: Rombach Verlag, 2002: 177, 185.

存在的一切，我能想起的一切，触动我杂乱思绪的一切，一切的一切在我看来都意味着些什么。甚至我的体重，我通常愚钝的头脑也意味着些什么；我感到我内心、我周围有一种使人目眩神摇的，简直无涯无渚的相互作用，同参与这种相互作用的所有物质我都愿意融为一体。这样，我的躯体似乎纯粹由密码组成，这些密码向我阐释一切。或者可以说，当我们开始用心灵思考时，好像就能与全部的存在发生一种全新的、充满预感的关系了。（XXXI 52）

钱多斯这里谈的不是意义，而是一种幻象——"好像就能与全部的存在发生一种全新的、充满预感的关系了"。从前的钱多斯试图"深入事物的内核"，致力于追求"深刻的、真实的、内在的形式，一种唯有超越讲究修辞的艺术作品的樊篱才能感觉到的形式"。（XXXI 46）此时，钱多斯眼前的事物仿佛活了过来，它们不再服务于任何不在场的所指。在钱多斯所谓的"愚钝的头脑"中，事物不再指涉外物、不再再现他者，它们展演自身、自成一体。[1]由此产生一种与语言相反的表达模式，语义上的指涉已经失效，语言的符号功能被扬弃。事物也能够成为符号，而语言的媒介作用也并未被抛弃。在天启体验当中，存在与意义归为一体。"这种<u>存在</u>是隐晦而深邃的隐喻，虽然人们将之视为非本原的意义，但它在这里代表着本原的<u>意义</u>，传递并削弱了意义的内在性。"[2]传统上，基础的、本原的存在与衍生的、非本原的语言之间泾渭分明，钱多斯解构了这种观念。

霍夫曼斯塔尔对于新语言的构想由此可见一斑：一方面，语言在语义上的指涉功能被扬弃，拼音文字的非本原性被转化为事物符号的本原性；另一方面，事物符号带来的新感知模式取代了阅读和阐释的感知模式。新的感知模式是"静默之物的语言"，它无法被阅读或阐释，因为符号已经与事物融为一体。[3]

---

[1]1895 年 6 月 18 日，钱多斯致信友人埃德加·卡格·冯·贝本博格（Edgar Karg von Bebenburg）。他在信中说，希望感受到这种万物共存的状态。霍夫曼斯塔尔表达了遗憾之情，因为语言只能见证表象，然而无法触及事物的存在，同时他也提请友人注意符号和存在之间的区别："大多数人不是生活在生活当中，而是生活在表象里面。他们生活在一种代数里，那儿什么也不存在，一切都意味着别的什么。我希望能强烈地感受到万物的存在并且沉浸其中，感受到深层的、真正的意义。[……]言语不属于世界，它们自成世界，像声音的世界一样，是一个完整统一的世界。人们可以言说一切存在之物；人们可以用一切存在之物创作音乐。可是你永远不能像事物之存在那样去言说它。"参见：Gilbert, Mary E. (Hg.). *Hugo von Hofmannsthal–Edgar Karg von Bebenburg: Briefwechsel*. Frankfurt am Main: Fischer Verlag, 1966: 81-82.

[2]Helmstetter, Rudolf. Entwendet. Hofmannsthals *Chandos-Brief*, die Rezeptionsgeschichte und die Sprachkrise. *Deutsche Vierteljahrsschrift für Literaturwissenschaft und Geistesgeschichte*, 2003(3): 468.

[3]关于霍夫曼斯塔尔对非阅读艺术的诗学反思可参见：Neumann, Gerhard. „Kunst des Nicht-lesens". Hofmannsthals Ästhetik des Flüchtigen. *Hofmannsthal-Jahrbuch zur europäischen Moderne*, 1996(4): 227-260.

甚至可以说事物符号并不再现什么，语言在其中呈现为世界之存在本身，所以钱多斯能重新置身于青年时代"恢宏的统一体"（XXXI 47）中。

钱多斯认为，应该"用心灵思考"，进而"与全部的存在发生一种全新的、充满预感的关系"（XXXI 52）。他的想法源于对身体的推崇。钱多斯相信身体可以启发一切[1]，这里涉及霍夫曼斯塔尔的媒介美学反思中对文化和文明的批判态度。所谓"用心灵思考"，其实指的是要推翻处处权衡的计算意识和理性主导的差异思维，正是它们导致了钱多斯阅读与阐释的感知模式。[2]正如米特沃泽的表演艺术摆脱了一切阐释的束缚，静默之物的语言也超越了钱多斯的掌控。语言和意识的范畴化作用构成了霍夫曼斯塔尔诗学和美学反思的基础[3]，贯穿在他对不同媒介表达形式的探索当中。就此而言，新的语言超越了能指与所指的差异，超越了概念性的结构。可以说，这是一种全然摆脱理性意识束缚的语言。因此，也不难理解这种新的语言为何会与钱多斯的天启体验直接相关。这种同一的体验由于在人们意料之外突然发生并且转瞬即逝，所以难以重复、无法预料。和米特沃泽的表演艺术一样，静默之物的语言充满偶然性和随机性，既无法被阐释也不能被功能化。因此，它并不是一个稳定有序的符号系统，不能通过可重复、可预计的指涉关系来运作。[4]

《钱多斯信函》不仅表达了现代社会的语言危机，而且在感慨危机之外构想了一种"静默之物的语言"（Sprache der stummen Dinge），试图把握不可言说的意义。就此而言，新的语言不是模仿、再现、语义指涉抑或意义创造，它超越了这一切固有的模式。与此相反，它既展演自身也展演事物和所指。如果说概念语言以差异化的、分离性的结构为基础，那么新语言则以能指与所指的共

---

①笔者认同德国学者格奥尔格·布劳恩加特（Georg Braungart）的说法：钱多斯提到"躯体似乎纯粹由密码组成"，这是"对那个时代的诊断，也是一个倡议"。他指出，"身体从这种附属于主体的关系中解放出来"，走向了一种新的主体构想。参见：Braungart, Georg. *Leibhafter Sinn: der andere Diskurs der Moderne.* Tübingen: Niemeyer Verlag, 1995: 222-223.

②《米特沃泽评论》当中也涉及这种阐释式的感知方式，即记者和古格利亚教授的感知方式。

③霍夫曼斯塔尔认为，真正的艺术家应当致力于克服二元论："全面彻底地克服二元论，这不是日益成为我们的任务吗？通过克莱斯特和莫里克在浴池中让赤裸的灵魂吃惊的方式。"（RA III, 464）他孜孜不倦地寻求"一切事物的关联"（RA III, 325），旨在实现相互联系、融为一体的存在。关于霍夫曼斯塔尔的一元论思想，参见：Fick, Monika. *Sinnenwelt und Weltseele. Der psychophysische Monismus in der Literatur der Jahrhundertwende.* Tübingen: Niemeyer Verlag, 1993: 340.

④罗兰·巴特指出了符号的重复性："符号是重复之物。没有重复便没有符号，因为它无法被人重新识别，而符号以重新识别为基础。"参见：Barthes, Roland. *Der entgegenkommende und der stumpfe Sinn. Kritische Essays III.* Frankfurt am Main: Suhrkamp Verlag, 1990: 315.《钱多斯信函》中描述的这种物的符号由于其不可重复性，很难成为可被识别的符号，因此它无法成为传统意义上的符号，而只能作为乌托邦式的理想。

存、词与物的同质化为根本。

在《钱多斯信函》中，新语言和新的观看方式相伴而生，因为一种新的语言要求有一种新的感知方式。传统的阅读和阐释的感知模式被超越，新的观看方式取而代之，它摆脱了固有结构以及与之相关的价值或语义的束缚，走向偶然性。一方面，钱多斯在转瞬即逝的天启体验中感知到从前被自己忽视的事物；另一方面，这种观看方式不断被打破、重启。这种天启式的、瞬间性的观看方式催生了新的语言模式，事物符号在其中至关重要——它虽然仍是符号，但是并不属于任何符号体系。这意味着，"静默之物的语言"根本无法实现①，因此不可以把钱多斯的天启体验理解成与外部世界的交流——它并未在事物与感知者之间架起沟通的桥梁。相反，这种体验与社会无关——它以美本身为目的，超越了一切想象与投射。②这是新语言模式的缺陷，《钱多斯信函》未能克服这种缺陷，而《关于诗的谈话》找到了解决方案——"看每一件事物，都如同第一次看"（XXXI 79）。在《关于诗的谈话》中，钱多斯的天启体验被转化为诗歌，难以言说之物重新通过语言表达出来。从这个意义上说，"完美的诗"就此诞生。

2.3 《关于诗的谈话》：诗的言说方式

在发表《钱多斯信函》两年后，霍夫曼斯塔尔最重要的诗学文本之一《关于诗的谈话》问世。《关于诗的谈话》采用柏拉图对话的形式，通过青年诗人加布里尔和诗歌爱好者克莱门斯间的问答展开讨论，其中克莱门斯抛出问题、引

①参见：Müller-Richter, Klaus & Larcati, Arturo. Hugo von Hofmannsthals Konezpt des symbolischen Augenblicks. In Dies. „Kampf der Metapher!". Studien zum Widerstreit des eigentlichen und uneigentlichen Sprechens. Zur Reflexion des Metaphorischen im philosophischen und poetologischen Diskurs. Wien: Österreichische Akademie der Wissenschaften, 1996: 317.

②钱多斯在第一阶段醉心语言和第三阶段获得天启时，表现出了极大的相似性。与此同时，他还谈到镜像："我不知道，作为我的自我镜像，这位克拉苏和他心爱的海鳝已有多少次跨越几个世纪的深谷闯入我的心中了。"（XXXI 53-54）这些都强化并且部分佐证了文中观点。一般来说，稳定的主客关系是投射的基础，但在钱多斯的天启体验中，这种关系不复存在。赫尔姆斯泰特指出了天启体验中的想象性内容：钱多斯"用自己的语言来称呼他者；但由于这个他者只是他自我的一面镜子和一个图像，他在想象中僵化了自我。或许可以这样来表述钱多斯的病症：钱多斯想将语言保留在自我这里，但是语言却只有在流通中并且为了流通才存在在'那儿'。"参见: Helmstetter, Rudolf. Entwendet. Hofmannsthals Chandos-Brief, die Rezeptionsgeschichte und die Sprachkrise. Deutsche Vierteljahrsschrift für Literaturwissenschaft und Geistesgeschichte, 2003(3): 470. 关于钱多斯天启体验中的审美目光，参见：Treichel, Hans-Ulrich. „Als geriete ich selber in Gärung" –Über Hofmannsthals Brief des Lord Chandos. In Honold, Alexander & Köppen, Manuel (Hg.). „Die andere Stimme". Das Fremde in der Kultur der Moderne. Festschrift für Klaus R. Scherpe zum 60. Geburtstag. Köln/Weimar/Wien: Böhlau Verlag, 1999: 141.

导话题，加布里尔则做出回应并阐发自己的诗学观念。①

　　《关于诗的谈话》在很多方面都可以被视作《钱多斯信函》的续篇。原因在于，两者不仅都采用了霍夫曼斯塔尔钟爱的虚构书信、谈话的体裁，还都批判了对语言的再现要求以及概念的范畴化过程。不过，两者之间的区别也非常明显：如果说《钱多斯信函》集中讨论的是"静默之物的语言"，那么《关于诗的谈话》的主题则是诗歌的象征语言。如果说钱多斯的观看方式充满偶然性和任意性，以此消解他与事物之间的差异，那么《关于诗的谈话》中则是"通过诗的双眼来观看，它看每一件事物都如同第一次看，它用自我之存在的一切惊奇环抱每一件事物"（XXXI 79）。

2.3.1 关于"象征"的争论

　　在对话伊始，两位主人公以极大的热情朗诵了一组诗歌（其中主要是格奥尔格的诗），并开始关于诗的本真性（Eigentlichkeit）和人类语言的讨论。克莱门斯认为，诗是"一种经过提升的语言。它完全由图像和象征构成。它置一物以表达另一物"（EGB 498）。加布里尔否定这种观点并强调道："诗从不以一物代表另一物，因为它所狂热追求的正是表达事物本身"（EGB 498）；"如果诗要做什么，那就是，如饥似渴地将世上和梦中所有事物的最原初、最本真的东西吮吸出来"（EGB 499）。这里，两人观点的大相径庭，主要体现为诗与语言的背反：如果说克莱门斯代表的是通常对语义表征关系和符号表意功能——或者说是能指与所指的区分——的理解，那么加布里尔代表的则是一种具有神秘主义色彩的、能指与所指相同的、自我指涉的诗学观，因为在他看来，诗既有别于"钝拙的日常语言"，也不同于"虚弱的科学概念"（EGB 499）。它不需要通常意义上的符号指涉逻辑，不需要以一物来代表另一物，而是以一种异样的魔力直接言说物本身，换言之，诗要表达的对象就在诗中。

　　克莱门斯对诗的这种"直接性"（Unmittelbarkeit）感到困惑，他提到加布里尔尤为钟爱的一首赫贝尔（Hebbel）的诗，就诗中的天鹅母题发问，问诗中

---

　　①《关于诗的谈话》成文于1903年，在1904年2月以"论诗"（„Über Gedichte"）为题首次发表于《新通讯》（*Neuen Rundschau*）上。这篇虚构谈话因用一场血腥暴力的献祭场景来解释诗学象征的起源，而遭到阿多诺的批评，参见：Adorno, Theodor. George und Hofmannsthal. Zum Briefwechsel: 1891–1906. In Ders. *Prismen. Kulturkritik und Gesellschaft.* Berlin/Frankfurt am Main: Suhrkamp Verlag, 1955: 232-282. 受此影响，过去的研究常常从意识形态批判的视角解读这篇文本。直到近来，学界才逐渐摆脱上述范式，这在很大程度上要归功于德国学者汉斯-于尔根·辛斯（Hans-Jürgen Schings）。辛斯以文本细读的方法强调了被阿多诺忽视的一些重要段落，进而为重新理解这个谈话开辟了新的空间。关于《关于诗的谈话》的接受史可参见：Schings, Hans-Jürgen. Lyrik des Hauchs. Zu Hofmannsthals *Gespräch über Gedichte. Hofmannsthal-Jahrbuch zur europäischen Moderne*, 2003(11): 311-339.

提到的两只天鹅是不是象征，意味着什么。这时，加布里尔打断他的问话，他一方面承认语言的含义系统："是，它们是意味着什么，但不要说出来：无论你想说什么，都是错的"；另一方面却又强调道："它们就意味着自己：天鹅。"（EGB 501）对于这种论述的前后矛盾，他进一步解释道："如果用诗的眼睛来看"，"这些动物就是原初的象形文字，是生动且充满奥秘的密码，上帝以此将不可言说之物写到世上。幸运的是，诗人能够将这些神圣的密码编入他的文字"（EGB 501）。这里，诗人被赋予了神圣的光环，成为上界与尘世之间的交流媒介，这与早期的"灵感说"及诗人作为上帝传声筒的观点不无雷同。值得注意的是，两只天鹅只有在"诗的眼睛"中是"原初的象形文字"和"密码"，这表明与诗歌语言密切相关的是一种特殊的感知模式。这种感知模式使惯常理解中语言的表意功能失去作用。诗不指涉他物，而是表达自我，因为诗的目光不是解释性的，不是致力于找寻词语之外的所指。德国学者弗雷德·隆克尔（Fred Lönker）甚至认为，这种目光发生"在主体意识形成之前"[①]，也就是说，在主客体关系和语言符号的表意系统确立之前。正因为如此，加布里尔才会说道："要解开这些密码，语言无能为力。"（EGB 501）诗和人类语言在此形成对立，当后者黯淡下来时，前者却开始闪耀。如此，加布里尔对诗的理解基于他对惯常语言理解的批判，这种批判的矛头首先指向语言的表意功能。在这个意义上，虚构对话《关于诗的谈话》与霍夫曼斯塔尔在 1902 年发表的《钱多斯信函》可谓一脉相承，都表达了作者找寻一种语言之外的新语言的尝试。这种新语言应当不再束缚于主客体二分法，不再一味指涉外界他物，而是立足自身展现自我，在展现自我的同时也展现了言传之物，因为词与物、能指和所指的二元分离已被两者的同一代替。

在《关于诗的谈话》中，霍夫曼斯塔尔构想的新语言主要表现为诗歌中的象征。在讨论何为象征时，霍夫曼斯塔尔的化身、主人公加布里尔提及了一种"净化活动"（Reinigungstätigkeit）。他认为，现在人们通常说的"象征"已经成为一个"陈旧"的、令他"厌恶"的词了，而原本"象征"体现了"语言最深层的精神"，可是后来却布满尘埃，因此诗人的任务在于清洗掉语言之外（或曰象征概念上）的"泥巴"。（XXXI 80）

2.3.2 图像与图像性表达

回到文本，在《关于诗的谈话》中加布里尔和克莱门斯还讨论了格奥尔格的诗集《心灵之年》（*Das Jahr der Seele*）（见图 2-5）。格奥尔格描写自然与季

---

①Lönker, Fred. Die Wirklichkeit der Lyrik. Zu den Dichtungskonzeptionen Hofmannsthals und Benns. *Hofmannsthal-Jahrbuch zur europäischen Moderne*, 2009(17): 233.

节的诗行让克莱门斯回想起自己对于自然和季节的感官体验,于是他说:"我看到了童年时期的风景。"(XXXI 75)加布里尔就此评论道:"这儿有个秋天,又不只是个秋天。这儿有个冬天,又不只是个冬天。"(XXXI 76)加布里尔的这句话极为关键,但是又模棱两可:一方面,它证明诗歌确实具有唤醒感知的能力,正如我们在克莱门斯身上看到的那样;另一方面,它同时揭示了诗中的季节与自然季节之间存在差异。在加布里尔看来,诗中的季节比自然季节更丰富("不只是"),他似乎偏爱美学创造出的自然。

随后,他从两方面来解释其中的含义:一方面,他论述了自然与感觉之间的关系,修正了近代以来的主体概念;另一方面,他指出诗歌可以通过类比来转义(analogische Übertragungsweise),并且可以借助隐喻来链接事物(metaphorische Synthesis)。

图 2-5　格奥尔格诗集《心灵之年》封面①

---

①图片来源: Das Titelblatt von „Das Jahr der Seele". Deutsches Textarchiv–George, Stefan. *Das Jahr der Seele*. Berlin, 1897.

　　加布里尔首先简明扼要地提出："这些季节，这些风景不过是他者的载体。"（XXXI 76）这里的"他者"是指后文的"感觉"："感觉，半感觉，我们内心中一切最隐秘、最深层的状态。"（XXXI 76）加布里尔似乎意识到，诗歌能通过激起共鸣来唤醒读者的真实体验。但是，唤醒绝不意味着原封不动地调用记忆中存储的某个具体形象，它本身是一种新的创造过程。诗歌通过意象在我们身上创造出比真实体验还要真实的感受。所以此处的风景既不反映抒情主体的心灵状况①，也未曾唤醒体验者记忆中所存储的感受。相反，诗中的风景创造出一种身临其境的感知体验。传统的主客关系在这里受到了质疑，强势的主体概念被抛弃。这意味着，加布里尔背离了唯美主义。正如弗雷德·隆克尔所言："在感觉中被人所理解，总是意味着不知道自己是一个主体。"②

　　《关于诗的谈话》和《钱多斯信函》一样，反思了主客同一的越界体验："如果我们想找到自我，就不能让自己陷入内在：唯有在外部才能发现自我，在外部。"（XXXI 76）发挥决定作用的不再是主体的内心世界，而是外部世界。③加布里尔说："我们并不拥有自我：自我从外部吹向我们，长久地远离我们，又在一呼一吸间回到我们身旁。也就是说——我们的'自我'！这词是个隐喻。"（XXXI 76）这句话批评了近代以来的主体概念，其中的"自我"不是通往内心的道路，而是始终向外部敞开。加布里尔的反思表明"主体"是一种不稳定的建构。明确了这一点，就有可能让诗歌从主体哲学的陈规中解放出来，摆脱诗歌中的笛卡尔主义和理念论。④

　　相关研究一再指出，无论是霍夫曼斯塔尔的主体批判还是他对于主体概念的重新探索，都与恩斯特·马赫（Ernst Mach）心理学（见图2-6）中的一元论

---

①提到风景是"他者的载体"，并不意味着风景再现了人类的情感，而是说自然与人类的情感彼此交融、不可分割。正如加布里尔所言："那些感觉，半感觉，我们内心中一切最隐秘、最深层的状态，难道不是以一种极为罕见的方式与自然、与季节、与空气的特性、与微风交织在一起吗？[……]你整个内心的财富，你的一切振奋，你的一切渴望，你的一切沉醉，都和上千件这样的尘世事物结合在一起。不只是与它们的生命之根紧紧捆绑在一起，如果你用刀把它们从这块土地上割下来，它们就会缩回去，在你双手之间消逝得无影无踪。"（XXXI 76）

②Lönker, Fred. Die Wirklichkeit der Lyrik. Zu den Dichtungskonzeptionen Hofmannsthals und Benns. *Hofmannsthal-Jahrbuch zur europäischen Moderne*, 2009(17): 231.

③这种转向可以与诺瓦利斯的诗学准则相互参照："神秘之路通往内部。永恒连通其世界——过去和未来——要么在我们身内，要么就不在任何地方。外部世界是一个影子世界。"参见：Hardenberg, Friedrich von. *Werke, Tagebücher und Briefe Friedrich von Hardenberg. Band 2: Das philosophisch-theoretische Werk*. München/Wien: Carl Hanser, 1978: 232.

④辛斯指出，该文否定了黑格尔理念论下的体裁论及卢卡奇对于诗歌主体性的想象，参见：Schings, Hans-Jürgen. Lyrik des Hauchs. Zu Hofmannsthals *Gespräch über Gedichte*. *Hofmannsthal-Jahrbuch zur europäischen Moderne*, 2003(11): 319-320.

密不可分。①马赫曾提出"不可救药的自我"这一响亮的口号。经过赫尔曼·巴尔等人的传播，马赫的思想在1900年前后的维也纳艺术家中间广为流传。②加布里尔吸收了马赫的观点，认为"我们不过是鸽子扇动翅膀的一个瞬间"（XXXI 76），以此来说明主体认同的短暂性。

图2-6　马赫心理学著作《感觉的分析》封面③

　　除了拒绝本质主义的主体概念、消弭主体与客体之间的界限，《关于诗的谈话》同时还强调了诗歌能够通过类比实现转义与链接。加布里尔认为，诗如今可以"不再居住于我们狭小的心房内，而是住在整个浩瀚宽广、无穷无尽的自然中"（XXXI 76）。换言之，他想将诗歌从本质主义主体观的禁锢中解放出来，

　　①霍夫曼斯塔尔不仅阅读过马赫的作品，还上过他的哲学课。参见：Mayer, Mathias. *Hugo von Hofmannsthal*. Stuttgart: Metzler Verlag, 1993: 4-5.
　　②1903年，赫尔曼·巴尔在《新德意志通讯》（*Neue Deutsche Rundschau*）上发表了一篇文章，其标题就是"不可救药的自我"，该文后来再度发表于《悲剧对话》（*Dialog vom Tragischen*）上。参见：Bahr, Hermann. *Dialog vom Tragischen/Dialog vom Marsyas/Josef Kainz*. Weimar: VDG, 2010: 36-47.
　　③图片来源：Das Titelblatt von „Die Analyse der Empfindungen". https://antikvariatmyslikova. cz/produkt/die-analyse-der-empfindungen-mach-e.

使其获得无限的连接能力。通过隐喻式的转义和比喻性的言说，诗歌能在不同的事物之间创造相似性，在看似孤立的事物之间建立联系。

早在 1891 年，霍夫曼斯塔尔就指出，隐喻的转义功能是诗歌的根本："第一个诗人是把爱人称作花、把敌人称作牲畜的人。"（RA III, 322）因此，诗的本质就是通过类比为不同的事物架起桥梁。①正如霍夫曼斯塔尔在《关于诗的谈话》的笔记中所写："类比就是一切：它意味着卸下自我的重负；在盘旋的雄鹰中找到自我。"（XXXI 321）鸷鸟的盘旋表现了诗的轻盈和自由，这一意象也在《关于诗的谈话》中反复出现。这种自由也意味着诗歌具有无限的连接能力。②霍夫曼斯塔尔在 1906 年发表的演讲《诗人与这个时代》（*Der Dichter und diese Zeit*）可以被理解为《关于诗的谈话》的续篇，演讲主张诗歌创造了一个"关系的世界"（Welt der Bezüge）③。而在《关于诗的谈话》中，加布里尔通过一系列语言图像证明了诗歌无穷无尽的转义能力，并强调它与人类情感的直接关联："从所有转移、所有冒险、所有深渊和所有花园中，它（诗）带回人类情感的颤抖气息，除此之外别无他物。"（XXXI 77）气息这一隐喻说明旧的主体概念已经被消解，诗歌扬弃了差异与界限而将语词链接到一起。④作为一种感觉语言，诗的语言直接与人类情感相连。⑤这里已经涉及诗歌的两个基本特征：一是语词的转义和连接，二是情感性和情感体验的生成。

克莱门斯评价了诗歌符号的地位：诗歌是"一种升华的语言"，"充满了图像和象征"，它们"用一个事物指代另一个事物"（XXXI 77）。加布里尔听闻此言，立即反驳道：

> 多么丑陋的想法啊！你是认真说的吗？诗从不以一物代表另一物，因为它所狂热追求的正是表达事物本身，它所凭借的能量与钝拙的日

---

①霍夫曼斯塔尔认为诗歌是非本真的、图像性的言语，他曾于 1897 年在《图像性表达》（*Bildlicher Ausdruck*）中说："相反，非本真的、图像性的语言是一切诗的核心与本质：每首诗都贯穿在非本真的表达结构中。"需要指出，霍夫曼斯塔尔所谓的"图像性表达"并非单个的语言图像，而是转义的过程。参见: Schneider, Sabine. Poetik der Illumination. Hugo von Hofmannsthals Bildreflexionen im *Gespräch über Gedichte*. *Zeitschrift für Kunstgeschichte*, 2008, 71(3): 396.

②霍夫曼斯塔尔在《图像性表达》一文中谈到了"无休止的类比"（RA I, 234）。

③Hofmannsthal, Hugo von. *Sämtliche Werke. Kritische Ausgabe. Band XXXIII: Reden und Aufsätze 2*. Frankfurt am Main: Fischer Verlag, 2009: 138. 后文将在括弧中用缩写 XXXIII 及页码标注引文出处。

④关于气息隐喻的两面性，参见: Schings, Hans-Jürgen. Lyrik des Hauchs. Zu Hofmannsthals *Gespräch über Gedichte. Hofmannsthal-Jahrbuch zur europäischen Moderne*, 2003(11): 311-339.

⑤加布里尔说，诗歌"飞翔时不受限制，但就其本质而言是有限的：既然它本身就是人类的语言，又怎么可能从世界的深渊中带回来除人类感情之外的其他东西"（XXXI 77）。

常语言截然不同，它所具有的魔力与虚弱的科学概念天差地别。如果诗要做什么，那就是，如饥似渴地将世上和梦中所有事物的最原初、最本真的东西吮吸出来，就像童话中那些到处吮吸黄金的精灵。诗之所以这样做也是出于同样的原因：因为它以事物的精髓为食，因为如果它不从所有间隙、所有裂缝中吸取这些滋养的黄金，它就会悲惨地灭亡。（XXXI 77）

加布里尔坚持认为，诗歌不是一种非本真的言说方式，更不是通过替换性的指代（"以一物代表另一物"）来指称本真事物。相反，诗歌追求本真的言说方式：它不是"以一物代表另一物"，而是追求"表达事物本身"。因此，加布里尔扬弃了本真/非本真的二分法。诗像吸血鬼一样"将世上和梦中所有事物的最原初、最本真的东西吮吸出来"（XXXI 77），这正说明了诗与本真的关系。

然而，诗歌何以做到这一点？为了回答这个问题，应当提到霍夫曼斯塔尔的两篇早期文章——《隐喻的哲学》（1894）和《图像性表达》（1897）（见图 2-7 和图 2-8）。霍夫曼斯塔尔在《隐喻的哲学》中指出"隐喻是基本的直观"，其中蕴含着"人类精神最原初、最深层的图示"，构成了"一切思考和言说的真正根源"（RA I, 190）。而在《图像性表达》里，霍夫曼斯塔尔把图像性表达看作"一切诗的核心与本质"，主张"每首诗都贯穿在非本真的表达结构中"（RA I, 234）。此外，他在《图像性表达》中比较了生活中的本真表达与非本真表达："诗人在他无休止的比拟中所说的，永远无法以任何其他方式（即不用比拟）表达出来；只有生活才能够表达同样的内容，但它在材料上并无语词。"（RA I, 234）换言之，诗歌语言和生活中的本真语言有同等重要的地位。

《米特沃泽评论》和《钱多斯信函》已经对语言概念的僵化提出批评，并且将矛头指向文字。我们可以从中读出"建构两种语言"[①]的思想，所谓"两种语言"就是图像性语言以及概念编码的语言。而《关于诗的谈话》中的加布里尔则将被赋予魔力的诗歌与"日常语言"和"科学术语"进行比较。日常语言披上了"流传下来的、口耳相传的、纯粹语词的外皮"（RA III, 375），科学语言则充斥着脱离生活的术语。相比之下，诗歌摆脱永恒的转义和"无休止的比拟"（RA I, 234）造成的束缚，"从概念的约束中解放出来"（RA III, 375）。如霍夫曼斯塔尔在随笔《一千零一夜》（*Tausendundeine Nacht*）中所言，图像性的语言是"绝佳的翻译"，"我们必须能通过它感受到原始语言的赤裸，就像透

---

①里德尔指出《钱多斯信函》有"建构两种语言"的设想，希望借此解决钱多斯语言危机和滔滔不绝的语言能力之间的矛盾。参见：Riedel, Wolfgang. *Homo Natura. Literarische Anthropologie um 1900. Studienausgabe.* Würzburg: Königshausen & Neumann, 2011: 23.

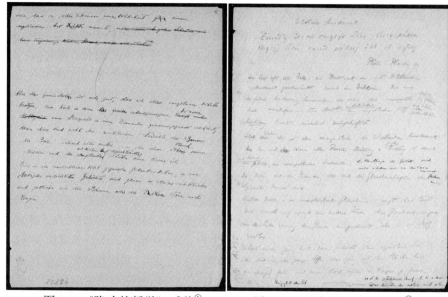

图 2-7　《隐喻的哲学》手稿①　　　　图 2-8　《图像性表达》手稿②

过长袍看到舞者的身体——这种语言并未被打磨成概念语言，运动之语、对象之语都是原初之语"（RA I, 365）。这里将非本原的、图像性的表达看作原始语言的遗迹，因为这种语言在原始形式中"只有图像"（RA III, 360）。③

图像性的语言能通过转义自由运动，其表达方式能和生活的无言表达相媲美。这种语言既不能被固定到某个具体的意义上，也不能被束缚在某个指涉性的结构中。它并不再现某样具体的事物，它所展演、意指的，"除了自身之外，别无他物"（XXXI 79）。文中以赫贝尔（Hebbel）的诗为例说明这一点：赫贝尔笔下的天鹅仅仅意味着天鹅，不是因为它没有其他的含义④，而是因为它在生成意义的过程中并不固定于某个特定的含义。沃尔夫冈·里德尔（Wolfgang Riedel）提出，"隐喻的能力，即借助修辞产生新意义的隐喻的力量"，"本身就

———————————

①图片来源: Hofmannsthals handschriftliches Manuskript „Die Philosophie des Metaphorischen". https://hessen.museum-digital.de/object/98817.

②图片来源: Hofmannsthals handschriftliches Manuskript „Bildlicher Ausdruck". https://hessen.museum-digital.de/object/98911.

③里德尔指出，霍夫曼斯塔尔将隐喻视为语言的原始形式。参见: Riedel, Wolfgang. *Homo Natura. Literarische Anthropologie um 1900. Studienausgabe*. Würzburg: Königshausen & Neumann, 2011: 27-28.

④克莱门斯问："那这些天鹅呢？它们是象征吗？它们意味着——"加布里尔答："请允许我打断你。是，它们是意味着什么，但不要说出来：无论你想说什么，都是错的。"（XXXI 79）

是创造力"。①当人们"通过诗的双眼来观看,它看每一件事物都如同第一次看"(XXXI 79),阐释开始变得清晰。加布里尔把动物比作"原初的象形文字"和"生动且充满奥秘的密码"(XXXI 79),进而提到隐喻超越僵化概念的活动性——"语言无力破解的密码"(XXXI 80)。"原初的象形文字"与"密码"这两个比喻说明了诗歌独特的感知方式②,它先于语义,是"非阅读的艺术"(RA III, 499)。从互文性的视角来看,这与《钱多斯信函》倡导的观看方式如出一辙。③

2.3.3 "象征"与献祭仪式

图像性的语言不仅能塑造另外一种观看方式,它还能够激发我们的想象,调动我们的感官,触动我们的身心。钱多斯在虚构的书信中描述了一种流淌的感觉,他感受到自身流入其他物件(das Gefühl, in andere Dinge hinüberzufließen);在《关于诗的谈话》中,这种物我不分、主客合一的状态表现为一种情感的融通性表达。就像上文提到的那样,加布里尔把动物比作"原初的象形文字"和"生动且充满奥秘的密码"(XXXI 79),就是这些先于语义的图像接收和承载了人类的情感。加布里尔是这样说的:

> 那个秋天的公园,那些被夜色笼罩的天鹅——你会发现没有任何
> 思想的言语,没有任何感觉的言语。那些灵魂、那些情感能在其中释
> 放自己,这里的一幅图释放了它们。(XXXI 80)

按照加布里尔的说法,诗歌拥有一种奇特的感性力量,它正是凭靠这种感性力量才能够通过类比来转义,借助隐喻来链接事物。为了更好地解释这种奇特的感性力量,加布里尔幻想了象征产生的原初场景。他将象征和献祭仪式的生成历史合并起来,试图通过这种追根溯源的方式冲刷掉概念表层的灰尘,还原"语言最深层的精神"(XXXI 80)。因为这个场景对我们的论述至关重要,我在此引用较大篇幅的文字:

> 我想,我看到了第一个献祭的人。他感到众神对他的憎恨[⋯⋯],

---

①Riedel, Wolfgang. *Homo Natura. Literarische Anthropologie um 1900. Studienausgabe.* Würzburg: Königshausen & Neumann, 2011: 27.

②拉尔夫·西蒙(Ralf Simon)指出:"'诗歌'之名不仅是诗作的名字,也是一种感知形式的名字。"参见:Simon, Ralf. Die Szene der Einfluß-Angst und ihre Vorgeschichten. Lyrik und Poetik beim frühen Hofmannsthal. *Hofmannsthal-Jahrbuch zur europäischen Moderne*, 2012(20): 57.

③关于这种感知方式,钱多斯写道:"这样,我的躯体似乎纯粹由密码组成,这些密码向我阐释一切。"(XXXI 52)

或者他感觉到，一个亡灵贪婪的灵魂夜间乘风而来，伏在他的胸上，渴望鲜血。这时他在低矮茅屋和内心恐惧的双重阴影下，将手伸向锋利的弯刀，准备放出喉咙里的血液，以满足那令人恐惧的莫名之物的欲望。此刻，他心中充满恐惧、狂野和濒临死亡的感觉。半知半觉中，他再次将手伸向公羊那热乎乎、毛茸茸的毛皮。——这只动物，这个生命，这在黑暗中呼吸着的血热的躯体——刀子猛地在动物的咽喉处滑过，热乎乎的血液同时从动物的毛皮、胸部以及那人的双臂往下流：在那片刻，他以为那是他自己的血；就在那片刻，从他喉咙里发出的快感般的胜利声响与动物的垂死呻吟混在一起，他定是把生命中加剧的快感当作死神的首次闪现：在动物死亡的那一个瞬间，他定是感到，动物正以此替他死去。动物能替他死去，这成为很大的秘密，一个神秘的真理。从此以后，动物的死是象征性的牺牲。但所有一切都基于一点，即在那片刻他也在动物体内死亡了。在那片刻，他的生命在另一个生命中消解了。——这是所有诗的根源：它整体上是多么清楚：只要舞台上的哈姆雷特让我着迷，我的感受就会消解于他身上，还有比这更明白的吗？它在细节上也是非常清楚：在心血来潮的片刻，天鹅的羽毛不是像哈姆雷特的皮肤一样打动我吗？但要真正相信，相信它确实如此！这种魔力离我们异常之近，因此要辨认出它来也是异常之难。大自然没有其他工具可将我们捕捉，拽到身旁，有的就是这种魔力。它是所有将我们征服的象征的整合。它是我们的身体，我们的身体就是它。因此象征是诗的元素，因此诗从不置一物以表达另一物：它诉说词语是因为词语的缘故，这是它的魔法。(XXXI 80-81)

首先需要指明的是，加布里尔在这里描述的这种神秘的、充满暴力的象征体验给后来的研究界构成一个不小的谜团，也令这篇文章的作者霍夫曼斯塔尔一度处于非常可疑的政治立场。特奥多尔·阿多诺（Theodor Adorno）在 1939 到 1940 年间发表的《格奥尔格和霍夫曼斯塔尔》（„George und Hofmannsthal"）一文中，从意识形态批判的角度对霍夫曼斯塔尔的象征理论发起猛烈的攻击，他认为"霍夫曼斯塔尔在关于格奥尔格的对话中试图将美学象征理解为牺牲献祭"，并指出："这种血腥的象征理论包含着新浪漫派阴暗可疑的政治可能性，讲述了他们的动机。恐惧迫使诗人们崇拜敌对力量：霍夫曼斯塔尔在此为这种象征性行为辩护。他以美的名义将自己献祭给强大的物质世界。"①阿多诺的解读

①Adorno, Theodor. George und Hofmannsthal. Zum Briefwechsel: 1891–1906. In Ders. *Prismen. Kulturkritik und Gesellschaft.* Berlin/Frankfurt am Main: Suhrkamp Verlag, 1955: 234.

对日耳曼学研究界影响甚为深远，虽然后来的研究者已经不再怀疑霍夫曼斯塔尔的政治立场，但由阿多诺提出的霍夫曼斯塔尔"将美学象征理解为牺牲献祭"的观点还在学界一再重复，不少研究者直接将霍夫曼斯塔尔的象征概念与牺牲献祭等同起来，或者认为象征生成于献祭仪式当中。①直到汉斯-于尔根·辛斯（Hans-Jürgen Schings）在 2003 年的《气息的诗歌》（"Lyrik des Hauchs"）一文中发表对阿多诺的批判之后，这种一边倒的局面才稍微有所改变。辛斯否定了象征和献祭仪式等同或在其中生成的观点，而认为诗学象征和牺牲献祭之间存在的是"类比的逻辑关系"。他进一步解释道："献祭者完成的是'象征性行为'，因为在那片刻他在他者的生命体中消解了［……］诗人经历和言说象征，因为他消解在世间万物当中。两种情况中所说的'消解'是象征的核心，前者代表的是（想象中的）献祭仪式的根源，后者代表的是'诗的根源'。"②随着从"等同"到"类比"这一观察视角的转化，霍夫曼斯塔尔的象征概念获得了新的含义。其实，我们如果细读文本，就会发现霍夫曼斯塔尔在文本中的表述已经非常清楚：加布里尔在讲述最初的献祭行为时，一直采用单数形式——"我看到了第一个献祭的人"——表示该行为的单独性，换言之，最初的献祭只是一个独立事件，这种献祭行为在不断重复之后才获得象征意义，文中写道："<u>从此以后，动物的死是象征性的牺牲</u>。"也就是说，在最初的献祭行为中牺牲公羊其实是极具偶然性的行为，它在后来的不断重复之后成为具有象征含义的仪式，这进一步说明诗歌象征并非直接在（此次）牺牲和献祭的行为中生成。

其次，文本中还有一个经常令人误读的地方。加布里尔在讲完最初的献祭故事后紧接着说道："这是所有诗的根源：……"这句话常被误读为人类的第一次献祭行为是所有诗的根源。其实细读文本，会发现这个"这"字指代的并非献祭行为本身，而是"一个生命在另一个生命中消解"的经历，这在语法层面即可解释。此外，在这个陈述句后作者使用的标点符号是冒号"："，以表示下文是对上文的解释。事实上，加布里尔的话题在这里已经转向文学，指明了文学与仪式的类似性，他以哈姆雷特和天鹅为例谈到观看戏剧演出和阅读文本的体验。在文学艺术的渲染下，观众能够与戏剧人物哈姆雷特产生认同，如同献祭活动中献祭者在短暂瞬间能与祭祀品产生认同的经历一样。也就是说，加布里尔想象神圣的原始献祭场景，试图追溯献祭仪式的源头，同时探求"所有诗的根源"（XXXI 81）。在这个关于象征的原始场景中，献祭者和被献祭的动物

---

①Janz, Rolf-Peter. Zur Faszination des Tanzes in der Literatur um 1900. Hofmannsthals *Elektra* und sein Bild der Ruth St. Denis. In Gernig, Kerstin (Hg.). *Fremde Körper. Zur Konstruktion des Anderen in europäischen Diskursen*. Berlin: Achims Verlag, 2001: 28.

②Schings, Hans-Jürgen. Lyrik des Hauchs. Zu Hofmannsthals *Gespräch über Gedichte*. *Hofmannsthal-Jahrbuch zur europäischen Moderne*, 2003(11): 315.

之间产生了认同。值得注意的是，这种认同——文本中称之为"消解"——发生在两个前提之下：第一，献祭者受到很大的感官刺激，情绪极不稳定而且高度紧张，"他心中充满恐惧、狂野和濒临死亡的感觉"。此时，他的行为更多受到欲望和直觉的操控，其理性意识暂时被蒙蔽，他与祭祀品的认同是在"半知半觉"的状态中完成的。第二，他与祭祀品的短暂认同基于一种纯粹的感性经验，文本中的关键词是"相信"："但要真正相信，相信它确实如此！"这种"相信"完全以身体感受为基础，献祭者感觉到血液沿着他的双臂淌下来，随即以为是自己在流血。一旦理性觉醒，在这种"相信"下实现的认同，立刻会让位给物我的区分。这种认同体验虽然短暂但是强烈，它表现为一种以身体感受为基础的情感宣泄，之前高度紧张的情绪在瞬间认同中彻底释放（Entladung）。此处，参与性的体验源于"接触巫术"（Kontaktmagie）①的作用，其中的参与表现为一种反作用：献祭者身上充斥的情绪被释放到献祭动物身上。杀死动物的那一刻，献祭者的身体也感受到生命之血的温度，他瞬间产生一种感觉和信念，认为自己被献祭了。

在这个极具张力的瞬间，他的喉咙里迸发出"快感般的胜利声响"，与动物的呻吟融为一体。献祭者想象自己的死亡而不由自主地发出这种声响，我们可以借用威廉·冯特（Wilhelm Wundt）（见图2-9）的心理语言学，将之理解为原

图 2-9　威廉·冯特②

① 萨比娜·施耐德指出，此处的参与体验类似于英国人类学家詹姆斯·乔治·弗雷泽（James George Frazer）在代表作《金枝》中提到的接触巫术。施耐德认为：象征是一种"新的（不是象征主义的，而基本上是身体的）巫术概念"。"象征的'肉身'效应是一种巫术范式，它不是临摹而是身体接触，不是再现而是参与。" Schneider, Sabine. Poetik der Illumination. Hugo von Hofmannsthals Bildreflexionen im *Gespräch über Gedichte. Zeitschrift für Kunstgeschichte*, 2008, 71(3): 403.

② 图片来源：Das Porträt von Wilhelm Wundt. https://www.alamy.com/stock-photo-wilhelm-wundt-1832-1920-german-psychologist-wundt-trained-as-a-physician-50048409.html.

初语言的表达。在冯特眼中，人类语言是一种特殊形式的"心理和生理的生命表达"①。他认为，语言的起源"不是理性思考和语义关联，而是情感和由情感促发的不由自主的表达动作"②。

2.3.4 对"象征"的人类学解读

冯特的语言起源论对我们的论述之所以重要，是因为他展示了另外一种符号模型，它不是以再现（Repräsentation）和指涉（Referenz）为运行准则——因此它区别于西方惯常对语言表意功能的理解——而是以自我指涉和自我表达为基准。在这种符号模型中，词与物不再区分。既然语言在此被视为表达活动的产物，再现功能或指涉功能便不再是语言的本质特征。斯文·维尔克迈斯特（Sven Werkmeister）把冯特的核心思想总结为："作为一种心理现象，符号的形成与直接性的<u>身体</u>感知以及表达方式紧密相关。"③就此而言，冯特反对拼音文字中基于理性和再现的符号模式。冯特认为欧洲之外的"原始人"更加接近语言的本源，可以从中观察出语言的发展过程，这说明冯特的语言观以二元对立为基础——"原始人"是早期、未开化的，"文明人"是晚近、高度开化的。这种逻辑影响了 1900 年前后的原始主义话语，与这一时期批判文明和理性的思潮形成共鸣。这种思潮有着一种复古主义的想象，假设存在一种"原始的"符号性，能指与所指的差异在其中荡然无存或尚未形成。无论是"前逻辑"还是"神话"的思维模式，这类理论都假设存在一个超越能指和所指差异的符号模式。④在这般历史语境下，1900 年前后有大量作家与艺术家纷纷做出了回归远古、追本溯源的尝试。譬如，艺术史家沃林格在 1907 年发表的著作《抽象与移情》中也以幻想人类最初与世界接触时所受的心理刺激为由来解释艺术创作的起源。按照他的观点，原始人在初次面对混沌世界时，心中充满恐惧，感到外部凌乱无序的物质世界对他的生命构成威胁。出于求生的本能和内心对抽象

①Wundt, Wilhelm. *Völkerpsychologie. Eine Untersuchung der Entwicklungsgesetze von Sprache, Mythus und Sitte. Band 1: Die Sprache*. Erster Teil. 3., neu bearb. Aufl. Leipzig: Wilhelm Engelmann Verlag, 1911: 43.

②Wundt, Wilhelm. *Völkerpsychologie. Eine Untersuchung der Entwicklungsgesetze von Sprache, Mythus und Sitte. Band 1: Die Sprache*. Erster Teil. 3., neu bearb. Aufl. Leipzig: Wilhelm Engelmann Verlag, 1911: 43.

③Werkmeister, Sven. Analoge Kulturen. Der Primitivismus und die Frage der Schrift um 1900. In Gess, Nicola (Hg.). *Literarischer Primitivismus*. Berlin/New York: De Gruyter, 2012: 34.

④法国人类学家吕西安·莱维-布吕尔（Lucien Lévy-Bruhl）用"前逻辑"的说法来指称这种思维方式，而德国哲学家恩斯特·卡西尔（Ernst Cassirer）则称之为"神话思维"。关于 1900 年前后从人种学和人类学出发的进化论思维模式可以参见：Riedel, Wolfgang. Archäologie des Geistes. Theorien des wilden Denkens um 1900. In Barkhoff, Jürgen; Carr, Gilbert & Paulin, Roger (Hg.). *Das schwierige neunzehnte Jahrhundert. Germanistische Tagung zum 65. Geburtstag von Eda Sagarra im August 1998*. Tübingen: Niemeyer Verlag, 2000: 467.

的渴望，他在意识恍惚的情形下创造出点、线、面，试图以平面克服立体，暂时缓解内心的恐惧。有趣的是，霍夫曼斯塔尔在阐释象征和献祭仪式的根源时，也描述了最初的人在强烈的感官刺激和巨大的心理恐惧下不由自主地完成献祭行为。在文化阐释的心理学模式中，恐惧作为假想的人类文明的起因显然深受青睐，并且一直伴随 20 世纪初关于原始主义和原始文明的讨论。沃林格、霍夫曼斯塔尔以及上文提及的威廉·冯特分别从不同的角度参与了当时对原始文明景象的构建过程。

回到文本，虽然《关于诗的谈话》中的献祭场景出自加布里尔的想象，然而我们仍然能够从中读出这股思潮的影响。它超越了理性主义的差异思维，也超越了文字。①像这一时期的原始主义一样，霍夫曼斯塔尔将献祭场景置于古代。他在《关于诗的谈话》的创作前期一直在阅读埃尔温·罗德（Erwin Rohde）（见图 2-10）的著作《普绪克——希腊人的灵魂祭祀和长生信仰》（*Psyche. Seelencult und Unsterblichkeitsglaube der Griechen*）②，并接受了其中以民族学和心理学为主的观察视角。罗德的这本书还为霍夫曼斯塔尔同年创作的戏剧《厄勒克特拉》提供了蓝本。此外，霍夫曼斯塔尔在罗德的著作中也接触到英国文化人类学家爱德华·泰勒（Edward B. Tylor）关于原始文化和文明进程的观点，尤其是泰勒提出的关于原始人感知方式的泛灵论对霍夫曼斯塔尔的象征理论有很大影响。③如果说霍夫曼斯塔尔在创作《关于诗的谈话》的笔记中写道："我们不再拥有神秘的、醉生的感性。对我们而言，头顶飘过的湿润云彩不再拥有人物形象——云雀飞过不再是幽灵的气息"（XXXI 327），那么他已经预设一个前提，即最初的人类曾经感知过这样一个主客界限消融的世界。加布里尔想象献祭场景时，在

---

①关于 1900 年前后的原始主义媒介理论和符号理论可以参见：Werkmeister, Sven. Analoge Kulturen. Der Primitivismus und die Frage der Schrift um 1900. In Gess, Nicola (Hg.). *Literarischer Primitivismus*. Berlin/New York: De Gruyter, 2012: 29-84, 197-247.

②参见：Rohde Erwin. *Psyche. Seelencult und Unsterblichkeitsglaube der Griechen*. 3. Aufl. Tübingen/Leipzig: Mohr Verlag, 1903. 霍夫曼斯塔尔在同年的书信和谈话中多次提到该书，在现存的霍夫曼斯塔尔纪念馆里可以找到他曾阅读过的卷本，其中大量笔记能够佐证他对远古文化的浓厚兴趣。

③关于隐喻转义和"原始人"类比思维之间的关系，参见：Riedel, Wolfgang. Arara = Bororo oder die metaphorische Synthese. In Zymner, Rüdiger & Engel, Manfred (Hg.). *Anthropologie der Literatur*. Paderborn: mentis Verlag, 2004: 220-241. 关于 1900 年前后从人类学出发对隐喻的讨论可以参见：Gess, Nicola. „So ist damit der Blitz zur Schlange geworden." Anthropologie und Metapherntheorie um 1900. *Deutsche Vierteljahrsschrift für Literaturwissenschaft und Geistesgeschichte*, 2009(4): 643-666. 关于霍夫曼斯塔尔诗学中的原始主义可以参见：Riedel, Wolfgang. Ursprache und Spätkultur. Poetischer Primitivismus in der österreichischen Literatur der Klassischen Moderne (Hofmannsthal, Müller, Musil). In Krimm, Stefan & Sachse, Martin (Hg.). *Europäische Begegnungen: Um die schöne blaue Donau ...: Acta Ising 2002*. Im Auftrag des Bayerischen Staatsministeriums für Unterricht und Kultus. München: Bayerischer Schulbuchverlag, 2003: 182-202.

"半知半觉"（XXXI 80）中以为自己就是被献祭的动物，并且从中发现"所有诗的根源"（XXXI 81）。究其原因，献祭仪式与诗歌之间存在一种类比关系。[①]这种类比并不意味着献祭者类似于诗人、献祭的动物类似于诗的对象，而是说献祭者与献祭动物的关系类似于诗人与诗的对象的关系。[②]正如动物代表人被献祭，抒情符号代表诗人的"一种心境"[③]。在诗歌中，理性主义的差异思想被扬弃了。在这个意义上，霍夫曼斯塔尔的《关于诗的谈话》无疑具有强烈的复古主义色彩。然而，他并未止步于怀旧的感伤和对现代文明的一味埋怨，而是借助当时关于原始主义的话语来重新发掘出诗的魅力和象征的光彩，在隐喻和诗歌中重新找到现代世界里不复存在的"沉醉于生命的感性"（XXXI 80）。这里，诗不仅是重建符号与事物的神秘同一性——或者说不可区分性——的媒介，因为这种同一性在西方线性字母文字发明之后就随之逝去，而且它呈现出跨越历史的人类学维度——它以强烈的身体体验为基础，力图激活在人类思维和语言的底层所聚集的能量，就像第一个献祭人在理性昏迷的片刻能够与祭祀的动物产生认同一样，西方线性字母发明之后的词与物、主体与客体的分离也会在象征作用下的高潮时刻顿然消失。霍夫曼斯塔尔的创作美学正是致力于打破文字的樊笼，释放人的创作潜能。诗或诗性语言的前景就在于此。

图 2-10　埃尔温·罗德[④]

---

①辛斯否定了象征和献祭仪式等同或在其中生成的观点，而认为诗学象征和牺牲献祭之间存在的是"类比的逻辑关系"，他进一步解释道："献祭者完成的是'象征性行为'，因为在那片刻他在他者的生命体中消解了［……］。诗人经历并言说象征，因为他消解在世间万物当中。两种情况中所说的'消解'是象征的核心，前者代表的是（想象中的）献祭仪式的根源，后者代表的是'诗的根源'。"参见: Schings, Hans-Jürgen. Lyrik des Hauchs. Zu Hofmannsthals *Gespräch über Gedichte*. *Hofmannsthal-Jahrbuch zur europäischen Moderne*, 2003(11): 315.

②参见: Simon, Ralf. Die Szene der Einfluß-Angst und ihre Vorgeschichten. Lyrik und Poetik beim frühen Hofmannsthal. *Hofmannsthal-Jahrbuch zur europäischen Moderne*, 2012(20): 58.

③在《关于诗的谈话》中，克莱门斯这样总结类比关系："他（献祭者）在动物之中死去。而我们在象征中消解自我。"（XXXI 81）

④图片来源: Das Porträt von Erwin Rohde. https://sydneytrads.com/2016/04/30/2016-symposium-gwendolyn-taunton.

考察1900年前后的原始主义话语和隐喻理论，也有助于理解《钱多斯信函》，因为钱多斯的天启体验同样与隐喻中的转义现象息息相关。①而《隐喻的哲学》描绘了这种隐喻的体验："在罕见的振动状态下，隐喻来到我们身边，在颤抖、闪电和风暴中经过我们。这种突如其来的、闪电般的光亮，让我们在这一瞬间感觉到世界的浩瀚关联，战栗着感受到理念的当下。"（RA I, 192）对于隐喻体验的描述与《钱多斯信函》的天启体验极为相似，两者都以偶然性、瞬间性为特征，是经验主体无法掌控的短暂事件。在两种情况下，现代人都会体验到世界的统一性，精神和抽象得到肉身性的展演。按照泰勒的说法，我们可以在隐喻的类比思维中发现"原始"直观形式的"残余"。而在钱多斯的天启时刻，文字编码形式被另一种感知模式所"净化"，"原始"的感知模式取而代之。钱多斯不再去追问某种超验的意义，而是感知到了同质化的、展演自我的事物符号。人与物之间的差异在这一瞬间被取消，传统的主客二分法因此也在转义过程中失效。在《关于诗的谈话》中，加布里尔在想象的献祭场景中看到了象征的诞生②，"半知半觉"的认同弥补了二分法造成的差异。这种统一性也只在瞬间有效——"在一呼一吸之间"（XXXI 81）。隐喻或象征的体验与天启体验相似，钱多斯对动物的认同就是有力的论据：某天夜里，钱多斯眼前浮现出老鼠死亡的景象，这一景象在他看来比阿尔巴隆加的惨状"更加神圣、更加野蛮"（XXXI 51）。钱多斯不仅从中感受到"不折不扣的和极其崇高的现在"，而且他还"无比关切这些上帝的创造物。我同它们融为一体了"（XXXI 51）。这里的"融为一体"可以和献祭场景中的"消解"相提并论。如果说钱多斯在天启瞬间和濒死的老鼠融为一体，那么献祭者的存在就在献祭动物的死亡瞬间消解于动物的存在中。两种经历都通过流动的符号表现出来，将主体与客体纳入统一性的存在之中。③

然而，如果仔细考察献祭行为的仪式特征，就可以看出《钱多斯信函》中的天启体验和《关于诗的谈话》中的象征经验之间存在根本性的区别。在《关于诗的谈话》中，加布里尔不仅想象了第一个献祭者的故事，而且涉及献祭仪式的起源。加布里尔说："从此以后，动物的死是象征性的牺牲。"（XXXI 81）这里用"从此以后"表明献祭行为日后不断在世间重复，与之相伴的献祭事件

---

①参见：Riedel, Wolfgang. Schopenhauer, Hofmannsthal und George?. *George-Jahrbuch*, 2011(8): 28.

②霍夫曼斯塔尔并未明确区分象征和隐喻，二者在他看来都是概念语言的对立面——图像性的表达。

③参见：Wellbery, David E. Die Opfer-Vorstellung als Quelle der Faszination. Anmerkungen zum *Chandos-Brief* und zur frühen Poetik Hofmannsthals. *Hofmannsthal-Jahrbuch zur europäischen Moderne*, 2003(11): 300.

一再被人们体验。也就是说，在最初的献祭行为中牺牲公羊其实是极具偶然性的行为，它在后来的不断重复之后才成为具有象征含义的仪式。德国学者乌韦·希贝库斯（Uwe Hebekus）指出："只有当献祭行为<u>被重复</u>的时候，它才能获得象征的地位；只有当它扩展为机构的<u>迭代行动逻辑</u>的时候，它才被赋予可预测的、可预见的文化内核。"①仪式的可重复性与天启体验的瞬间性截然不同。就此而言，《关于诗的谈话》比《钱多斯信函》更进一步，因为钱多斯只能在天启的瞬间短暂地摆脱语言危机，而《关于诗的谈话》则是构想了一种可以重复的诗学语言。这种新的语言在《米特沃泽评论》中被霍夫曼斯塔尔首次构想，继而发展为《钱多斯信函》中"静默之物的语言"，以不可预测的任意符号为特征，无法融入统一连贯的符号体系，无法用任何语词表达出来。最终，《关于诗的谈话》中以象征的语言，即诗的语言，弥补了上述不足。一方面，诗的语言摆脱了僵死概念的束缚；另一方面，它又并非转瞬即逝，而是建立起一种象征的符号关系，使之能够借助仪式不断重复。②

　　认同和参与的经验能够在一次又一次的献祭活动中一再重复。与其说这是外在的杀戮行为造成的，不如说根源于内在的心理本能。在《隐喻的哲学》一文中，霍夫曼斯塔尔提到"我们内心构建隐喻的本能以及我们创造出来的那些隐喻反过来对我们思维进行的惊人宰制"（RA I, 192），认为"我们通过践行隐喻从死者身上吮吸出难以言喻的快感"（RA I, 192）。人类受到心理本能的驱使追求隐喻，进而借助类比消弭差异，通过语词重建异质、零碎事物之间的关联。可以重复的仪式行为唤醒了这种本能，由此被创造并被阅读的那些隐喻，一方面暗示了不同事物之间的类比，另一方面因为语言形式由迭代构成，所以能够创造知识。献祭者可以在动物中消解自我进而认同动物，也和这种本能密不可分。就此而言，隐喻的本能也是创造同一性的本能，是消弭差异的意志。③

　　需要指出，霍夫曼斯塔尔认为隐喻属于本能而不是意识领域，这说明他贬低意识而推崇身体。一方面，霍夫曼斯塔尔在他对语言的诗学思考中想把"这些分类变得模糊"（RA III, 324），因为分类是通过语言的概念划分和理性主义的差异思维而产生的；另一方面，他的这些思考始终围绕着人类学常数的问

①Hebekus, Uwe. *Ästhetische Ermächtigung. Zum politischen Ort der Literatur im Zeitraum der klassischen Moderne*. München: Fink Verlag, 2009: 282.

②仪式化的重复能够使事件不断当下化，参见：Müller-Richter, Klaus. Bild, Symbol und Gleichnis: Die Metapher in der Poetologie der klassischen Moderne. In Müller-Richter, Klaus & Larcati, Arturo (Hg.). *Der Streit um die Metapher: poetologische Texte von Nietzsche bis Handke. Mit kommentierenden Studien*. Darmstadt: WBG, 1998: 78.

③关于霍夫曼斯塔尔在《钱多斯信函》中对叔本华《作为意志和表象的世界》的接受与反思可以参见：Riedel, Wolfgang. Schopenhauer, Hofmannsthal und George?. *George-Jahrbuch*, 2011(8): 36.

题。这两种视角在身体领域重合，因此《关于诗的谈话》才会一再谈到语言的感受性与身体性。这样一来，它既发展了具有身体内涵的巫术概念①，又强调了语言和身体之间的密切联系。加布里尔强调了诗歌象征的巫术，它"离我们非常近"（XXXI 81），难以辨认，直接作用于身体之上："文字具有神奇的力量，搅动着我们的肉身，无休止地改变着我们。"（XXXI 81）语言的巫术②过去直接作用在人的身上，然而随着理性化进程逐渐失效。霍夫曼斯塔尔从这一点出发，把感官性当作新语言的核心。加布里尔想象原始的献祭场景时，关注的正是感官性。第一个献祭者在半知半觉中与献祭动物融为一体，"原始人"的感知方式带来了可重复的、同一性的感知，加布里尔由此发现了一个全新的符号模式。在这种新模式中，参与代替了再现。

《关于诗的谈话》把象征模式的根源归为献祭活动，以此颂扬诗歌与诗人。诗歌具有无限的转义能力，因此能对肉身施以巫术般的影响。"原始人"的思维模式是"前逻辑"的，诗歌仿佛重返这种思维模式，将世界重建为宏大的统一体。作为一种媒介，诗歌唤起身体上的统一感，进而融合了二元论、差异哲学中的种种矛盾与对立。在《关于诗的谈话》中，加布里尔剖析了诗歌的"气息"隐喻：如果说钱多斯笔下的"洪水"催生了包容一切差异的天启体验，那么诗歌的"气息"隐喻也带来了主体与客体、存在与死亡等种种矛盾的统一。加布里尔认为，在诗歌中，"一股死亡和生命的气息飘向我们"，其中既有"蓬勃发展的势头"，也有"衰亡的战栗"，既有"此时此地"，也有"彼岸，极为遥远的彼岸"（XXXI 85）。显然，诗歌的体验意味着融为一体的体验。在这一语境下，诗的体验就是天启体验，这也暗示诗人因此神化。钱多斯似乎止步于被动地沉浸在天启的瞬间当中，《关于诗的谈话》里的诗人则不同，他将"神的密码编织为自己的文字"（XXXI 79），因而既经历了诗歌的体验也主动地创造着这种体验。诗人与神灵仿佛直接合作，共同创造文字。正因为如此，加布里尔明确将歌德比作神灵："至于歌德？他的所作所为在很多方面都像漫游的神灵。"（XXXI 85）

加布里尔从两个方面将诗人的神化合法化。其一，他说诗人具备独特的感

---

①关于巫术的身体性可以参见：Schneider, Sabine. Poetik der Illumination. Hugo von Hofmannsthals Bildreflexionen im *Gespräch über Gedichte. Zeitschrift für Kunstgeschichte*, 2008, 71(3): 403.

②关于霍夫曼斯塔尔作品中的语言巫术可以参见：Pestalozzi, Karl. *Sprachskepsis und Sprachmagie im Werk des jungen Hofmannsthal*. Zürich: Atlantis Verlag, 1958; Mauser, Wolfram. *Bild und Gebärde in der Sprache Hofmannsthals*. Wien: Böhlau Verlag, 1961: 5; Schwalbe, Jürgen. *Sprache und Gebärde im Werk Hugo von Hofmannsthals*. Freiburg im Breisgau: Schwarz Verlag, 1971: 71; Resch, Margit. *Das Symbol als Prozess bei Hugo von Hofmannsthal*. Königstein/Ts.: Forum Academicum, 1980: 50; Stockhammer, Robert. *Zaubertexte. Die Wiederkehr der Magie und die Literatur 1880–1945*. Berlin: Akademie Verlag, 2000: 142.

知方式，这让诗人天然就倾向于象征的经验。在描绘献祭的场景之前，加布里尔就表达了这种观点："对孩子来说，一切都是象征；对虔诚的人来说，象征是唯一真实的存在。诗人除了象征看不到其他东西。"（XXXI 80）其二，加布里尔通过第一次献祭的场景来证明象征中"奇妙的"感官性，分裂之物由此归为统一，本真、深层之物也被带往表象之中。总而言之，诗人既创造了宇宙恢宏的统一体，又体验着它。诗人不是从远处把世间事物看作阐释的对象，而是把它看作符号来感知，从中产生种种事物的存在与联系。由此一来我们就清楚了，《钱多斯信函》中构想的"静默之物的语言"为《关于诗的谈话》中的象征语言开辟了道路。钱多斯笔下的事物符号似乎就是诗人感知到的象征。钱多斯虽然深陷语言危机却又在信中文采斐然，他通过高超的诗艺将象征变为"虚无的描述"（Nichtigkeitsbeschreibungen）。由此一来，钱多斯无法用语言来描述的东西，在《关于诗的谈话》中就得到了表达。献祭成为"象征诞生"的时刻，成为一切诗歌的源头，一如钱多斯经历的"美好时刻"成为完美诗歌的诞生时刻。

除此之外，《关于诗的谈话》中还有一个维度与诗人的神话有关。诗人升格为神，这也表明"神"和"原始人"在感知模式上的相同之处。对于诗人而言，到处都是事物的存在与关联，按照加布里尔的说法，诗人的感知模式既是"神性的"，也是"原始的"。万物的存在和联系不仅被神灵体验，而且也被"原始人"——《关于诗的谈话》中的第一个献祭者——所体验。由于坚定不移地相信这种同一性，献祭者倾向于认为自己就是被自己感知到的事物。当加布里尔把诗人和孩子、信徒相提并论时，他所指的不仅是三者感知方式的相似性，而且也是批判计算理性的缺陷。按照加布里尔的论证逻辑，计算理性导致了现代人的差异思维，造成了阅读和阐释的感知模式。诗人的感知模式是"神性的"，就像虔诚的信徒在"神的旨意"中看到了世界，看到了无处不在的神迹；与此同时，诗人的感知模式也是"原始的"，与尚未发展出计算的孩童如出一辙。就此而言，加布里尔转向古代之时也转向了人类的童年，语言的魔力仍然残存于"原始人"和孩童的感知之中。因此，霍夫曼斯塔尔对语言的反思根植于文明批判与理性批判。他认为"神性"与"原始性"在诗人那里并存，这也与他对理性的批判息息相关。在后来的创作中，这种批判意识也渗透到他对舞蹈的反思和对"纯净姿势"的探索之中。

《关于诗的谈话》与《钱多斯信函》一脉相承，为钱多斯描绘的语言危机寻找到一条可行的出路。钱多斯由于语言危机而倍感迷茫，苦苦寻求一种超越符号理论的新语言来摆脱危机。相比之下，《关于诗的谈话》中的加布里尔积极而主动地清洗语言上的泥巴，试图将符号带回人类的童年，重新恢复诗歌语言原始的神奇功效。如果说钱多斯找到了"静默之物的语言"，通过事物符号暂时性地摆脱语言危机，然而无法将其纳入一个连贯的、可以预期的符号系统之内；那么，加布里尔则将诗歌本身视为大有前景的语言模式，它既摆脱了僵化概念的束缚，又可以重复、能够预料，可以创造一种象征性的符号关系。加布里尔把诗歌的图像性语言和概念性的建构语言对立起来：概念性的语言被束缚在固定的再现和指涉结构当中，而诗歌凭借无休止的转义和连接能力获得没有约束的自由空间。诗在异质中发现类同，在散落之物间建立联系。诗歌的基础不是差异而是类比，当时围绕"原始时期"进行的讨论也将类比追溯到原始人那里。无论隐喻还是象征都体现了这种类比的思维模式。诗歌持续生成意义，并使世界不断得到新的阐释，《关于诗的谈话》中提到了这种持续更新的感知模式："看每一件事物，都如同第一次看。"（XXXI 79）

实际上，霍夫曼斯塔尔早在 1893 年和 1894 年的时候就产生了类似的想法："诗——思维的乐趣。它将自我从概念的束缚中解救出来。[……]继而形成新的概念。"（RA III, 375）因此，诗歌能够动态地生成并消解意义，同时能够持续不断地创造并摧毁图像。正如《关于诗的谈话》中所主张的那样，诗歌的前景同样在于感觉性和身体性。诗的语言不仅和人类的感受直接相关，而且也对人的肉身施以魔力。加布里尔想象了最初的献祭场景，展示出其中的接触巫术。在半知半觉的状态下，献祭者与献祭动物归于同一。这种新的符号模型不以差异或再现为基础，而是强调主体的参与。这种参与性的感知和思考形式并不停留于献祭仪式，我们在诗歌中的隐喻和象征体验中也能发现它。它既神圣又原始，超越了理性主义主导的差异哲学。因此霍夫曼斯塔尔对语言的批判也是对意识的批判，它试图找到一种超越"文字"的对符号的理解。霍夫曼斯塔尔反思了隐喻功能和诗歌语言，目的在于摆脱理性的束缚、恢复语言最初的魔力。

2.4 小 结

霍夫曼斯塔尔关于解放和净化语言的诗学思考与他的语言批判一脉相承，而他的语言批判实质上是对文字的批评。他将矛头指向理性意识、文字文化、阅读与阐释的感知模式以及脱离生活经验的僵化概念。

上文讨论的三篇文本标志着霍夫曼斯塔尔对语言表达进行系统性思考的几个不同阶段：《米特沃泽评论》将语言设想为一层遮蔽世界的面纱，其中已经开始构想一种新的语言。《钱多斯信函》和《关于诗的谈话》则在探求这种新的语言。虽然霍夫曼斯塔尔反对抽象和范畴化，但是他对于新语言模式的探索本身也是一种抽象过程。他的探索主要分为两个步骤：第一步，新的语言应当摆脱传统符号理论的功能，尤其是指涉、再现、生成意义等功能，因为它们仍然受制于理性意识和差异思维；第二步，新的语言应当具有语言的本质，发挥出原始的、魔法般的效力。霍夫曼斯塔尔先是在米特沃泽身上发现了一种任意的、超越理性意识的言说方式，十分推崇这种将能指与所指融为一体的语言模式。后来，钱多斯勋爵在静默言说的事物中经历了天启的瞬间，这种语言与米特沃泽极为相似，无论是词与物的同质性，还是不可预料的特征，都如出一辙。如果说《米特沃泽评论》中新语言那种可感的真实性是由演员米特沃泽的肉身所保证的，那么在钱多斯那里则是静默之物的在场确保了这种真实性。霍夫曼斯塔尔从艺术家的神化转向了事物实体的神秘体验：一方面，这涉及一个概括和抽象的过程，抽象程度在唤起诗意的过程中不断增加；另一方面，语言的解放仍在向前推进：米特沃泽通过"内在知识"（RA I, 481）超越模仿论，钱多斯的符号语言则将语言从再现功能中解放出来，使其展演自身。诗歌语言延续了这一思路，凭借不受束缚的转义能力为异质事物架起桥梁，进而创造一个"关系的世界"（XXXIII 138）。诗歌语言并不服务于再现，也不像符号语言那样受制于实体之物。它轻盈灵动，如鸷鸟、似气息，超越了其他的语言模式和言说方式。

霍夫曼斯塔尔的语言批判越来越抽象，从一位演员到静默之物再到诗歌语言，似乎朝着精神化、去物质化的方向发展。然而在霍夫曼斯塔尔对新语言的构想中，身体具有至关重要的意义，这在三篇文本中都有体现。文字文化的"泥巴"遮蔽了语言的感官基础，霍夫曼斯塔尔语言批评的目的在于清洗这层泥巴，使语言以纯净的形式再度焕发生机。

霍夫曼斯塔尔的隐喻理论与当时的原始主义话语相吻合，这一方面表明他的语言思考以人类学为核心，但另一方面也说明，他所寻找的新语言实际上在书面文化的开端之前。就此而言，霍夫曼斯塔尔的语言反思带有复古主义色彩，这和他对现代社会中文字文化的批评并行不悖。然而，他并未止步于怀旧的感伤和对现代文明的一味埋怨，而是借助当时关于原始主义的话语来重新发掘出诗的魅力和象征的光彩。霍夫曼斯塔尔的文字批评以对诗歌的人类学思索为基础，也表现为对于理性的批判。在他看来，诗歌象征出现时，理性意识部分失效、身体感知占据主导地位。与此同时，象征也会反作用于人类感知，激活人创造隐喻的本能，产生主客合一的切身体验。这一过程不仅说明诗歌能够作用于人类感官，而且也体现了感知过程与语言编码的密切关系。

第 3 章　霍夫曼斯塔尔作品中的
图像与视觉感知

3.1 走出危机的途径 I：图像

20 世纪 90 年代，美国文化研究学者威廉·约翰·托马斯·米歇尔（William John Thomas Mitchell，学界惯称：W. J. T. Mitchell）和德国的艺术史家戈特弗里德·玻姆（Gottfried Boehm）几乎不约而同地提出了"图像转向"（iconic turn）的说法，并在学界掀起了旋风般的讨论热潮。①时至今日，关于图像的讨论俨然已经成为学界最热门的话题之一。"图像转向"这一说法之所以能够产生这么大的影响力，一方面与学术研究内部的发展规律和发展需求有关，另一方面是因为它与社会变迁、科技发展及人类认知方式的转变密切相关。特别是随着数字技术的发展和推广，图像已成为人类日常生活和交往的基本手段和内容，并深刻影响着人类对世界的感知与认知方式，这已成为国际学术界的共识。对图像本质及其传播效果和影响力的研究已成为当今国际学术界的前沿课题。近年来，国际学术界关于"图像泛滥""读图时代""图像霸权""图文之争"等说法层出不穷，更凸显了人类认知范式在高科技语境下的转变。无论是对图像依

---

①米歇尔于 1992 年提出"图像转向"的说法，他用的概念是 Pictorial Turn，指的是文学和文化研究应注意到日益占据主导地位的图像以及随之兴起的视觉文化。他的相关论述均收入《图像理论》（*Picture Theory*）一书，详见中文译本：米歇尔. 图像理论. 陈永国，胡文征，译. 北京：北京大学出版社，2006：2-25. 玻姆则在另一个语境中得出了类似的结论。他在对艺术史进行考察和梳理时，发现图像的力量日渐增强，已表现出想要与文字这一主流媒介相抗衡甚至取而代之的倾向。玻姆用德语概念 ikonische Wende 来指称这一现象。他的相关论述在其编辑的作品《图像是什么？》中有所呈现。参见：Boehm, Gottfried (Hg.). *Was ist ein Bild?*. München: Fink Verlag, 1994.

赖、推崇，还是怀疑、批判，图像问题已经成为当今国际学术界的跨学科研究热点——不仅文学、语言学、哲学、艺术史和传媒学在开展有关图像和图像性（Bildlichkeit）的探讨，社会学、政治学和教育学也在密切关注图像研究的发展。另外，在医学、建筑、光学、计算机科学等自然和工程学科领域，图像也有广泛的应用。[①]

在文学研究领域，关于图像与语言交互关系的研究由来已久，正如戈特弗里德·玻姆和赫尔穆特·普弗滕豪尔（Helmut Pfotenhauer）在论文集《描绘艺术与艺术描绘》（*Beschreibungskunst–Kunstbeschreibung*）的序言中所写的那样："图像和语言自古以来便密不可分[……]。图像需要借助语言来充分释放其潜在的意义；语言则需要借助图像来激起想象力，以求增强自身的说服力和生动性。"[②]这一论述指涉的正是两门艺术种类之间的互补关系：画是无声的诗，诗是有声的画。亚里士多德在《诗学》中指出，诗人和画家一样都是现实的模仿者，就像画家"用色彩和形状临摹现实"一样，诗人用"文字"来"模仿"世界。[③]西摩尼德斯（Simonides）的妙语"画是无声诗，诗是有声画"和贺拉斯（Horaz）有关"诗如画"（*ut pictura poesis*）的说法，都言简意赅地指出两种艺术形式的亲缘关系。"述画"一词沿袭了这一思想传统，其意为图像与语词之间的转换，通常指的是各种各样的生动的描绘，尤其是对图像的描绘。

当我们回溯"述画"的诞生与发展历程时，便会自然而然地联想到整个文学史，因为"述画"从一开始就是文学创作的重要手段之一。玻姆在论述中提到若干代表性案例，并指出了"述画"传统的悠久历史和最重要的几个发展阶段：《荷马史诗》中的阿喀琉斯之盾（Schild von Achill）、佛拉维乌斯·菲洛斯特拉托斯（Flavius Philostratos）的《画说》（*Eikones*，又译为《图记》或《画记》）、拜占庭的述画（byzantinische Ekphrasen）、乔尔乔·瓦萨里（Giorgio Vasari）对"述画"传统的回溯与创新，以及约翰·约阿希姆·温克尔曼（Johann Joachim Winckelmann）、雅各布·布克哈特（Jacob Burckhardt）和埃尔温·潘诺夫斯基（Erwin Panofsky）对图像的艺术史描述等等。[④]可惜的是，在传统的文学研究当中，"述画"这一技艺并未得到应有的重视，反而一直处于被轻视的

---

①相关讨论可参见：Fan, Jieping & Liu, Yongqiang (Hg.). *Bildforschung aus interdisziplinärer Perspektive*. Hangzhou: Zhejiang University Press, 2021.

②Boehm, Gottfried & Pfotenhauer, Helmut (Hg.). *Beschreibungskunst–Kunstbeschreibung: Ekphrasis von der Antike bis zur Gegenwart*. München: Fink Verlag, 1995: 9.

③Aristoteles. *Poetik*. Übersetzung, Einleitung und Anmerkung von Olof Gigon. Stuttgart: Reclam Verlag, 1961: 25-26.

④详见：Boehm, Gottfried. Bildbeschreibung. Über die Grenzen von Bild und Sprache. In Boehm, Gottfried & Pfotenhauer, Helmut (Hg.). *Beschreibungskunst–Kunstbeschreibung: Ekphrasis von der Antike bis zur Gegenwart*. München: Fink Verlag, 1995: 23.

遮蔽状态，直到 1900 年前后的世纪之交这一局面才逐渐有所改变。

在 19 世纪晚期，随着摄影和电影技术浮出水面，摄影术取代了绘画艺术的技巧性，人们对世界的艺术性参差感知渐渐流失，同时复制图片大量增殖。照相技术以所谓"忠实复制"的原则记录历史，承载着人类记忆，并一跃成为主流媒介。而作为记忆载体的另一媒介，文字由于缺乏图片的"直观性"，受到了多种媒介表征方式的挑战。从圣像破坏运动（Bildsturm）、图像禁忌（Bilderverbot）再到当代的图像洪流（Bilderflut），图像不断经历着历史语境的变迁，这也反映在以媒介为支撑的人类感知范式的转变上。在这个意义上，视觉文化的崛起，以及图像取代文字的趋势，如同"身体的回归"（Wiederkehr des Körpers）一样，也可以理解为"被排斥之物的回归"[①]。

在 20 世纪初的德语文论学者当中，对图像和视觉文化研究影响最大的当属沃尔特·本雅明（Walter Benjamin）。他在《可技术复制时代的艺术品》（„Das Kunstwerk im Zeitalter seiner Reproduzierbarkeit"）一文中深刻剖析了现代化对艺术产生的影响（见图3-1）。根据他的观点，随着复制技术和摄影技术的产生及

图 3-1　《可技术复制时代的艺术品》手稿[②]

---

①参见：Wulf, Christoph & Kamper, Dietmar (Hg.). *Die Wiederkehr des Körpers*. Frankfurt am Main: Suhrkamp Verlag, 1982.

②图片来源：Benjamins handschriftliches Manuskript „Das Kunstwerk im Zeitalter seiner Reproduzierbarkeit". https://www.adk.de/en/archives/archives-departments/walter-benjamin-archiv/index.htm.

广泛使用，艺术作品的"光晕"也随之消失。[①]法国哲学家让·波德里亚（Jean Baudrillard）依循本雅明的思考踪迹，对图像和视觉艺术品的可复制性做了进一步的分析。他提出的"拟像"（Simulacrum）[②]概念指出了我们时代的一个病症所在：图像已取代了真实，拟像正在无穷泛滥。如果说本雅明所谈及的可复制性体现了一种萌生的、模糊的危机意识，那么波德里亚指出的现实危机则体现的是一种无法挽回的绝望。

因此，图像在其不断浮现的过程中也在日趋隐没。传统意义上图像的独一无二性和不可替换性已渐渐流失。如果说，基督教传统认为，人是上帝按照自己的图像（Ebenbild）创造的生物，那么目前这一问题已经逆转为其反面：上帝是人按照自己的图像造成的形象。人们面对的不仅是由大量重复的视觉印象所带来的空洞乏味，同时还遭遇了道德关怀的缺失。图像泛滥不仅可以归咎于人类感官的衰退，同时也与另一个事实相关：人类不再是图中影像的一部分，理智使人不断退出自然，以冰冷的距离感审视着一个被图像符号化的世界。霍夫曼斯塔尔于1900年前后创作了一系列颇具唯美色彩的文学作品，针对唯美主义的感知模式和生存方式进行了彻底的清算和批评，这对理解当下的视觉文化颇有启发意义。对此后文将有详述。

在图像泛滥的时代，"拟像"无限繁殖，技术复制时代的艺术品失去了自己的"光晕"，也就是它的独一无二性和"当时当地性"（das Hier und Jetzt）[③]。不仅如此，"拟像"的剧增还改变了人类对待世界的态度和认知方式，原先的"阅读"转变成了今天的"观看"，人们不再像读书那样去理解和阐释世界，而是像观画一样欣赏或浏览世界图景。如此，世界衍变成一幅众色纷呈的图像，而"观看"则是最基本的认知方式。这种"图片化"的趋势随着后现代文化的发展而愈加明显。

此外，模仿也共同参与了世界的图像化和审美化的过程。图像模仿着它所吸纳的现实："它们仿制现实，改变现实并吸收现实。它们的小型化和快速度使它们成为日常生活中'现实经验'和'真理'的替代品。对现实经历而言，不是'现实'变成图像，而是图像变成'现实'，形成了多种<u>图像—现实</u>。"[④]现

---

①参见：Benjamin, Walter. *Das Kunstwerk in Zeitalter seiner Reproduzierbarkeit*. Frankfurt am Main: Suhrkamp Verlag, 1977.

②参见：Baudrillard, Jean. Die Simulation. In Welsch, Wolfgang (Hg.). „*Weg aus der Moderne*": *Schlüsseltexte der Postmoderne-Diskussion*. Weinheim: VCH, Acta Humaniora, 1988: 153-162.

③参考：Benjamin, Walter. *Das Kunstwerk in Zeitalter seiner Reproduzierbarkeit*. Frankfurt am Main: Suhrkamp Verlag, 1977: 13.

④Wulf, Christoph. Mimesis. In Wulf, Christoph (Hg.). *Vom Menschen. Handbuch Historische Anthropologie*. Weinheim/Basel: Beltz Verlag, 1997: 1028.

实与虚构之间的差异变得模糊，而图像无处不在，它替代真实，满足人们的各种需要。同时图像又模拟图像，并借此来找寻消失了的图像和现实。

总的来说，人们发现单一的图像媒介或文字媒介都不足以应对我们这个时代所经历的种种危机。在这般历史语境下，"述画"这一古老的技艺重新回归学界的视野，它频频现身于关于跨媒介性（又称为"媒介间性"）和文本与图像关系的讨论中，文学理论家雷蒙德·麦克唐纳（Raymond MacDonald）甚至将其描述为"诗歌和艺术史苍穹中最耀眼、最受欢迎的新星之一"[①]。"述画"之所以成为当今的研究热点，或许正是因为它极为巧妙地将文字与图像、文学与绘画融为一体，是跨媒介实践的典型案例。

在论及文学与图像的关系时，学界通常无法避开德国文艺理论家和剧作家戈特霍尔德·埃弗莱姆·莱辛（Gotthold Ephraim Lessing）在 1766 年出版的论著《拉奥孔——论画与诗的界限》（*Laokoon oder über die Grenze der Malerei und Poesie*，以下简称《拉奥孔》）（见图 3-2、图 3-3）。莱辛注意到诗与画的媒介差异以及它们不同的符号特征，并且由此推导出他的著名论断，即文学是时间的艺术，绘画是空间的艺术。[②]在其影响之下，后世经常提到文学的"递进性"（Sukzessivität）与绘画的"同时性"（Simultaneität）之间的二元对立。莱辛的特殊贡献在于，他点明了文学创作与绘画艺术使用的是不同的表达介质，并意识到语言与图像有各自的内在逻辑——文学与绘画作为两种不同的艺术形式，正是按照其各自的内在规律来再现现实的。[③]自此以后，这种内视角的考察——对艺术形式内在规律的考察——一直伴随文艺理论思潮的发展，并在 19 世纪末、20 世纪初的现代主义思潮中达到高峰。当时的艺术界和文学界再次掀起了"拉奥孔之争"，这一争论的灵感来源并非仅是莱辛在一百多年前发表的美学论著《拉奥孔》，而更多是基于 1900 年前后心理学、认识论、语言哲学和艺术理论等学科领域日趋重要的图像话语。因此，德国文学理论家特奥多尔·迈耶尔（Theodor Meyer）在 1901 年发表的论著《诗的风格法则》（*Das Stilgesetz der Poesie*）中呼吁学界借鉴这些学科在认识上的进步，重新讨论莱辛在《拉奥

---

①MacDonald, Raymond A. Review Essay: Murray Krieger, *Ekphrasis–The Illusion of the Natural Sign. Word and Image*, 1993, 9(1): 85. 在现代语言协会（Modern Language Association）的国际文献库里，若以 Ekphrasis 为关键词进行检索，会发现在 1963 年到 1980 年之间仅有 10 条文献的信息，但在 1981 年到 1997 年间却有 142 条，足见学界对这一论题的关注度日益提升。类似的情况也可以参见：Wagner, Peter (Hg.). *Icons–Texts–Iconotexts: Essays on Ekphrasis and Intermediality*. Berlin/New York: de Gruyter, 1996: 347-381.

②参考：Lessing, Gotthold Ephraim. *Laokoon oder über die Grenzen der Malerei und Poesie: mit beiläufigen Erläuterungen verschiedener Punkte der alten Kunstgeschichte*. Mit einem Nachwort von Ingrid Kreuzer. Stuttgart: Reclam Verlag, 2001.

③参考：Gebauer, Gunter (Hg.). *Das Laokoon-Projekt. Pläne einer semiotischen Ästhetik*. Stuttgart: Metzler Verlag, 1984.

孔》中已经探讨过的问题。①

1900 年前后，一方面，在德语国家兴起的现代主义文学呈现出高度自治化的发展趋势，拒绝服务于社会，强调艺术的自律，甚至提出了"为艺术而艺术"（l'art pour l'art）的口号；另一方面，随着照相、摄影技术的发展，文学的再现功能不再具有优越性，而现代主义文学的自我理解也摒弃模仿的诉求，从再现（Repräsentation）转向呈现（Präsentation），从对他者的指涉（Fremdreferenz）转向自我指涉（Selbstreferenz）。在这种自治与自觉的促使下，现代主义文学表现出很强的自我反思能力，它不断思考其表达介质——即词语、文字——的符号特征，试图通过吸收其他艺术形式的元素来增强表现力。这一时期图像媒介的大量增殖和广泛传播更是激发了文学的自我警醒，许多现代主义作家试图通

图 3-2　莱辛肖像画②　　　　图 3-3　群雕《拉奥孔》③

---

①参考：Meyer, Theodor. *Das Stilgesetz der Poesie*. Mit einem Vorwort von Wolfgang Iser. Frankfurt am Main: Suhrkamp Verlag, 1990.

②该肖像画由画家安东·格拉夫（Anton Graff）于 1771 年绘制，现收藏于莱比锡大学的艺术收藏馆。图片来源：Lessing, Gotthold Ephraim. *Laokoon oder Über die Grenzen der Malerei und Poesie*. Studienausgabe. Stuttgart: Reclam Verlag, 2012: 274.

③又名《拉奥孔和他的儿子们》。图片来源：Stemmrich, Gregor. Gotthold Ephraim Lessing. In Gaehtgens, Thomas W. & Fleckner, Uwe (Hg.). *Historienmalerei*. Heidelberg: Arthistoricum.net-ART-Books, 2019: 258.

过特殊的叙事技巧和表达策略在文本中消解文字与图像的边界，甚至营造出绘画和照相难以实现的图像效果。①在这些锐意创新的现代主义作家当中，霍夫曼斯塔尔无疑是最具代表性的一位。

自年少时起，霍夫曼斯塔尔一直都对绘画、雕塑等视觉艺术抱有极大的热情。早年，霍夫曼斯塔尔曾撰写了大量的艺术评论和展览报告，如《维也纳的绘画》（"Die Malerei in Wien"，1893）、《国际艺术展》（"Internationale Kunst-Ausstellung"，1894）、《论英国的现代绘画》（"Über moderne englische Malerei"，1894）、《慕尼黑分离派画展》（"Ausstellung der Münchener *Sezession*"，1894）、《特奥多·冯·霍尔曼》（"Theodor von Hörmann"，1895）等。此外，霍夫曼斯塔尔还如此给自己下了定义："我是诗人，因为我以图像方式来体验。"（"Ich bin ein Dichter, weil ich bildlich erlebe."）（RA III, 382）这句话也始终贯穿于他的文学创作之中。同时，他的笔记和日记中也存有大量的语句，能够印证他对图像和语言之间同构性和相通之处的不懈探索。1894 年，霍夫曼斯塔尔在日记中写道："影响：造型艺术如何影响我的诗歌。"（Beeinflußung: Wie bildende Kunst auf meine Poesie wirkt.）（RA III, 380）次年，他又总结道："词语的世界是一个表象世界，它像色彩世界一样封闭自我，并且与现象世界相协调。因此，我们无法设想表达的'欠缺性'（Unzulänglichkeit），这关乎转置。[……]诗歌（绘画）：用文字（色彩）表达着那些在生活中用其他无数媒介复杂表达的事物。"（RA III, 400）因此，霍夫曼斯塔尔在文学创作中始终试图克服或消弭两种表现手法之间的界限，并将它们融入"只有想象，从未进入过的大陆"（RA III, 620）。这里的"大陆"指的正是图像、语言和文字三者之间的互动场域。熟谙霍夫曼斯塔尔作品的德国学者伦纳尔指出："对霍夫曼斯塔尔来说，视觉造型艺术是他思考创作条件的基本媒介，他往往借助这种媒介对精神图像和符号进行文化预设和转型（Prä- und Transformation），这点于他比文学本身更为重要。"②

正是基于上述思考，笔者在本章聚焦于霍夫曼斯塔尔作品中的图像和视觉感知，以"图像"和"观看"作为关键词，通过对代表性文本的细致解读，剖析霍夫曼斯塔尔作品中的语图关系和图文转换，进而彰显现代主义文学的图像性特征与图像潜能。

首先，本章将以霍夫曼斯塔尔的小品文《两幅画》和短篇小说《途中幸福》为研究对象，通过剖析文中人物的视觉感知模式和作者的叙事策略，勾勒出霍

①参考：Pfotenhauer, Helmut; Riedel, Wolfgang & Schneider, Sabine. Einleitung. In Dies. (Hg.). *Poetik der Evidenz: Die Herausforderung der Bilder in der Literatur um 1900*. Würzburg: Königshausen & Neumann, 2005: IX.

②Renner, Ursula. *Die Zauberschrift der Bilder. Bildende Kunst in Hofmannsthals Werken*. Freiburg im Breisgau: Rombach Verlag, 2000: 14.

夫曼斯塔尔早期创作中的图文关系，即语图互动、语图交融。

随后，本章将以两部时间跨度较大的作品为研究对象，对比分析霍夫曼斯塔尔对图像和视觉感知的暧昧态度。其一，通过对诗体剧《愚人与死神》的阐释，展示德语早期现代派文学对视觉感知和图像媒介的关注，并进一步揭示出唯美主义的症结在于：唯美主义者本着"为艺术而艺术"的理念，追求纯艺术，其感知方式被审美化，世界成为其视觉观赏的对象，这导致唯美主义者对现实生活的彻底背离。其二，通过对虚构书信集《返乡者书信集》（*Die Briefe des Zurückgekehrten*）的解读，展现另一种对图像和观看的认识论理解，并在文化危机和艺术救赎的对比关系中凸显"纯净观看"（reines Sehen）的创新活力。

最后，本章将围绕游记合集《在希腊的瞬间》展开论述，试图以之为例钩沉出霍夫曼斯塔尔笔下的观画体验发生的巨大转变。在这部作品中，观赏艺术品的经历成为一种汹涌澎湃、幻象浮生的象征体验。《在希腊的瞬间》这部作品充分展现了霍夫曼斯塔尔幻象诗学的问题意识、创作实践与感知模式，并指明他的幻象诗学构建了一种超越文字的感知模式，进而为文学的自我解放开辟了全新的路径。

3.2 霍夫曼斯塔尔早期作品中的图文关系

19 世纪下半叶，欧洲迎来了电气时代。电力的广泛应用催生了大量新技术和新发明，其中，媒介技术的变革尤为直接地影响了人的感知系统和认知模式。具体而言，照相技术的发明将人类带入可技术复制的时代，为后来视觉文化的兴起和图像的大规模蔓延奠定了基础，而电影技术则使静止的图片运动起来。快速更迭的图片不仅能形象逼真地反映瞬息万变的都市生活，而且也在训练和塑造人的感知方式，文本阅读代表的"深度模式"（Tiefenstruktur）逐渐被视觉图像的"平面性"（Oberflächlichkeit）替代。此时，以语言文字为基础的文学该如何应对这场变革？形象逼真的图片是否优越于语言表达？而文学又具有怎样的图像性？

在这些问题的催动下，现代主义文学表现出更为强烈的自治化倾向和高度的自我反思意识。图像媒介的日益兴盛促使诸多现代主义作家重新思考图像与文学间的关系，试图在文学创作中消弭文字与图像的边界，从而实现现代主义文学向"呈现"与"自我指涉"的审美范式转换。具体而言，现代主义作家的诗学思考紧紧围绕文学的表达方式和表达介质（如词语、文字）展开，他们一方面通过学习和效仿其他艺术形式（如绘画、摄影）的表达技巧来增强文字的表现力，另一方面又试图在文字构建的世界里实现这些艺术形式很难达到的表达效果。譬如许多现代主义作家特别关注对梦境（Traum）、幻象（Vision）、错

觉（Halluzination）等虚构景象的文学呈现，作品人物的感官世界总是游移于现
实与想象之间，文本通过一定的叙事策略消解文字与图像的边界，甚至营造出
绘画、摄影等视觉艺术形式难以实现的形象效果。霍夫曼斯塔尔在创作早期撰
写的诸多作品正是这种尝试的很好例证。1891 年，年仅 17 岁的霍夫曼斯塔尔
撰写了一篇美轮美奂的小品文《两幅画》，并在其中虚构了两个梦幻般的观画
场景，进而展开有关"看"与"读"的诗意联想。两年后，霍夫曼斯塔尔又在
短篇小说《途中幸福》中续写了这段关于"看"与"读"的诗学思考和文学
实验。这部短篇小说从一种凭借望远镜实现的聚焦视角出发，呈现了故事主
人公从"看"船名到"读"船名的认知模式更替。在这一过程中，主人公的观
看经历充溢着感知、回忆、联想和憧憬的流动画面，而这无疑是对船名 La
Fortune 这一概念的图解，彰示着这部短篇小说的图像性特征。霍夫曼斯塔尔的
这两部作品都以"看"与"读"的互动更替为基本的叙事脉络，在因观看而激
发的联想中呈现文学语言的造图潜能，构建共融共通的语图关系。因此，本章
将以这两部作品为主要研究对象进行论述，并按创作时间的先后顺序依次进行
深入细致的解读。

3.2.1 《两幅画》中的"看"与"读"

霍夫曼斯塔尔的小品文《两幅画》发表于 1891 年 6 月 15 日的维也纳半月
刊《现代评论》（*Moderne Rundschau*）。该作品围绕一组绘画展开，以戏剧化的
观画场景展现主人公高度诗意化的视觉感知方式，并以画作和画作标题的对立
矛盾呈现"看"与"读"的媒介互动。这部作品并非传统的"述画"，而是颇具
实验性的文学尝试，试图通过特定的叙事策略挖掘文学语言的造图潜能，彰显
文学特有的图像性。

短文《两幅画》曾是霍夫曼斯塔尔研究中的一个谜团，他的发表过程伴有
一段匪夷所思的插曲：文章副标题"凡·艾克：将死者—复活者"（Van Eyck:
Morituri–Resurrecturi）含有一个严重的印刷错误，随后一期的《现代评论》刊
登了一段更正说明："不是凡·艾克 [!]，这两幅画的创作者是希罗尼穆斯·艾
肯（Hieronymus Aeken）。"[①]这里指的是中世纪晚期的荷兰画家希罗尼穆斯·博
施（Hieronymus Bosch）（见图 3-4），他的真名叫耶鲁安·凡·艾肯（Jeroen van
Aken），其姓氏发音和凡·艾克相近，导致错误。霍夫曼斯塔尔的这一疏漏让
人倍感惊讶，因为他是视觉极其敏感的艺术鉴赏家，而且他在西方绘画领域可
谓饱谙经史，如何会混淆凡·艾肯和凡·艾克这两位风格迥异的画家？况且，

---

①霍夫曼斯塔尔文学遗产的管理者鲁道夫·黑尔施（Rudolf Hirsch）详细记载了这篇短
文的发表过程，详见：Hirsch, Rudolf. Ein Druckfehler von Bedeutung. *Hofmannsthal-Blätter*,
1971 (6): 490.

这个更正说明并不能帮助读者更好地理解这部作品，短文的体裁是画作描写（Bildbeschreibung）或称"述画"，但无论是在凡·艾克还是凡·艾肯的作品中都找不到与之对应的画作。德国学者伦纳尔长期从事霍夫曼斯塔尔与绘画艺术的研究，在多年的考证之后最终断定：短文描述的两幅画作纯属虚构。①由此，《两幅画》中的画作描述因描述对象的缺失，从他者指涉——对某部画作的描述——转变为自我指涉，它不再服务于再现画作的用途，而是展现了语言造图、文字成像的能力。

图 3-4　希罗尼穆斯·博施肖像（画于 1550 年）②

①Renner, Ursula. „*Die Zauberschrift der Bilder*". *Bildende Kunst in Hofmannsthals Werken*. Freiburg im Breisgau: Rombach Verlag, 2000: 62.

②图片来源：Porträt von Hieronymus Bosch (um 1550). https://www.finestresullarte.info/en/ab-art-base/hieronymus-bosch-mystery-painter-life-and-works.

一

为了更好地阐明《两幅画》中的语图关系，本书将着重剖析以下选文中颇具戏剧性的观图场景，以及画作与画作标题、观看与阅读之间的互动，考察该文本是通过何种叙事策略消解文字与图像的边界并彰显文学的图像性的。鉴于文章较短，而且没有译本可作比较，因此笔者在此引用全文如下。

两幅画

凡·艾克：将死者—复活者（Morituri–Resurrecturi）

后来，那濒死之日最后的炙热光芒落到一幅我平生未见的图画上。那是一幅生命之图，丰美而凝滞。画的中心是大海，太阳卧在海上，四周泛着绵绵的金圈、炫目的紫斑和闪亮的光带。海的左右两侧绵延着庞大的堤岸，堤上人群涌动，果实和财富缀累。雕金的高架帆船颠簸着渐渐靠近；舵手们优美的赤裸身体在金色阳光中熠熠生辉。温暖的潮水冲刷着宽阔石阶的底端几层，乞讨的孩子们身穿缤纷闪耀的褴褛衣服，兴高采烈地玩耍着，互相追逐着；还有一些同样美丽的孩子，全身赤裸，由微微发光的青铜雕成，镶在华伟官殿的围栏门上，身边簇拥着蜷曲的花纹和藤蔓，把玩着金色果实。石阶和堤坝上是一望无际的熙攘之景，而城市的上空却笼罩着一层金黄的浓雾，仿佛一团赐福的云朵。我正在放眼凝望那密密麻麻的海洋，看船只漂游于水上，看高架帆船和金色云雾，这时，一切变暗了。在最后的光辉中，太阳再次闪了一闪，我看见这幅画下有一个词。然后，我已站在灰蒙蒙的暮夜中，那个词却依然在我的眼中微微闪着紫光：将死者（Morituri）。

年华逝去，一个夜里，我再次站在静寂的小教堂里。月光滑到一幅我平生未见的图画上。那是一片广阔荒凉的海洋，悄声呼吸着幽幽绿光；这时，月亮穿云而出，将磷光播撒到潺潺波浪上，夜风静默，微光汇成了闪烁的光点和银白的光圈。一缕湿淋淋的微光浮起，惨淡地反射着沉陷的城市。决裂的堤坝、宏伟的堤坝、白闪闪的支柱、破裂的穹窿战栗着滑向高处；我向下看，看见一个荒芜的官殿庭院，庭院的围栏立在地上，青绿的苔藓缠绕着赤裸的男孩们和金色果实。此外，潮湿的深处还传来了一丝奇特的声音，仿佛是嘤嘤的泣声。此时，月光落到了画下那些金色的字母上，我读道：复活者（Resurrecturi）。一朵云飘到了月亮前，我站在夜幕中。

（RA I, 513-514）[①]

---

①感谢北京外国语大学德语学院丁君君副教授提供本译文。

　　这篇短文包含两个段落，讲述主人公"我"的两次观画经历，文章副标题中的两个拉丁语单词"Morituri"和"Resurrecturi"是前后两次观看的画作的标题，它们分别表示"将要死亡者"和"将要复活者"。这两个词都蕴含了对未来的预言，带有一定的宗教色彩，让人联想到耶稣的受难和复活，以及《圣经》故事中关于所谓"世界末日"和"人类救赎"的预言。这种联想在文本中能找到一定的佐证，第二段第一句话就交代两次观画的场所是在同一个教堂："年华逝去，一个夜里，我再次站在静寂的小教堂里。"教堂作为神圣寂静的宗教场所，是人向神祈祷、与神对话的场域，"我"在教堂的观画行为不只是单纯的审美，而是带有一定的仪式特征。在这里，"观看"既像是一种冥想，观者在冥想中走进画面；又像是天启（Offenbarung）一样的瞬间感悟，在某一个关键瞬间，神向人揭示真理。文本描述的观画经历中有一系列"跨界"（Grenzüberschreitung）的幻象，视觉感知与主观想象紧密交织。我们以主人公的第一次观画经历为例，可以概括出以下三个特点。

　　其一，观画者的"看"受外界自然光源的牵引，并非主动行为。文本开篇写道，"那濒死之日最后的炙热光芒落到一幅我平生未见的图画上"，换言之，他并非主动觉察和注意到面前的绘画，而是太阳光像探照灯一样照在画面上，令绘画"显现"在他面前。他的观看目光完全受控于自然光线，唯有在阳光所照之处才会显现他目光将见之物。此外，光照的时间非常短暂，他刚看清楚画面内容，光线就被黑夜吞噬。在绘画消失之后，落日余晖的片刻闪耀，让他看到画作下方的一个词，这个词并未向他泄露自身的含义，而是作为隐含紫光的图像印在他的视网膜上。也就是说，他只是"看"而非"读"了这个词。这个拉丁语单词的含义是留给读者来解释的。画作在强光照耀的片刻"显现"无疑具有基督教传统中"圣灵显现"（Epiphanie）的特征，观看者的主体性在此被削弱，他的"看"不仅表现为被牵引的观看，而且最后连解读文字的主动性也被剥夺，只能被动接受图像信息。

　　其二，外界光线与画作内部的光线重合，打破画框结构，框外空间与框内空间融为一体。观看者在黄昏时分观画，画作展现的也是黄昏时分的景象。外部落日的"炙热光芒"穿过教堂窗户照在画面上，与画面中心的海上落日重合。在这种双重光源的照耀下，画中景物熠熠生辉：海水、雕金的高架帆船、舵手的赤裸身体、儿童乞丐的褴褛衣服、青铜雕像、果实和天空中的云雾都折射出太阳的光芒。如此，自然与艺术、真实与虚构之间的界限被抹平，教堂外的阳光能够"穿透外与内、外部空间与画作内部空间之间的界限，打通各个领域。这种串位程序（metaleptische Prozedur）也使观看者的位置变得不稳定。

他仿佛既在画外，又在画中"①。从观看者的叙述可以读出，他仿佛已经走进画中，站在堤岸上："我正在放眼凝望那密密麻麻的海洋"。

其三，画面内容和画作标题的含义反差，促使读者参与"看"与"读"的互动游戏。文中观看者在目光落到画面的瞬间立刻明白画作的寓意："那是一幅生命之图"。画中人头熙攘的情景和以"金色"和"紫色"为主的明亮色彩凸显生机勃勃的活力，然而这种印象却遭遇画作标题（"将死者"）的否定。标题的将来时态不仅超越了画面内容的现在时，而且它与画面内容在语义上构成死与生的两极。两者的矛盾加上图像与文字的媒介差异，很容易让人联想到比利时画家勒内·马格利特（René Magritte）的名画《形象的叛逆》（*La trahison des images*）。画中逼真的烟斗形象下面有一行字："这不是一个烟斗。"（"Ceci n'est pas une pipe."）马格利特以此凸显所见与所读的背离，然而，那行字是在画框之内的，因此属于画作的内容。这里涉及的却是画作与画作标题的关系。它的不寻常之处在于，画作标题不是对画作内容的概述，画作内容也不是对画作标题的图解。更有趣的是，叙述者——同时也是观画者和主人公"我"——描述的观画经历到此戛然而止，关于画作与画作标题的两极对立，他不做任何评价。读者被迫重新解读他的画作描述，构建画作与画作标题之间的关联。

二

文本第二段讲述了"我"的第二次观画经历，其叙述逻辑与第一段基本吻合，同样体现上述三个特征。文本开篇第一句话——"年华逝去，一个夜里，我再次站在静寂的小教堂里"——点出两次观画的时间间隔和相似情景。他仍然独自在教堂里观画，仍然看到"一幅我平生未见的图画"。只是这次的观画行为并非发生在黄昏，而是在夜晚，因此以自然月光为光照源。同上次一样，他观画的时间很短，而且完全受制于外部自然光线。画作在月光洒落的瞬间"显现"在他面前，仿若上天的启示。教堂外的月光落在画作表面，进入画面，与画中的月光混合，一起播撒到海面，折射出海底景物。观画者这次更加清楚地置身于画内世界：他不仅站在海岸上"向下看，看见一个荒芜的宫殿庭院"，而且还听到"潮湿的深处还传来了一丝奇特的声音，仿佛是嘤嘤的泣声"。这种听觉联想无疑是由观看引起的通感效应（Synästhesie），它源于观看者的想象，充分体现了他善于联想、高度诗意化的视觉感知模式，也展现了他与画中情景的融合。如此，真实与想象、自然与艺术的界限在这里仿佛荡然无存。

从对画中景物的描述可以看出，画作中的物象与前一幅画几乎完全相同：大

---

①Renner, Ursula. „*Die Zauberschrift der Bilder*". *Bildende Kunst in Hofmannsthals Werken*. Freiburg im Breisgau: Rombach Verlag, 2000: 55.

海、城市、堤坝、支柱、宫殿、围栏、男孩雕像、金色果实和天空中的云雾同样出现在前一幅画作当中。只是之前阳光照耀的明亮色调，现在被月光的银白色系取代；之前人头熙攘、生机勃勃的景象，现在呈现为凋敝残败、濒临死亡的场景。如果说第一幅画是"生命之图"，那么第二幅画则应为死亡之景。然而，这幅画作的标题却叫"复活者"，其所指应为死后重生的场景。如此，标题不仅以将来时态超越画面的现在时，指涉画中未出现之场景；而且它与画作截然相反的语义迫使读者重新审视画面描述。这时，我们会发现：第一幅画虽然充满生命的欢欣和力量，但是叙述者却用"丰美而凝滞"（reich und unbewegt）作为修饰语，强调其静止状态；第二幅画虽然弥漫着衰落死亡的气息，观画者在画中看到的却是动态的移动——"白闪闪的支柱、破裂的穹窿战栗着滑向高处"——并在幻觉中听到哭泣般的声响。这说明"生命之图"中隐藏着死亡的信息，死亡之景中蕴含着生命的能量。

画作的标题不仅会促使读者重新审视画作描述，修正画面传递的印象，而且它的预言式特征会激发"观画者及读者进一步发挥想象力，臆想画框之外即将发生的情形，从而在意念中突破画作场景"①。换言之，这种预言式标题把作为"空间艺术"的绘画带进时间的流动中，凸显画中情景的转瞬即逝。由于第二幅画的画面内容不仅与第一幅画形成对立，而且正好印证第一幅画作标题的预言。因此，两幅画其实处在一种既对立又互补的辩证关系之中：第一幅画作标题的预言在第二幅画作中实现，第二幅画作标题的预言在第一幅画作中得以体现。如此一来，两幅画作之间的对立被抹平，两个段落之间的空白被填补，它们共同构成一个有机的整体。这也能够解释为什么文本以省略号开始。省略号标志着文章的断片特征，暗示前文已有所言，而联系词"后来"更加强化了这种时间顺序。因此，文本的结束又是文本的开始，因为观画者"读"到的第二幅画作标题，正是文本开端省略号前发生的预言，并将在"看"第一幅画的经历中实现。画作与画作标题正是在这样一种"看"与"读"的互动中形成一种相互指涉、周而复始的循环。

三

论述至此，两幅画作为一幅双联画的迹象已经非常明晰，它用两幅图景展现了一个海港城市的兴盛与衰竭，昭示生命无常。画作标题以预言的形式凸显了画面内容的转瞬即逝，同时也建构了两图之间的关联，画作与画作标题的循环指涉象征生命的永恒变化。这里的每幅画、每个标题都只能表明生命的瞬间

---

① 杨劲. 世纪之交的审美范式转换——论霍夫曼斯塔尔的报刊文艺栏作品《两幅画》和《一封信》. 同济大学学报（社会科学版），2014(2)：17.

和片段，无论兴盛还是衰竭都不是恒定的，唯有循环反复的变化才是生命的整体。文中主人公在教堂里观看这幅双联画，更加凸显其教诲世人的用意。霍夫曼斯塔尔早期的文学创作经常以生与死的辩证关系为主题，诗体剧《愚人与死神》中的著名台词——"既然我的生命已死，那么你就是我的生命，死神！"[1]——可谓相关思考的完美表述。

小品文《两幅画》将两次观画的经历塑造为"上天的启示"，画作在外界光源的片刻照耀下孤岛式地"显现"在观画者面前，观看行为缺乏主动性，完全依赖于外界光源，忽明忽暗的光影变化颇具戏剧性，画作欣赏随之成为瞬间体验、灵光一闪的感悟。观画过程中，观画者的视觉感知被主观幻象所覆盖，真实与幻觉的界限模糊化，感知主体与客体（画作）的距离消解。这些奇妙的天启经历既符合双联画原本的宗教语境，又体现了霍夫曼斯塔尔早期创作的基本策略。他以偶然性、不可控性和主客体距离的消失——甚或主客体关系的颠覆——来对抗语言符号系统的稳定性以及其中指涉关系的牢固性。《两幅画》以画作和画作标题的指称逆反，反映出"看"与"读"、图像与文字之间的裂隙，作品中天启式的艺术体验骤然发生于瞬间，仿若突如其来的感官刺激。这种经历以视觉感知为依托，又不乏想象和通感。霍夫曼斯塔尔后来创作的许多作品（如《钱多斯信函》《返乡者书信集》和《在希腊的瞬间》等）都在重复性地刻画和排演这种天启经历和瞬间感知。如此，《两幅画》虽是霍夫曼斯塔尔学生时代的作品[2]，却基本勾勒了他的整体写作纲领，并在思想主题和叙事策略等方面预示了他后来的文学创作。

最后需要指出的是，《两幅画》全文采用过去时，表示文中描写的观画经历属于叙述者的回忆范畴，他在（回忆性的）叙述中重现过往的观画场景，用语言来勾勒所观看的画作。"画作描述将所看之画转化为语言之画，把视觉感知变换成文字，这是双重传递或媒介化过程，是借助语言的图像塑造功能所达到的诗学再创造。"[3]因此，这篇短文很好地展现了19世纪末、20世纪初现代主义文学的媒介自觉及其对自身表达介质进行改良的能力。它不仅以画作和画作标题的指称逆反凸显图像与文字的差异，还通过逼真形象的画作描述来消解图像与文字的边界，将绘画的元素融入文学语言的同时，彰显语言造图的能力。霍

①Hofmannsthal, Hugo von. *Gesammelte Werke in zehn Einzelbänden. Band I: Gedichte Dramen I.* Frankfurt am Main: Fischer Verlag, 1979: 297. 后文将在括弧中用缩写 GD I 及页码标注引文出处。

②1891 年《两幅画》发表时，霍夫曼斯塔尔尚就读于维也纳的文理高中。由于奥匈帝国教育部明令禁止中学生自由创作，所以《现代评论》里显示这篇短文的作者是"洛里斯"（Loris），而"洛里斯"正是霍夫曼斯塔尔最常用的笔名。

③杨劲. 世纪之交的审美范式转换——论霍夫曼斯塔尔的报刊文艺栏作品《两幅画》和《一封信》. 同济大学学报（社会科学版），2014(2)：19.

夫曼斯塔尔在自传性长诗《于我……》（*Für mich...*）中对词语的图像潜能有所反思："词语，别人只当作廉价硬币，／于我却是图像的源泉，丰足而光彩闪闪。"（GD I, 91）正因为语言于他远不只是交流沟通的工具，更是想象和视觉图像的贮藏之所，所以这篇短文能"营造出从叙事者的观画到写画，读者从阅读文本到想象画作的连锁效应"[①]。如果说观画者在瞬间观画之后，"读"到画下的文字，那么读者在阅读文字之后，就可以凭借想象力"看"画。短文《两幅画》无疑是以语言为依托的图像艺术品，在"读"与"看"的互动中彰显文学特有的图像性。

3.2.2 《途中幸福》的图像性特征

霍夫曼斯塔尔的短篇小说《途中幸福》发表于 1893 年，这篇小说是他最早公开发表的作品之一。他在这一时期的创作以诗歌为主，完成的几部戏剧都是诗体剧。他的散文和小说创作有明显的诗意化倾向，它们往往篇幅较短，情节简单，侧重意象和想象的呈现。《途中幸福》就具有这些特点。小说的情节发生在前往科西嘉岛的一段海上航行途中。主人公"我"以第一人称讲述他在船上的一段奇特的观看经历，以及由此引发的心灵感触——就在海上两艘船擦肩而过的片刻，他用望远镜捕捉到对面游艇上的一位陌生女郎，短暂的窥视勾起他无限的神往。这位女性仿若他理想中幸福的化身，他似乎与之相识，但又想不起是在何时何地见过；回忆的画面一帧帧在他眼前掠过，他都无法定位她的身影。当他悟到这种相识并非一般意义的认识，而是更为深刻的熟稔时，他开始憧憬与她朝夕相处的幸福生活。当女郎的游艇渐渐远去，愿景被现实冲散之际，主人公读到船尾上的金色字母：La Fortune——这个法语词源自拉丁文 fortuna，有"幸福"和"命运"两层含义。如此一来，这些字母就像是一幅画作的标题一样，给"我"的观看经历命名，同时又意味着这段经历的结束和不可挽回。本节的论述将紧扣作品的图像性特征，首先从主人公的观看行为入手，剖析其高度审美化和诗意化的视觉感知方式，然后具体分析其由观看生发的联想画面与幸福愿景，最后着眼于小说结尾处"看"与"读"的更替，探究文本内部的"语图互动"和"语图交融"。

一

小说开篇就指出主人公的观者身份，并勾勒了一个独特的观看场景："我坐在甲板后方一个冷冷清清的地方，坐在来回摆动于两个桩子间的粗缆绳上，举

---

①杨劲. 世纪之交的审美范式转换——论霍夫曼斯塔尔的报刊文艺栏作品《两幅画》和《一封信》. 同济大学学报（社会科学版），2014(2)：19.

目回望。"①这里，叙述者"回望"的目光与轮船线性前行的运动方向截然相反，导致他与观看对象的距离越来越远，海岸上的景物因轮船的渐渐远离而逐步退出观者的视野。这一独特的视觉效果为主人公的观看行为增添了留恋和告别的意味。此外，观者周围环境的冷清，以及他坐着的缆绳像秋千一般轻微摆动，促使他在静默的观看中陷入遐想和沉思。正因为如此，我们才能理解他的观看感受缘何完全背离常理："此时此刻，这一切我都看得清晰明了，因为它们业已消逝。"（XXVIII 7）在这里，视觉对象的消失非但没有阻碍观看，反而构成了清晰观看的前提。叙事者"我"的视觉感知并不遵守惯常的感知法则，它不以事物的实体性存在为基础，而更多依托于观者的记忆与想象。视域内事物消失所造成的空缺由回忆和幻想来填充，因此，观看的过程不乏通感效应——例如，尽管风是吹向海岸的，"我"还是觉得闻到了玫瑰和沙滩的味道。如此，观者的真实所见与虚拟幻象交织重叠、难以区分，视觉感知与主观臆想的界限模糊不清。

主人公的独特观看之道在于现实与想象的混淆甚或置换，所见之物往往只是激发想象的媒介，这在他目睹海豚之舞后的联翩浮想中体现得尤为明显。金光闪耀的海面和海豚在水上跳跃的情景将他的思绪引入神话世界，重新恢复平静的海面折射出他联想的画面：

> 现在，这儿原本应是波涛汹涌了，如同打洞的田鼠刨起松软的泥土，从土块中抬起脑袋，湿漉漉的花斑马的玫瑰色鼻孔也该已经仰起来了，还有海中女仙们白皙的手、胳膊、臂膀，她们瀑布般的长发和特里同隆隆作响的号角。尼普顿——不是迈森瓷器上的那个乏味的黑胡子神——一定是手持红绸缰绳，缰绳上挂着湿淋淋的绿色海藻，他站在贝壳车上，像大海一样神秘而有魅力，美女般仪态万方，嘴唇红得像有毒的鲜花。（XXVIII 7）

这段描述通篇采用虚拟式（"这儿原本应是……"），意指画面场景的非现实性。平静的海面宛若戏剧舞台，观者想象中的神话人物逐次登台亮相。如此，观看与白日梦般的憧憬雷同。然而需要指出的是，这一遐想的场景虽属观者的自由联想，却与他的阅读经历和审美体验密切相关。"叙事者的视觉感知模式并非

---

①Hofmannsthal, Hugo von. *Sämtliche Werke. Kritische Ausgabe. Band XXVIII: Erzählungen 1.* Frankfurt am Main: Fischer Verlag, 1975: 7. 后文将在括弧中用缩写 XXVIII 及页码标记引文出处。小说译文参考：霍夫曼斯塔尔. 途中幸福. 杨劲，译. 外国文学，1998(2): 35-37. 个别地方略有改动。

源于对生活的直接参与，更多是经过审美渲染与文学塑造而远离现实的。"①海豚片刻的跳跃之后，随之而来的是尼普顿（Neptun）的出场，这不仅是源于叙事者特殊的视觉感知模式，更是基于神话记忆和文本叙事的逻辑。按照希腊神话的说法，海豚不仅是海神波塞冬（Poseidon）的标志性动物，而且还是他的"媒人"，当海中女仙安菲特里忒（Amphitrite）为了躲避他的追求而逃向海角，是海豚拖着贝壳车将她带回到他的身边。希腊神话中的波塞冬在罗马神话中对应的则是尼普顿。这里，叙事者不仅在引文中借用了这一传说的母题，还以类比的方式将其巧妙编织进文本叙事：正如海豚为波塞冬带回他深爱的女仙安菲特里忒一样，一艘游艇承载着叙事者的"梦中情人"进入他的视域。引文中尼普顿打扮成女性的形象——"美女般仪态万方，嘴唇红得像有毒的鲜花"——正是预告接下来陌生女郎的出场。

此外，神话幻象的场景和人物形象会让人联想到同时期的若干绘画作品。德国学者伦纳尔在关于霍夫曼斯塔尔作品与绘画的关系研究中指出，这一场景的人物形象与阿诺德·勃克林（Arnold Böcklin）画作中的神话人物雷同，情景构图也非常相似。②这说明叙事者的憧憬式观看带有明显的记忆痕迹。换言之，他的观看和想象建立在长期的审美训练和文艺熏陶的基础上，因而是被规训和编码的。这决定了他对世界的感知，包括他通过望远镜对陌生女郎的窥视，必然按照预设（Präfigurierung）的模式进行。

叙事者对女郎的窥视起初只是偶然事件，并非存心之举：他在两船靠近的时候，因看到了船头闪闪发光的镀金文字，于是将手中的英文小说——这里暗示他醉心了文学虚构——放回阅览室，并取出望远镜。主人公原本的目的是借助望远镜识别船头文字，但却误打误撞地捕捉到这位女性的形象。望远镜一方面能延长视线，在视觉上缩短观者与对象的距离，制造不在场的在场感；另一方面，它还能聚焦，将观看目光凝聚于镜框之内，镜框决定视野的范围和所见之物的呈现。如此一来，观看就具有很强的挑选性：

> 望远镜里那块圆圆的地方周围是黑色船缆和镶着黄铜边的船舱板，之后是深蓝色的天空。望远镜正中央是露营沙发，上面躺着一位闭目养神的年轻金发女郎。我看得一清二楚：深色沙发套，那双小巧的淡色便鞋的鞋跟陷在里面；苔绿色的宽腰带，腰带上插着一对半开的玫瑰，粉红色的玫瑰，法兰西玫瑰……（XXVIII 8）

①杨劲. 望远镜中的幸福幻影——论霍夫曼斯塔尔的短篇小说《途中幸福》的感知模式. 国外文学, 2013(4): 123.

②参考: Renner, Ursula. „*Die Zauberschrift der Bilder*". *Bildende Kunst in Hofmannsthals Werken.* Freiburg im Breisgau: Rombach Verlag, 2000: 89.

　　凭借望远镜这一技术媒介，叙事者无意间成为隐秘的窥视者。从对镜中景象细致入微的描述可以看出，他不再是单纯地观看，而是视觉性地占有对方。西方文学里，有关借助望远镜偷窥异性的描述不胜其数，望远镜作为阳具的隐喻也屡见不鲜，备受霍夫曼斯塔尔推崇的浪漫派作家 E.T.A.霍夫曼（E.T.A. Hoffmann）的小说名篇《沙人》（*Der Sandmann*）中就有类似的情景，与《途中幸福》互文关联。霍夫曼斯塔尔对这一母题的文学处理有另外一层含义，即望远镜中的景象有明显的摆拍效果：一方面，场景、道具、色彩以及人物姿态都像是对艺术品的模仿，如对西班牙画家弗朗西斯科·戈雅（Francisco Goya）的《裸体的玛哈》（*La Maja Desnuda*）和法国画家爱德华·马奈（Édouard Manet）的《奥林匹亚》（*Olympia*）的模仿[①]；另一方面，叙事者对镜中景象的细致描述沿袭"述画"传统，就像画家构图一样，他用语言来绘图，折射其作为观者和创作者内心的渴望。换言之，女郎的出场方式完全符合观者的审美趣味和观赏期待，她在镜框的中心位置印证了绘画的中央透视法，观者的凝视令望远镜中的景象成为片刻静止的"肖像画"。这幅"画作"的创作者也是唯一而且隐秘的观赏者。

　　一旦"画作"活过来，女郎睁开眼睛，看与被看的关系面临颠覆之后，观者会随之一惊且倍感尴尬："她的目光掠过我，我感到很难堪，因为我从这么近的地方目不转睛地盯着她。"（XXVIII 8）在确认自己能够通过望远镜观看对方而又不被对方看见之后，他毫不犹豫地选择利用自己的视觉优越性，成为彻头彻尾的偷窥者："我放下望远镜，这才想起，她离我很远，[……]她不可能看得见我。于是我重新将望远镜对准她。"（XXVIII 8）偷窥赋予偷窥者（Voyeur）凌驾于被偷窥者之上的特权，而偷窥者本身特殊的视觉感知模式——脱离现实耽于想象的感知方式——促使他透过望远镜的观看成为一种内视目光（Blick nach Innen），偷窥行为只是激发他想象的诱因，让他在观看的同时将观看对象编织进主观想象的世界。

二

　　当叙事者第二次借助望远镜窥视对面的女郎时，其不乏男性欲望的观看目光发生转变。原先偶然望见的陌生女郎这时显得似曾相识，随后，透过望远镜的视线发生逆转，指向内心，观看变成了对自己过去的回望："这时，我明白了两点，她很美，而且我认识她，但是，是在哪儿认识的呢？"（XXVIII 8）随着从陌生到相识、从偶遇到重逢的认知转换，叙事者在情感上拉近了与观看对象

---

①参考：Renner, Ursula. *„Die Zauberschrift der Bilder". Bildende Kunst in Hofmannsthals Werken.* Freiburg im Breisgau: Rombach Verlag, 2000: 91.

的距离。如此，他与女郎的相遇成为命中注定，他的回忆尝试正是要印证这种一见如故的感觉。从儿时嬉戏的花园到剧院的包厢，从公园里马车的车厢到某个妓院的闺房，一连串回忆的画面从他的心底涌了上来，依次显现在他的脑海中。这些图像展现了他成长中的各个阶段，其空间地点愈加私密，暗示他与女郎潜在的亲密关系。回忆过程掺杂着嗅觉和听觉的感知片段：树林的气味、栗子树的花香以及清亮的笑声，这些非视觉的感官记忆同时被唤醒，伴随着回忆画面一同出现，因此，由偷窥行为所引发的回忆呈现动态、多维度和多感官的特征。不断游走的回忆画面一个接一个地在他的脑海掠过，形成图像之流——文本中用省略号将它们串联起来。从符号学的角度来看，这些回忆画面仿佛一个个忽闪即逝的能指符号，它们似乎都与所指对象——对面的女郎——有一定的关联，但又没有哪个能证明与之有明确和稳固的指涉关系。因此叙事者无法在回忆画面中确定他们之前相逢的时间地点。

> 所有这些景象都浮现出来，顷刻间又烟消云散，在每一幅画面里都若隐若现地有对面的那个身影，我既认识又不认识，这个淡淡的苗条身影，花一般的小脑袋带头惹人怜爱的疲惫，还有那双神秘而迷人的深色眼睛……可是这身影不驻留在任何一幅画面中，她总是消失得了无踪影，我终于无法再耐着性子继续这徒劳的寻觅。（XXVIII 9）

回忆画面如同滚动的电影胶片一张张地闪过，在所有的画面中他都无法确定女郎的存在，但是"在每一幅画面里都若隐若现地有对面的那个身影"，换言之，叙事者——这里也是回忆者——无法确认对面那位女郎出现在哪一幅画面，但是她的身影却隐约显现在每一幅画面里。如此，叙事者的回忆与联想逐渐脱离对面女郎的实体性存在，而转向他内心中抽象化了的女郎身影。事实上，回忆过程同时也是一种内化的过程，德语单词 erinnern（回忆）同时也是 er-innern（内化）。表面上，他在努力回想那位女郎，事实上却在将她内化于心。具体的女郎形象并不驻留于任何一个回忆画面，因此对他而言是陌生的——"看来我不认识她"（XXVIII 9），但"对面的那个身影"却隐约显现于每个画面，令他觉得"既认识又不认识"。正因为如此，回忆尝试的失败并没有使观者垂头丧气，反倒让他更加坚决地断定："是的，我认识她，这并不是寻常意义上的认识，反正我千百次地想到过她，千百次地，任光阴荏苒，年复一年。"（XXVIII 9）他不是在现实中遇见过她，而是总"想到她"，这样便达成了一种与身体在场无关的、不受时空约束的精神上的相遇。女郎的身影因此随处可见却又实不可寻，叙事者只能在精神层面，在看不见摸不着的氛围中感受到她。"某种音乐""某个傍晚时刻""某些花朵""诗人作品中的某些段落"，"所有这些都在言说她，都蕴含着她的幻影"。(XXVIII 9) 至此，女郎作为抽象寓意（Allegorie）的肉身化显现已经显而易见，她是"观者生命意义的符号载体"[1]。在她的身上折射出观者内心的愿望及其找寻生命真谛的渴望："我的所有隐秘愿望都暗中以她为目标；她的在场赋予一切以意义，带来无限的安宁、满足和荣耀。"(XXVIII 9)。

对叙事者而言，观看不仅是审美和认知的基本方式，同时也是创造性的行为。他在窥视对面女郎的过程中，不仅认出自己内心的渴望，领悟到生命的意义，同时还遥想了与她的交谈："我会与她讲一种独特的语言，独特之处在于语气和风格。"(XXVIII 9) 小说文本使用的虚拟式暗示了这类情景的虚构性，然而就是在这虚构的想象中，主人公看到自己与女郎在一起的画面，听到自己讲话"越来越肆无忌惮、奔放流畅、无拘无束"(XXVIII 9)。由此，他将自己也编织进主观的想象世界，憧憬两人厮守的幸福生活。这时，现实中两船的靠近正好印证想象中两人的亲密。叙事者仔细勾勒了理想画面中女郎的身体动作，并构想了两人厮守的场景："我站在露台的阶梯上，比她矮三个台阶（我似乎确信，这情景会发生千百次，甚至觉得它已经发生过……），然后她像受了冻，耸耸肩，这个难以言传的小动作十分迷人，她那神秘的双眸严肃而微带嘲讽地俯视着我……"(XXVIII 10) 在这部幸福短剧中，叙事者既是导演，又是主演。女郎的符号性身体动作既折射出他作为男性观者对女性美的幻想，又在向他昭示着幸福：

> 对我来说，这个小小的动作表达了事物的无限性：一种严谨、满足、在美中获得幸福的特定方式；一种优雅、自由、抚慰人的特定生活状态；而最重要的是，其中表达了我的幸福，保障了我那深沉、宁静、确凿无疑的幸福。(XXVIII 10)

至此，主人公对女郎的认识进入一个新的维度。起初，在他最早的回忆尝试中，女郎跟他个人成长的记忆联系在一起，隐约显现于他从童年到少年再到成年的生活驿站；后来，她的幻影又出现在主人公的审美实践中，在听音乐、赏花赏景和阅读诗作的高潮时刻显现，并折射出观者找寻生命真谛的渴望；最后，在观者想象的幸福情景中，她以特定的身体动作昭示着观者的幸福。这三个维度分别对应女郎从实体性的存在到抽象寓意的体现再到理想幸福的化身。小说题目"途中幸福"中的幸福在这里具化为女郎——作为"幸福女神"——的身体动作。

---

[1] 杨劲. 望远镜中的幸福幻影——论霍夫曼斯塔尔的短篇小说《途中幸福》的感知模式. 国外文学，2013(4)：124.

就在观者沉浸于昭示幸福的幻想情景中时，外界现实中的线性时间结构暂时被打破，过去、现在和未来三个不同的时间维度合而为一，对过去的回忆、当下的感知和对未来的想象共同铸就美好的瞬间体验。在幸福的高潮时刻，观者忘却了周遭的世界，片刻凝滞为永恒，正如中国学者杨劲的评论：

> 叙事者的眼中所见被幻想重塑，幻想画面突破时间界限，不仅作为当前景象出现在观者脑海，而且他相信这一切将会出现，并已发生过千百回。这样，过去、现在、将来的线性顺序被打破，被永恒瞬间所取代。在回忆、幻想、视觉感知交织的一刹那，对过去的忆念与对未来的畅想融合为瞬间快照。时间随之凝滞不动，空间距离消失，叙事者忘却并超越周遭的现实，沉醉于被定格的和谐画面。①

如果说，片刻的理想情景是由观者自编自导自演的，女郎作为幸福剧中的女主角按照导演的指令——观者的想象——来行动，那接下来的一幕似乎显得有点出人意料："她站起身来，正往我们这边看着。我仿佛看到她以难以觉察的微笑微微摇了摇头。"（XXVIII 10）女郎的摇头可以理解为对观者理想憧憬的拒绝，她的微笑不免带有讽刺的含义。有趣的是，接下来两船航线的分野再一次说明现实与想象的对应关联："紧接着，我感到一阵麻木的眩晕，发现两艘船已重新开始启航分道。"（XXVIII 10）关于幸福的理想憧憬经不住现实中时空法则的考验，想象中的充盈画面被现实中的孤寂空落所取代。女郎与游艇一起遁出他的视域，造成观看者的主体性危机："仿佛我的生命本身在滑走，所有的存在、所有的回忆都在缓慢无声地抽离，从眩晕的内心牵走那深深长长的根。"（XXVIII 10）。但是，观者并未因此陷入恐慌，而是继续他的观看姿态，并在想象中策划了这出戏的结尾：

> 我目送着她款款地走下小台阶，窈窕优雅，绿腰带一段段地消失在船舱中，接着是细腻的肩膀以及深金黄色的头发。然后就没有了她的一点踪影，什么都没有了。我感到，她仿佛被放进一个狭窄的深坑里，上面压了一块沉重的石头，盖着草。似乎人们已把她和死人放在一起，她对我已不可能再有任何意义。（XXVIII 10-11）

女郎下台阶消失在船舱中，相当于戏剧结束时演员的退场，进一步凸显镜中景象的戏剧性。在观者的感受中，她的退场相当于下葬，这并非源于他由爱生恨的报复心理，而是指涉镜中景象与内心幻象的对应，舞台上的空对应观者

---

①杨劲. 望远镜中的幸福幻影——论霍夫曼斯塔尔的短篇小说《途中幸福》的感知模式. 国外文学，2013(4)：125.

内心的空，女郎只有"入镜"才对他有意义。死亡意味着一去不复返，指涉这段幸福经历的不可挽回。观者在目睹两船分道扬镳时，在脑海中策划了这部幸福短剧的收尾，这说明他试图为这段经历赋予一个完满的意义整体。整部剧有始有终，尽在他的布局当中，就连女郎的回望以及略带嘲讽的微笑和摇头也并非真正的出乎意料，而是他根据现实的变化——两船的启航分道——而精心安排的。

三

小说末尾，在女郎消失之后不久，观者在远去的船身上认出了镀金的船名：La Fortune。这个法语词源自拉丁文 fortuna，有"幸福"和"命运"两层含义。有趣的是，船名的镀金字母在小说中先后出现过两次。第一次是作为图像被"观看"，但没有被"阅读"。在游艇刚刚进入主人公的视野时，他望见了船帮上镀金的船名，但因看不清楚，才把手中的英文小说换成望远镜。本想借助这一技术媒介辨认文字，但却碰巧捕捉到对面女郎的形象。也就是说，叙事者对女郎的窥视正好发生在船名的两次显现之间。船名的初次显现预告了女郎的出场；在女郎退场之后，船名金光闪闪的字母再次进入观者的视域，并最终被"阅读"。如此，船名的两次出现对应"看"与"读"的更替，而在这之间是主人公对女郎的窥视。

回顾主人公窥视女郎的全过程，我们会发现，随着观者思绪的变化，女郎在他内心的地位也发生多次转变：从最初只是偶然遇到的陌生女性，到他对她滋生似曾相识的感觉，再到两人结成跨越时空的精神知己，最后女郎成为他理想幸福的化身。这正好对应 La Fortune 的双重含义，即女郎代表着观者命中注定的幸福。同时，与这一变化也是一个精神化和抽象化的过程：从女郎的实体性存在（即作为"金发少女"），到随处可见但实不可寻的"她的幻象"（即"去身体化"，Entkörperlichung），再到昭示幸福的符号性"身体动作"（即"符号化"，Semiotisierung），最后到她消失后字母 La Fortune 的显现（即"文字化"，Verschriftlichung）并被阅读，这正好对应船名两次出现之间"看"与"读"的更替。因此，船名与女郎之间有着千丝万缕的联系：一方面，船名在小说结尾处出现符合抽象化的逻辑，La Fortune 作为概念是对窥视过程中的一系列幻象感知和幸福体验的概括和升华，就像画作标题与画作的关系，萨比娜·施耐德甚至认为这是"图像在文字符号中的消解"①；另一方面，船名的显现以女郎的消失为前提，指涉幸福宿命般的逝去与不可挽回，正如乌韦·施泰讷尔（Uwe C.

①Schneider, Sabine. Evidenzverheißung. Thesen zur Funktion der ‚Bilder' in literarischen Texten der Moderne um 1900. In Neumann, Gehard & Öhlschläger, Claudia (Hg.). *Inszenierungen in Schrift und Bild.* Bielefeld: Aisthesis Verlag, 2004: 79.

Steiner）所言，船名"指向所指对象的缺席，尤其因为它在其承载者消失后才被辨认出来"①。

小说中的"语图关系"（Wort-Bild-Relation）一方面体现在"看"与"读"的互动更替，另一方面表现为"图像"与"文字"的媒介交融。船名在小说末尾的显现和被阅读其实暗含一次阅读行为的延宕和被推迟。主人公使用望远镜的目的原本是要"阅读"船名，而这一目的直到小说末尾才得以实现。其间的观看经历——感知、回忆、联想和憧憬的流动画面——无疑是对 La Fortune 这一概念的图解。这段经历构成了小说的主要内容，体现了这部小说的图像性特征。

3.3 从观看到生命之思

随着人类文明的进程，感知器官的功能进一步细化，分工也愈加明晰，感官的主次秩序也得以巩固。视觉和听觉等远距离感官（Fernsinne）的地位不断上升，成为人类认知世界的主要感官。"视觉"感官占据了绝对的主导地位，而嗅觉、味觉和触觉等近距离感官（Nahsinne）则日渐式微。德国学者格尔特·马腾克洛特（Gert Mattenklott）在梳理鼻子这一感知器官在不同历史时期的作用时，指出近距离感官在现代化进程中的不断退化，并更进一步得出论断："自 18 世纪下半叶开始，疏离而冷漠的视觉开始大行其道，直至今天。"②可以说，启蒙运动对视觉的推崇，自然科学的长足发展，望远镜、放大镜等一系列光学仪器的发明，都在很大程度上提升了视觉在人的认知过程和生存空间中的位重。浪漫派在诗学上追求"世界的诗意化"，尝试艺术的多媒介融合。在抽象的语言文字之外，他们追求诗意化、形象化的表达，融合了图像的因素，实现一种跨媒介和跨艺术的诗学。③象征主义者们怀着纯艺术的理念在文字中营建艺术的自治世界，象征、暗喻、讽喻、通感等大量修辞手段的使用，进一步强化了文学语言的图像性和文学艺术的感性特征。德国学者伦纳尔在《图像的魔力文字》（*Zauberschrift der Bilder*）一书的序言中指出，"在 19 世纪，'看'成为最主流的认知方式"④，与"看"相关的图像形式（如绘画、雕塑、照片等）

①Steiner, Uwe C. *Die Zeit der Schrift. Die Krise der Schrift und die Vergänglichkeit der Gleichnisse bei Hofmannsthal und Rilke.* München: Fink Verlag, 1996: 79.

②Mattenklott, Gert. Nase. In Wulf, Christoph (Hg.). *Vom Menschen. Handbuch Historische Anthropologie.* Weinheim und Basel: Beltz Verlag, 1997: 466.

③参考：Neumann, Gerhard & Oesterle, Günter (Hg.). *Bild und Schrift in der Romantik.* Würzburg: Königshausen & Neumann, 1999.

④Renner, Ursula. „*Die Zauberschrift der Bilder". Bildende Kunst in Hofmannsthals Werken.* Freiburg im Breisgau: Rombach Verlag, 2000: 39.

也成为重要的表达方式。

然而，以观看为代表的视觉感知虽然以身体器官（眼睛）为基础，但其感知过程并非纯生理的和客观的。"看"是一种主体作用于客体的动作，在观看的过程中，主体的想象和记忆都参与其中[①]，因此在不同个体眼中的世界呈现出一定的差异。同时，人的视觉感知还受到历史和文化因素的影响，"在大的历史时期，随着人类整体存在方式的转变，其感知方式也会发生变化"[②]。因此，视觉感知不仅具有个体性的差异，还有社会性和文化性的不同。

1900 年前后，照相技术的广泛应用和电影技术的发明推动了视觉媒介突飞猛进的发展，新媒介的兴起吸引了众多文学艺术家和文艺理论家的注意力。这一时期的社会文化发展呈现出很强的视觉特征：在艺术领域，形式美学（如象征主义、印象主义、青春风格派等）得以流行；在社会生活中，照片、无声电影、图片报纸等媒介形式唤起了大众的观看欲望；在科学领域，心理分析的兴起更是满足人的观看欲望，将不可见之物可见化。

这一时期的"观看"话语与两个重要的文学流派密切相关，即以柏林为中心的自然主义和以维也纳为中心的唯美主义。前者追求对世界的客观感受，文学的功能与照相机类似，主要是再现和反映客观世界；后者则背离现实世界，强调主体的审美体验，追求艺术的独立性和封闭性，即"为艺术而艺术"。他们的作品中充斥着幻想和色彩斑斓的图像，同时又有超脱世俗、与世隔绝的默然和冷感。他们感知世界的方式带有另外一种特征，如唯美主义代表作家霍夫曼斯塔尔在给同时期重要作家费利克斯·萨尔腾的信中所言——"我们看事物的方式与其他人不同"[③]。霍夫曼斯塔尔在作品中尝试和找寻的"并非美学经验与同时代知识话语的接壤"，而更多是"希望借助感官体验的美感来充实人的交际：一方面，他关注的是人想要观看新事物的欲望，如同 19 世纪的自然科学所研究的那样；另一方面，他推崇的是以新的方式观看事物，这也是最重要的一点，因为在此之中，人能够对自身有一定的了解"[④]。

在对沃尔特·佩特（Walter Pater）、奥斯卡·王尔德（Oscar Wilde）等英国现代主义文学代表作家的具体考察中，霍夫曼斯塔尔指出了唯美主义者在感知模式和创作方法上的特点："他们并非从自然走向艺术，而是反其道而行之。他

---

①参考：Flach, Sabine. *Das Auge. Motiv und Selbstthematisierung des Sehens in der Kunst der Moderne*. In Benthien, Claudia & Wulf, Christoph (Hg.). *Körperteile. Eine kulturelle Anatomie*. Reinbek bei Hamburg: Rowohlt Verlag, 2001: 49.

②Benjamin, Walter. *Das Kunstwerk in Zeitalter seiner Reproduzierbarkeit*. Frankfurt am Main: Suhrkamp Verlag, 1977: 14.

③Renner, Ursula. *„Die Zauberschrift der Bilder". Bildende Kunst in Hofmannsthals Werken*. Freiburg im Breisgau: Rombach Verlag, 2000: 13.

④Renner, Ursula. *„Die Zauberschrift der Bilder". Bildende Kunst in Hofmannsthals Werken*. Freiburg im Breisgau: Rombach Verlag, 2000: 13.

们眼中的蜡烛映射在威尼斯的玻璃中，仿佛寂静湖水中的星辰。褐色泥沼中的紫色花朵会让他们想到一幅色彩斑斓的油画，一个挂在棕色椠木画框中的乔尔乔内。对他们而言，只有经过艺术洗礼，获得风格和氛围，生命才能焕发出活力。"（RA I, 143）按照霍夫曼斯塔尔的理解，唯美主义者的自然感知以艺术体验及其印象为出发点，即艺术是他们观看和审视世界的媒介，他们因此发现和感受到美。他进一步写道："少女的外貌令他们想起希腊陶罐上那些修长而圣洁的形象。而优雅翱翔的鹳鸟则令他们想起日本的装饰图案。"（RA I, 143）艺术体验是欣赏美的前提条件，当前的感官印象无不与之密切相关。唯美主义者通过艺术审视着世界：他们爱慕那"通过艺术的媒介所观看和美化的过去"，"爱慕一种理想或至少被理想化的生命"（RA I, 196）。霍夫曼斯塔尔在早期创作阶段对这样一种感知模式与生存方式进行了很长时间的反思，这在他的作品中多有所体现。他在 1893 年撰写、1894 年发表的诗体剧《愚人与死神》正是这样一部作品。该作品不仅展现了唯美主义者与现实世界的隔离状态，同时也指出这种审美感知的症结所在：这样一种极度审美化的感知方式堵塞了主人公进入社会的渠道。他只是作为观看者来审视世界，阐释现象，而不能真正走进世界，融入生活。现实生活已被彻底审美化，仿若博物馆里的艺术品，与之交往的方式不是接触，而是观赏。

如果说霍夫曼斯塔尔在早期极具唯美主义色彩的文学作品中已经将这样一种审美化、隔离化的感知方式形塑为时代的一种精神症状，那么他在十余年后发表的《返乡者书信集》中则在尝试以一种全新的姿态来面对图像世界，想要弥合图像与观者之间的隔阂。在 1907 年发表的《返乡者书信集》中，返乡者以一种不带任何预设和先见的"纯真之眼"来感知艺术和世界。正是通过这样的感知模式，返乡者在凡·高的绘画中找到了可以对话的灵魂，感受到了鲜活蓬勃的生命力与创造力，并由此克服了观看的排斥性和距离感。图像不再是远观的审美对象，而是直接诉诸观者感官的刺激源泉。

这两部作品皆以观看为叙事缘起和表现对象，都对人类的视觉感知模式进行了思辨性的文学演绎。有趣的是，两部作品主人公的观看经历都伴随着一种生命之思，他们思考生命与死亡、生活与艺术的辩证关系。因此，笔者在本章的论述中将重点讨论这两部作品中观看之道的大相径庭和由"看"而"思"的异曲同工。

3.3.1 《愚人与死神》中的"看"与"思"

《愚人与死神》是霍夫曼斯塔尔最著名的作品之一，也是他最受欢迎的舞台剧之一（见图 3-5）。该剧创作于 1893 年，首次发表于 1894 年的《现代缪斯年鉴》（*Moderner Musen-Almanach*），作者署名为"洛里斯"（Loris）。1898 年 11

月 13 日，该剧在路德维希·纲霍福尔（Ludwig Ganghofer）的编排导演下，于慕尼黑的园丁广场剧院（Theater am Gärtnerplatz）首演，并取得巨大成功。随后发行的剧本单行本一再重新印刷，上演的戏剧版本也频繁更新。①

图 3-5 《愚人与死神》宣传画②

该剧全篇采用诗歌体裁，独白与对话皆是工整典雅的诗句，语言优美而富有音乐性，情节与人物富有寓意和象征性。主人公克劳迪奥（Claudio）是典

---

①从霍夫曼斯塔尔致友人的书信中可以获知，《愚人与死神》还在日本上演过。详见：Hofmannsthal, Hugo von. *Sämtliche Werke. Kritische Ausgabe. Band III: Dramen 1*. Frankfurt am Main: S. Fischer Verlag, 1982: 475.

②《愚人与死神》宣传画由安吉洛·杨柯（Angelo Jank）绘制，原载于 1899 年第 6 期的《青年》（*Die Jugend*）杂志，图片来源：Hiebler, Heinz. *Hugo von Hofmannsthal und die Medienkultur der Moderne*. Würzburg: Königshausen & Neumann, 2003: 613.

型的唯美主义者，由于长期沉浸于艺术世界，其目光已被艺术体系规训和编码。他对世界的感知以艺术为媒介，之前的艺术体验将其目光"预塑形化"（Prägfiguration），对过去经验的回忆以"精神图片"（Mental-Bilder）的形式横在感知主体与客体之间。在这种审美化的感知方式中，世界成为审美评判的艺术品（图像），人们的感知依附于自己过去的艺术体验。①

《愚人与死神》与霍夫曼斯塔尔同时期创作的许多作品类似，都以生命与死亡、生活与艺术的不可调和为主题。主人公表现得像书斋中的浮士德②，不懂世故人情，只是作为观者审视现实世界，阐释各种现象。这种感知方式只会造成他与现实的不断偏离。观看需要以空间距离为前提，审美观看更是如此。一味地以观看者的姿态面对世界，只会导致人与世界的疏离与拒斥。霍夫曼斯塔尔的《愚人与死神》正是对这种潜在危险的文学演示与呈现。

一

诗体剧《愚人与死神》开端的场景设计就已经暗示了主人公对艺术和艺术世界的执迷。古旧的艺术品构建了他的整个生存空间："柱子边上的玻璃盒里陈列着文物。右侧墙边摆着一个哥特式的深色雕花箱子，上方挂着一个古老的乐器。一幅由意大利艺术大师绘制的油画已经几乎变黑。壁纸的色调明亮，近乎白色，带有石膏花饰和黄金。"（GD I, 281）克劳迪奥坐在窗台边，看着户外的风景。由于视野的局限性，外部世界呈现为一幅框架中的图画：在落日的余晖映照下的山峦看起来像披着一件"外套"，云彩遮挡着太阳，在地上投下的阴影，好像"黄金镶边"。接下来的两句诗行体现了自然与艺术的交融：

往日大师就这样绘画
马利亚背着云彩（GD I, 281）

剧本开端的大段独白是主人公对感知对象的具体描述，他所观看的本来只是自然景色，然而在他的眼中万物却都浸染着艺术的色彩。德国学者彼得·马图塞克（Peter Matussek）对这段独白中的互文性和互画性特征进行了具体的分析和研究，他指出："'雪花石膏般的云冠'令他（克劳迪奥）想起了'往日大

①参考：Gruber, Bettina. „Nichts weiter als ein Spiel der Farben.": Zum Verhältnis von Romantik und Ästhetizismus". In Gruber, Bettina & Plumpe, Gerhard (Hg.). *Romantik und Ästhetizismus. Festschrift für Paul Gernhard Klussmann*. Würzburg: Königshausen & Neumann, 1999: 19.

②关于《愚人与死神》对《浮士德》的互文指涉，详见：Matussek, Peter. Intertextueller Totentanz. Die Reanimation des Gedächtnisraums in Hofmannsthals Drama *Der Tor und der Tod*. *Hofmannsthal-Jahrbuch zur europäischen Moderne*, 1999(7): 225.

师'笔下的圣母像，山峰的光芒发自尼古劳斯·雷瑙（Nikolaus Lenau）和歌德的诗行，风景的色彩则出自克劳德·洛瑞安（Claude Lorrian）之手，万千气象的描绘在对荷尔德林的引文中达到高潮。"[1]现实风景的图像、引文图像、幻想图像互相叠合，共同构建他所感知的世界。因此，克劳迪奥对现实世界的感受和认知不是基于现实经验，而是取决于阅读和艺术体验，外在眼睛（das äußere Auge）——也就是视觉感知——和内在眼睛（das innere Auge）——也就是想象力——共同作用于其感知过程，图像媒介塑造感知图景，决定现实景象。"光辉四射的"山顶和海上落日的情景唤起了克劳迪奥对生命的冥想。静默山头和海上城市的人们幸福度日，而自己的生活却荒芜和阴霾。在开场的独白中，克劳迪奥表达了自己对充实生活的渴望，然而他无法走出自己的书房，无法走进世人的世界，他的世界只有艺术品（石膏装饰、油画、书籍等），除此之外别无他物。通向现实世界或社会存在的通道已被堵塞。"粗糙世界"中的芸芸众生享受着人性的温暖、抚慰和痛苦，克劳迪奥对此却毫无体验。每当他有强烈的感受时，他那"过于清醒的感官"则会通过命名将其驱走，有时这些感受还会被他理性的思索所拆碎。

> 在所有那些娇美的红唇上，
> 我从未吮吸过生命的真实滋味，
> 从未被真正的痛苦震颤，
> 从未！含泪独行于街道。
> 每当我从自然的馈赠中
> 有所感念，
> 那过于清醒的感官则会响亮地称呼
> 它的名字，让我无法忘记。
> 当成千比喻纷至沓来，
> 那种熟悉，那种幸福早已逝去。
> 痛苦啊！思索令我褴褛，心碎
> 褪色，枯干！（GD I, 283）

克劳迪奥认为，对于世人的生活他最多只是理解，却从未融入其中。"在个人体验和个人感知之间，横着他的阅读和艺术体会，这些令'真实的'生活变

---

① Matussek, Peter. Intertextueller Totentanz. Die Reanimation des Gedächtnisraums in Hofmannsthals Drama *Der Tor und der Tod*. *Hofmannsthal-Jahrbuch zur europäischen Moderne*, 1999(7): 203-204.

成了艺术的延伸，他的感知只能是一种验证式的感知。"①他在痛苦中清楚地认
识到自己的迷失：

> 我如此迷失于艺术，
> 以致我用死亡的眼睛观看太阳
> 而听到的也无非是通过死亡的耳朵：（GD I, 284）

　　他的感官因为艺术的熏陶而退化死亡，他与世界的连接通道也随之而被堵
塞，他的世界不再拥有任何生气和活力，因此，克劳迪奥只能"像体验书本一
样体验生活/一半尚未懂，一半已不再懂"（GD I, 284-285）。"生存"变成了"阅
读"，而这种阅读只是一种对既有文字的滞后感受。唯美主义者把对现实的感官
印象认同为记忆中的艺术形象，当下的感知变成了对过去的追忆。一切令他痛
苦和欢乐的事物都无法以自身的本来面目出现，现实在不断的追忆和幻想中遁
去。克劳迪奥目光触及的一切都只能呈现为一幅"空洞的图像"。在混乱的梦幻
现实中，克劳迪奥"在阴影中迷失了方向"。只有在即将死去时，他才从"生之
梦"中过渡到"死之醒"的状态。（GD I, 297）为了从死神手中赢回自己的生
命，他徒劳地许诺道：

> 现在我终于有所感念——放过我吧——让我去生活！
> 我在无尽的渴望中感触到了一切：
> 我能将心交付于尘世之物。
> 哦，你会见到，一切于我将不再是
> 无声的动物和木偶！
> 它们将向我心诉说，
> 我将尝尽一切苦乐。
> 我要学会忠诚
> 那是一切生命的倚仗……（GD I, 290）

　　这番话恰恰体现了主人公对其极度审美化的感知方式所进行的批判性反
思。原先在他的眼中，庸常的众生只是木偶般的哑角色，而世界只是一幅供观
赏的图像。在这种冰冷的目光中没有任何情感投入，他正是以拒斥疏离的目光
审视着世界："没有感觉，没有幸福，没有痛苦，没有爱慕，没有憎恨。"（GD I,

---

　　①Grundmann, Heike. *„ Mein Leben zu erleben wie ein Buch". Hermeneutik des Erinnerns bei Hugo von Hofmannsthal.* Würzburg: Königshausen & Neumann, 2003: 83.

291）克劳迪奥祈求死神的饶恕，死神用小提琴的乐声唤来三位死者形象，他们分别是被克劳迪奥冷落的母亲、遭他遗弃的恋人与被他玩弄于股掌之间的朋友。死神带领这三位死者跳起了"死亡之舞"（Totentanz），以三位死者的出场来向克劳迪奥传授生命的意义，让他学会尊重生命。三位死者的身份分别对应亲情、爱情和友情，指涉人类社会至关重要的情感纠结。三位逝者都在有生之年对克劳迪奥付出了真情实感，而克劳迪奥的回报方式只是漠然的冷淡。极端审美化的感知模式已经阻碍了情感的宣泄，封锁了感知的通道。只有在远离世俗，倾空情感之后，他才能更好地观赏"世界"（Welt）和"生活/生命"（Leben）这样的艺术品。

德国哲学家和现象学的集大成者埃德蒙德·胡塞尔（Edmund Husserl）曾在 1907 年致信霍夫曼斯塔尔。他在信中就审美感知有类似的评述："对一个纯粹美学的艺术作品的直观是在严格排除任何智慧的存在性表态和任何感情、意愿的表态的情况下进行的，后一种表态是以前一种表态为前提的。"①胡塞尔在霍夫曼斯塔尔的作品中发现的是与现象学直观相似的纯粹艺术直观，然而这种审美目标的实现是以感知渠道的阻塞和对现实生活的背离为前提的。

临死之际，克劳迪奥回顾自己往日的生活，开始了一段独白式的自我批判："像舞台上的糟糕喜剧演员"一样，"我只是这样没有力量，没有价值地 / 从生命舞台上匆匆路过"；"对一切事物都冷漠麻木 / 不为自己的声音触动 / 空洞的语调也打动不了别人"（GD I, 296）。在这濒临死亡的一刻，他的内心发生了巨大转变：先前还强烈拒绝死亡的克劳迪奥现在突然愿意献身于死亡。"既然我的生命已死，那么你就是我的生命，死神！"（GD I, 297）在"死亡之舞"中，他认清了自己的生命。死亡令他提高了自身对生命的感悟。②他告别了自己过去"暗影般"（schattenhaft）的存在，投入死神的"奇迹和威力"（Wunder und Gewalt）之中。面对死亡，他才真正懂得了生的意义："只有在死亡的瞬间，我才感觉到自己的存在。"（GD I, 297）以往的生命因缺乏身心和情感投入而让他感觉虽生犹死，他与世界的纽带曾经只是冷漠的目光与观看。现在直面死神反而令他感受到自身的存在，因为在死亡这一身心感受最为强化、最为集中的时刻，他的感知渠道被豁然打通，他随之不再麻木，不再冷漠，而是感受到了自己的切身在场与存在。

---

①胡塞尔. 艺术直观和现象学直观——埃德蒙德·胡塞尔致胡戈·冯·霍夫曼斯塔尔的一封信. 倪梁康，译//倪梁康，编. 胡塞尔选集（下）. 上海：上海三联书店，1997：1202.

②霍夫曼斯塔尔在一封写给日耳曼学者沃尔瑟·布莱希特（Walther Brecht）的信中指出，《愚人与死神》是对《提香之死》（1892）中所塑造主题的进一步延续，即通过死亡来实现生命的提升，在最集中的层面上——即在死亡时刻——体验生命。转引自：Szondi, Peter. *Das lyrische Drama des fin de siècle*. Frankfurt am Main: Suhrkamp Verlag, 1975: 253.

二

与今日"图像泛滥"造成的感官麻木甚至视而不见——抑或说是感官的退化和情感的缺失——相比，19 世纪末期的唯美主义者的感知缺陷更多是由于对现实世界的主动背离和对纯艺术的无限追求而形成的。正如诗体剧《愚人与死神》展示的那样，当观看者用审美的目光来审视作品时，自然需要与观看对象保持足够的距离；当审美者将世界完全当作审美的对象时，他自然会背离现实，而进入一种自我封闭的虚幻世界。出于审美的需求，审美者将冰冷客观的审视目光投向现实存在，观看成为他跟世界的主要沟通方式，眼睛成为他与世界的关键联系纽带。观看所需的距离沟壑阻断全身心的融入，造成其他感知渠道的闭塞。感知渠道的受限可以通过想象来弥补，然而他的想象主要凭借艺术与文学的体验来完成。所谓目光的"预塑形化"（Präfiguration）指的正是引文图像和幻想图像在参与构建感知过程时的重要作用。世界之于唯美主义者而言只是图像：由视觉印象、幻想图景和记忆形象共同构建的感知图像。

世界的图像化进程因摄影技术的发明和推广而进一步加剧。霍夫曼斯塔尔不仅见证了这一过程，同时也参与其中，他积极将图像因素纳入了自己的文学世界中，其早期作品即充斥着图像性的表达和语言图像。在两种媒介（图像和文字）的交汇冲突中，霍夫曼斯塔尔窥见了隐藏在图像和视觉背后的危险：图像虽然以直观性缓解了文字媒介的抽象性，却也带有一种无法克服的冷感。图像令人和世界顿生隔阂，人退居到观看者的位置，而世界则是遥远的观看对象，两者间失去了原有的紧密联系。观看既是人对世界的试探，也是世界对人的拒斥。图像化的进程会造成人类感知方式的审美化，唯美主义的危机形态也会以不同程度和不同形态显现出来。因此，霍夫曼斯塔尔对图像的态度具有一种暧昧的两面性，这种矛盾贯穿于他的作品当中，也为我们理解当下文化形态的变迁提供参考。

3.3.2 《返乡者书信集》中的文化危机、艺术救赎与色彩神秘学

《返乡者书信集》最初是作为"书信体小说"（Novelle in Briefen）[①]构思的。它包含五封虚构的书信，这些书信成文于 1907 年，在文中却都被标成了1901 年。霍夫曼斯塔尔于 1907 年夏在他本人参与主编的周刊《晨刊》（*Morgen*）上发表了前三封书信，而后两封则以《观看的体验》（„Das Erlebnis des Sehens"）为题于 1908 年首次发表在刊物《艺术与艺术家》（*Kunst und Künstler*）上。1911

---

①详见霍夫曼斯塔尔于 1907 年 7 月 17 日致父亲的信，参见：Hofmannsthal, Hugo von. *Brief-Chronik. Regest-Ausgabe. Band 1: 1874–1911*. Heidelberg: Universitätsverlag Winter, 2003: 1055. 后文中出自本书的引文将用缩写 Brief-Chronik I 标记出处。

年，霍夫曼斯塔尔又将后两封书信以《色彩》（„Die Farben"）为题发表在《费舍尔年鉴》（Fischer-Almanach）上。1917 年，霍夫曼斯塔尔编选自己的《散文集》（Prosaische Schriften）时，收录了后两封信。1924 年，霍夫曼斯塔尔的《全集》（Gesammelte Werke）出版，后两封信也在其中。与之相比，前三封信不但没有明确的标题——只是按顺序命名为"第一封""第二封"和"第三封"——而且它们在首次发表后便销声匿迹。这两种截然不同的发表命途至少透露以下两条信息：其一，五封书信可以分为两个单元，前三封信构成一个单元，后两封构成另一个单元；其二，相较于霍夫曼斯塔尔对前三封信的冷淡态度，后两封明显更合他的心意。这既可见于它们的出版史，又体现在标题的反复命名上。从《观看的体验》到《色彩》，后两封信的标题更替既说明霍夫曼斯塔尔为这两封信的命名煞费苦心，又暗示他的诗学观和艺术观在此期间发生了变化，即从强调"观看的体验"转变为凸显"色彩"的作用。因此，有学者指出，《返乡者书信集》标志着"霍夫曼斯塔尔在视觉艺术领域对艺术创作进行美学思考的一个重要转折"[1]。笔者在接下来的文本解读中将会重点讨论这一转折的过程及其意义。

此外，笔者还有一点需要提前说明：《返乡者书信集》的创作缘起跟霍夫曼斯塔尔的许多其他作品有错综复杂的关系。譬如，霍夫曼斯塔尔的写作笔记表明，该文本与长篇小说《安德烈亚斯》（Andreas）的最初构思关联紧密，《安德烈亚斯》基本遵循了《返乡者书信集》在情节设置上的布局理念。[2]事实上，霍夫曼斯塔尔确实曾计划把《返乡者书信集》写成篇幅较长的小说，但在发表五封书信后，他便放弃了这个计划。而就作品之间的互文关联而言，《返乡者书信集》并非个例。霍夫曼斯塔尔一向对互文性青睐有加，他的作品往往相互映射、相互勾连，进而编织成一个庞大的文本网络。他曾用"镜像"（Spiegelung）和"反射"（Reflex）等概念描述自己的写作。[3]这表明，他的作品并非只是作为单独的个案来解读，而是需要将其搁置于一个复杂的文本星丛中，它们之间会相互照明、相互纠正、相互补充。霍夫曼斯塔尔对互文性的自知与自觉，使得学界在研究其作品时不可避免地援引、参照和比较他的其他作品，而这同时

---

①Matala de Mazza, Ethel. *Dichtung als Schau-Spiel. Zur Poetologie des jungen Hugo von Hofmannsthal*. Frankfurt am Main u.a.: Peter Lang, 1995: 14.

②艾伦·利特（Ellen Ritter）整理了霍夫曼斯塔尔的手稿和笔记，并详细勾勒了《返乡者书信集》和长篇小说《安德烈亚斯》的互文关联，详见：Ritter, Ellen. Hugo von Hofmannsthal: „Die Briefe des Zurückgekehrten". *Jahrbuch des Freien Deutschen Hochstifts*, 1988, 87: 226-252.

③霍夫曼斯塔尔在 1916 年的笔记中如此反思自己的写作："对镜子与镜像的关注，[……]关于反射这个概念（在我的诗歌与戏剧中互成镜像）。"（RA III, 613-614）虽然他在这里提到的是诗歌与戏剧这两种文类，但该结论同样适用于他的其他作品。

也是笔者在此采取的主要研究策略之一。

文化危机

《返乡者书信集》的开篇段落与《钱多斯信函》中的部分表述非常相似，体现出很强的互文关联。它同样描绘了一种不和谐的状态、一种个人的危机。这种危机首先表现为概念的流失（Verlust der Begriffe）：

> 十八年后，我回到了德国，在去奥地利的路上，我甚至不知道自己是什么感觉。我在船上浮想联翩，提前做出判断。在这四个月里，概念经由真实的观看而流失了，我不知道取而代之的是什么：一种支离破碎的当下感，一种心烦意乱的茫然，一种内心的紊乱［……］（XXXI 151）

返乡者的这段自白让人不禁联想到钱多斯的症状描写。在本书第 2 章中，笔者曾指出，钱多斯的语言危机首先表现为一种概念危机，正如他的自我诊断：

> 我已经完全丧失连贯地考虑、表达任何东西的能力。首先，我渐渐地不能运用所有人不假思索就能运用自如的词汇来谈论较为高尚或较为一般的题目了。即使说一说"精神""灵魂"或"身体"这些词，我都会感到一阵莫名其妙的不适。（EGB 465）

钱多斯的这段话经常被学界援引，其中包含的基本信息是：他经历的并非广义的"语言危机"抑或"失语症"，而是一种"概念危机"。换言之，他所丧失的不是语言，而是以理性思维为基础的逻辑推导和判断能力。因为缺乏使用概念的能力，所以他无力对事物做出评判，即便是向孩童解释为人诚实的意义，也会让他"头晕目眩"（EGB 465）。然而，倘若与《返乡者书信集》的开篇相比较，我们不难发现，这两种"概念危机"并非完全相同。两者的差异主要在于，钱多斯的危机在于由概念缺失所导致的交流困难，即言说障碍；而返乡者的危机在于观看——"在这四个月里，概念经由真实的<u>观看</u>而流失了"（Meine Begriffe sind mir über dem wirklichen <u>Ansehen</u> in diesen vier Monaten verlorengegangen）。如果说，钱多斯的概念危机可以通过图像化解，如文中那句名言——"那些抽象词汇像腐坏的蘑菇一样在我嘴里烂掉了"（EGB 465）——正是用"图像"的语言来描述"概念"的沦丧，那么在返乡者这里，这种可能性已然不复存在。

实际上，《返乡者书信集》的开篇不仅描绘了返乡者所处的概念危机，同时也一语道破了引发危机的缘由：十八年来，返乡者一直生活在异国他乡，其间他曾无数次想念故乡，他乡的一草一木都能勾起他无尽的乡愁。这种思念中的故乡形象是稳定凝固的。不论触动心弦、勾起乡思的介质是什么，他回想起的都是十八年前自己住过和生活过的故乡。然而，这种定格的故乡记忆、这种令他魂牵梦萦的故乡印象却在他抵达故乡后顷刻崩塌，因为十八年间的变化令记忆形象与现实景象无法一一对应。这种失望体验并不鲜见，但是在返乡者这里却演变成为一种危机，其原因可归于以下两点：其一是他对人的理解与想象（Menschenbild），其二是他的认知习惯。

先谈第一点。在《返乡者书信集》中有一句格言"完整的人必须即刻行动"（"The whole man must move at once"）（XXXI 152, 153, 156）多次出现。这句话在第一封信中出现过三次，可谓贯穿书信始末。格言中蕴含的人类学思想很好地诠释了返乡者对人的理解和想象，即人应该是完整的、不分裂的。返乡者在信中展开的文化批判正是基于这样一种对人的设想。因此，他在抱怨社会、批评国人时，这句格言也就成了核心引文。跳出文本，我们会发现，这句格言也是霍夫曼斯塔尔本人很喜欢引用的一句话。他曾在给好友埃伯哈德·冯·博登豪森（Eberhard von Bodenhausen）的书信中将这句话用作座右铭。①在计划写一位欧洲青年和一位日本贵族的虚构对话时，他也选择用这句话作为箴言（Motto）。②

事实上，这句格言的首创者是英国文学家理查德·斯蒂尔（Richard Steele）。斯蒂尔于 1711 年在他和约瑟夫·艾迪生（Joseph Addison）联合创办的期刊《旁观者》（Spectator）上写下了这句话，而霍夫曼斯塔尔则是在德国作家和启蒙思想家格奥尔格·克里斯托夫·利希滕贝格（Georg Christoph Lichtenberg）的《格言集》（Sudelbücher）中读到了它。这句格言言简意赅，非常适合用于文化批评。霍夫曼斯塔尔经常把它置于文化比较的语境，譬如上文提到的写作计划：1902年，霍夫曼斯塔尔计划写一段发生在欧洲青年和日本贵族之间的虚构对话，他就选择用这句话作为箴言。这个虚构对话批评了欧洲的现状，并通过由外向内的民族学视角将其陌生化。依据该对话的描述，在日本人眼里，亚洲文化具备和谐性和整体性，而欧洲文化的现状则是精神涣散、毫无本质可言——两者对比鲜明。

---

①详见霍夫曼斯塔尔于 1907 年 6 月 7 日致博登豪森的信，参考：Bodenhausen, Dora von (Hg.). *Hugo von Hofmannsthal–Eberhard von Bodenhausen: Briefe der Freundschaft*. Düsseldorf: Eugen Dietrichs Verlag, 1953: 78. （后文中出自本书的引文将以缩写 BW Bodenhausen 标注出处。）主编多拉·冯·博登豪森（Dora von Bodenhausen）在评注中特别指出，该格言是"霍夫曼斯塔尔平时也喜欢引用的一句话"（BW Bodenhausen: 262）。

②详见：Hofmannsthal, Hugo von. Gespräch zwischen einem jungen Europäer und einem japanischen Edelmann. In Hofmannsthal, Hugo von. *Sämtliche Werke. Kritische Ausgabe. Band XXXI: Erfundene Gespräche und Briefe*. Frankfurt am Main: Fischer Verlag, 1991: 40-44.

《返乡者书信集》也不例外，"完整的人必须即刻行动"这句话在文中亦是被置于虚构的异国谱系下。在身处异乡的十八年中，返乡者游遍爪哇、南美各国、中国、马来西亚等地，并在蒙得维的亚（Montevideo）听到了这句格言，遂将其视作"人生智慧"（Lebensweisheit）和"伟大真理"（große Wahrheit）（XXXI 152）。然而，当他返回欧洲后，却惊讶地发现这种"人生智慧"和"伟大真理"在当时的德国竟无处可寻。在返乡者看来，彼时的德国民众已经丧失完整性（Ganzes），他们分裂、不统一，"他们的左手不清楚右手在做些什么"，"他们脑中所想与心中所思毫不相配"（XXXI 156）。由此陡然而生的陌异感，令他深陷文化认同的巨大危机。这种危机感受被他形象地描述为一种存在危机，仿佛"失去了脚底的土地"（Boden unter den Füßen verloren）（XXXI 152）。

在文中，返乡者使用各种各样的词来描绘他眼中"完整的人"应有的形象，譬如："铸成一体"（aus einem Guß）（XXXI 156, 158）、"与自己本身融为一体"（eins in sich selber）（XXXI 156）、脸上清晰写着"我别无可为"（ich kann nichts anders）（XXXI 159）等等。这些都跟返乡者的认知模式息息相关。我们接下来讨论上文提到的第二点，即返乡者的认知习惯。

返乡者在书信中描述人物形象时，总是特别关注相貌（Physiognomie）、姿态（Gestus）和手势（Gebärde），而且追求一目了然的效果。这种"让深层呈现于表面"[1]的诉求既指涉其视觉维度，又凸显其反阐释性，因为它预设的前提是表里如一。根据返乡者的叙述，这在异国他乡触目皆是，而在彼时的德国却甚是罕见。由此，他将目光从"远方"转向"过去"，用时间的差距取代空间的距离。返乡者强调，在异乡收获的这般体验在"昔日的德国"（XXXI 162）也曾有过。他回想起童年的体验，而这种体验一直保存在他的想象与记忆当中，并造就了他的心理期待以及对现实的认知惯习。然而，这个昔日的德国并非已被证实的现实，而是在"魔法图像"（Zauberbild）（XXXI 156）中的一种预先打上了艺术烙印的现实。文艺复兴时期的德国艺术大师阿尔布雷希特·丢勒（Albrecht Dürer）的铜版画（Kupferstich）在这里发挥着至关重要的作用。返乡者的父亲有一本画册，里面包含诸多丢勒的铜版画。父亲曾向他讲解过这些"黑色魔法画纸"（schwarze Zauberblätter）的塑造力：它们虽然不是模仿出来的造型——"像木头雕刻出来一般，如此地不真实，超越真实"（so unwirklich, überwirklich）（XXXI 162），但是对返乡者来说却具有塑造现实的力量。[2]

---

①霍夫曼斯塔尔在《友人之书》（Buch der Freunde）中记录了这句格言："人一定要藏匿深层。藏在哪里？藏在表面。"（„Die Tiefe muß man verstecken. Wo? An der Oberfläche.")（RA III, 268）

②参考：Renner, Ursula. „Die Zauberschrift der Bilder". Bildende Kunst in Hofmannsthals Werken. Freiburg im Breisgau: Rombach Verlag, 2000: 387-457.

老照片中的一切都与我眼前的现实不同：但在它们之间并无裂缝。

那个古老的世界更虔诚、更崇高、更温和、更大胆、更孤独。但在森林里，在星夜中，在教堂里，都有通往它的道路。（XXXI 163）

所谓"并无裂缝"（kein Riß），指的正是符号系统的秩序严谨。图中形象与现实世界关联紧密，能指和所指仿佛铸成一体。返乡者用这样一种前现代的秩序标准来衡量彼时的德国俨然并不合适，但是童年记忆影响着他对当下的认知和判断："因为在我心中，我必须以我内在的某些东西来丈量真实，我几乎是无意识地用那个可怕而崇高的黑魔法世界来衡量，用这块试金石来触及一切。"（XXXI 164）正是因为返乡者将这种符号秩序当作衡量万物的"试金石"，所以他在重归故里后，感受到的是确定性（Gewissheit）的消失、统一性（Einheit）的瓦解和意义链条的断裂。结合这些书信的生成时间，我们参考同时期的思想家和社会学家马克斯·韦伯（Max Weber）定义的文化概念，可以确定返乡者遭遇的正是一种文化危机。韦伯在 1904 年发表的论稿中指出，文化实乃"无意义的无限世界事件（Weltgeschehen）中的一个有限部分，它由人类从自己的角度赋予意义和重要性"[1]。而返乡者所经历的恰恰是其反面，他无法"赋予意义和重要性"，符号体系的崩塌和意义链条的断裂使之不再可能。面对这种文化危机，亟待解决的难题是，如何重建符号秩序，重织文化的意义之网？为此，返乡者在第四和第五封信中提出了一种解决方案，即通过艺术来救赎。

艺术救赎

在霍夫曼斯塔尔的作品中，很多以危机为题的文本最后都会以一种突如其来的"天启经历"结尾。危机激发对救赎的渴望，这是人类普遍的心理机制，而救赎的发生却有若圣灵显现，这使霍夫曼斯塔尔的创作沾染神学色彩。学界常以"无神的神秘"（gottlose Mystik）[2]指称这种体验，强调其与宗教文本的不同。《钱多斯信函》如此，《返乡者书信集》亦是如此。两者的重大分野在于，前者描述的天启体验源自日常的哑物，而后者则源于艺术作品，它彻底颠覆了艺术和现实之间孰为表象、孰为存在的关系，进而实现了一种本体论上的逆转。因此，有学者将霍夫曼斯塔尔与 1900 年前后的"艺术宗教"（Kunstreligion）联系

---

[1] Weber, Max. Die „Objektivität" sozialwissenschaftlicher und sozialpolitischer Erkenntnis (1904). In Weber, Max. *Gesammelte Aufsätze zur Wissenschaftslehre*. 7. Aufl. Tübingen: Mohr Siebeck Verlag, 1988: 190.

[2] 参考：Spörl, Uwe. *Gottlose Mystik in der deutschsprachigen Literatur um die Jahrhundertwende*. Paderborn u.a.: Schöningh Verlag, 1997.

起来。①笔者接下来谈的"艺术救赎"并非从宗教或神学的角度出发，而是依据文本的情节布局，在展现危机化解方案的同时，结合同时期的艺术理论，剖析文本中对创作与接受、观看与言说，以及色彩与词语等组合关系的文学演绎，钩沉霍夫曼斯塔尔关于艺术创作的美学思考。

根据返乡者的自述，他在不经意间走上一条小道，随之进入一个画廊。画廊里面陈列着些许陌生画作。起初，他根本看不出画作里画的是什么，只感受到刺眼的色彩刺激。返乡者的这种本能反应让人轻易联想到艺术理论家约翰·罗斯金（John Ruskin）提出的"纯真之眼"（innocent eye）理念。罗斯金认为，绘画的力量来源于纯真之眼的恢复，即面对那些平面的色彩痕迹，要恢复儿童般的知觉，不去关注这些色彩象征着什么物体，只单纯感知色彩，就像一个盲人在突然重获视力看见它们时那样。②换言之，罗斯金主张以一种儿童般的、不带任何预设和先见的观看方式去感知艺术和世界。返乡者恰好符合这种诉求：他"没有接受过欧洲现代意义上的教育"（XXXI 161），而且"二十年来没看过画"（XXXI 168），这使得他在观看前已然卸下了先前文化知识的枷锁。

此外，返乡者的观画经历还具有双重陌生化的显著特点：一方面，返乡者因长期的异域生活，他观看欧洲文化艺术的视角已经陌生化；另一方面，这里的绘画本身也迥异于欧洲传统，呈现陌生化效果。因此，返乡者的目光投向这些画作时，最初会迷失方向，迷失在新视觉印象的陌生感中。只有在短暂地找到方向之后，他才能辨认出画面内容：

> 起初，我觉得这些作品刺眼且躁动不安，相当原始，相当奇怪。我首先要找到自己的定位，才能把第一幅作品看成一幅画、一个整体——但后来，后来我看到了，我看到了它们全部都是这样，每一幅都是单独的，全部在一起，它们中的自然，以及在这里为自然塑形的人类灵魂的力量，看到了画在那里的树木、灌木丛、田野和斜坡，还看到了另一种，那是画作后面的、真实的、无法形容的命运——我看到了这一切，以至于我在这些画中失去了对自己的感觉，又强烈地把它找回来，然后又失去了！（XXXI 169）

---

①参考: Böschenstein, Bernhard. Hofmannsthal und die Kunstreligion um 1900. In Braungart, Wolfgang & Koch, Manfred (Hg.). *Ästhetische und religiöse Erfahrungen der Jahrhundertwenden. Band 2.* Paderborn u.a.: Schöningh Verlag, 1998:111-121.

②参考: Ruskin, John. *The Elements of Drawing and the Elements of Perspective.* London: Dent & Son. Ltd., 1912:3-4.

　　观画过程在这里表现为一种时间性的层层递进：从最初的困惑到对单个画面和组图画面的认知，再到对画作内容的理解，最后感受到隐藏在画作背后的东西。返乡者在描述这个过程时反复使用"后来"和"看到"等词汇，在强化修辞效果的同时，指涉"一连串以神秘启蒙方式推进的观看阶段"①：图像的神秘性相继展现在观者面前，直到观者最终似乎"入门"进入图像世界，从而在图像中失去自我意识。②因此，观看过程中的感性认知发生了转型：从对鲜艳色彩的感观印象转变为一种塑造性和识别性的凝视，最后升级为一种幻觉，仿佛心灵的体验也表现为一种身体感受。在电光石火的天启瞬间，绘画向他展现出一个新的可视世界。这种可视性（Sichtbarkeit）充满活力、变幻不定，观者与画作间的距离在缩小，界限变得模糊，两者之间的空间呈现流动性。观者的同一性（Identität）随之不再稳定，而画中物象则获得主体性和行动权："这里的每一个存在——每棵树的存在，[……]锡壶、陶碗、桌子、笨拙的扶手椅的存在——仿佛从可怕的非生命的混沌中重获新生，从空无的深渊底部向我涌来。"（XXXI 169-170）如果说这种主客关系的逆转符合天启叙事的逻辑，正如《钱多斯信函》中描述的圣灵显现，那么文中一再重复的"重生"和"生育"隐喻（Gebären-Metapher）则指涉一种在眼睛和图像之间建构物象的述行和操演行动（performativer Akt），就好像这些物象是在被观看的时刻才被构造出来。如此一来，接受者成为创造者，准确地说是再创造者。霍夫曼斯塔尔曾对文艺创作有所反思，他在笔记中写道："铅笔划痕如同语句：切入空间之中，以此赋予空无以面孔。"（XXXI 436）在返乡者这里，似乎是观者的目光犹如铅笔，所到之处必将留下划痕，呈现面孔。

　　这种极具创造性的观看过程被描述为一种极富动态的"风暴"（Sturm），文中还提到"凝固的风暴"（erstarrter Sturm）（XXXI 170）。表述中运用的矛盾修饰法（Oxymoron），描述了一种强力性（Gewaltsamkeit），彰显了感官刺激的强烈程度，也以固态化的形式凸显了眼睛与画布之间的空间距离。观看致力于实现可见性的生成，这种努力是由激动人心的力量所决定的，并且被危险环伺。

　　霍夫曼斯塔尔的这种创作美学思想在 20 世纪初的文艺界颇具先锋性, 跟同时期的艺术史家尤里乌斯·迈尔-格雷夫（Julius Meier-Graefe）产生了思想共鸣。1900 年，霍夫曼斯塔尔在巴黎结识迈尔-格雷夫，并经其引荐而接触到凡·高

---

　　①Renner, Ursula. „*Die Zauberschrift der Bilder*". *Bildende Kunst in Hofmannsthals Werken.* Freiburg im Breisgau: Rombach Verlag, 2000: 409.

　　②参考：Scharnowski, Susanne: „Funktionen der Krise. Kulturkritik, Psychopathologie und ästhetische Produktion in Hugo von Hofmannsthals *Briefen des Zurückgekehrten*". In Porombka, Stephan & Scharnowski, Susanne (Hg.). *Phänomene der Derealisierung.* Wien: Passagen Verlag, 1999: 58.

的绘画。[①]1907 年，霍夫曼斯塔尔在创作《返乡者书信集》前仔细阅读过迈尔-格雷夫的专著《印象主义者：盖斯—马奈—凡·高—毕沙罗—塞尚》（*Impressionisten: Guys–Manet–Van Gogh–Pissarro–Cézanne*），并对其中有关凡·高及其作品的论述表现出了极大的兴趣。[②]

迈尔-格雷夫的这本书在 20 世纪初的文艺界颇有名气，对众多作家和文艺爱好者影响很大。从迈尔-格雷夫那里，霍夫曼斯塔尔接受了这样一种观念，即艺术是一种比语言文字更具优势的认识媒介；此外，他还接受了图像与目光互动中的动态构造观念。事实上，《返乡者书信集》中描述的观画经历与迈尔-格雷夫著作中关于凡·高的论述有着异曲同工之妙。譬如，迈尔-格雷夫如此描述凡·高的创作：

> 在创作过程中，他[凡·高]感觉不到自己的存在，他与他所描绘的元素融为一体，他把自己画在炽热的云层中，画在惊恐地仰天长啸的树木中，画在可怕的广袤平原上。如果这一切仅仅是为了表达由此产生的痉挛感受，那就不算什么。但是，这些画面的骇人之处在于，即使在最狂野的愤怒中也能保持美感。[③]

> 他是一个非常深刻的理想主义者，他对人充满渴望，无论在哪里，无论如何，他都希望无限的美好。[……]比起艺术，他更相信一种巨大的、纯粹的创造力，那种可以使他人幸福的力量，它不会驱使个人为了艺术的虚荣而活着，但为了这种力量，即使需要承受一个伟大艺术家的生存之重，也是值得的。[④]

霍夫曼斯塔尔笔下的返乡者在观看凡·高的绘画时，感受到的正是这样一种创造力。在对画作的沉思中，画作的创作场景通过观者的想象再次重现。回

①乌苏拉·伦纳尔在文章中仔细重构了霍夫曼斯塔尔熟悉凡·高绘画的过程，参见：Renner, Ursula. Das Erlebnis des Sehens–Zu Hofmannsthals produktiver Rezeption bildender Kunst. In Renner, Ursula & Schmid, G. Bärbel (Hg.). *Hugo von Hofmannsthal. Freundschaften und Begegnungen mit deutschen Zeitgenossen*. Würzburg: Königshausen & Neumann, 1991: 285-305.

②在法兰克福的霍夫曼斯塔尔纪念馆中可以找到 1907 年第 2 版的《印象主义者》一书，书中有作者的亲笔签名和赠霍夫曼斯塔尔的献词，落款日期为 1907 年 1 月 5 日。根据阅读笔记的记录，霍夫曼斯塔尔在 1907 年 6 月仔细阅读了这本书，书本中的大量阅读痕迹（如划线、旁注等）可以佐证他对若干章节的特别关注，其中包括论凡·高的部分。

③Meier-Graefe, Julius. *Impressionisten: Guys–Manet–Van Gogh–Pissarro–Cézanne. Mit einer Einleitung über den Wert der französischen Kunst*. 2. Aufl. München/Leipzig: Piper Verlag, 1907: 136.

④Meier-Graefe, Julius. *Impressionisten: Guys–Manet–Van Gogh–Pissarro–Cézanne. Mit einer Einleitung über den Wert der französischen Kunst*. 2. Aufl. München/Leipzig: Piper Verlag, 1907: 144.

过神来的观者会从画作中——或者说从画作唤起的想象中——认识到："我感觉到，不，我知道这些事物是如何在对世界的可怕怀疑中诞生的！"（XXXI 170）

随着接受者变成创作者，画作的观看者开始认同于其作者，并且想象与他有共同的经历，同他进行对话："在这里，一个具有难以理解力量的未知灵魂给了我一个答案，一个世界给了我一个答案！"（XXXI 170）观看、创造、认同与对话，几种不同的行为与体验在合而为一。可以说，返乡者在凡·高的画作前收获的是狂喜的际遇，他之前的困惑迷茫顿时被扫荡干净。艺术成为比现实更为优越的认知媒介，观者在看画的过程中找到自我。观看过程的戏剧性油然而生：

> 现在，从一幅画到另一幅画，我可以感受到一些东西，可以感受到各种形式的相互联系和结合，可以感受到它们最内在的生命是如何在色彩中迸发出来的，可以感受到这些色彩是如何为了其他色彩而相互依存的，可以感受到其中一种色彩是如何以神秘的力量将其他色彩全部承载起来的，可以在这一切中感受到一颗心，感受到这一切的创造者的灵魂。他以这种幻觉回应自己对最可怕的怀疑的凝视痉挛。当我在那里写下这些文字时，我可以感觉到，可以知道，可以看穿，可以在万分之一的时间里享受深渊和山峰，外面和里面，以及一个和一切，就像双倍的，我同时是生命的主人，力量的主人，心智的主人，感觉到时间在流逝，知道现在只剩下二十分钟，还剩十分钟，五分钟，然后站在外面，叫了一辆车，开到那里。（XXXI 170）

艺术观赏成为一种审美救赎，对绘画的视觉感官体验直接促使返乡者克服危机。霍夫曼斯塔尔首次发表后两封信时，曾为文本冠名《观看的体验》，其用意也许正在于此。毫无疑问，这里的观看是极具主观性的艺术体验。霍夫曼斯塔尔的好友埃伯哈德·冯·博登豪森在 1900 年第 4 期的《潘》（*Pan*）上发表的文章《发展学与美学》（„Entwicklungslehre und Ästhetik"）中论述了认知"艺术表现形式之主观价值"[1]的必要性。他强调，一件能让人内心有所触动的艺术作品会释放出难以想象的能量和发展机遇：

> 如果你打开心门，让美、胜利和欢欣进入，那么你的周围就会出现越来越多的美，然后你会看到新的色彩、新的形式和新的诠释，新的启示会向你闪耀；突然间，你会惊讶地揉揉眼睛，因为你的周围出

---

[1]Bodenhausen, Eberhard von. Entwicklungslehre und Ästhetik. *Pan*, 1900, 5(4): 238.

现了一个新世界，它将所有的财富都放在你的脚下。①

　　霍夫曼斯塔尔对艺术救赎的描述显然受其启发。据霍夫曼斯塔尔的传记记载，他本人甚至通过博登豪森购买了一幅凡·高画作。②虽然这幅画在霍夫曼斯塔尔离世后被证明为赝品，但足以证明凡·高对他的影响以及博登豪森的中介作用。

色彩神秘学

　　凡·高的绘画之所以能够产生救赎效果，能让返乡者感受到其中潜藏的神奇创造力，以及返乡者在观看绘画时之所以能够与画作产生共鸣并与之强烈互动，这都主要归功于凡·高对色彩的应用。在凡·高色彩绚丽的画作中，返乡者体验到"色彩是一种语言，无言的、永恒的、畸形的事物在色彩中展现自我，这种语言比声音更崇高，因为它像永恒的火焰，直接从静默的存在中迸发出来，使我们的灵魂焕然一新"（XXXI 173）。霍夫曼斯塔尔在重新发表后两封书信时，将文本更名为《色彩》，正是要彰显色彩在这段观看经历中的核心作用。色彩感知与生命之思、色彩与词语的组合关联和互动关系是返乡者最后一封书信的核心主题。

　　最后一封信作为危机解除后的压轴之作，它并未推进情节发展，而是讨论了色彩的本质问题，并由此引出了对观看和色彩语言的总体思考。书信作者开篇写道："在罕见的时段，物件的色彩会对我有一种魔力。"（XXXI 171）这种"魔力"体验可与《钱多斯信函》中的天启经历相比拟。它突如其来，又异常强烈，以至于返乡者情不自禁地像钱多斯一样发出不可言说的感叹："我怎么能把如此不可理解的东西用词语表达出来，如此突然的、如此强烈的、如此无法分解的东西！"（XXXI 169）。这种不可言说的感慨在《钱多斯信函》中频频出现，《返乡者书信集》加剧了这一局面。色彩在此被视为语言的对立面，被视为外来的、突然的、压倒性的力量，同时它又是完满的、"无法分解的"。如果说词语的表征系统包括能指和所指的两极，因而天生具有一种符号性的分裂，那么色彩语言则表现为一种"与自身融为一体"（XXXI 156）的完满。

　　　那儿有种令人难以置信的、最为强烈的蓝色，它一次又一次地出现，一种像熔化了的祖母绿一般的绿色，一种黄色直至橙色。但是，如

---

①Bodenhausen, Eberhard von. Entwicklungslehre und Ästhetik. *Pan*, 1900, 5(4): 238.
②参见：Dangel-Pelloquin, Elsbeth & Honold, Alexander. Grenzenlose Verwandlung: Hugo von Hofmannsthal: Biographie. Frankfurt am Main: Fischer Verlag, 2024: 343.

果物最为内在的生命不从其中迸发出来，那么色彩又是什么呢！
（XXXI 169）

色彩在这里独立成为名词，它不再是物件的描述语或修饰词，不是蓝色的物件，而是蓝色本身。①这种自治化的色彩为词汇语言带来干扰，由此造成的后果并不是沉默②，而是一种加速的语言运动："既然我已经说过一次，我就被一种动力驱使，再多说几句。"（XXXI 171）这种不断向前推进的语言运动裹挟着对不可言说性的感叹，进而在描述语言和无法描述的色彩现实之间形成一种你追我赶、扣人心弦的竞争。霍夫曼斯塔尔对色彩的兴趣，也是源于语图关系中的一种跨媒介转化。自 1895 年以来，霍夫曼斯塔尔一直尝试在不同媒介之间进行"转置"（Transponieren），他还对色彩和语言这两种符号系统做了对比：

词语的世界是一个表象世界，它像色彩世界一样封闭自我，并且与现象世界相协调。因此，我们无法设想表达的"欠缺性"，这关乎转置。（XXXVIII 314）

从 1906 年起，霍夫曼斯塔尔专门阅读了一批参考书，包括歌德的《色彩学》（*Farbenlehre*）、玛丽·赫兹菲尔德（Marie Herzfeld）主编的《达·芬奇文集》、两部关于达·芬奇的研究专著、欧仁·德拉克鲁瓦（Eugène Delacroix）的日记、夏尔·皮埃尔·波德莱尔（Charles Pierre Baudelaire）关于德拉克鲁瓦的散论、两本关于伦勃朗色彩处理的艺术史著作、一本《凡·高书信集》，以及迈尔-格雷夫的《印象主义者》（见图 3-6）。③这些著作都涉及色彩对于造型对象的建构作用。无论是歌德的色彩学理论，还是前文提到的迈尔-格雷夫对印象派的论述，都让霍夫曼斯塔尔对色彩和词语的竞争关系倍感兴趣。这种竞争关系不仅存在于色彩与词语之间，也存在于不同的色彩之间。迈尔-格雷夫曾经把凡·高的

---

①参考：Puccioni, Linda. *Farbensprachen. Chromatik und Synästhesie bei Hugo von Hofmannsthal*. Würzburg: Königshausen & Neumann, 2019: 159.

②克劳迪亚·巴姆贝格（Claudia Bamberg）指出："与钱多斯不同的是，返乡者不必沉默，相反，他的经历会激发他从事物的内部而言说。"参见：Bamberg, Claudia. *Hofmannsthal: Der Dichter und die Dinge*. Heidelberg: Universitätsverlag Winter, 2011: 264.

③Schneider, Sabine. „Farbe. Farbe. Mir ist das Wort jetzt armselig". Eine mediale Reflexionsfigur bei Hofmannsthal. In Pfotenhauer, Helmut; Riedel, Wolfgang & Schneider, Sabine (Hg.). *Poetik der Evidenz: Die Herausforderung der Bilder in der Literatur um 1900*. Würzburg: Königshausen & Neumann, 2005: 90-91.

画形容成"色彩大战"（ein riesiger Kampf von Farben）[①]，强调凡·高绘画中物象的构成看起来像一出色彩戏剧。歌德则在《色彩学》的序言中把色彩比作"光的苦难与行动"（Leiden und Taten des Lichts）。[②]歌德的这句格言对霍夫曼斯塔尔启发很大，他不仅经常引用，而且在《返乡者书信集》的末尾以转述和反诘的方式凸显色彩的人类学维度："既然色彩和痛苦一样，将我们引向永恒，为什么它不能成为痛苦的兄弟呢？"（XXXI 174）

无论是对歌德还是霍夫曼斯塔尔而言，色彩都具有闻所未闻的创造力，它的存在就是一种展演和造型。只是与歌德秉持的科学精神不同，霍夫曼斯塔尔对色彩的讨论带有明显的神秘学色彩。在虚构的书信中，返乡者为了描述色彩的无言威力，引用了印度神秘学家拉玛克里斯纳（Ramakrishna）的例子进行叙述。据返乡者所言，拉玛克里斯纳曾经从两种色彩那里得到感悟，进而成为圣人：湛蓝天空中，一行白色的苍鹭。"除了这两种对立的色彩，除了这永恒不可名状之物，再也没有什么能在瞬间穿透他的灵魂。"（XXXI 172）一位英国牧师从理性主义的视角将这种体验解释成"强烈的光学印象"（XXXI 172），返乡者则坚持认为，那是神秘的恩赐降临。在恩降之际，神秘学家坠入色彩，经历片刻的死亡。这让人明白：只有在灵魂的绝境，只有在生死攸关之际，才能收获神秘体验。霍夫曼斯塔尔对拉玛克里斯纳的了解源于马克斯·米勒（Max Müller）1901 年的著作《拉玛克里斯纳：他的生平与言说》（*Ramaskrishna: His Life and Sayings*）。在法兰克福的霍夫曼斯塔尔纪念馆中保存有作者生前阅读过的卷本。根据《霍夫曼斯塔尔全集（评注版）》的编者记载，在该书第 34 页关于拉玛克里斯纳看到蓝天中的白鹭时对色彩的神秘体验一节的空白处，霍夫曼斯塔尔手写道："放在一篇关于色彩对德国人想象力的渗透的文章开头。"（XXXI 452）作者的创作意图由此豁然明朗。霍夫曼斯塔尔关注的是色彩激发想象的能力，他的色彩神秘学必然导向一种幻象诗学，对此，笔者在下文中会有专门论述。

---

①Meier-Graefe, Julius. *Impressionisten: Guys–Manet–Van Gogh–Pissarro–Cézanne. Mit einer Einleitung über den Wert der französischen Kunst*. 2. Aufl. München/Leipzig: Piper Verlag, 1907: 55.

②Goethe, Johann Wolfgang. *Zur Farbenlehre*. Frankfurt am Main: Klassiker Verlag, 1991: 12. 萨比娜·施耐德指出，霍夫曼斯塔尔对歌德的《色彩学》的深入研究分为三个阶段：1896 年、1902/1903 年和 1906/1907 年。其中最后一个阶段正好与《返乡者书信集》的创作时间吻合。参考：Schneider, Sabine. „Farbe. Farbe. Mir ist das Wort jetzt armselig". Eine mediale Reflexionsfigur bei Hofmannsthal. In Pfotenhauer, Helmut; Riedel, Wolfgang & Schneider, Sabine (Hg.). *Poetik der Evidenz: Die Herausforderung der Bilder in der Literatur um 1900*. Würzburg: Königshausen & Neumann, 2005: 87.

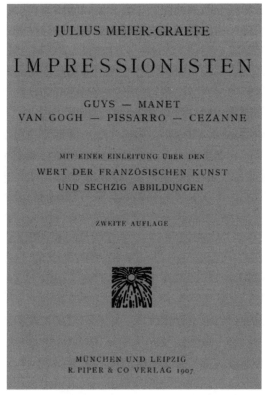

图 3-6 《印象主义者》封面①

返乡者在信中描述的最后一种对色彩的神秘体验是他的亲身经历：他乘船经过布宜诺斯艾利斯港口，恰逢乌云蔽日，海风肆虐，波涛汹涌。他放眼望去，顿时感觉灰色和淡褐色的海浪裹挟着"死亡和生命、恐惧和欣喜"，在他"狂喜的胸中翻腾"（XXXI 173）。在这段颇具崇高意味的神秘体验中，色彩交织混合的视觉印象似乎使万物合为一体：死与生的对立、恐惧与欣喜、外界与内心的界限顿时消失。这样一种对所见事物的幻觉式融合，发生在感官刺激的痛苦临界点，抑或意识混沌的边界线上。"色彩和痛苦一样"（XXXI 174），逼近存在与肉身的极限，在片刻的瞬间颠覆意义秩序，带来昙花一现的"狂喜"。从《钱多斯信函》到《返乡者书信集》，再到下一章将重点论述的《在希腊的瞬间》，霍夫曼斯塔尔一再尝试将神秘主义与人类学相结合，在强烈的感性体验中释放人固有的创造力。

---

①Meier-Graefe, Julius. *Impressionisten: Guys–Manet–Van Gogh–Pissarro–Cézanne. Mit einer Einleitung über den Wert der französischen Kunst.* 2. Auflage, München/Leipzig: Piper Verlag, 1907.

3.4 "观看"中的象征体验：《在希腊的瞬间》

《在希腊的瞬间》是三篇游记的合集。它基于霍夫曼斯塔尔本人的真实旅行。1908 年 5 月，霍夫曼斯塔尔与哈里·克斯勒尔伯爵（Harry Graf Kessler）和法国雕塑家阿里斯蒂德·马约尔（Aristide Maillol）一同去希腊旅行。之后，霍夫曼斯塔尔开始着手游记的创作，并先后发表了两篇游记，分别冠名为《圣卢卡斯寺院》（"Das Kloster des heiligen Lukas"）和《赶路人》（"Der Wanderer"）。直到 1914 年，霍夫曼斯塔尔才完成第三篇游记的创作，并命名为《雕像》（"Die Statuen"）。1917 年他又对第三篇游记做了部分删改，并将这三篇游记合集出版，取名为《在希腊的瞬间》（见图 3-7）。①德文标题中的 Augenblicke（瞬间）是复数，意指三篇游记记载的三个高潮时刻。

在霍夫曼斯塔尔的作品序列中，游记这一文体向来有着重要的地位，举凡《南法印象》（*Südfranzösische Eindrücke*）、《夏日旅程》（*Sommerreise*）、《北非之旅》（*Reise im nördlichen Afrika*）、《西西里岛与我们》（*Sizilien und wir*）及《在希腊的瞬间》等等。其中，《在希腊的瞬间》以其艺术手法之精巧、美学思想之深邃从霍夫曼斯塔尔的众多游记作品里脱颖而出。

游记（Reisebericht 或 Reiseprosa）作为一种文学体裁至今未得到足够的认可，其原因主要在于它的纪实性特征，人们习惯于将其视作历史性的纪实材料。②而文学性很强的游记往往都掺杂着许多虚构和想象，"真正的旅行经历只是促使作者进行文学思考的缘由"③。霍夫曼斯塔尔的游记就属于这一类型，他的游记包含许多对文学、历史、艺术和文化史的影射或直接论述，虚构想象和真实经历相互混淆，"尤其是许多图像化的浓缩、换喻式的推移，以及对风景描

---

①现在研究界广泛使用的版本——即 1979 年由费舍尔出版社（Fischer Verlag）出版的《霍夫曼斯塔尔全集》袖珍通行版（Taschenbuch-Ausgabe）——标记该作品创作于 1908 到 1914 年间，这一年限的标记主要是依据一份霍夫曼斯塔尔在 1914 年完成的手稿；但随着 2009 年《霍夫曼斯塔尔全集（评注版）》第 33 卷的出版，这一错误得以纠正。根据评注版全集中的详细记载，霍夫曼斯塔尔在 1917 年对其原先的手稿做了修改，他为第三篇游记的结尾添加了一个较长的段落。1923 年，霍夫曼斯塔尔在编选自己的全集时，对第三篇游记又做了大幅度的删减。评注版的全集最后选用了最后的修改稿。笔者在本书的论述中主要采用这一版本：Hofmannsthal, Hugo von. *Sämtliche Werke. Kritische Ausgabe. Band XXXIII: Reden und Aufsätze 2.* Frankfurt am Main: Fischer Verlag, 2009.（以下引文均在括弧中给出标记 XXXIII 和文章页码。）同时，兼顾了 1917 年初次发表的未删减版：Hofmannsthal, Hugo von. *Gesammete Werke in zehn Bänden. Erzählungen, erfundene Gespräche und Briefe, Reisen.* Frankfurt am Main: Fischer Verlag, 1979.（以下引文均在括弧中给出标记 EGB 和文章页码。）

②Jäger, Hans-Wolf. Reiseliteratur. In Weimar, Klaus (Hg.). *Reallexikon der Deutschen Literaturwissenschaft.* Berlin/New York: De Gruyter, 2003: 2259.

③Holdenried, Michaela. Reiseliteratur. In Brunner, Horst & Moritz, Rainer (Hg.). *Literaturwissenschaftliches Lexikon.* 2. Aufl. Berlin: Erich Schmidt Verlag, 2006: 236.

述传统和绘画的引用"①。这些特征使得他的游记很难归属于某种特定的文学体裁，而只是他文学创作的一个侧面。

依据霍夫曼斯塔尔本人的论述，他的游记作品的诗化特征跟他本人的特殊感知方式有紧密联系。他曾经在一次法国旅行途中给好友埃德加·卡格·

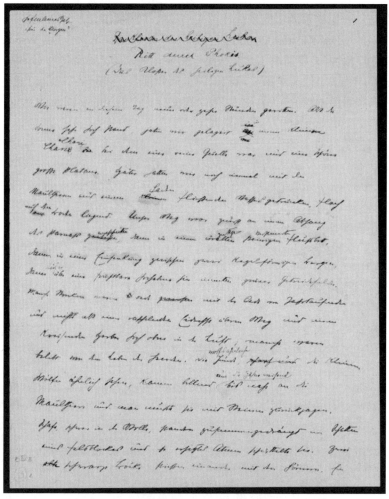

图 3-7　霍夫曼斯塔尔的《在希腊的瞬间》手稿②

①Grundmann, Heike. „*Mein Leben zu erleben wie ein Buch*". *Hermeneutik des Erinnerns bei Hugo von Hofmannsthal.* Würzburg: Königshausen & Neumann, 2003: 233.

②图片来源：Hofmannsthals handschriftliches Manuskript „Augenblicke in Griechenland". https://asset.museum-digital.org/hessen/images/1/202209/98575/h34_hs-20239_eivb15_002-98575.jpg.

冯·贝本博格（Edgar Karg von Bebenburg）写信，承认他缺乏直接感受的能力，他写道：

> 我在旅行中总是感觉不适：我不能直接感受到这些经历；我在观看自己的生活和自己经历到的事物，就好像从一本书中读出来的似的；只有当它们成为往事时，我才能感受到它们的色彩和香味。这使我成为"诗人"，这种对非真实的、艺术性生命的需求，我总是渴望对平庸的、没有色彩的事物加以装饰，并且做一些诗意化的诠释。①

对他而言，旅行并非"真实"体验，而是像书里读到的，他对当下现实的感知总是在不断指涉过去，这说明，他平时大量的文本阅读和艺术体验已经干扰了他对外界景观的感知。霍夫曼斯塔尔在他的作品中一直在试图寻找一种直接的感知方式。②他在罗马旅行期间，曾给父母亲写信，具体描述他对外界景观的特殊感知方式：

> 我想这样描述我在这儿期间的特殊感受：这儿所有的一切我只有通过非常曲折的途径才能享受，即通过一种再创造，我得先将这些景象吸入脑内，然后再将它们唤至眼前，如此，它们几乎都像是我在想象中虚构的。③

这种曲折的感知过程导致他的游记不但没有纪实特征，而且充满联想和梦幻。他总是试图用"内感官"中的幻象来覆盖和加工外在的图景，这种内外感官的分工和共同作用是霍夫曼斯塔尔游记创作的重要特征，这使他成为现代文学游记的重要代表作家。④也许正是因为这种诗意化的加工过程，他需要跟现

①Gilbert, Mary E. (Hg.). *Hugo von Hofmannsthal–Edgar Karg von Bebenburg: Briefwechsel.* Frankfurt am Main: Fischer Verlag, 1966: 19.
②霍夫曼斯塔尔对这种直接性（Unmittelbarkeit）的渴望和里尔克对现象学目光（Phänomenologischer Blick）的推崇有许多相似性，他们都在试图摆脱媒介的干扰，回到人本能的、纯自然的感知模式。这是一种乌托邦式的追求，因为人的感知目光总是会受到各种因素的干扰，如感知主体的局限性、知识、历史语境等等，事实上它正是由这许多的知识话语共同构建的。关于视觉感知的知识话语，可参考：Köhnen, Ralph. *Das opitsche Wissen. Mediologische Studien zu einer Geschichte des Sehens.* München: Fink Verlag, 2009.
③Hofmannsthal, Hugo von. *Briefe 1900–1909.* Wien:Bermann-Fischer Verlag, 1937: 90.
④海茵茨·辟奥恩特克（Heinz Piontek）认为，霍夫曼斯塔尔的游记《在希腊的瞬间》标志着德语现代游记文学的开端："该文本中记录了游记文学的新发展：最为典型的是，霍夫曼斯塔尔将游记叙述的重点转移到自己的主体性上，讲述了他在瞬间经历中体会到的自己的'真理'。"参见：Piontek, Heinz. Thema Reisen. Neue deutsche Reiseprosa. Analysen und Beispiele. In Piontek, Heinz (Hg.). *Das Handwerk des Lesens. Erfahrung mit Büchern und Autoren.* München: Schneekluth Verlag, 1979: 244.

实保持距离，让清晰的印象随着时间的冲洗而变得模糊，所以他在希腊之行许多年后才完成第三篇游记的创作。

《在希腊的瞬间》中的许多情节与现实旅行经历不符，作者的意图并不在于体现游记的真实性，而是想要从中激发出"一些绝对新的事物"。他曾在致友人保尔·齐菲勒（Paul Zifferer）的信中写道："这些貌似游记的文字实则具备最内在之物，它们是从僵硬的表面通往闪光的内在。"[1]《在希腊的瞬间》用大量笔墨描述了对于幻象的感知和神秘的交融体验。文本将虚构想象与事实经历熔为一炉，使"文学、历史、艺术史和文化史的回忆"[2]相互混杂。就此而言，这篇"游记"偏离了霍夫曼斯塔尔的真实旅途，尤其是打乱了行程中的时序。[3]自由游弋的联想与幻想频繁出现，与诗人经历的旅途景象彼此交缠，占据了文本的主导地位。诗人由此将经验记忆诗化成文，进而让主观性、现代性的瞬间体验交织于游记之中。

此外，值得一提的是，一些学者认为霍夫曼斯塔尔的这篇游记卷入了一场"无声的竞争"[4]：就在他启程前一年，另一位著名德语作家格尔哈特·豪普特曼（Gerhart Hauptmann）也前往希腊旅行，并在 1908 年的《新报》（*Neuer Rundschau*）上发表旅行见闻，后以《希腊之春》（*Griechischer Frühling*）为题出版这些游记的合集。相较于豪普特曼在游记中全景式的、充满神话色彩的视角，霍夫曼斯塔尔采取了迥然不同的表现模式：他聚焦于主观感受的突出瞬间，以现代人的姿态反思古代文明的可感性，追问其与当下的关联。在游记的初始部分，诗人对在希腊的实地体验与此前的文字知识间的抵牾倍感沮丧，一再凸显对文字文化的问题意识。然而伴随第三部分《雕像》中幻象书写的层层深入，真实经历与幻象图景逐渐交融，文本内容也突破了简单的纪实。自由游

①Burger, Hilde (Hg.). *Hugo von Hofmannsthal–Paul Zifferer: Briefwechsel*. Wien: Verlag der Österreichischen Staatsdruckerei, 1983: 35.

②参考：Gerke, Ernst Otto. *Der Essay als Kunstform bei Hugo von Hofmannsthal*. Lübeck/Hamburg: Matthiesen Verlag, 1970: 141；Grundmann，Heike. „*Mein Leben zu erleben wie ein Buch*". *Hermeneutik des Erinnerns bei Hugo von Hofmannsthal*. Würzburg: Königshausen & Neumann, 2003: 233. 海克·格伦德曼（Heike Grundmann）在此处论及"有意识地对旅行记忆进行虚构化和文学化"。

③在游记第一部分发表不久后，霍夫曼斯塔尔于 1908 年 8 月 25 日给哈里·克斯勒尔伯爵写信，以一种近乎道歉的口吻说："现实会给我们造成干扰，它当然不能跟这样的再创作形成竞争。"参见: Burger, Hilde (Hg.). *Hugo von Hofmannsthal–Harry Graf Kessler: Briefwechsel 1898–1929*. Frankfurt am Main: Insel Verlag, 1968: 191.

④Schings, Hans-Jürgen. Hier oder nirgends. Hofmannsthals *Augenblicke in Griechenland*. In Hildebrand, Olaf & Pittrof, Thomas (Hg.). „ ...*auf klassischen Boden begeistert*". *Antike-Rezeptionen in der deutschen Literatur. Festschrift für Jochen Schmidt zum 65. Geburtstag*. Freiburg im Breisgau: Rombach Verlag, 2004: 365-388; Meid, Christopher. *Griechenland-Imaginationen. Reiseberichte im 20. Jahrhundert von Gerhart Hauptmann bis Wolfgang Koeppen*. Berlin/Boston: De Gruyter, 2012.

弋的联想与幻想频繁出现，并与切身经历共同诗化成文，带给诗人超越文字界限、通往文学创新的独特体验。

3.4.1 问题意识：对书写文化的批评

若想把握霍夫曼斯塔尔游记中的美学思索，首先必须重构 19 世纪末的文化语境和霍夫曼斯塔尔在其中的思想姿态。19 世纪下半叶，历史主义思潮在欧洲盛行一时，当时的文艺创作和建筑设计带有明显的复古风格。人们在推崇和模仿古典的同时，却也感到历史负荷的限制：虽然记忆是效仿过去、构建传统的必由之路，但一味地留恋过去或崇拜前人也会束缚前进的脚步。19 世纪末期，这种过度发展的记忆文化已经构成艺术创新和主体发挥创造力的阻力。在这样的思想背景下，霍夫曼斯塔尔指出："当我们开口说话，数以万计的死者总会和我们一起说话。"（RA I, 480）换言之，在历史传统和记忆文化的重重束缚下，人们口中的每个字、每个词都是在重复前人的语词。如此一来，言说成为背诵，语句无异于引文，语词丧失了鲜活的生命力与独特性。历史记忆的重荷压迫创造力，抑制了创新的可能。这种对文化传统的辩证考察揭示出 19 世纪末期德语文化艺术界的一个重要特征，即"历史主义和现代派并存"①的局面。这期间的现代派艺术既与传统文化联系紧密，视古典艺术为其精神沃土，同时又试图摒弃由其造成的压迫感。

正是在这种历史语境下，霍夫曼斯塔尔的游记《在希腊的瞬间》得以产生。作者紧紧围绕受现代教育的欧洲市民和古希腊文化传统的关系问题展开叙事，探讨文化继承者的文化记忆问题。整部游记讲述了一次失败的尝试：叙事者企图寻找鲜活的古典时代，重返曾经由教育与知识建构起来的古希腊。他想亲身体验历史，意欲缝合古今之间的沟壑。然而，这次朝圣之旅却以失败告终，这实际上也宣告了历史主义的失败。

霍夫曼斯塔尔对历史主义及过度发展的记忆文化的批评主要表现为一种文字批评（Schriftkritik），因为文字及用文字撰写的书本是传承历史记忆和文化知识的首要媒介。19 世纪，随着印刷术的推广、市民阶层的崛起和扫盲运动的深入，人们的生活呈现出普遍文字化的发展趋势。阅读不再只是受教育阶层的事情，而是成为市民日常生活的基本内容，除了小说、报刊、公文等文献的阅读，还有作为异地交流和情感沟通主要媒介的书信的阅读。到 19 世纪末，这种"阅读热"已经几乎影响到每个人，霍夫曼斯塔尔如是总结道："我们这个时代的姿势就是一个人手持书本的样子。"（RA III, 447）

①Le Rider, Jacques. *Hugo von Hofmannsthal. Historismus und Moderne in der Literatur der Jahrhundertwende*. Aus dem Franz. von Leopold Federmair. Wien/Köln/Weimar: Böhlau Verlag, 1997: 14.

面对这样一种大规模的阅读文化，霍夫曼斯塔尔作为依靠写作谋生的职业作家，非但没有为之欣喜，反而却持批判态度。这主要出于两方面的原因：其一，他认为图书、报纸等印刷品的大量涌现，非但不能帮助人们更好地理解生命，反而会造成文字媒介与真实生活的日渐疏远。这是因为，字词语句在这些书籍中流通周转（Zirkulation），形成自治的符号体系，导致书本远离鲜活的生命，沦为"无用之书"（RA III, 325），而读者还"在一本本书中找寻，但他们找寻的内容其实并不在书本当中"（RA III, 447）。其二，大量的阅读使读者成为"历代思想大师的微缩变体"，他们无法摆脱前人的思想，总是"无意识地用前人的目光"来感知和认识世界（RA III, 325）。

霍夫曼斯塔尔的这种问题意识在当时显得尤为迫切，因为人们在想象中还以为，人本来是可以直接接触和认知世界的，但是太多的书本知识导致了这种直接接触成为妄想。在人跟世界之间夹着的是书本知识，文字使现实变得不再真实。难怪霍夫曼斯塔尔如此归纳道："在所有国度中最不真实的，所有幻象中最为阴森的，这个所谓的现实塞满了书籍。我们的存在因书籍而僵化。"（RA I, 337）

霍夫曼斯塔尔之所以措辞如此严厉地批判书本文化，还有一个原因在于：他清楚地知道，人的感知和思维依赖于一定形式的媒介，不同的媒介形式造就不同的感知方式。他早在 1891 年就通过观察断言：人们"已经几乎不再用图像和身体感受来"观看和思考，而是"用词语和数学公式"（RA III, 324）。如此，他意识到人的感知方式发生了转变，变得不再直观，而是愈加抽象。以文字媒介为基础的阅读习惯导致人不再是单纯用眼睛观看世界，而是以解读者的姿态对待外界事物。譬如，人们常说"世界的可读性"（Lesbarkeit der Welt），指的是人可以像读一本书一样阅读世界。这个说法包含一种假设，即以为在可见的表象背后有一个深层结构，人们可以像解读文字一样，透过表象挖掘到背后隐藏着的真理。这种假设不仅贯彻了表象/真理的二分法原则，而且也符合西方线性字母文字的符号逻辑，即视字母为语义表征系统内的符号，其功能仅限于表达语义。在这种情况下，人感知到的具体对象成为所谓深层含义的载体，其自身的物质性和直观性却被蒙蔽。作为一名文字工作者，霍夫曼斯塔尔素以"语言魔力"（Sprachmagie）著称，他一方面依赖于语言和文字作为其文学创作的基础，另一方面又深切地感受到这种表达媒介的制约。因此，他有关创造力的诸多思考都不约而同地指向一点，即如何突破文字的束缚。

具体到游记《在希腊的瞬间》，整个旅行活动都是以文献知识为前提的，诗人旅行前只能在文学或文化史的中介下——或者说在"文字"中——体验古典时代。然而，实地体验与诗人所读所想的场景却大相径庭，这让霍夫曼斯塔尔在旅行之初尤为不安。克斯勒尔伯爵的日记也证实了这一点①：霍夫曼斯塔尔对希腊历史的阅读似乎导致他在真实旅行中感到局促。游记文本中多次体现了这一心境。

既然文字束缚了感知，那么唯有借助幻象与想象，旅行者才得以置身于鲜活可感的古典时代。《在希腊的瞬间》中的第三篇游记《雕像》大篇幅地展现了这种天启意义上的幻象感知与神话体验，后文将对此进行深入解读和详细论述。这种在希腊的瞬间体验不断强化，不仅带来了对希腊文化与神话的强化体验，也导致了主体性神秘色彩的凸显。有鉴于此，笔者在下文的论述中旨在探究以下几个问题：幻象中的瞬间体验出现于何种情境？幻象与旅行者的主观意愿有何关联？叙事者旅途中既定的文本知识是否构成其旅行的障碍？抑或反之，这些文本知识是否促使叙事者发现自我并使其主体性得以扩张？

3.4.2 希腊旅行中的感知困惑

在合集《在希腊的瞬间》中的第一篇游记以"圣卢卡斯寺院"为标题。在这篇游记中，叙述者描述了他们前往寺院的旅行，寺院如同世外桃源，身居山谷当中，与自然融为一体，就连时间在这里也似乎变得凝滞，譬如他们途中经历的景观那样——"有些路段寸草不生，数千年来都是这样"（XXXIII 180）。这种永久不变的状态表达的不但是永恒，更是矛盾力量的水乳交融，用霍夫曼斯塔尔的话来说就是"真正的综合"（wahre Synthese）②：在表面的静止中隐藏着内部的动力，在古老的形式中潜伏着年轻的活力，就像他们途经山谷时看到的松树，"它可能已经非常老，但在那拔地而起的气势和树梢略微弯曲迎向天穹的姿态中隐藏着永恒的青春"（XXXIII 181）。静止和运动、衰老和青春，这些相互排斥的两极在同一事物中达成统一，同时存在。当他们看到山谷并感觉到"蓝色的山峦在这里聚合"时，古代的圈型轮回时间观则以极其生动的图景呈现眼前。日耳曼学者贝蒂娜·鲁奇（Bettina Rutsch）对此有所分析，她认为山谷将

---

①克斯勒尔伯爵在 1908 年 5 月 1 日的日记中指出，在两个人共同旅行的第一天，霍夫曼斯塔尔借助对歌德的想象，评论自己与希腊的关系："在餐桌上，霍夫曼斯塔尔说，当他今天经过科林斯时，曾经想过如果歌德突然来到地峡，他会怎么做——他可能会俯身亲吻地面或者做出类似的举动。霍夫曼斯塔尔问自己，为什么我们对希腊有了更为丰富的了解之后，反而不再有这么多的感受？"参见：Kessler, Harry Graf. *Das Tagebuch. Vierter Band 1906–1914*. Stuttgart: Klett-Cotta Verlag, 2005: 453-454.

②霍夫曼斯塔尔在 1915 年的一份手稿中写道："真正的综合是一种在世间的神奇固守——不顾世上还有许多其他的可能——是真正的不朽，真正的永久在场性。"参见：Hofmannsthal, Hugo von. *Gesammelte Werke in zehn Einzelbänden. Reden und Aufsätze III*. Frankfurt am Main: Fischer Verlag, 1979: 526.

线性的旅途圈形化，起点和终点合而为一。①这种轮回观不仅取消了时间上的二元对立，而且使空间属性的隔阂也变得不复存在，因此寺院这样的文化空间也跟周围的自然融为一体。寺院隐藏在山谷中，很难发现，既在世间，又在世外："寺院肯定就在附近，百步即到或者更近，但奇怪的是，怎么也看不见它。"（XXXIII 181）寺院里面也处处都流露出这种神奇的辩证统一：僧侣的步伐节奏是"匆忙"和"缓慢"的综合；吟唱的曲调是"哀怨"和"欢乐"的综合，男童合唱团的声音是"男性"和"女性"的综合，就连其中一位年轻见习僧的面相也是一种矛盾体的综合，"他的嘴边挂着微笑，面颊光滑，貌似狂傲和无知，但走近后发现，在他那漂亮的黑色眼睛中流露的是恭顺和知晓"（XXXIII 183）。这种差异的同时存在表明，时间的轮回使得世间万物始终处于不容破裂的关联当中。因此，僧侣们在祷告时的吟唱声中也有"按照古老条例抑制的热情"（XXXIII 183）。这种祈祷仪式一再重复——"上千年来在同一个地方同一个时间完成"（XXXIII 183）——并以身体性的述行为将世世代代连接起来。在这个仪式化的集体中，时间是循环的，每一个瞬间都固定在一种永恒之中，所以过去一直存在于当下（Gegenwart）。正是这种循环反复使得旅行者能够在当下感觉到古典的存在："一种不可名状的东西就在跟前，既没暴露，又没遮掩，不容捉摸，又毫不躲闪：够了，它就在附近。这儿是德尔法，德尔法的田野、圣地和牧童，这儿是许多梦境中的世外桃源，而且这不是梦。"（XXXIII 184）这种亲近感在僧侣和侍者间的对话中进一步得到加强：他们讲话的语气好像来自父系社会，几千年来一直流传下来，成为活生生的记忆载体，它承载的历史远超过周围的千年大树。游记叙述者在此刻感到希腊诸神的历史近在眼前，无论是远方一颗流星闪过，还是近前一块花瓣凋零，都是一种启示，"都是让我们全身颤抖的信息"（XXXIII 185）。

在游记的第二部分《赶路人》中，这种因轮回而永恒的时间观被现代的线性时间观替代，文章一开始就以具体的时间说明和匆忙的赶路打破了在寺院里感受到的安逸和闲适：

> 僧侣的睡眠时间很短。刚过半夜他们就敲钟，祷告，吟唱；在太阳出山之前再重复一遍。我们才打了不到两个小时盹，也因此愈加清醒。我们在狭长的小路上飞快行走，走得很快，以至于我们的带路人得在后面骑着骡子赶。[……]到那儿得需要七个小时，半路上有一条从不枯竭的小溪，远近的牧人都知道。（XXXIII 185）

①参见：Rutsch, Bettina. *Leiblichkeit der Sprache, Sprachlichkeit des Leibes. Wort, Gebärde, Tanz bei Hugo von Hofmannsthal*. Frankfurt am Main u.a.: Peter Lang Verlag, 1998: 145-146.

小溪的涓涓流水是表达时间流逝时常用的比喻，作者使用这一意象说明时间的一去不返。这种线性时间观促使现代人跟时间赛跑，并"始终在通往某个极其遥远的目的地的路上"（XXXIII 186）。不仅是在幻象中出现的诗人阿蒂尔·兰波（Arthur Rimbaud）和他的悲惨命运令旅行者们唏嘘不已，而他们路上真正碰到的一位叫弗兰茨·霍菲尔（Franz Hofer）的徒步赶路人更是令他们深受触动。这位赶路人是德国人，不但不懂希腊当地的语言，而且身无分文。他们碰到他时，他衣衫褴褛，发着高烧，因赤脚走路脚上布满流着血的伤口。但即使在这样的状态下，他也拒绝休息而急着要赶路。"我们让他坐下来，他说他没时间，他今天还得走许多路。"（XXXIII 189）当他们问他要去哪里时，"他从腰带下抽出一张破纸片，上面有用铅笔写的、已经模糊不清的几个地名。他指着其中之一，说他今天必须得到这儿"（XXXIII 189）。他们向他解释这有多么不现实，并请他跟他们一起回雅典，然后送他坐船到目的地。他这时举起手中的棍杖，试图武力反抗："他说死也不要往回返他已经向前走了许多天的路——谁都别想要逼他。"（XXXIII 189）与寺院中那种古老的仪式生活相比，这种不停歇的、注重速度的前进欲望则是现代文明的产物。这种线性原则不仅打破了仪式生活中的共时性，过去无法再成为当下，而且使记忆变得僵死而渐渐被人遗忘，就像赶路人腰带下面的碎纸片，上面的文字——现代文明的重要象征和构建元素之一——已经模糊不清。

在赶路人离开以后，旅行者蹲在附近的河边喝水，这时他想起那个赶路人几小时前也在这里喝过水（见图3-8）：

> 我在这儿喝水时，突然感觉水从他的心中流到我的心中。他看着我，就像之前[在幻象中出现的]那些面孔看着我一样；我感觉自己几乎流失在他的面容当中，就像是为了救自己，我对自己说："这是谁？一个陌生人！"这时在这张面孔旁边出现许多其他面孔，他们看着我，向我施展他们的力量，然后出现越来越多的面孔。他们面向我，这时我心里根本无法说清楚，这到底是陌生人中的陌生人，还是我在什么时候什么地方对他们每个人说过："我的朋友！"并且听到说："我的朋友！"（XXXIII 190-191）

随着从"陌生人"到"我的朋友"这种称呼的转变，旅行者很快记起一幕童年时的情景："在男孩面前闪过许多士兵的面孔，一排又一排，无数疲惫的、满是灰尘的面孔。他们四个一组，但每个又是单独的，男孩不能将其中任何一个拽给自己，只是默默地从这个摸到那个，心里数着：'这个！这个！这个！'在此期间，他的泪水已涌到喉咙中。"（XXXIII 191）在这种孤单的找寻和摸索中始终存在一个尖锐的问题："我是谁？"（XXXIII 191）旅行者的奇妙心理经历正是出于这种身份构建的问题：一方面是认同，另一方面是排斥，因此这些记忆作为甜蜜中的恐惧被遗忘。值得注意的是，在这种启示经历中的感知主体的目光其实是一种投射（Projektion），所以他们途中回忆友人时，发现"不知道我们的回忆是发自我们内心的激动，还是注视我们的这些面孔"（XXXIII 186）。后来他们登上现代列车，以更快的速度穿越"无名"的风景时，旅行者看到的是完全不同的自然景色：

图 3-8　霍夫曼斯塔尔在卡斯塔利亚圣泉边①

①图片来源：Hugo von Hofmannsthal am Kastalischen Quell. Bildgegenstand im Deutschen Literaturarchiv Marbach.

　　　　山脉相互呼唤，沟壑变得比面容生动，丘陵远侧的每个褶皱都生
　　动起来：所有这些都跟我手上的筋脉一样亲近。这些我不可能会再看
　　到。这是我们碰到的所有孤单赶路人的礼物。（XXXIII 191）

　　现代列车的快捷使得车站之间的自然风景变得模糊没有特点而无名，但这
种无名的风景却以启示的方式向旅行者敞开，进而在他眼中显得异常生动，他
在这部分的结尾处将自己的经历概括为两次"完全敞开自己"的过程，"一面是
每个生者完全敞开自己，另一面是每种风景完全敞开自己"；但他同时强调，它
们"只是为一颗受到震撼的心"（XXXIII 191）敞开自己。这里再次凸显出感知
目光的投射性特征。

3.4.3 从观看图像到感知幻象

　　德国学者弗里德里希·基特勒（Friedrich Kittler）在著作《铭写系统 1800/
1900》（*Aufschreibesysteme 1800/1900*，又译《话语网络 1800/1900》，源于英文
译本 *Discourse Networks 1800/1900*）中对德国文化史中的两个世纪转折点做了
考察。他认为，在这两个世纪转折期间发生了媒介史上的两次重大范式转化：
第一次是 1800 年前后的文字化过程——其间在德国涌现出大量作家，他们撰
写的书籍像今天的电影一样亦真亦幻令人陶醉，同时又像哲学论文一样含义丰
富促人深思；第二次是 1900 年前后大量技术媒介的发明——如留声机、电影、
摄像术、打字机等——使得词语成为心理分析和文学独有的媒介。[①]他的结论虽
然不免偏颇，但清晰勾勒出一段文字的发展历史：从开始时文字的普及化和标
准化到后来的自治化。这种自治化过程在 1900 年前后达到一个高潮，这也是德
语文学早期现代派的高潮时刻，其间出现许多文化冲突和危机症状，如语言危
机、表征危机、认识危机、感知危机等等。这种种危机形态不仅源自新技术媒
介发明所造成的竞争状态，同时也是因为文化传承中的内部压力，格尔哈特·诺
依曼（Gerhard Neumann）在论及这一文化危机时，指出过多的文化记忆对于主
体的创新和发展所造成的制约。他写道：

　　　　记忆在文化传承过程中有组织性功能，它是人与文化知识的交往
　　模式，是一种权力——它有助于在自然科学和艺术等领域对世界进行
　　分类，是文化传统的档案馆；但同时也是累赘——它抑制了创新的能

---

①参考：Kittler, Friedrich. *Aufschreibsysteme 1800/1900*. 4. übera. Aufl. München: Fink
Verlag, 2003.

力，尤其是对博学和全面教育的追求，导致行为主体的瘫痪［……］。①

这种对文化传统的辩证考察揭示出 19 世纪末期德语文化艺术界的一个重要特征，即历史主义和现代派并存的局面。这期间的现代派艺术既与传统文化联系紧密，视古典艺术为其精神沃土，同时又试图摒弃由其造成的压迫感。《在希腊的瞬间》中的第三篇游记《雕像》正是在这种历史语境下生成的，作者在这部散文作品中紧紧围绕受现代教育的欧洲市民和古希腊文化传统的关系问题展开叙事。游记叙述者前往希腊找寻欧洲古典文明的痕迹，想要亲身体验书本中的历史，进而缝合古代和现代之间的时间沟壑。

在游记《雕像》中，作为叙事者的旅行者似乎不仅觅得了魂牵梦萦的鲜活的古典时代，也仿佛由此找到自我。过去，这位旅行者只能依靠想象接近古典时代；如今，他在博物馆里与五尊女神雕像进行了神秘的交流，使古典时代变得真实与具体，并且进而促使自己克服了痛苦的身份危机。这篇游记以危机状态的再现为开端，以克服危机为结局，具备一种二元结构。起先，旅行者试图借助"曾是"（Gewesen）这一诉求拒斥并遗忘前一天发生的事情。实际上，"曾是"也适用于整个西方历史，游记的叙述者把这一概念和古代的遗迹联系起来："'曾是'，我不由自主地说了一句，抬脚走过这成百上千的废墟。"（EGB 617）然而，无论是对雅典城的探寻，还是对雅典卫城神庙遗址的参访，都无法帮助叙事者真正寻觅古希腊人的踪迹，弥合古今之间的差距。"我在心中发问，古希腊人，他们在哪儿？我试图回忆，但我回忆到的只是种种回忆。好像镜子之间的相互反射，没有穷尽。"（EGB 618）历史遗迹在此仿佛被赋予一种"无法实现的索引"（Irrealisierungsindex）②，无法重构与古典时代的直接关联。叙事者试图回忆"曾是"，甚至陷入永恒参照中无休止的流转变迁。通过"曾是"一词，叙事者引入了一种线性的时间观，过去无法重复亦无从回溯。他或许能够从远处瞥见过去的踪影，然而却感受不到它："这（古代）世界在哪里？我又知道什么呢！［……］这儿有空气，这儿有处所。没有什么能进入我吗？既然我躺在这里，那么它是否永远会拒绝我？对我来说，除了这种可怕的、这种令人恐惧的暗中指示，什么都没有？"（EGB 618）在此，他用"青烟"（grünlicher Rauch）（EGB 618）比拟时间，古代被时间的"青烟"所吞噬与消解。"青烟"的喻体与霍夫曼斯塔尔作品中常见的"语言的面纱"这一意象相似。如果说语言作为

①Neumann, Gerhard. Wahrnehmungswandel um 1900. Harry Graf Kessler als Diarist. In Neumann, Gerhard & Schnitzler, Günter (Hg.). *Harry Graf Kessler: Ein Wegbreiter der Moderne*. Freiburg im Breisgau: Rombach Verlag, 1997: 49-50.

②Steiner, Uwe C. *Die Zeit der Schrift. Die Krise der Schrift und die Vergänglichkeit der Gleichnisse bei Hofmannsthal und Rilke*. München: Fink Verlag, 1996: 273.

人与世界的中介仿若"面纱"一般阻隔了两者之间的直接接触,那么时间则在这里构成过去与现在之间的中介,被编码为"青烟"这一隐喻,阻隔了当下对古代的真实感知。就此而言,霍夫曼斯塔尔对于语言和文字的批判同样也适用于时间及其间离效应。

在《雕像》中,我们读出了一个现代旅行者的沉思,他"完完全全被'文字'的主导所支配"①,正因为如此,我们甚至可以探讨时间与文字的间离效应的叠加。文字对感知的预设尤为明显地体现于阅读场景之中,旅行者无法在这些外界实体——废墟作为历史的经历者和见证者——中找到对古代生动的记忆。所以,他拿出书来,试图通过阅读中的想象来将文字中存储的记忆转化成当前的回忆,进而将历史与现实结合:

> 我掏出索福克勒斯的《斐罗克特》来读。想要避开自己,寻觅踪迹。我在阅读时,看到这个一行又一行的符号,就好像我周围的这些废墟一般。不是说,我头脑昏沉没有读懂。我眼前的每个诗行都很清晰,这位孤单男子的哀诉伴着吓人的旋律飘到空中。我能完全感受这种悲叹的沉重,以及索福克勒斯的诗行是如何无与伦比的柔和与纯净。但是,这些幻象和我之间又插进一层绿色的面纱,那种令人煎熬的怀疑将我征服。这些神、他们的箴言、这些人、他们的行为,所有这些对我而言都显得极其陌生,都是骗人的,徒劳的。(EGB 620)

这种回忆尝试最后也失败了,因为文字将古希腊的神秘世界变得完全陌生了。在"我"和幻象之间的"绿色的面纱"代表的不仅仅是过去和当下的分裂,更是表征着经由概念化和文化抽象形成的认知模式,它消解了一切直接感受古典时代的可能性。同时,"面纱"指的是一种被概念化的、经过文化抽象所污染的认知模式,它摧毁了任何直接的、触觉的进入古代的可能性。旅行者试图回忆却倍感沮丧,他总结道:"我对自己说,这个古代是不可及的,这是徒劳的寻找。[……]在废墟周围飘荡着一种魔鬼般的讥讽,陈腐的废墟中仍然驻守着它的秘密。"(EGB 621)

对旅行者而言,感受鲜活的历史就像是掀开记忆的神秘面纱。回忆早已成为历史,古代不仅仅是要将外在的记忆内化成回忆,同时也是一个门槛仪式,它通过三个阶段实现:旅行者跨进卫城博物馆("我走过去,进入一家小型博物馆的前厅");他进入第三个房间("我再跨过一个门槛,进入第三个房间");最后

---

①Hebekus, Uwe. *Ästhetische Ermächtigung. Zum politischen Ort der Literatur im Zeitraum der klassischen Moderne*. München: Fink Verlag, 2009: 275.

他目睹女神雕像（见图 3-9），经受"一场莫名的惊吓"，而跨过内心的门槛：

> 在这一个时刻，我经受一场莫名的惊吓。它并非来自外部，而是
> 始于我内心深渊的不可测量的远处。就像一次闪电：四角的空间里，连
> 同粉刷过的墙壁和其中站立的雕像，在这一刻突然充满了各种不同的
> 光线，好像真的在那儿。雕像的眼睛突然看着我，在她们脸上突然掠
> 过一个无法形容的微笑。（EGB 624）

这种突然而来的惊吓[①]，很快转化成为一种似曾相见（déjà vu）的经历，变
成一种期待中的惊吓："我同时知道：我并非第一次看到这些，我在不知哪个世
界曾经站在这些女神雕像前，跟她们构建过一个共同体，从那时起，我一直在
内心深处等待这种惊吓，我的内心非常激动，想要再成为我过去的样子。"（EGB
624）相较于此前被全然遮蔽的古代经验，叙事者在这里体验到了古典时代的
启示。

图 3-9　雅典卫城博物馆女神雕像之一[②]

---

①德国学者卡尔·海因茨·波勒（Karl Heinz Bohrer）将这种突然性描述为一种审美的
感知模式，它"与认知有一种特殊的亲和力"，在这种模式中，"认知行为被展现为一个事件，
一个突然有了自我意识的事件"。参见：Bohrer, Karl Heinz. *Plötzlichkeit. Zum Augenblick des
ästhetischen Scheins.* 3. Aufl. Frankfurt am Main: Suhrkamp Verlag, 1998: 21-22.

②雅典卫城博物馆又称阿克罗波利斯博物馆（Akropolis-Museum）。图片来源：Hebekus,
Uwe. *Ästhetische Ermächtigung. Zum politischen Ort der Literatur im Zeitraum der klassischen
Moderne.* München: Fink Verlag, 2009: 271.

那是一种与之交织的状态，一种同向的合流，一种无声的律动。它较之于音乐更为强烈，但与音乐不同，它朝向某个目标前进；那是一种内在的紧张，是一场行军。它仿佛远征：无数奔走的双脚，无数的骑手，在一个庄严的早晨；处女般的空气，日出前的清晨——因此从远处传来淡淡的光亮，闪过房间和我的心脏——，这是一个充满希望和抉择的日子。某处经历着庄严、战斗、光荣的牺牲：空间扩大又缩小，这便是空气中骚动的含义。在我身上，这种难以言喻的振奋，满溢着的社交欢愉，伴随着软弱而又垂死的绝望交替出现：因为我是主持这场仪式的牧师，同时也许也是要被献祭的牺牲品。一切都促使抉择，最后以跨越门槛而告终，以落地、此处、原地站立而告终。我置身此间：一切都是当下，在她们流动的长袍中、在她们会心的微笑中。在那里，这已经在她们石化的脸上消失了，消失不见了；除了垂死的绝望，什么也没有留下。（EGB 624-625）

在这段文字中，古代已经不再不可企及，此处不仅关乎想象中的切近，更涉及旅行者身体的感知与体验。无论是与女神雕像的相互交织，还是在祭祀仪式中同时将自己视为祭司与祭品，种种表述都凸显出主体与客体之间界限消弭的幻象体验。如果说古典时代在此之前是一个蒙着面纱的谜团，人们尝试回忆古代只是"徒劳的寻找"，那么，此处旅行者已与过去融为一体。在叙事者的幻想画面中，在熙熙攘攘的行军过程与骚动场景中，在出征与祭祀的不安情绪中，来自当下的旅行者体验到鲜活、动态其至渗透着暴力的古典时代。此处的启示由旅行者内心深处自然流淌而出，能够被理解为旅行者贪婪渴求之欲念的投射。从他的表述中便能读出这一点：观看女神雕像所引发的惊吓"并非源自外部，而是来自内心深渊中某个深不可测之处"（EGB 625）。与此同时，这种惊吓也正是旅行者的期待，他说道："从那时起，我一直在内心深处等待这种惊吓。"（EGB 624）在观察雕像服饰的细密帷幔时，这种源于内心的越轨运动更为清晰地表露出来，服饰给人以栩栩欲活的印象（Belebtheitseindruck），如此摄人心魄又令人疑惑，以至于叙事者不禁追问到底：

我像个做梦者，不容置疑地回答道，无尽深奥的秘密就在这些外衣当中。不仅仅是这种褶皱波动，从肩膀到膝盖下面的涓涓细流，不，整个表层都是外衣、飘动的纱巾，是公开的秘密。同样，那里的帘子轻轻摆动，不也是我编织着的一部分吗？（EGB 626）

"纱巾"/"面纱"（Schleier）与"秘密"（Geheimnis）被并置于一个奇异

的语境之中：秘密并未被面纱所掩盖，而是作为观者自身的一部分而存在，它既显身于雕像的"整个表面"上，也构成旅行者"编织"自身的一部分。在被解放的、新的目光中，长袍作为女性服饰发挥着面纱一般的功能，它构成事物的表面，掩盖奥秘的同时又在彰显奥秘。无论古代雕像可见的外表面，还是分割空间、创造亲密的织物，都是如此。例如，前文曾提到："我不由自主地拉上门前的帘子，和她们单独在一起。"（EGB 624）又如，叙事者想象与帘子合为一体，将其作为自我编织的一个部分："帘子[……]不也是我编织着的一部分吗？"（EGB 626）

在这个过程中，通过隐喻将遮蔽的表面拉到观者内心来构想一种参与性的凝视（partizipativer Blick），意味着一种内省。雕像的表面和真正的帘子被具象化为外在表面，它掩盖了或促成了对一个神秘的深度穿透，叙述者将之归结为"用看不见的手揭开面纱，进入永恒的活的寺庙"（EGB 626），由此，被窗帘封闭的整个空间被想象为一个"活的寺庙"（lebender Tempel），被面纱覆盖的雕像表面的秘密将被揭开。与上文提到的"绿色的面纱"（EGB 620）不同，雕塑的面纱仿佛成为一种透明的媒介，使隐藏在深处的内核自我展现。①时间的"绿色的面纱"往往会遮蔽一个活生生的古代存在，只能一瞥而过；而雕像的面纱却可以被透视，最终让人看到神秘的启示——这是两种面纱的根本区别。与此同时，我们也应该注意到它们隐喻功能的区别。如果说"绿色的面纱"作为一个隐喻，指的是旅行者的目光被"文字"预设，它阻碍了对古代的真实体验，那么雕像在不透明的质料中的遮蔽，几乎反过来指向一种摆脱任何文字编码的感官感知的目光；"表面"不再像绿色面纱的隐喻指涉一种抽象的、不可见的隔阂，而是可以直接从视觉上加以感知。这种视觉可感的表面背后隐藏的秘密由此骤然揭示给旅行者，说明其观看的投射特征。当投射的目光在雕像表面折返，他的内心也被反射到他自身。在投射与反射的相互作用中，秘密被揭示而出，同时观者能发现自我，因此，旅行者在此呈现为一个与古代和他自己的过去和解的现代个体。

值得注意的是，这种自我发现的过程被投射性的想象力所调控，被一种"凌驾于所有感官之上"（EGB 626）的感官所影响，由此唤起了另一种幻象，进而引发叙事者对于祈祷仪式的想象。不过，这种幻象以视觉感知为起点，却又能超越视觉感知："然而他的眼睛却要指挥他去看啊、去看啊，却又下沉、断裂，

---

①德国学者加布丽埃勒·布兰德斯泰特（Gabriele Brandstetter）强调面纱的透明性，主张深层凸显于表面的观点。她写道："面纱在此不再是隐藏和揭示、主体和客体之间界限的符号。它本身已经成为透明的符号，成为兼具'表面'和深层的透明象征"。参见：Brandstetter, Gabriele. *Tanz-Lektüren. Körperbilder und Raumfiguren der Avantgarde.* Frankfurt am Main: Fischer Taschenbuchverlag, 1995: 109.

与不知所措者如出一辙。"（EGB 627）这一感知在旅行者的幻象中到达高潮，他以为自己正目睹一场仪式："我的眼睛并未下坠，却有一个形象落在女祭司的膝盖之上，有人把额头放在雕像的脚上。"（EGB 627）这一幻象如同白日梦一般，是"清醒中的睡眠"（EGB 627）。相较于初遇雕像时生发的祭祀仪式的幻象，此处显然强化了主体的存在：他不再与雕像交织合流，不再以肉身感受祭祀，不再作为仪式的祭司与祭品，而是作为观者目睹祈祷仪式。

游记的最后一段用通行的连字符与其他文本隔开，可以将之理解为总结性的反思。本段以"我再次反省自我"（EGB 627）开头，意味主体在面对古代时的自我发现与主体势能逐渐深化。此前对他施以"当下的暴力"（Gewalt der Gegenwart）的古代雕像此时似乎"不再具有当下性"（EGB 627），恰恰相反，叙事者仿佛能够"如回忆般地召唤出她们"（EGB 627）。这种极富创造性的回忆过程，表现为一种悖论式的全然"忘我"（Selbstvergessen）：

> 事实上，当我全身心地投入回忆当中，当我能够忘记自我，我便回想起她们。这种自我遗忘罕见却清晰地发生着：那是一种宏大的抛向黑暗，一部分接着另一部分，一层接着另一层薄膜。如果肉欲达到这种高度，那就是肉欲了。无形中把自己抛开、溶化，我变得越来越强大：坚不可摧是我的核心。（EGB 627）

如果说废墟上的回忆是反复尝试以期接近古代，那么这次回忆中的忘我则是一种摆脱阅读知识的自我"净化"。此前，旅行者在差异与阐释的目光下发现了古代的"面纱"，因而与之产生隔阂。如今，通过"净化"的目光，旅行者得以与古人融为一体。雕像表面的面纱于是被去物质化，逐渐流变为不断接近的运动："这个表面根本不存在——它之所以能够形成，是因为从永无穷尽的深处有股力量不断向它走近。"（EGB 627）应该指出，借助回忆进行的"净化行为"（Reinigungsakt）并不涉及投射，它的清洗对象是抽象与延异的"文字"："我鄙夷数字以及一切差异。这些都是我抛弃了的东西。"（EGB 628）正因为抛弃了一切差异，才有可能将多元的所见之物融为一体。从面对多元性到体验同一性的转变，实际上拒斥了一切概念上的归类和范畴化。这在结尾表现得尤为明显：女神雕像的"面孔早已融为一体，她们从头到脚都是真正的形态，我在她们的审视中忘却了前后。通过阅读她们脸上的象形文字，通过在最后匆匆一瞥中充分辨识出其中的符号，我最终知道：我不需要她们"（EGB 628）。此处虽仍然以符号的阐释为认知模式，但阅读的目光不再以差异为前提，而是选择同一，阅读的对象也不再是抽象的字母文字，而是感性的象形文字（Hieroglyphe）。如果说字母文字具有任意性和抽象性的特征，其符号系统以理性和再现为基本原则，那么，象形文字则恰恰相反，它们是视觉性的自然符号，是"神性世界的物的言说"，其"符号体系与自然万物的宇宙结构有隐秘的关联"①。霍夫曼斯塔尔经常以象形文字作为字母文字的对立面，强调其认知模式与文字编码的认知迥然不同，这也解释了为何象形文字在此具备积极意义。旅行者对这些象形文字的领悟——"我不需要她们"——则进一步凸显主体的强化。

前文已经表明，旅行者通过投射性的目光，消解与雕像之间的边界。在这个过程中，不仅雕塑被他赋予神性，他本人也升格为神："我只需要这些永恒的承载者，通过她们，我让自己成为神。[……]倘若我不帮助她们从永恒走向永恒，她们也不会矗立在我的跟前。"（EGB 628）旅行者此前多次通过感叹抒发进入"永恒"的愿望，然而只有在博物馆这一文化空间之中，只有当他观看古代雕塑时，他才真正进入"永恒"。希腊石柱矗立在瓦砾之中，仿佛"不过是无奈的悄然消逝"（EGB 618），这些物质遗迹完全表征着一种"过去的在场"②。相较之下，古希腊的雕像却被视为"永恒的承载者"："从她们矗立的姿态中，从她们流动的长袍中，从她们不被察觉的凝视面容中，流露出这个词：'永恒！'"（EGB 628）文本末尾通过设问再次提到主体的扩张，这种扩张经由古代的投射而产生，与永恒紧密相连："如果不可企及之物由我的内心建构起来，如果永恒也从我这里建立其自身的永恒，那么，神和我之间还隔着什么呢？"（EGB 628）先前感知到的面纱已被掀起，古今之间的隔阂也已荡然无存。随着主体的扩张，现代旅行者使自己与造物主的地位平齐。

3.4.4 幻象诗学：超越文字的感知方式

正如前文所述，《雕像》在希腊之行结束多年后才最终完成。这与诗人的创作过程密切相关——"在这一过程中，被体验的现实性经由生产性的回忆所重塑"③，偶然的旅行经历被重写成诗性的同一。霍夫曼斯塔尔并非旨在以文本记录现实，而是希望唤起"绝对全新之物"、激发通往"内在"的过程。正如1917 年游记第一版付梓时，霍夫曼斯塔尔在给友人保尔·齐菲勒的信中所说："这些貌似游记的文字实则具备最内在之物，它从僵硬的表面通往闪光的内在"④。

①参考：Assmann, Aleida. Hofmannsthals *Chandos-Brief* und die Hieroglyphen der Moderne. *Hofmannsthal-Jahrbuch zur europäischen Moderne*, 2003(11): 267-279.

②Steiner, Uwe C. *Die Zeit der Schrift. Die Krise der Schrift und die Vergänglichkeit der Gleichnisse bei Hofmannsthal und Rilke*. München: Fink Verlag, 1996: 293.

③Gerke, Ernst Otto. *Der Essay als Kunstform bei Hugo von Hofmannsthal*. Lübeck/Hamburg: Matthiesen Verlag, 1970: 143.

④Burger, Hilde (Hg.). *Hugo von Hofmannsthal–Paul Zifferer: Briefwechsel*. Wien: Verlag der Österreichischen Staatsdruckerei, 1983: 35.

霍夫曼斯塔尔的希腊之旅深受文字模式的影响：整个旅行活动以文献知识为前提，如此一来，旅途中的印象成为核实和验证其文献知识的佐证。诗人旅行前只能在文学或文化史的中介下体验古典时代，但这些文字阅读恰恰成为他融入现实旅行中的障碍。因此，我们便可以把这段旅程理解成诗人重新体验古典时代的一次尝试。然而，实地体验与诗人所读所想的场景却大相径庭，这让霍夫曼斯塔尔在旅行之初尤为不安。哈里·克斯勒尔伯爵的日记也证实了这一点①：霍夫曼斯塔尔对希腊历史的阅读似乎导致他在真实旅行中感到局促。游记文本中也多次体现这一心境。

在这一问题上，《在希腊的瞬间》与前文讲过的短篇小说《途中幸福》截然相反：《途中幸福》尝试通过编码写作中的感知（尤其是通过被观察的女性传达出的图示和文学上过于形式化的感官幻想）创造感官的同一；然而，《在希腊的瞬间》则将文字视为直接理解古典时代的干扰因素，认为只有努力摆脱文字的束缚，才能真正体验古典时代。如标题所揭示的那样，游记聚焦于主观性的瞬间，而这些瞬间中蕴藏着极为敏锐的感知潜能。

总而言之，霍夫曼斯塔尔在这篇游记中寻找到一种新的融入历史的可能②，它摆脱了文字的桎梏而经由身体体验直接进入历史，那便是以"忘我"为前提的回忆。这体现出霍夫曼斯塔尔在文字批评上的另一观点：忘我被诗化为一种自我献祭，叙事者献祭了从前由文字建构的自我，献祭了文字建构出的古希腊形象，进而使得一个崭新的自我由此宣泄而出。从人类学的角度而言，"被净化的自我"苦苦求索的"内核"，应当被解读为未曾沾染文字文化的人类根基。它体现出霍夫曼斯塔尔文字批评的另一个向度，即拒斥阅读与阐释的感知模式。事实上，文字批评并非局限于霍夫曼斯塔尔的希腊之旅，而是与诗人长期以来的文学创作反思紧密勾连。早在著名的《钱多斯信函》中，霍夫曼斯塔尔已经开始追求超越文字的、新的、启示性的视觉语言。究其根源，文字文化束缚了主体的认识能力以及感知边界，这种文化症候在作家身上就体现为语言创造力的

---

①哈里·克斯勒尔伯爵在 1908 年 5 月 1 日的日记中提到，在两个人共同旅行的第一天，霍夫曼斯塔尔就借助对歌德的想象，评论了自己与希腊的关系。"在餐桌上，霍夫曼斯塔尔说，当他今天经过科林斯时，曾经想过如果歌德突然来到地峡，他会怎么做：他可能会俯身亲吻地面或者做出类似的举动；他会问自己，为什么我们对希腊生活有了更为丰富的了解之后，反而不再有这么多的感受？霍夫曼斯塔尔：'[……] 要爱某样东西，首先必须知道自己爱什么，就希腊人而言，这种内容已经消逝了：希腊人对他来说不再是任何有形的东西。'"参见：Kessler, Harry Graf. *Das Tagebuch. Vierter Band 1906–1914.* Stuttgart: Klett-Cotta Verlag, 2005: 453-454.

②基于记忆（Gedächtnis）和回忆（Erinnerung）的区别，德国学者施泰纳关注以阅读知识为基础的外在文化记忆转移为内在回忆的过程，他视其为一种回忆过程。参考: Steiner, Uwe C. *Die Zeit der Schrift. Die Krise der Schrift und die Vergänglichkeit der Gleichnisse bei Hofmannsthal und Rilke.* München: Fink Verlag, 1996: 272-274.

危机：历代大师已然创造出星汉灿烂的文字世界，后继文人虽能从中孜孜不倦地汲取养分，却也同时受制于前人的文字窠臼，在他们的束缚下使自我的感知僵化、陷入文学创作的危机。就此而言，霍夫曼斯塔尔的文字批评透露出历史主义的重负，或多或少地折射了后继文人心目中隐秘的"影响的焦虑"①。

这种隐秘的"影响的焦虑"，最终通过幻象才得以克服，也正是这种幻象使得叙事者得以摆脱基于文献的知识，进而选择一条别样的进路。借助幻象，霍夫曼斯塔尔在游记中寻找到一种新的融入历史的可能，它摆脱了文字的桎梏而经由身体体验直接进入历史，那便是以"忘我"为前提的回忆。这体现出霍夫曼斯塔尔在文字批评上的另一观点："忘我"被诗化为一种自我献祭，叙事者献祭了从前由文字建构的自我，献祭了文字建构出的古希腊形象，进而使得一个崭新的自我由此宣泄而出。从人类学的角度而言，"被净化的自我"苦苦求索的"内核"，应当被解读为未曾沾染文字文化的人类根基。

在游记中，这种新的感知模式通过叙事者对于废墟的沉思凸显而出：废墟起先被视为古代的符号，随后又在视觉感知的中介之下超越符号、抵达所指，获得对于古代的切近体验。叙事者清醒地意识到自己对古代幻象的投射状态。然而，这些古代的天启使概念解释被悬置，从而开启一种通往感性认知与内在省思的忘我与回忆。

这种幻象诗学使霍夫曼斯塔尔的文学创作摆脱了文字的束缚，极大地开阔了文学创造力的可能空间，为后继文人突破前人束缚带来机会。霍夫曼斯塔尔曾在自己的笔记中以凝练的语言描述了他对于创造力的理解：

> 创造力是一种魔力。虽然它并非总是在我们身边，但我们却拥有它。它在我们跟前时，我们就有了勇气，能够无往不胜所向披靡。
> 每个人都有这样的创造力，它就像是一种氛围，能够消解黑暗，扫除僵物，这种力量无边无际。
> 凭借创造性的力量，每道障碍都是可解的谜团。
> 借助这种氛围，自我将不受束缚。（RA III, 498）

霍夫曼斯塔尔理解的"创造力"是一种流动的、不受束缚的"魔力"。它与文字秩序中的那种牢固的指涉关系完全不同。正是在这个意义上，幻象作为一种诗学策略超越了僵化的书写体系，它构建了一种超越文字的感知模式，进而为文学的自我解放开辟了全新的路径。

---

①Simon, Ralf. Die Szene der Einfluß-Angst und ihre Vorgeschichten. Lyrik und Poetik beim frühen Hofmannsthal. *Hofmannsthal-Jahrbuch zur europäischen Moderne*, 2012(2): 37-77.

3.5 小 结

身处图像媒介日益勃兴的世纪末，和其他许多现代主义文学家一样，霍夫曼斯塔尔开始不断思索语言与图像的关系：这一方面与他的语言批判一脉相承，他致力于在彼时语言危机、概念危机等危机四伏的社会境况中探寻济世良方，而风头正盛的图像媒介则是摆在其面前的不二之选；另一方面，1900 年前后的现代主义文学在图像媒介的冲击下开始呈现出强烈的自治化倾向和高度的自我反思意识，包括霍夫曼斯塔尔在内的现代主义作家们不可避免地展开相关诗学反思，即如何从绘画等其他艺术形式中汲取养分从而增强文学自身的表达介质（语言、文字）的表现力与感染力，同时又如何用自身的表达介质营造出其他艺术形式难以企及的图像效果。

综观霍夫曼斯塔尔在第一次世界大战结束前的创作，我们不难梳理出一条线索，呈现他就图像和视觉感知进行诗学反思的发展脉络：

首先，在霍夫曼斯塔尔的早期作品中，他一直致力于通过特定的叙事策略来消弭语言/文字与图像之间的界限，以此使文学的图像性得以彰显，最终实现图文互动、语图交融的希冀。在小品文《两幅画》和短篇小说《途中幸福》中，霍夫曼斯塔尔皆是采取"看"与"读"互动更替的叙事手法，进而激发出文学语言的造图潜能，构建出共融共通的语图关系。在《两幅画》中，霍夫曼斯塔尔进行了一次颇具先锋性和实验性的文学尝试，一改传统的"述画"方式，通过画作和画作标题的指称逆反，使图像指涉与文字指涉的对象形成一个滚动的环形结构，其封闭性正好呼应现代主义文学所追求的范式革新，即从"再现"到"呈现"、由"他者指涉"向"自我指涉"的转变。与《两幅画》不同，短篇小说《途中幸福》是从一种借用望远镜完成的偷窥式观看视角出发，呈现了故事主人公从"看"船名到"读"船名的认知模式更替。在这一过程中，主人公的观看经历充溢着感知、回忆、联想和憧憬的流动画面，而这无疑是对船名 La Fortune 这一概念的图解。语言文字的造图和成像能力在此展现得淋漓尽致，充分彰显叙事文本的图像性特征。

图像和视觉感知是贯穿霍夫曼斯塔尔整个创作生涯的重要主题，只是他对图像的态度在经历最初的推崇之后，很快就开始变得暧昧不清，令人难以辨别。在诗体剧《愚人与死神》中，霍夫曼斯塔尔为读者呈现了一种极具唯美主义色彩的、审美化的感知方式，即观看者用审美的目光从远处审视世界，把世界当作一幅艺术品去观赏。这种对纯粹艺术孜孜以求的感知方式所依赖的是观看者以往的艺术体验，其导致的后果是观看者与现实世界之间产生难以弥合的隔阂，人退居到观看者的位置，而世界则是遥远的观看对象，两者间失去了原有的紧密联系。换言之，霍夫曼斯塔尔极为敏锐地觉察到潜藏在图像和视觉背后的危险，即图像虽然以直观性弥补了文字媒介的抽象性这一缺陷，却同时也会造成人与世界的疏离与拒斥。

然而十余年后，在《返乡者书信集》那里，返乡者则是用"纯真之眼"去感知艺术和世界，这是一种如孩童般的、不带任何预设和先见的感知模式。正是在这样的感知模式中，返乡者感受到了一种非概念化的、纯粹的视觉冲击。色彩那无言的威力使其收获了强烈且蓬勃的生命力与创造力。此处，霍夫曼斯塔尔意图指明的是，在图像和语言的比拼中，相对于图像那种共时性的视觉冲击，语言文字不仅间接抽象，还具有滞后性，因而颜色不仅不会使语言"沉默"，反而能进一步拓展语言表达的领域。

从 1900 年前后的世纪之交到第一次世界大战的爆发前夕，霍夫曼斯塔尔的文艺思想始终围绕着危机和救赎的主题，他在找寻释放创造力的突破口。就是在这样的语境下，他憧憬一种超越文字的感知模式，试图构建一种"幻象诗学"，旨在为文学的自我解放指明方向。他在基于个人经历的游记合集《在希腊的瞬间》中如是践行了这种幻象诗学。游记中的旅行者将文字视为其融入现实旅行的障碍，文字阅读造成其直接体验古典时代的落败。这种对书写、阅读及文字文化的彻底批判，在霍夫曼斯塔尔的危机文本《钱多斯信函》中亦有所显现。由此，旅行者在希腊之旅中不断寻找一种新的贴近历史的可能方式。最终，他在以"忘我"为前提的回忆中觅得答案，在一个个主观性的瞬间中，借助幻象与想象，进而置身于鲜活可感的古典时代。幻象作为一种诗学策略超越了僵化的书写体系，这是霍夫曼斯塔尔的文学实践和诗学思想的现代性所在。

总而言之，霍夫曼斯塔尔在图像中查寻到了克服危机的潜能。他通过将视觉元素融入文学表达，将那些不以文字为基础的、非文学的感性领域统统纳入自己的言说范畴，语言界限由此得以拓宽，进而克服语言危机。然而，值得一提的是，霍夫曼斯塔尔并非对图像这一媒介不加批判地褒扬，恰恰相反，霍夫曼斯塔尔对图像的态度具有一种暧昧的两面性，这种矛盾贯穿于他的作品当中。如果是像唯美主义者那样，以欣赏艺术品的态度和感知模式来观看世界，观看生活，那图像反倒会使人与世界横生隔阂。唯有以感同身受的参与模式对待万事万物，融入生活，投身世界，才会真正察觉生命力和创造力的所在。或许正是这种对图像和视觉的暧昧态度，使得霍夫曼斯塔尔在中后期的创作中将目光投向以身体为表达介质的舞蹈艺术，试图从中开辟出一条崭新的克服语言危机的出路。

第 4 章　霍夫曼斯塔尔
作品中的舞蹈与身体表达

4.1 走出危机的途径 II：舞蹈

1900 年前后，随着欧洲现代化和都市化进程的加速式发展，欧洲人的普遍生存经验日益沾染异化（Entfremdung）、分裂（Dissoziation）、单子化的孤立与隔离等现代性症候，这已经是学界对 19 世纪 20 世纪之交进行历史叙事时达成的共识。在这一历史语境下，语言危机、身份危机和意识危机接踵而至，一系列危机话语促使艺术家们反思并且批判现代文明。现代化、理性化的浪潮汹涌而至，势不可当，世界原本的整体性与同一性荡然无存。于是人们纷纷用一种乌托邦式的想象企求返归世界原初的同一性，希望重建与世界的直接联系，疗愈现代性的顽疾。[①]

这种危机意识在现代作家的论述中数见不鲜，尤其体现在对文学媒介的反思之中。作为西方文学的主要媒介载体，字母文字的符号体系受到一些艺术家的批判。批评者认为，这套传统的书写体系渗透着工具理性，也已深陷于再现结构（Repräsentationsstruktur）教条的泥淖。[②]能指与所指的分离、词与物之间的差异等问题在西方的字母文字中表现得尤为严重，深化了当时日趋严峻的意义危机。质言之，能指与所指之间的鸿沟日益加深、文字的所指在结构上的缺

①参考：Scharnowski, Susanne. Funktionen der Krise. Kulturkritik, Psychopathologie und ästhetische Produktion in Hugo von Hofmannsthals *Briefen des Zurückgekehrten*. In Porombka, Stephan & Scharnowski, Susanne (Hg.). *Phänomene der Derealisierung*. Wien: Passagen Verlag, 1999: 49.

②参考：Werkmeister, Sven. *Kulturen jenseits der Schrift. Zur Figur des Primitiven in Ethnologie, Kulturtheorie und Literatur um 1900*. München: Fink Verlag, 2010: 291.

席，从根本上阻碍了赋予真实的生活世界以意义的可能。文字只是服务于超越性的意义，它将自身隐匿为人们视若无睹的指代符号。

为了应对这种文字文化（Schriftkultur）[1]的缺陷，人们憧憬弥合符号与事物之间的裂隙，探求直接体验的同一性与生成意义的整体性。[2]对同一性的求索成为进行新的艺术创作与美学反思的重要契机。在这一过程中，舞蹈被艺术家们寄予厚望、脱颖而出。

舞蹈不同于文字。文字是生成差异的间接表达媒介，它作为数字媒介（digitales Medium）[3]构成任意的、约定俗成的指涉符号体系；舞蹈则与之相反，是运动着的身体艺术，借助手势与姿态模拟式地发挥作用。如果说能指与所指间的永恒差异使得文字与生俱来具备一种二元对立的结构，那么舞蹈则表达了瞬间与整体的图像，有望获得众人孜孜苦求的同一性与直接性。[4]

作为一种身体运动的艺术，舞蹈似乎尚未沾染文字文化的痼疾，1900 年左右兴起的自由舞蹈（Freier Tanz）尤为如此。当时，文字文化所依赖的符号秩序深陷危机，文化艺术形态面临根本性的转折。在这一时代语境下，舞蹈作为一种貌似直观的、不需要中间介质的艺术表达形式备受器重，被艺术家们寄予厚望。它不仅主导了这一时期的美学话语，更常常被推举为文学创作的母题。彼时世人主张理想的人类形象应以自由（Freiheit）和完整（Ganzheit）为原则，而舞蹈因为是运动的、瞬间的、身体的艺术，常常被拔擢为这种人类形象的典范。舞蹈不仅——按照保尔·瓦雷里（Paul Valéry）的解读——构成了文学的诗学模式

---

①在西方文学和哲学的反思中，字母文字被批评为引入了过度的抽象和符号化，脱离了具体的、直接的经验。这种文字文化因此被视为一种将人类经验符号化、间接化的过程。文字文化的批评者认为，字母文字的使用在某种程度上遮蔽了人与世界之间的直接关系，导致了对现实的疏离和异化。

②奥地利作家赫尔曼·布罗赫（Hermann Broch）在其极富创见的文章《霍夫曼斯塔尔及其时代》（"Hofmannsthal und seine Zeit"，1947/48）中述及 1900 年前后的多场艺术革命，认为这些革命努力 "重获原型符号（Ur-symbole），以期借此建立一种新的、直接的语言，希望达到更高的艺术真实性。" 参考：Broch, Hermann. Hofmannsthal und seine Zeit. In Broch, Hermann. *Schriften zur Literatur 1: Kritik*. Frankfurt am Main: Ullstein Verlag, 1975: 121.

③德国媒介理论家弗里德里希·基特勒在分析文字与书写系统时，强调了它们的离散性和可数性，即文字由一系列独立的符号（如字母或文字）组成，这些符号可以被精确地识别和处理。这种离散性使得文字成为一种 "数字" 形式的媒介。相比之下，他将语音、音乐或舞蹈等看作 "模拟" 或 "连续" 媒介，因为它们的信号是连续的，不易分解为独立的单元。参考：Kittler, Friedrich. *Aufschreibsysteme 1800/1900*. 4. übera. Aufl. München: Fink Verlag, 2003.

④德国学者埃里希·克莱因施密特（Erich Kleinschmidt）如是论证舞蹈相对于语言的优越性："语言符号单纯的再现性[……]使得舞蹈及其运动方式显得更为优越，因为后者可以从整体性上加以理解。" 参考：Kleinschmidt, Erich. Der Tanz, die Literatur und der Tod. Zu einer poetologischen Motivkonstellation des Expressionismus. In Link, Franz (Hg.). *Tanz und Tod in Kunst und Literatur*. Berlin: Duncker & Humblot Verlag, 1993: 379-380.

（poetologisches Modell）①，而且也成为现代性的坐标和重要符号②，因而深刻影响了当时的艺术实践和理论话语。

回到本书的研究对象霍夫曼斯塔尔这里。他从 19 世纪末期开始一再论述、反思和批评字母文字这种能指体系的内生缺陷，这在当时的作家之中甚是鲜见，同时又尤为突出。霍夫曼斯塔尔参与建构了 1900 年前后关于文化危机的艺术话语，他寄希望于寻找一种直接的表达模式——在这种模式中，即便符号能指缺席，也可以获得意义的在场。于是，他终生不懈地研究各种艺术门类，对摆脱再现束缚的出路孜孜以求。正是这种美学倾向使霍夫曼斯塔尔高度认同舞蹈中身体运动的表达，并且认识到身体中蕴藏着真实和直接的艺术潜力。对此，舞蹈学家加布丽埃勒·布兰德斯泰特（Gabriele Brandstetter）的评论切中肯綮：

> 在秩序与混乱、结构与"动荡"、记忆与遗忘之间的交界地带，出现了一个尚未被文字文化沾染的空间。在这个空间里，运动身体的符号游戏——如舞蹈——得以展开。它提供了一条出路，将陷入符号危机的文学重新带入一种媒介，这种媒介仿佛能带来新的创作模式［……］这是一种肉身的、姿态的、哑剧的、舞蹈的诗学，也是霍夫曼斯塔尔《钱多斯信函》之后作品的特征。③

舞蹈由于是运动、瞬间与身体的艺术，居于此处所谓的"尚未被文字文化沾染的空间"，故而适合作为彻底批评文字文化的媒介。④这一时期，深陷危机

---

①相关详论可参见：Farguell, Roger W. Müller. Tanz. In Barck, Karlheinz (Hg.). *Ästhetische Grundbegriffe. Historisches Wörterbuch in sieben Bänden. Band 6*. Stuttgart: Metzler Verlag, 2005: 10-11.

②关于现代性的美学探讨常常提及瞬间性的经验（遵循波德莱尔对现代性的定义）和解离、分裂的经验。就此而言，舞蹈是一种现代性的艺术形态，并从众多艺术门类的等级序列中脱颖而出：一方面，舞蹈是瞬间的艺术、与运动同义，因此它也与现代性主张的动态（Dynamik）同义；另一方面，在舞蹈的身体运动中，符号和意义、能指和被所指等二分对立归于同一，因而舞蹈似乎又凭借其操演的整体性悖反了现代性中的碎片化特征。

③Brandstetter, Gabriele. *Tanz-Lektüren. Körperbilder und Raumfiguren der Avantgarde.* Frankfurt am Main: Fischer Taschenbuchverlag, 1995: 56.

④舞蹈尤为强调身体性（Körperlichkeit），故而在感官效果上有着特殊的地位。舞蹈艺术也因此被艺术家同抽象的文字文化对立起来，这一点在力求突破传统桎梏的自由舞中甚为明显。正如英格·巴克斯曼（Inge Baxmann）所言，"新舞蹈把自己定位为对书面文化的彻底批判，认为它破坏了古老文化中既存的那种运动与书写的原始同一"。参考：Baxmann, Inge. „Die Gesinnung ins Schwingen bringen". Tanz als Metasprache und Gesellschaftsutopie in der Kultur der zwanziger Jahre. In Gumbrecht, Hans Ulrich & Pfeiffer, Ludwig (Hg.). *Materialität der Kommunikation.* Frankfurt am Main: Suhrkamp Verlag, 1988: 361；此外，舞蹈也被视为一种生命象征，参考：Rasch, Wolfdietrich. Tanz als Lebenssymbol im Drama um 1900. In Rasch, Wolfdietrich. *Zur deutschen Literatur seit der Jahrhundertwende.* Stuttgart: Metzler Verlag, 1967: 59-77.

的文字文化面临着摄影、电影等新兴模拟媒介技术的竞争。舞蹈姿势也是模拟的表达媒介，能够弥补文字文化的不足。[①]更重要的是，舞蹈的瞬间性使其相较于其他"超越文字"的媒介更胜一筹。德国学者鲁道夫·赫尔姆斯泰特曾经从《钱多斯信函》中解读出文字文化的危机，认为钱多斯的语言危机可以归因于文字性与文本材料造成的感知模式固化。换言之，语言危机源于文字文化的陷落，它构成了钱多斯危机的内在根源。[②]遵循这一思路，应当将霍夫曼斯塔尔的语言危机理解为符号体系的差异特征，亦即文字过度饱和带来的感知固化。1895 年，刚刚二十出头的霍夫曼斯塔尔评论了知名教授欧根·古格利亚写的一本专著，该专著围绕维也纳戏剧演员弗里德里希·米特沃泽展开。在书评中，霍夫曼斯塔尔将舞蹈置于语言固化的概念特征的对立面，并且表现出对无声表演艺术的兴趣："我们有着一种可怖的程式，它用概念性使思考窒息。[……]正因为如此，人们对一切沉默的艺术生发出绝望的爱：音乐、舞蹈、杂技演员和杂耍艺人的种种艺术。"（RA I, 479）

　　这种思想不仅构成了霍夫曼斯塔尔就舞蹈进行美学思索的动机，也解释了为什么霍夫曼斯塔尔与露丝·圣丹尼斯、格雷特·维森塔尔等众多舞者进行了密切深入的合作。1911 年，霍夫曼斯塔尔与维森塔尔合作复兴哑剧，其间再次指出语言批评与舞蹈转向之间的关联。"这是恰逢其时的：当今对语言的怀疑（《钱多斯信函》），其必然结果就是努力探索芭蕾和哑剧。"（RA III, 510）自1900 年开始，霍夫曼斯塔尔对舞蹈——这种能够超越文字文化的缄默艺术——的兴趣日渐强烈。他同众多优秀舞者有着频繁的接触，其中不乏伊莎多拉·邓肯、露丝·圣丹尼斯、格雷特·维森塔尔和瓦斯拉夫·尼金斯基等享誉世界的知名舞者。[③]诗人在这一时期尤为推举舞蹈艺术，甚至将之视为人类生存的积

---

①参考：Kittler, Friedrich. *Aufschreibsysteme 1800/1900*. 4. übera. Aufl. München: Fink Verlag, 2003; Hiebler, Heinz. *Hugo von Hofmannsthal und die Medienkultur der Moderne*. Würzburg: Königshausen & Neumann, 2003; Werkmeister, Sven. *Kulturen jenseits der Schrift. Zur Figur des Primitiven in Ethnologie, Kulturtheorie und Literatur um 1900*. München: Fink Verlag, 2010.

②参考：Helmstetter, Rudolf. Entwendet. Hofmannsthals *Chandos-Brief*, die Rezeptionsgeschichte und die Sprachkrise. *Deutsche Vierteljahrsschrift für Literaturwissenschaft und Geistesgeschichte*, 2003, 77(3): 473-474.

③这些际会载于《无与伦比的舞者》（1906）、《恐惧》（1907）、《尼金斯基的〈牧神的午后〉》（"Nijinskys *Nachmittag eines Fauns*", 1912）等文本当中。如果忽略霍夫曼斯塔尔在 1900 年前游戏性和未完成的舞蹈美学尝试，可以说，霍夫曼斯塔尔自 1900 年起就开始针对芭蕾与哑剧进行创作。马蒂亚斯·迈尔（Mathias Mayer）指出，霍夫曼斯塔尔一生都在关注舞蹈艺术，且分为三种不同的方法：第一，描述或理论阐发；第二，将舞蹈作为戏剧作品中的组成部分；第三，撰写舞蹈剧脚本。参考：Mayer, Mathias. *Hugo von Hofmannsthal*. Stuttgart: Metzler Verlag, 1993: 108; Mayer, Mathias. Der Tanz der Zeichen und des Todes bei Hugo von Hofmannsthal. In Link, Franz (Hg.). *Tanz und Tod in Kunst und Literatur*. Berlin: Duncker & Humblot Verlag, 1993: 351-352.

极模式。在他看来，舞蹈作为一种特殊的身体表达样态，克服了精神与物质的二元对立，将艺术置于新的可能之中："舞蹈使人幸福地获得自由。透露出自由与同一。"（RA III, 508）霍夫曼斯塔尔之所以如此迷恋舞蹈，不仅因为这种形式极具表现力与艺术效果，还涉及他对于整个人类形象的人类学反思。当时，奥地利哲学家恩斯特·马赫有关"自我无法拯救"①的观点经由现代派代言人赫尔曼·巴尔的传播在艺术家中盛行一时。②霍夫曼斯塔尔亦受到这一观念影响，试图求索人类生命的根本要素，以此拯救徘徊于 20 世纪门槛外的绝望的自我。③

霍夫曼斯塔尔所理解的"自我"与 19 世纪的意识哲学泾渭分明。对他而言，自我并非由意识所先行规定，认知的起点是身体而非心灵。④他眼中现代性的症候并不只是人类失去了与世界的真实联系，而是更体现在通往自我与世界的入口"只能经由自己的身体来思考和体验，它作为一种生理先天（physisches Apriori），先于一切载满意义的存在和语言"⑤。物质性的身体被他理解为知识、情感与感性记忆的存储之地，它超脱了话语，成为一种获取认识的媒介。⑥

有鉴于此，霍夫曼斯塔尔强调身体的美学，以此化用舞蹈艺术来奠定人类学导向艺术理念的基础。在反思诗歌的语言时，霍夫曼斯塔尔也谈到了语言与身体的关联，认为隐喻本身根源于人类的心理本能——他的原话是根源于"我

①Mach, Ernst. *Die Analyse der Empfindungen und das Verhältnis des Physischen zum Psychischen*. Nachdruck der 9. Aufl., Jena, Fischer, 1922, mit einem Vorwort zum Neudruck von Gereon Wolters. Darmstadt: Wissenschaftliche Buchgesellschaft, 1991: 20.（中文译本参考：马赫. 感觉的分析. 洪谦，唐钺，梁志学，译. 北京：商务印书馆，1986.）

②参考：Bahr, Hermann. Das unrettbare Ich. In Wunberg, Gotthart (Hg.). *Die Wiener Moderne. Literatur, Kunst und Musik zwischen 1890 und 1910*. Stuttgart: Reclam Verlag, 1981: 147-148.

③参考：Rutsch, Bettina. Das verkörperte Ich. Bewegungen und Begegnungen des Individuums bei Hugo von Hofmannsthal. In Löwenstein, Sascha & Maier, Thomas (Hg.). *Was bist du jetzo, Ich? Erzählungen vom Selbst*. Berlin: Wissenschaftlicher Verlag, 2009: 137-175.

④早在 1893 年，霍夫曼斯塔尔就曾写道："我们心中有些问题永远无法得到答案，因为一旦身体发生变化它们便不复回返。"（RA III, 357）《钱多斯信函》（1902）、《关于诗的谈话》（1904）、《恐惧》（1907）、《在希腊的瞬间》（1908—1914/1917）等文本都体现出霍夫曼斯塔尔对身体美学的强调。关于霍夫曼斯塔尔的身体美学，可参考：Günther, Timo. Tragik und Endlichkeit in Hugo von Hofmannsthals *Über Goethes dramatischen Stil in der „Natürlichen Tochte"*. In Günter, Friederike Felicitas & Hoffmann, Torsten (Hg.). *Anthropologien der Endlichkeit. Stationen einer literarischen Denkfigur seit der Aufklärung*. Göttingen: Wallstein Verlag, 2011: 129-130.

⑤Rutsch, Bettina. Das verkörperte Ich. Bewegungen und Begegnungen des Individuums bei Hugo von Hofmannsthal. In Löwenstein, Sascha & Maier, Thomas (Hg.). *Was bist du jetzo, Ich? Erzählungen vom Selbst*. Berlin: Wissenschaftlicher Verlag, 2009: 139-140.

⑥参考：Rutsch, Bettina. Das verkörperte Ich. Bewegungen und Begegnungen des Individuums bei Hugo von Hofmannsthal. In Löwenstein, Sascha & Maier, Thomas (Hg.). *Was bist du jetzo, Ich? Erzählungen vom Selbst*. Berlin: Wissenschaftlicher Verlag, 2009: 137-175.

们心中塑造隐喻的本能"（RA I, 192）。换言之，他从舞蹈中的身体展演里洞察出一种新的表达形态：它作为人类学的常数深深根植于人的自然天性之中，因为自身内在的原初性（Ursprünglichkeit）而占据独特的地位。霍夫曼斯塔尔在观赏舞蹈时看出一种本质性的自我认同，这种认同也被他视为哑剧得以成功的决定性标准，其出发点其实就是这一人类学前提。

这里需要特别指出的是，我们绝不能把霍夫曼斯塔尔的舞蹈转向误解为敌视、抛弃文字的逃避主义。作为一位作家，霍夫曼斯塔尔实际上并未拒斥文字，他深知语言文字实乃其立身之本。在 1896 年一篇题为《词句力量通论》（„Macht der Worte im Allgemeinen"）的笔记之中，霍夫曼斯塔尔明确提出："以为一个诗人能够放弃其天职，放弃创作词句，这种想法是愚蠢的。"（RA III, 414）换言之，他对于舞蹈的美学反思不是想要抛弃文字、投奔舞蹈，而是根植于语言符号反思和文字文化批评，试图以舞蹈超越语言危机。霍夫曼斯塔尔在舞蹈中找到了一种表现形式，它超越字母文字的二元符号模式，有望将符号从功能与表征中解放出来。

虽然从符号学的意义上来说，舞蹈姿势也可以被解读为符号。然而，在霍夫曼斯塔尔眼中，舞蹈姿势既不隶属于再现或模仿，也无法被归属为某种理性化的符号体系（如"身体语言"）。为了超越模仿、再现式的艺术表现形式，霍夫曼斯塔尔提出了"纯净姿势"的设想，主张舞蹈动作应当发乎内而形于外，释放舞者"内在的充盈"。[①]"纯净姿势"不同于戏剧中的表演姿态，因为后者仍然指涉、表征并再现某种缺席之物。

霍夫曼斯塔尔在《关于诗的谈话》（1904）中提出超越差异的符号模式，这或许也适用于"纯净姿势"。通过"纯净姿势"，舞者以一种转义的方式体验了献祭者的经历。如果说最初的献祭者认同于献祭的动物，那么此处的舞者也同样认同于他的姿势，在舞蹈中内外之别得以扬弃。如果从接受美学的视角来看，霍夫曼斯塔尔似乎将舞蹈视作大有可为的一种艺术形式。舞蹈，尤其是伴随"纯净姿势"的舞蹈，能够实现非阅读式的感知模式，实现最直接的表达。对文字的理解需要解码，这一过程以分析与阐释为前提；与此不同，舞蹈中的符号能生动地在视觉上得到直观呈现。所谓的"深层含义"就体现于可见的姿势

---

①葡萄牙学者伊莎贝尔·卡佩罗亚·吉尔（Isabel Capeloa Gil）如是评价纯净姿势："真正的语言是纯净姿势，运动身体的变形代表了现代性特有的瞬间、意外和短暂的可能，从而用一个更广阔的概念，即表现性的舞蹈概念，取代了再现的有限可能性。"她进而提到纯净姿势是"人类经验最纯粹的表现"。参考：Gil, Isabel Capeloa. Poiesis, Tanz und Repräsenz-Tanz. Zu Hugo von Hofmannsthals *Ariadne auf Naxos. Colloquia Germanica. Internationale Zeitschrift für Germanistik*, 2000(33): 150, 153.

之中，观者需要通过视觉观看进行理解。①意义从符号或姿势中浮现而出，类似的想法在霍夫曼斯塔尔"沉默之物的语言"中已有体现，在《钱多斯信函》（1902）里猛然显现的"物之符号"（Ding-Zeichen）中亦甚为明显。钱多斯的新语言是一种特殊的观看方式，它不再囿于阅读和阐释的模式，而是依赖于钱多斯对事物认同式的参与。这种物之符号与观者欣赏舞蹈时的感知模式如出一辙，都是能指与所指骤然融为一体。如果说钱多斯在瞬间认同了所见与所想之物，那么观者也认同于舞者。正如霍夫曼斯塔尔在《论哑剧》中所言，"那是一个同我们一样的人，他在我们面前运动，却比我们的每一次运动都更为自由，可是他姿态中的纯净与自由道出了我们想要表达的那些东西"（XXXIV 15）。舞蹈不是固定僵死的符号，它不断地消解符号含义，并生成新的符号意义，通过这种连绵不断的消解与生成来交融、抵消符号之间的边界又使其重建关联。

其实，我们从霍夫曼斯塔尔的诗学观念中也能看出这种符号生成与消解的过程。早在 1893 年至 1894 年间，他就写下这样的句子："诗——思维的乐趣。它将自我从概念的束缚中解救出来。[……]继而形成新的概念。"（RA III, 375）。以此观之，钱多斯的天启体验就是不断将自我与隐喻体验结合，同样是一种流动性体验，并非确定的、能由概念获得的固化意义。②如此一来，诗意的体验就与连贯可见的舞蹈姿态彼此媲美，从而使诗歌与舞蹈被拔擢为充满希望的艺术形式。

就这个角度而言，钱多斯的体验与"纯净姿势"如出一辙，它们都有着结构上的融合。刘霍夫曼斯塔尔而言，这种融合意味着返归原初的同一。隐喻式的展演带来了同一的体验，它留存于想象之中，在某种程度上经由"纯净姿势"得以视觉化和具形化：身体舞蹈中的姿势体态与诗性的隐喻言说中的形象形成对应。这种建构诗歌的象征概念超越了二元对立，并在观看舞蹈之时被植入动态可视的"纯净姿势"。因此，霍夫曼斯塔尔对舞蹈情有独钟，这与他的语言符号批评密切相关。就此而言，他以舞蹈为主题的文学实验——尤其是他的舞蹈文学（Tanzdichtung）——通过字母文字符号系统的"再现延异"（repräsentativer

---

①德国戏剧学专家汉斯-克里斯蒂安·冯·赫尔曼（Hans-Christian von Herrmann）评论 1900 年前后戏剧界的变化时，谈到"戏剧词语的肉身化"。参考: Herrmann, Hans-Christian von. Am Leitfaden des Leibes–Zur Entliterarisierung des Theaters um 1900. In Corbineau-Hoffmann, Angelika & Nicklas, Pascal (Hg.). *Körper/Sprache–Ausdrucksformen der Leiblichkeit in Kunst und Wissenschaft*. Hildesheim: Georg Olms Verlag, 2002: 197.

②《钱多斯信函》中谈到了一种"流淌"（fließen）的感觉，《关于诗的谈话》则多次运用"呼吸"（atmen）的比喻。

Aufschub）来"唤起身体性的在场感"①。诗歌通过隐喻跨越概念的界限，舞蹈借助流变的"纯净姿势"带来同一的体验，两者相互交融，产生出卓有成效的艺术魅力。

接下来的几节将以霍夫曼斯塔尔的舞蹈剧剧本和舞蹈美学文本为研究对象，在符号学的视域下考察霍夫曼斯塔尔的舞蹈观，并表明霍夫曼斯塔尔的文字批评与舞蹈迷恋相伴而生，两者皆对诗人的创作美学产生根本影响。正如霍夫曼斯塔尔在1909年的笔记中所言，"每个人都有这样的创造力，它就像是一种氛围，能够消解黑暗，扫除僵物，这种力量无边无际"（RA III, 498）。就这种超越隔阂、扫清障碍的流动力量而言，霍夫曼斯塔尔的语言批判与舞蹈狂热一脉相承。他并不屈从于根深蒂固的符号体系制约，企图在语言与舞蹈中唤起超越边界的冲动。无论是永恒的转义游戏，还是"纯净姿势"的连接，两者都指向一种消融边界的力量，其中也蕴藏着创造性的同一潜能。

下文将首先选取霍夫曼斯塔尔的早期舞蹈剧创作作为阐释对象（以芭蕾舞蹈剧脚本《时间的胜利》和哑剧剧本《学徒》为例），试图钩沉霍夫曼斯塔尔早期对舞蹈表演艺术的诗学反思和对身体表达方式的美学探讨，展现其从诗学层面向身体和舞蹈语言的转向，并指明有关"纯净姿势"的美学构想正是根植于其早期关于舞蹈动作与仪式行为的思考。

然后，研究通过对舞蹈评论《无与伦比的舞者》与虚构对话《恐惧》的文本细读，着重考察在20世纪初的舞蹈变革这一历史语境下，霍夫曼斯塔尔是如何通过舞蹈艺术从语言危机的泥沼中解脱出来的。这里具体表现为：霍夫曼斯塔尔从露丝·圣丹尼斯的东方舞蹈中看见了跨越文化界限的、直接交流的可能，并奠定了自身舞蹈美学的思想基础。

此外，霍夫曼斯塔尔还通过与维森塔尔的合作，将其舞蹈美学思想在具体的文学创作和舞台实践中展现得淋漓尽致。这一部分的论述将从1900年前后影响甚广的语言怀疑论和作家对新型表达方式的渴望展开，着重介绍霍夫曼斯塔尔关于"纯净姿势"的美学思考，并通过对《论哑剧》《爱神与普绪刻》《陌生女孩》的具体分析，分别阐释霍夫曼斯塔尔关于"纯净姿势"的理论构想及其表现形式与功能。

如果说，霍夫曼斯塔尔跟圣丹尼斯的际会体现的是他如何受到舞蹈的启发，从舞者的表演和讲述中获取灵感，那么他跟维森塔尔的合作则表现为一种思想的输出。他不仅是维森塔尔的合作伙伴，两人以平等的姿态实现"文"与"舞"的互补融合，而且他还以理念输出的方式，助力维森塔尔实现了舞蹈艺术的突

①Brandstetter, Gabriele. *Tanz-Lektüren. Körperbilder und Raumfiguren der Avantgarde.* Frankfurt am Main: Fischer Taschenbuchverlag, 1995: 26.

破，协助她完成对维也纳华尔兹的现代主义改革。笔者在这一板块的末尾，单列"影响研究"一节，尝试从动机和技术这两个角度分析这种改革的具体呈现，并以之为例探究舞蹈与哑剧的融合，勾勒作家霍夫曼斯塔尔在这一过程中的实际参与及影响，进一步彰显舞蹈与文学的互动关联。

4.2 霍夫曼斯塔尔早期的舞蹈剧创作

4.2.1 《时间的胜利》：文字秩序中的越界尝试

1900 年后，霍夫曼斯塔尔的创作中多了一种重要的文学体裁，即舞蹈剧脚本。他于 1901 年完成了自己首部芭蕾舞蹈剧脚本《时间的胜利》的创作①，这标志着他开辟新领域、尝试新体裁的努力获得了成功（见图 4-1）。素来以诗歌著称的霍夫曼斯塔尔为何在声名如日中天的时候，突然放弃诗歌创作，转向舞蹈艺术，从事舞蹈剧脚本的创作，这令当时的许多读者倍感困惑。然而，这也更加清楚地表明，作者在这一时期的诗学思想和创作理念发生了转变。霍夫曼斯塔尔在完成《时间的胜利》的那一年开始创作《钱多斯信函》，并且在这封虚构的书信中以一位年轻作家的创作危机为题指出，语言与现实之间不再是一一对应的关系，这两者的脱钩导致了人的认知危机和西方文化中符号系统和象征体系的危机。霍夫曼斯塔尔在 20 世纪初的创作中一再探索这种危机形态的发生机制和解决办法。从这个角度来讲，他转向以身体为表达媒介的舞蹈艺术，从事舞蹈剧脚本创作，也是他试图摆脱这种危机的努力之一。

事实上，《时间的胜利》与《钱多斯信函》不仅创作时间相近，而且在主题内容和母题意象上也有诸多交叉重合之处。与《钱多斯信函》一样，《时间的胜利》中也表达了霍夫曼斯塔尔对于语言、文字、图像和身体等媒介形式的思考，以及他对西方书写文化的批判。霍夫曼斯塔尔的这部芭蕾舞蹈剧脚本，虽然至今仍鲜有研究，但其重要性不容小觑。它标记了霍夫曼斯塔尔文学创作的一个重要转折期的开端，在这个转折期中霍夫曼斯塔尔深入探讨了西方现代性的多种危机形式，如语言危机、感知危机、主体危机等。如果说《钱多斯信函》

---

①该剧作初次发表在 1901 年的杂志《岛屿》（Insel）上，它是霍夫曼斯塔尔首部完成的舞蹈剧脚本。虽然作者之前也写过篇幅短小的舞蹈情景剧脚本，但都只是寥寥几行，且皆为断片。直到 1901 年《时间的胜利》的完成，舞蹈剧脚本才真正成为霍夫曼斯塔尔文学创作中的一个重要组成部分。虽然作者曾多番努力，《时间的胜利》这部芭蕾剧在他生前还是未能上演。本书论述所采用的版本出自：Hofmannsthal, Hugo von. *Sämtliche Werke. XXVII: Ballette, Pantomimen, Filmszenarien*. Frankfurt am Main: Fischer, 2006. 后续出于同一卷本的引文均在括弧中标明卷号和页码。

中记录了一种强烈的语言批判，那么《时间的胜利》应该说正好标记了作者创作思想的一个诗学转折，即从抽象的书写文化转向感性的身体表达。

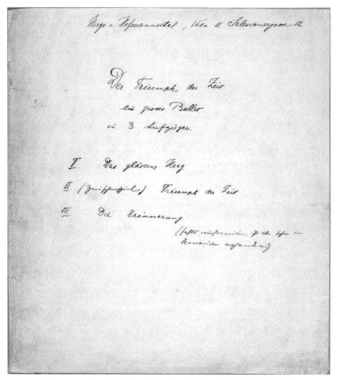

图 4-1　芭蕾舞蹈剧脚本《时间的胜利》手稿①

一

　　首先需要强调一点：舞蹈文学的创作（Tanzdichtung）——如芭蕾剧脚本和哑剧脚本——在这里并非首先作为功能性文本及舞台表演的脚本来理解②，而是被视作一种旨在跨越单一媒介界限的文学尝试。诗人霍夫曼斯塔尔似乎在感性的身体中寻找到了另外一种表达方式，他试图通过面部表情、身体动作、姿势等身体语言——霍夫曼斯塔尔称之为"真正的象形文字"（RA III, 51）——来克

---

　　①图片来源：Theatermuseum, Wien. Inv. Nr.: HS_VM585Ro. https://www.theatermuseum. at/online-sammlung/detail/80632/.
　　②通常，舞蹈剧脚本主要以潜文本的形式存在，它具有较强的应用性和针对性，主要为舞台实践提供指导。关于舞剧脚本的一般体裁特征，参见：Thurner, Christina. Auf den Leib geschrieben. Hugo von Hofmannsthals Ballettlibretti aus Anlaß des Erscheinens von Band XXVII der kritischen Ausgabe. *Hofmannsthal-Jahrbuch zur europäischen Moderne*, 2008(16): 87-104.

服词汇语言的间接性和抽象性，因为词汇语言，尤其是西方的字母文字，隶属于抽象的符号系统，以稳固的表征关系为运行准则，每个单词都在指向具体的所指对象，其本身与所指并无感性上的直接关联。语言的媒介作用使得它在沟通人与世界的交流的同时又将两者分隔开来，人在接触世界时需要先用理性解释语言，以求达到具体所指。霍夫曼斯塔尔在此选用身体语言来对抗词汇语言的间接性和抽象性，他在 1911 年撰写发表的《论哑剧》中写道："词汇语言貌似彼此不同，其实属于同一类别，身体语言貌似一般，其实极其个人化。"（RA I, 505）霍夫曼斯塔尔的这种扬身体语言、抑词汇语言的姿态，并不意味着他想要放弃文学创作，从事舞台表演。他非常清楚，作为一名作家，他离不开词汇语言，关于这点他早在 1896 年的笔记中就有所反思："如果有人觉得，作家可以离开他遣词造句的使命，那这种想法将是非常愚笨的。"（RA III, 414）也就是说，霍夫曼斯塔尔诗学思想中的身体转向，以及他转向舞蹈艺术，从事舞蹈剧脚本创作的尝试，并非出于摆脱词语霸权的愿望，更多是为了挖掘身体的表达潜能，为文学创作提供养分，进而克服语言文字以及文学表达的危机。在这个意义上，霍夫曼斯塔尔的舞蹈剧脚本创作更多是一种文学尝试，他试图将身体表演的美学效果融入文学表现当中。换言之，他想要以舞蹈剧脚本的形式来探测语言表达的界限，并将这个界限进一步向外延伸。

在这样的观察视角下，我们会发现，《时间的胜利》这部舞蹈剧脚本在两个不同的层面表现出一个貌似相互矛盾的悖论：一方面，在主题内容上，剧中表达了对极端化发展的书写文化及受它影响的感知方式的批判，这种书写文化主要建立在以阅读、背诵和文字表达为主的知识秩序的基础之上，其极端化发展表现为世界的文字化，如唯美主义的感知方式导致观看成为解读，观看对象被感知主体的解释话语、回忆和幻想图像覆盖；另一方面，在表达形式上，该舞蹈剧脚本自身有明显的互文性和媒介间性特征，深深扎根于西方教育文化的传统当中，该剧本强烈的感性特征和感性愉悦事实上是通过阅读时想象力的释放才得以实现的，如其中大量的象征和幻想图景，以及文字勾勒的舞蹈动作等。如此，这部舞蹈剧脚本在对书写文化进行批判的同时，也在为文字以及文学艺术进行辩护，它通过引入图像、激发想象、构造运动感等手段，展现了文学艺术的表达潜力和可能性。

这部舞蹈剧脚本的故事情节相对简单：剧中第一幕戏叫"玻璃心"（Das gläserne Herz），是一部极具象征意义的心理情感剧。故事发生在维也纳一个富裕人家的花园中，讲述的是一段三角关系：一位少女以真挚的感情崇拜和爱恋着一位青年诗人，而这位诗人却在为一位貌美的舞女而疯狂。少女目睹他因舞女拒绝他的求爱而痛苦万分，随即决定把自己的心——剧中描述这颗心是玻璃做的，并以相应道具在舞台上表现出来——取出来交给诗人。诗人敲击这颗玻璃心时发出的声响让舞女着迷，她欣喜若狂地围绕着诗人跳舞。在舞蹈的高潮时刻，玻璃心被敲碎，少女死去。剧中第二幕戏叫"插曲"（Das Zwischenspiel），它发生在帕纳塞斯山上，时钟女神们和她们的孩子们聚集在这里。这幕戏以具体的人物形象来表达时间的流逝。在中间部分，一支凯旋队伍穿过舞台，三十个人物从舞台走过表示从第一幕到第三幕相隔的三十年。时间女神披戴着面纱坐在凯旋车中，时钟女神和瞬间小孩在她面前跳着轮舞，展现出一位男子的一生。剧中第三幕，也就是最后一幕，叫"回忆的钟点"（Stunde der Erinnerung），讲述的是诗人的晚年生活。已经年迈的诗人和他的女儿生活在一起，他试图将女儿完全占为己有，不能容忍仰慕者追求她。当女儿与情人的幽会被他发现时，女儿抛弃了他，选择跟自己的情人离家出走。老人在伤心和愤怒中倒在地上的酒杯碎片上，任由碎片划伤自己。在他弥留之际，第二幕戏中的神话人物出现，舞台布景迅速转变。就像瓦普几司之夜（Walpurgisnacht）的庆祝一样，半人半鱼的海神、精灵和仙女在海边嬉笑打闹，诗人变成年轻时候的样子，死去的少女复活过来。最后，两个相爱的人重新走到一起。

二

《时间的胜利》是一部寓意性很强的象征主义作品。不仅许多神话人物和场景被直接引用，或间接引入文本，而且剧本的整体构思也扎根于托寓解读（Allegorese）的传统，第二幕的插曲为前后两幕的情节提供解释。正如德国学者克里斯多夫·柯尼希（Christoph König）的评论，"剧本结构前后对称，第一部分和最后一部分构成框形，采用文艺复兴的风格，框住第二部分的解释"[①]。霍夫曼斯塔尔的书信和笔记也表明，他在创作时有意识地衔接了这一传统，尤其在构思时间的凯旋队伍时，他追溯到文艺复兴时期节日庆祝的传统，他在1898 年的笔记中写道："凯旋队伍作为托寓是固定下来的暗喻，将会再次变得无比崇高。"（XXVII 266）对他而言，托寓性人物（allegorische Figuren）似乎完美实现了图像和文字的综合。他自然也明白，托寓的图像性需要以由阅读激发的想象作为基础，它事实上源自文字。这种文字的主导性在剧本中主要体现在主人公的感知方式当中。

剧中的诗人以阅读书本的方式感知世界，他的目光中烙有书本记忆和想象的印记。他背弃现实，醉心于诗意想象，这主要归咎于他之前大量的阅读经验。他是一位唯美主义者，通过艺术来观看世界，他眼中的世界是被渲染过的。在唯美主义批评中经常提到的一组对立概念"艺术与生活"，在剧本中分别

---

①König, Christoph. *Hofmannsthal. Ein moderner Dichter unter den Philologen*. Göttingen: Wallstein Verlag, 2001: 80.

由两位女性代表，即舞女和少女。年轻的诗人迷恋上舞女，象征着他对艺术的迷恋，更准确地说，他迷恋的是由他的幻想和愿望渲染的艺术理想。他对舞女的爱莫过于是一种自恋，这种爱恋的实现建立在双重牺牲的基础之上：一方面，是牺牲现实，因为他完全醉心于想象，现实在他的感知系统中由书本记忆和想象代替。他在剧中能听到阿诺德·勃克林画中的半人半鱼的海神吹响他的贝壳号；看到石化的林中仙女——宛如约瑟夫·冯·艾兴多夫（Joseph von Eichendorff）在 1819 年发表的小说《大理石雕像》（*Marmorbild*）中描述的那样——复活过来，然后又再僵化成石像；他甚至在看到"一个披着纱巾的女性人物的影子"时，会把它当作舞女的影子，并与之打情骂俏。相反，少女的真实存在却被他当作"恼人的幻象"（XXVII 13）。另一方面，他的爱情愿望之所以能够实现主要基于少女的自我牺牲。出于对诗人无私的爱，少女将自己的心奉献给他，任由他在上面敲打，用美好的音乐吸引舞女：

> 舞女的眼睛里闪着亮光，肢体不听自己使唤，诗人在玻璃心上敲击一拍，舞女的腿就向前迈出七步。在最后一步，她站在诗人面前。她着迷于诗人手中的物体，它或是一朵光芒闪烁的花，抑或是块能发出声响的宝石。她开始在心前跳舞，她充满激情地跳着，一会儿躬身弯腰到他的脚前，一会儿高举手臂疯狂地环绕着他转。
>
> 诗人以炽热的热情不停地敲击着这颗会发出声响的心，他一会儿从舞女前面向后退，一会儿引诱她向前走，他欣喜地品味着掌控舞女身体的权力。（XXVII 13）

如果说，诗人先前无论是寄送情书还是咏唱颂歌都未能靠近舞女，那么他现在凭借少女奉献的心，不仅能够指挥舞女的舞蹈，而且还让她变成自己的崇拜者。引文中勾勒的舞蹈场景正表达了这一转变，此外，该场景还有两层含义：其一，唯美主义者的权力幻想在这儿表现得淋漓尽致。在命令和服从、指挥和表演之间的权力关系中，舞女的身体运动清楚地再现了诗人投射的权力幻想，舞女的每个动作都是在执行他的命令。其二，舞女不由自主、疯狂地摆动肢体，完成舞蹈动作，宛若玩偶一般。这个场景形象地揭示了舞蹈与玩偶的含义关联，这在文学史上并非新鲜之物。德国作家海因里希·冯·克莱斯特（Heinrich von Kleist）在 1810 年发表的名作《论木偶戏》（„Über das Marionettentheater"）中讨论了木偶的舞蹈，并称其为舞蹈艺术的理想典范。克莱斯特的这篇文章对霍夫曼斯塔尔舞蹈美学的形成至关重要，霍夫曼斯塔尔正是在克莱斯特的思想基础上发展出他关于"纯净姿势"的美学观念。对霍夫曼斯塔尔而言，只有当主体受"内心积聚的能量"所迫完成的动作才能算作"纯净"，因为它不具有目的性，不含表演的成分（RA I, 503）。舞女不由自主地舞动身体，这与她之前逢场作戏、为富裕伯爵表演的加伏特舞形成鲜明对比，暗示了霍夫曼斯塔尔的舞蹈美学思想。考虑到《论木偶戏》中的神学维度，唯美主义者的权力幻想在这儿又多了一层渎神的含义，因为诗人像在操控玩偶一样，操控舞女的身体。这位唯美主义者在将对方物化的同时，甚至想要像神一样操控世人。这种狂妄的尝试带来了灾难性的后果，玻璃心承受不住他的疯狂敲击，裂成了碎片，少女随之死去。同时，舞女"紧闭双眼，头发散开来，投入他的怀中"（XXVII 16）。爱情愿望的实现与少女的死亡合在一拍，艺术理想的实现背负着对生的罪责。诗人意识到了这一罪责，在玻璃心破碎之际，他深陷恐惧当中："我的背后是可怕的场景！"①（XXVII 16）这种恐惧不但与他内心的愧疚相关，同时也指明了他的自我认识，直到第三幕他年岁已高时，这种恐惧都未有淡化。

剧情接下来的发展被暂时中断。第二幕是段充满寓意的插曲，表现时间的流逝。这段插曲充斥着大量源自神话和绘画传统的图像引文②，强化了剧本的寓意特征。在帕纳塞斯山上，各个时间元素（如钟点、瞬间等）都以人的形象汇聚一堂："她们在打盹儿、做梦、游戏和等待。"（XXVII 18）这些时间元素所生活的世界表现为一种永恒。只有当所有时间元素都需听从的符号响起，时钟女神中的一位才会带着她的瞬间小孩下凡到尘世，将线性的时间流带到人间。时钟女神性格各异，她们对时间的感受也彼此不同：迟缓懒惰的女神甚至可以错过符号的召唤，而急性子的女神则急匆匆地跑去履行自己的职责。这幕戏的中心是时间凯旋队伍的行进，这支队伍在舞台上穿过，象征着时间的流逝。霍夫曼斯塔尔采用文艺复兴的凯旋队传统体裁，将它与时钟女神的轮舞相结合。时钟女神在披着面纱的时间之母前面跳轮舞，展现男子的成长——剧中先后有孩童、少年、青年、成年男子和白发老人出场。这些舞蹈最后以一幕极具象征含义的场景收尾：一只鸽子从幸福时钟女神的肩上飞起来，然后猛地一头栽到地上，死了。悲伤时钟女神在将鸽子尸体送往墓地的路上碰到崇高时钟女神。经过崇高时钟女神的抚摸，鸽子的尸体熠熠生辉起来——它变化成一颗明星，闪烁在天空当中。这段插曲一方面说明生命的短暂，同时又指出救赎的

---

①诗人在恐惧中感觉地上的碎片像眼睛一样盯着他，这种对眼睛和目光的恐惧是对德国浪漫派作家 E. T. A. 霍夫曼的小说《沙人》（Der Sandmann）的互文性指涉，剧中诗人说道："在我们之间的地上，我周围到处散落着血红的碎片，像眼睛一样盯着我！"（XXVII 16）这一母题在第三幕中再次出现。

②霍夫曼斯塔尔在 1900 年 3 月 19 日给丽雅·施母基洛夫-克拉森（Ria Schmujlow-Claassen）的一封信中证实这部剧与绘画等造型艺术的紧密关联。参考：Hofmannsthal, Hugo von. Brief-Chronik. Regest-Ausgabe. Band 1: 1874–1911. Heidelberg: Winter Verlag, 2003: 605. 单单第二幕开场的场景就援引了拉斐尔、安德里亚·曼特尼亚（Andrea Mantegna）、尼古拉斯·普桑（Nicolas Poussin）和勃克林等多名艺术家的作品。

可能。剧本第二幕具有象征主义的色彩，在形而上的层面交代了前后两幕间岁月的流逝。

剧本第三幕则延续了第一幕的情节，表现诗人晚年的生活。在开始的场景中，诗人坐在书桌前读书。他抱怨眼睛越来越不中用，女儿的回应却是一种莎乐美式的诱惑："我给你跳舞吧。要我跳吗？"（XXVII 27）这一献舞场景在表现父女关系"和睦"的同时，也揭示了其情色的一面，这一点在对莎乐美故事的影射中体现得尤为明显。年迈的诗人嫉妒女儿的追求者，想要一直把她留在身边。当他撞见女儿与情人幽会时，他的自恋愿望破灭了。就像第一幕戏中的少女一样，他眼睁睁看着女儿在激情舞蹈中向她的情人表白。这一舞蹈场景与第一幕中舞女的疯狂舞蹈几乎完全一致。老诗人在悲伤和愤怒中奋力扎倒在高脚酒杯摔破后的碎片上，他感觉这些碎片"像眼睛一样看着他"（XXVII 33），就像第一幕戏中少女的玻璃心摔碎后那样。诗人在这儿遭遇的，正是少女在第一幕戏中遭遇的经历。第三幕戏的前半部分读起来宛若第一幕戏的翻版。无论从叙事结构，还是从人物格局而言，两幕戏都有相似之处。如同第一幕戏中诗人因为艺术的缘故抛弃少女那样，第三幕戏中女儿为了自己的生活而离开了他；如同诗人通过少女的自我牺牲实现他的恋爱／艺术梦想一样，诗人在第三幕戏中通过牺牲自己重新回归现实生活。彼此雷同的叙事结构安排在代际转换的背景下，其高潮就在于诗人成熟（Läuterung）的瞬间。回顾他在第一幕戏中那种唯美主义式的权力幻想，他在第三幕戏中的失望经历更多指的是，他的艺术理想和他像阅读一样感知和建构的世界秩序的崩溃。女儿的反抗甚至堪比玩偶的复活，她开始觉醒，获得主体意识，摆脱了原来玩偶般的存在。她的觉醒过程在她的舞蹈中表现得甚为明显。她的疯狂舞蹈成为一种情感的语言表达，她似乎以此在说：

> 我属于你，我是你的东西。你看，我在你面前弯腰鞠躬到地面；你看，我为你再次向上伸展手臂，为你开放，为你散开我的头发，从你面前向后退，为了再次回到你跟前，为了再次投到你胸中！我愿意围着你转，愿意用我来充实你周围的空气……（XXVII 32）

女儿的舞蹈动作，甚至每个细节，如向前弯腰、向上伸展、散开头发、向后退、往前走等等，都是对第一幕戏中舞女的狂欢舞蹈的重复。两个场景的区别在于舞者、舞蹈动机和受众的不同。如果说第一幕中舞女着迷于玻璃心，在欣喜和兴奋中舞动肢体，那么在第三幕中女儿则是出于对父亲的愤怒和对情人的爱才疯狂舞蹈。她的舞蹈不仅是对情人的爱情表白，同时也是对父权的叛逆和自我解放。这个舞蹈源自内心不断高涨的愤怒，是对内心积聚能量的释放。如果我们参考霍夫曼斯塔尔后来在《论哑剧》中提出的"纯粹姿势"这一美学概念，女儿的舞蹈姿势则可算作"纯粹"。如果说诗人在第一幕的场景中担当的是舞女舞蹈的指挥角色，那他现在则成为一名旁观者。因为女儿的舞蹈并非献给他，而是献给自己的情人。总体而言，第三幕中的两个舞蹈场景正好折射了欧洲舞蹈史上一次剧烈的范式转换。女儿充满激情的表现舞蹈（Ausdruckstanz）是真情实感的流露，她在舞蹈中释放内心的压抑，在舞蹈中获得自我解放，建构个人身份同一性，与之相比，传统的加伏特舞蹈不仅"旧式"（XXVII 10），而且还伴随着一种虚假性。就像舞女为富裕的伯爵跳一支加伏特舞来哄骗他一样，女儿在第三幕开始时也为父亲跳了一支加伏特舞。这里，加伏特舞作为传统舞蹈的典范，似乎在长年流传和推广后已经演变成为一种模型，它不仅代表一种文化秩序，同时也为伪造和复制提供了可能。正因为如此，传统的加伏特舞在剧中被表现为一种生产假象的机构，无异于传统的词汇语言。按照霍夫曼斯塔尔的语言批判观，这种词汇语言在经过历史传承和社会流传后成为遮盖世界的谎言纱布。（RA I, 479）霍夫曼斯塔尔的舞蹈美学思想与他的语言批判观相似，也有鲜明的文化批判的色彩。

第三幕戏的第二部分集中表现诗人临终前的幻想和回忆，这是一个拖长了的瞬间[1]，一个"回忆的钟点"。这个瞬间由一系列的幻象组成。诗人的生活经历被改写，通过崇高时钟女神的介入，流逝的时间被追回，年迈的诗人重新回到年轻时的样子。爱神阿莫尔（Amor）跟着他，攀上人类世界的屋顶，这里的世界不再屈服于线性的时间。舞台布景发生变化，原先的室内场景被一个古典主义风格的海边情景代替，新的场景布局让人联想到《浮士德 II》中的片段和勃克林的海景画。诗人临死前的幻想与他的感知世界时看到的图像一样，都受到他的阅读经历的影响。在幻想的高潮，已经逝去的少女复活过来，就像诺瓦利斯笔下的罗森布吕特（Rosenblüthe）一样，"头披面纱"（XXVII 37）从庙宇里走出来，被人领到诗人跟前。接下来上演一部梦境般的情场戏，两个人相爱并永结同盟。在修正历史、重写生命之后，整个宇宙也开始重整秩序。音乐的力量带着世界万物运动起来。此刻，延长的瞬间达到它的极限。之前不再有效的时间再次发生作用："从最高的高处，从无际的远处，传来符号的声响。时钟女神全部听从号令，绚丽的幻景被黑暗吞没。"（XXVII 41）该剧的末尾是一团消逝的旋涡，舞台上的所有事物逐渐被黑暗吞没。随着舞台彻底变黑，诗人最终死去。

---

①第二幕戏中，时钟女神性格各异，表明了时间感受的可塑性。

三

霍夫曼斯塔尔在芭蕾舞蹈剧脚本《时间的胜利》中，以一个诗人的成熟过程为例，延续了他从创作伊始就一再探讨的唯美主义批判，并将其扩展为对西方书写文化的批判。这种书写文化以书本阅读、存储和传承为基础，涉及教育、管理、生活等各个领域，并塑造着人接触和认知世界的方式。通过刻画主人公的感知方式，作者展现了书写文化传统的高潮和衰落：世界不仅显得可以被阅读，可以被解释，而且还可以凭借阅读中的想象来加以美化甚至完全替换，后者比如在诗人垂死之际，对现实世界的感知完全让位给幻想。霍夫曼斯塔尔转向舞蹈艺术，一是想要通过身体语言克服词汇语言的间接性和抽象性，二是因为他相信身体表达能够传递真情实感。他将爱情常用的比喻"心"转换成可见的物体，搬上舞台，让少女"把自己的心献给诗人"，这种日常爱情表白中常用的词语在这里变成具体可见的动作和物体，平日已经变得俗套的言辞在这里变成真情实感的姿势和动作。这一方面强调了表演艺术中"述"与"行"的关联[①]；另一方面也以此切换视角，还原已经乏味的词语其原本的意义。20世纪初，霍夫曼斯塔尔诗学思想中发生的这种从语言到身体，从词语艺术到身体艺术的转折，其实也是一种找寻——找寻在词语中沦丧的感性，找寻词与物的同一。值得注意的是，他并没有不加区分地一律将舞蹈视作真实的表达，而是区分了传统的舞蹈种类如加伏特舞和自由的表现舞蹈（Ausdruckstanz）。他在表现舞蹈中看到了主体的解放和真实言说的可能，在传统的加伏特舞里看到的则是虚假的谎言和表象，就像传统的词汇语言一样。如此，他将他的语言批判与舞蹈美学结合起来，并在后来以此为基础发展出关于"纯粹姿势"的舞蹈美学思想。

这部舞蹈剧脚本有一自我矛盾之处：尽管它在内在主题上对书写文化持批判态度，但剧本本身却大量使用象征和寓意传统中的意象，进而深深扎根于这一文化传统。剧本的互文性和媒介间性特征指明它隶属于这一文化传统。与舞蹈作为强调瞬间性的运动艺术相反，大量象征图像的引入，以及文本对绘画艺术的依赖，都导致在剧本中勾勒的舞蹈动作负重过多，更像是静止的图像，不具有舞蹈的轻盈，这点在帕纳塞斯场景中体现得尤为明显。[②]所有这些都可以视作该剧在舞台排演时的困难。尽管霍夫曼斯塔尔多番努力，这部剧都未能上

---

①参考：Yang, Jin. „*Innige Qual*". *Hugo von Hofmannsthals Poetik des Schmerzes*. Würzburg: Königshausen & Neumann, 2010: 138.

②参考：Koch, Gerhard R. Bringt der Reine den Untergang? Hofmannsthal-Ballette: *Josephs Legende* von Richard Strauß und eine Uraufführung von Alexander Zemlinsky. *Frankfurter Allgemeine Zeitung*, 1992-01-28(25).

演，也印证了这点。考虑到 1900 年前后的媒介变革，这部剧作倒更像是文学在面对新型电子媒介的挑战时所进行的自我辩护。因为，在这部剧中，"书写文化的图书馆式想象力"①被激活了，剧本中的图像和人物形象都是由想象生成的。面对电子媒介的挑战，文学的弹药库里有的就是想象，用文字制造的感官幻象。因此，这部舞蹈剧可以算作一次文学的越界尝试，它想要在文字的体系里制造出图像充盈和身体在场的美学效果，进而突破其单一媒介（即文字）的界限。通过这种越界，文学的领地会有所变宽。

4.2.2 《学徒》中的理性批判、舞蹈与仪式性

霍夫曼斯塔尔于 1901 年 11 月在刊物《新德意志评论》（*Neue Deutsche Rundschau*）上发表了哑剧剧本《学徒》。该剧本这无疑是他众多作品中极其特殊的一部。

首先，该作品的构思和创作时间与他的首部芭蕾舞蹈剧脚本《时间的胜利》基本同步，两者共同标记了霍夫曼斯塔尔在"语言危机"和"语言怀疑论"的促动下开辟新领域、尝试新体裁的努力。从这两部剧作开始，舞剧和哑剧成为霍夫曼斯塔尔创作中非常重要的文学体裁。霍夫曼斯塔尔之所以如此关注这种以身体表达为基础的艺术形式，一方面因为它不依赖于言语，不受制于语言符号的二分法表意原则（即能指符号与所指对象的分离）；另一方面因为它以感性、直观的身体为表达介质，虽然身体表达在一定程度上也能构成符号，但是它的"符号游戏"在运动中展开，似乎能"为文学的符号危机提供出路，也就是绕开文字，进入一种可以提供其他创作模式的媒介中去"②。同时，霍夫曼斯塔尔对这种身体艺术并非盲目地一味推崇，他知道身体语言虽然一目了然，但也有可能成为与词汇语言相似、以二元的语义指涉（即能指与所指的关系）为基础的符号系统——比如聋哑人使用的哑语，而这正是他在哑剧和舞剧的创作中所极力避免的。他看重的是通过有韵律的、舞蹈性的身体动作，表达内在的真实情感。在这点上，哑剧和舞剧血脉相连，正如霍夫曼斯塔尔在 1911 年的杂文《论哑剧》中所写的，"哑剧表演如果不能完全贯穿韵律，如果没有纯粹的舞蹈性，就不能成为哑剧；缺乏这一点，我们所见的戏剧表演就是演员莫名其妙地在用手而不是用舌头来表达，仿佛置身于无端而非理性的世界"（**XXXIV** 13）。

其次，《学徒》有着浓厚的犹太文化特色，这在霍夫曼斯塔尔的作品中非常

---

①Steiner, Uwe C. *Die Zeit der Schrift. Die Krise der Schrift und die Vergänglichkeit der Gleichnisse bei Hofmannsthal und Rilke*. München: Fink Verlag, 1996: 168.

②Brandstetter, Gabriele. *Tanz-Lektüren. Körperbilder und Raumfiguren der Avantgarde*. Frankfurt am Main: Fischer Taschenbuchverlag, 1995: 56.

少见。他虽然清楚知晓自己祖父辈中的一支具有犹太血统，却竭力避免任何与犹太民族或犹太文化建立联系的可能性，甚至歇斯底里地排斥任何将他与犹太民族相关联的尝试。①霍夫曼斯塔尔最初在构思这部哑剧时，曾为其设定了犹太文化的背景，以犹太人的传统姓名为剧中人物命名。在剧情塑造方面，他更是从自己在东加利西亚地区（Ostgalizien）服兵役时接触到的犹太戏剧中汲取灵感。②后来，在剧本付梓印刷之际，霍夫曼斯塔尔对剧中人物的犹太姓名进行了修改，并且删去了明显与犹太文化相关的内容线索。③但是，剧中隐含的犹太文化元素仍然对该剧的理解具有举足轻重的作用，这点在下文中将会做详细论述。

此外，《学徒》的出版过程也与众不同，扑朔迷离。霍夫曼斯塔尔曾竭尽全力试图促成舞蹈剧《时间的胜利》的编排上演，但是对这部同时期完成的哑剧却态度冷漠，甚至蛮横：已经印刷好的《学徒》单行本在作者的要求下被悉数销毁。④《新德意志评论》上发表的版本是该剧在作者生前的唯一出版稿，此后，霍夫曼斯塔尔甚至将这部作品完全剔除出自己的作品名单。⑤霍夫曼斯塔尔的这种排斥态度和该作品的离奇出版史为后世的研究设置了不小的障碍。一方面，该剧至今没有受到研究界的足够重视；另一方面，为数不多的研究文献大都致力于解决一个谜团，即霍夫曼斯塔尔为何要求销毁出版的单行本，却允许杂志上的发文？各种猜测和推理层出不穷，然而至今未见令人信服的论断。笔者在此无意费力揣摩作者意图，而尝试另辟蹊径，从理性批判、舞蹈和仪式性三个角度对剧本的主题内涵和其中的身体表达进行探讨。

理性批判

哑剧《学徒》的核心主题之一是对西方近现代的理性主义传统进行批判。这

---

①参考：Rieckmann, Jens. Zwischen Bewußtsein und Verdrängung. Hofmannsthals jüdische Erbe. *Deutsche Vierteljahrsschrift für Literaturwissenschaft und Geistesgeschichte.* 1993, 67(3): 466-483.

②关于哑剧《学徒》的创作背景，参见：Heumann, Konrad. Der Schüler (1901). In Mayer, Mathias & Werlitz, Julian (Hg.). *Hofmannsthal Handbuch. Leben–Werk–Wirkung.* Stuttgart: Metzler Verlag, 2016: 265-266.

③1901 年 10 月 18 日发行的《世界报》（*Die Welt*）文学板块曾刊登过这部哑剧演出的相关报道。报道提及了它的犹太文化背景："胡戈·冯·霍夫曼斯塔尔为新建的维也纳剧院 *Zum lieben Augustin* 创作的哑剧剧情发生在布拉格犹太人区。据悉，剧院为此还专门挑选了一位犹太演员。"（XXVII 340）

④1901 年 11 月，费舍尔出版社曾经宣布发行《学徒》单行本，但印刷好的 2300 册却被作者禁止投入市场，其中大部分后来都被化为纸浆。

⑤1917 年，沃尔夫·普日戈德（Wolf Przygode）希望在自己的杂志《创作》（*Die Dichtung*）中罗列霍夫曼斯塔尔的作品清单，并将列表交由作者本人过目，但霍夫曼斯塔尔将《学徒》从中划去了。

种理性主义传统主要建立在书本阅读的基础上，并以书本作为知识存储和传承的载体，具体表现为一种书写文化，抑或文字文化，它涉及生活的方方面面，塑造着人类感知世界和认识世界的基本方式。西方的线性字母文字要求一种特殊的阅读模式，即视字母语词为语义表征系统内的符号，其功能仅限于表达语义。在这种情况下，人感知到的具体对象成为所谓深层含义的载体，其自身的物质性和直观性被忽略。这种阅读模式一方面抹杀了人与世界进行直接交往的可能性，另一方面又忽略了交往对象的主体性，使双向度的交流蜕变成自我意愿的单向度投射。它的推广直接导致了一种扬理性而抑感性、重解读而轻感知的文化态度，这贯穿于人与世界、人与人的交往当中。霍夫曼斯塔尔在 1900 年前后的诗学反思和文学创作紧紧围绕着对这种感知方式和文化态度的批判。在舞蹈剧《时间的胜利》中，作者特意刻画了主人公以诗性想象和书本记忆为主导的感知方式。在他的眼中，世界不仅显得可以被阅读，可以被解释，而且还可以凭借阅读中的想象来加以美化甚至完全替换；在哑剧《学徒》中，霍夫曼斯塔尔同样突出了这种以阅读为基础的感知方式，但这里的"阅读"更多表现为一种以权力诉求为导向的"解读"，感知目光主要表现为主体权力欲望的外向投射。

《学徒》的情节非常简单，围绕一个炼丹术士、他的女儿和学徒三人展开，从头到尾都发生在炼丹术士的家中。剧情开始，术士在书房中钻研古书，妄图通过渎神的符号解读窥探生命的奥秘。他终于在三本书中找到了共通之处，于是误以为取得真经，能够将自己的影子唤醒，并任意指挥他做任何事情。这时他的女儿走进书房，打搅了他的幻想。年轻貌美的女儿名为桃贝（Taube，意为"鸽子"），不仅深受父亲宠爱，也是术士的学徒所暗恋的对象。因为术士不能区分幻想与真实，真以为自己拥有了掌握一切生命的权力，于是用自己的戒指逼迫女儿为他跳舞。女儿并不情愿，但是无奈屈于父亲的淫威。这时站在门口偷窥的学徒，以为得到这个戒指就能得到术士的女儿，满足自己的欲望。此前他向桃贝示爱无果，想借用戒指的请求也被术士拒绝。当他碰到一个入室偷窃的盗贼时，便萌生了以暴力取代术士的想法。剧本最后，女儿桃贝为了给秘密情人寄信，打扮成父亲的样子掩人耳目。经过书房时，学徒误以为她是提早回家的术士，随即放出盗贼将其杀死。在认清事实后，学徒愤怒追赶盗贼。更具讽刺意味的是，术士回到家中，竟没有认出女儿的尸体，而是以为自己的影子正在用功读书，他甚是欢喜，仰望上空，鞠躬作揖地表示对神灵的感恩和敬畏。

显而易见，情色和暴力是推动剧情发展的两个重要因素，也是该剧的两大主题，然而这些原本不受理性控制的身体欲望（或冲动）却与理性主义式的符号解读巧妙结合，形成一种张力。该剧对理性主义的批判，首先表现为对词语表达和书本知识的批评，如剧本题词——"Scaramuccio 不用言说就能表述深意"

（XXVII 43）——和学徒的控诉所表达的那样：

> 学徒："所有这些书，这里的还有那里的，于心灵来说都是死物，只能滋养大脑罢了。脑中即便充满愿望，欲念和梦想，也不会激起心中涌动的快感，心灵永远体会不到汹涌澎湃的喜悦！我的心灵干涸枯萎！[⋯⋯]"（XXVII 47）①

　　这种"心"和"脑"的对比明确表达了一味强调理性所造成的危机。阅读书本的经验导致理性占主导的感知方式，视觉性的观看蜕变成"阐释"和"解读"的目光，感知主体作为解释权的拥有者跟客体世界保持一定距离和等级秩序。剧中的炼丹术士发现三本书②里字符间的共通之处，就以为破解了生命的奥秘，这无疑印证了这一观点，即世界的可读性、可阐释性和可操控性。在他看来，只要破译书中的符号密码，就能成为执掌生命的大师。

　　炼丹术士的狂妄自大和他自恋式的权力幻想在他企图激活影子的场景中表现得淋漓尽致。术士利用魔戒唤醒自己的影子并令其唯命是从。③如同上帝按照自己的模样（Ebenbild）"创造"人类一样，术士唤醒自己的影子，由此他变得与神灵等同，正如他的台词所言，"这么做之后我就不再是人了"（XXVII 47）。至此，唤醒影子的场景不禁让人想起浮士德在书房里召唤地妖（Erdgeist）的情形，而女儿桃贝的中途出场，就像瓦格纳打搅浮士德一样，打断了术士唤醒影子的仪式，她的台词——"你不是一个人吗，在跟谁说话呢？"（XXVII 45）——恰恰点明，这个唤醒仪式无非是术士对无限神力的自恋式幻想罢了。有趣的是，影子像电影厅里的幕布一样反射出感知者的主观幻想，这一主题在舞蹈剧《时间的胜利》中也有出现：剧中诗人在现实中无法实现对舞女的热爱，因而将炙热的爱意投射到对方的影子上——"这是她的影子！它就躺在那里，在我的脚

---

　　①这里需要说明一点，霍夫曼斯塔尔早期的哑剧和舞蹈剧创作并未完全离开词语，剧中人物时而也有对白。

　　②在西方文化中，数字"三"有多重象征意义，因此有学者在文本阐释中会借题发挥，如卡琳·沃尔加斯特将此处的三本书看作世界三大宗教的象征（参见：Wolgast, Karin. „Scaramuccia non parla, e dice gran cose". Zu Hofmannsthals Pantomime *Der Schüler. Deutsche Vierteljahrsschrift für Literaturwissenschaft und Geistesgeschichte.* 1997, 71(2): 253）。哈尔特穆特·佛摩尔则进一步结合剧中的"指环"母题，认为《学徒》中的师傅与莱辛戏剧《智者纳坦》的主人翁有一定的可比性（参见：Vollmer, Hartmut. *Die literarische Pantomime. Studien zu einer Literaturgattung der Moderne.* Bielefeld: Aisthesis Verlag, 2011: 119）。这些论断都是缺乏佐证的联想。不管这部哑剧是否包含犹太教文化元素，术士所用的指环道具都不足以形成有力的论证，更何况《智者纳坦》中指环的作用完全不同。

　　③这种赋予死物生命的幻想在欧洲广为流传。犹太民族就有用黏土做人，然后赐予其生命的民间传说。霍夫曼斯塔尔应该是从中受到启发，将这一灵感修改加工到剧本当中。

边，在这片草坪上！"（XXVII 13）——他通过假想影子就是舞女本人，进而实现片刻的满足。在这部哑剧中，术士的权力欲望也正是通过影子得到满足。于是，在这部作品中理性主导的解读型感知模式与主体的权力诉求紧密结合了起来，作者对理性主义的批判同时体现为对主体权力欲和控制欲的批评。

舞蹈

剧中，术士极强的权力欲和控制欲也体现在他跟周边人的交往当中，他不仅肆意嘲笑学徒有限的符号解读能力，而且还严格管控女儿的生活起居，每次外出都会安排失明女佣在女儿房门前看守。对于女儿打断他唤醒影子的仪式，他一方面大为恼火，另一方面又着迷于女儿的美貌，百般谄媚之余还要求她跳舞，仿佛希律王要求莎乐美跳舞一样，影射潜藏的乱伦关系。[①]当女儿表现出对跳舞命令的抗拒时，术士取出魔法指环。在其"魔力"（XXVII 47）的作用下，女儿如木偶般跳起了舞。

> 桃贝脸上容光焕发，她摇摆臀部，迈出舞步，撩起披散的头发仿佛为自己披上面纱。（XXVII 46）

有学者曾就这一场景，将女儿桃贝解读为《浮士德》中格蕾琴（Gretchen）的姊妹形象："正如浮士德借助靡菲斯特引诱了格蕾琴，术士在这里运用指环，桃贝于是马上按照命令一板一眼地跳舞。她以披散的头发做面纱，表现得情色诱惑，其象征意义与格蕾琴找到珠宝盒相同。"[②]其实，霍夫曼斯塔尔构思的这一场景同样出现在他刚刚完成的舞蹈剧《时间的胜利》中。在该剧中，诗人通过敲击玻璃心来操控舞女的舞姿动作，而此处术士借用指环来逼迫女儿为其献舞。两者都表现了男性操控者的权力欲望，女舞者不过如同木偶，完全在其掌控之中。舞者的每个动作，都是操控者内心欲望的外在体现，披散的头发并非表现女性的主动示爱，而是凸显出操控者的情色欲望。引文中的面纱比喻——桃贝"撩起披散的头发仿佛为自己披上面纱"——影射莎乐美的七层纱之舞，强调舞蹈的情色意味。桃贝舞蹈的诱惑性也可在隐秘旁观者的反应中读出："学徒靠

---

①值得注意的是，芭蕾舞剧《时间的胜利》中也有女儿为父亲跳舞的场景，但其中表现的父女关系与这里截然不同。《时间的胜利》中是女儿主动为头晕眼花的老父亲跳舞，使其愉悦；在《学徒》这里是父亲强令女儿为他跳舞，类似于德国谚语"die Puppen tanzen lassen"（"让玩偶跳舞"）的说法。不过两部剧对这一场景的表现虽不相同，但也有相通之处：其一是物化女性，将女儿的肢体作为男性的观赏对象（Schau-Objekt），其二是将跳舞这一行为理解为馈赠（Geschenk）。

②Daviau, Donald G. Hugo von Hofmannsthal's Pantomime: *Der Schüler*. Experiment in Form–Exercise in Nihilism. *Modern Austrian Literature*, 1968, 1(1): 14.

着门，着迷地蜷起身子。"（XXVII 46）就像霍夫曼斯塔尔的同行好友理查德·比尔-霍夫曼（Richard Beer-Hofmann）在哑剧《催眠师皮尔洛特》（*Pierrot Hypnotiseur*）中勾勒的一个场景：那儿是女主人公科伦碧娜的舞蹈点燃了皮尔洛特的欲火，这里是桃贝的舞步唤起了学徒的情思；而且桃贝舞蹈时的恍惚状态也与科伦碧娜被催眠的状态相似。[1]如此，桃贝无疑是父亲和学徒共同的欲望对象。

学徒继承了术士师傅的衣钵，同样研习符号解读，将魔法戒指视为权力的保障，妄图从中获得他在书本中求而不得的欲望满足。他借用戒指的祈求被师傅驳回，向桃贝的示爱则被冷嘲热讽地无情拒绝，于是心里占有戒指的愿望愈发强烈。为了达到目的，他和一个闯进师傅家的盗贼一同谋划杀掉炼丹术士，将戒指占为己有。就连这个计划的实施也深受符号解读的影响。学徒和躲起来的盗贼一起等着师傅回家，但是他又希望借助"命运预兆"（Schicksalszeichen）来帮自己下决心："我来投硬币。正面六朝上就放他一条生路，反面一朝上就取他性命。"（XXVII 51）这时，他投掷的硬币三次反面向上，而家中的落地钟也突然停了下来，这些都被学徒解读为上天发出的死亡预兆。学徒于是得出结论，认定师傅的死是命中注定的，自己杀死师傅是在完成上天的使命："我杀了他不过是完满了他的命运。"（XXVII 51）这种以主观愿望为导向的符号解读无异于盲目迷信，他将偶然的巧合解释为上天的指示，其实不过是内心欲望的外在显现，最终导致了灾难性后果：为了蒙骗看管自己的瞎眼女仆，桃贝乔装成父亲的样子走过书房。学徒没有识破伪装，给盗贼下了决定性的指示，杀了所谓的"师傅"。随之而来的是学徒和盗贼的狂喜，他们误以为如愿以偿，跳起舞来。

> 他们手舞足蹈，如两个恶魔般携手跳起了舞。突然，他们停下来，屏息对视，接着又一次跳了起来。（XXVII 52）

与桃贝的舞蹈不同，学徒和盗贼两人跳舞的动因源自内心，并非外在指令。得偿所愿的灭顶般狂喜让他们情难自己："一切都是我们的了！"（XXVII 52）虽然桃贝的舞蹈妖娆多姿、妩媚动人，但无非是木偶之戏，只能映射操纵者（师傅）充满目的性的欲望，而学徒和盗贼的狂欢舞蹈尽管"恶魔般"狂野，却是舞者本人真实情感的直接外露。如果说桃贝的舞蹈犹如字母符号，指涉的是自身以外的所指对象，那么学徒和盗贼的热情舞姿无疑便是自我指涉的理想符号。

---

①关于《学徒》和《催眠师皮尔洛特》的比较研究，可参见：Hank, Rainer. *Motifikation und Beschwörung: Zur Veränderung ästhetischer Wahrnehmung in der Moderne am Beispiel des Frühwerks Richard Beer-Hofmanns*. Frankfurt am Main: Peter Lang Verlag, 1984: 259.

从霍夫曼斯塔尔的舞蹈美学角度来看，这里的手舞足蹈是一种由内在冲动引发的、纯净的、不造作的身体表达，是真实情感的直接表现，即便这种情感——指这里的狂喜——其实建立在错误认识的基础之上。哑剧《学徒》中刻画的关于被迫舞蹈和情感冲动下的不禁跳舞这一对比，构成霍夫曼斯塔尔在对身体表达和舞蹈艺术进行美学反思时所关注的核心问题。多年后，他在此基础上发展和构建了关于"纯净姿势"的美学思想。

仪式性

学徒的狂喜很快被愤怒取代，野性的舞蹈之后是在震惊中认清真相，随之而来的是另一种情感冲动下的、纯净的身体表达：他"眼神疯狂"（XXVII 52），怒追盗贼而去。如果说学徒之前还觉得自己是命运的执行者，那么他现在满脑子只剩下自己铸下的大错。就连妄图通过符号解读而一跃成神的炼丹术士也必须为他的自我神化和渎神行为付出惨痛的代价：

> 师傅走进门，看到自己的形象坐在书桌前，吓得脸色苍白，很快明白：这是他的影子，上天赋予它生命。师傅仰望上空，感恩戴德地将双臂举向天空，冲着假象深深鞠躬，以节日庆祝的舞步环绕它三圈。再次鞠躬。这个形象好像完全沉浸在神圣的书本当中，没有注意到他，他满怀敬畏之心，闪入卧室，不敢打扰这位沉默的读者专心读书。（XXVII 52-53）

这个结尾场景与剧本开端激活影子的仪式场景交相呼应，多处重合，凸显其嘲讽意味。该剧伊始，师傅以博学的符号解读者出场，自以为找到了书本中隐藏的生命奥秘，现在却把女儿真真切切的身体错认为自己创造的附身（影子人）。他甚至自恋地相信，影子由"上天赋予了生命"。值得注意的是，他在这里没有像第一个场景中那样，将创造生命的力量归功于自己——"现在我拥有唤醒死物的力量了"（XXVII 44），而是认为"一种更伟大的力量"（XXVII 52）实现了这一神迹。无比自恋的师傅在面对眼前"现实"展现出的、超越自己的力量时，反而变得收敛而谦卑。他的转变归因于一个错误的认识：他以为，他所创造的影子人，不仅具有生命，而且像他一样用功好学；在影子人的阅读姿势中，他的作品达到了极致。于是，这位曾经狂妄自大、僭越神权的师傅现在却以虔诚的姿态感谢上天，对影子毕恭毕敬，还不禁跳起了"节日庆祝的舞步"，正如他自以为成功唤醒影子时所做的那样："他像愉快的舞者般迈开步子。"（XXVII 44）重复出现的庆祝舞步将其中的讽刺意味推向顶峰。至于他在后来如何发现事情的真相，认出女儿的尸体，剧本虽然没有交代，但也可想而知。

剧本结尾处的"沉默的读者"——真实身份是女儿桃贝——原本应是两位符号解读者（师傅和学徒）共同关注的欲望对象，却先后被认错，成为符号误读的受害者。在影子与女儿的混淆中，在师傅的"误读"和由此产生的喜悦中，哑剧的悲剧性达到高潮。不仅师傅作为经验丰富的符号解读者误认自己的亲生女儿，而且他还给予这个错误的认识一种虔诚的姿态。师傅在喜悦和虔诚中回归因渎神行为而被打破的宗教性世界秩序。这种秩序的重构建立在对事实的错误认知上：师傅感谢上天的恩赐，而这种恩赐其实是对他的惩罚，这是该剧结尾传递的主要信息。女儿的名字叫桃贝（Taube），在德文中其本意指鸽子，而在犹太教传统中鸽子是用来化解恩仇的祭祀品。[①]换言之，剧本结尾呈现的无疑是一个祭祀仪式，通过牺牲鸽子／桃贝，师傅／父亲所犯的渎神罪行得到宽恕，神人矛盾得以化解，上天与凡尘的等级秩序得以复原。因此，师傅在结尾场景中的身体动作——从他"仰望上空"到"鞠躬敬礼"再到"庆祝般的舞步"——都是仪式性行为，而且是发自内心的虔诚举止。"虔诚"作为霍夫曼斯塔尔舞蹈美学中的一个核心概念，将身体表达的纯净性和仪式行为的身心同一性——真实情感的外化——联系起来。而在这部哑剧中，这种虔诚建立在错误的认知基础上，暂时掩盖了杀戮罪行和失去亲人的痛苦真相，以此对师傅践行的解读型感知模式进行尖锐的嘲讽和批判。

整体而言，霍夫曼斯塔尔的哑剧《学徒》与他同时期完成的舞蹈剧《时间的胜利》类似，都刻画了一种以书本阅读为基础的感知方式。按照这种感知方式，世界和生命可以像书本一样被阅读、被阐释。然而在《学徒》中，这种感知目光不仅表现为理性主义式的解读，而且跟感知主体的权力欲和控制欲紧密关联，无论是师傅的造人幻想，还是学徒出于占有目的的几次错误解读，都证明了这点。这里，对符号的解读无异于主观愿望的向外投射。在结尾处，连师傅都没辨认出自己女儿的尸体，这一事实无疑使他在剧本开端表现出的、超强的符号解读能力显得荒谬滑稽。哑剧以师徒二人的几次"误读"实践来说明生命的不可捉摸和不可控性。其实，霍夫曼斯塔尔早在 1893 年创作的诗剧《愚人与死神》中就已指明这点，他在剧中写道：

> 这种生物多么奇妙，
> 不能解释的，他们还要解释，
> 没有写出来的，他们还要阅读，

---

①关于鸽子在犹太教传统中的象征含义，可参见全集编者的批注点评：Hofmannsthal, Hugo von. *Sämtliche Werke. Kritische Ausgabe. Band XXVII: Ballette–Pantomimen–Filmszenarien.* Frankfurt am Main: Fischer, 2006: 342.

> 混乱之物，他们将其绑在一起，
> 在永久的黑暗中，他们还要寻找道路。①

剧中，桃贝的死亡不仅意味着师傅和学徒失去了欲望对象，它还指明了以理性为主导的符号体系所面临的危机。②首先，桃贝乔装打扮成父亲的模样经过书房，这本身就是出乎意料的情节发展，为固定的符号表意系统带来了偶然性和不确定性，而这种偶然性与稳固的表意系统格格不入，因为符号表意的运行规则是以能指与所指之间的、牢固的指涉关系为基础的，就像每个单词的含义是经过无数次的重复固定下来的，一旦偶然性介入，这个单词就可能不再代表其原有含义，进而产生歧义，导致交流的混乱。其次，桃贝的死亡在一定程度上归因于她的伪装，她模仿父亲导致被误当作父亲，这说明能指符号的可替换性。一个符号经过乔装，可以指涉其原本并不指涉的所指对象，获得它原本并不具有的含义。因此，以表征和再现（Repräsentation）为基本运作逻辑的符号系统变得不再稳定可靠，语言再现现实的功能及其合法性受到了质疑，它与现实的紧密关联不再是理所当然。这种日益强烈的语言怀疑观逐渐演变成为时代的症结。霍夫曼斯塔尔很早就观察到符号体系所面临的危机，他在 1900 年前后的诗学反思和文学创作中不断地探讨这个危机，并试图找到克服危机的办法。也正因为如此，他将关注点转向身体和舞蹈语言，试图在运动的、直观的身体表达中找到一种新的表意系统和言说方式。也正因为如此，哑剧和舞蹈剧成为他中后期创作中不容忽视的重要体裁，而且有关身体的表达潜能的探讨一直贯穿他的艺术思想和文学实践。

4.3 霍夫曼斯塔尔舞蹈美学的形成——兼论圣丹尼斯的影响

1900 年前后的德语世界经历了一场规模空前的社会与文化变革：一方面，现代工业推动大都市（如柏林和维也纳）的形成，高效率、快节拍成为工作与生活的基本准则，而现代技术产物（如汽车、电话、电影等）的推广更是增强了现代人对运动和自由的追求；另一方面，都市生活的嘈杂和事物的快速更替对传统的认知和表达方式提出挑战，多种文化危机形态同时出现。霍夫曼斯塔尔在经历这种变革时观察到一种普遍的语言危机，并在这种危机的促动下试图

①Hofmannsthal, Hugo von. *Sämtliche Werke. Kritische Ausgabe. Band III: Dramen 1.* Frankfurt am Main: Fischer Verlag, 1982: 79.

②有关符号体系中女性作为欲望对象的论述，参见：Bronfen, Elisabeth. Weiblichkeit und Repräsentation–aus der Perspektive von Ästhetik, Semiotik und Psychoanalyse. In Bußmann, Hadumond & Hof, Renate (Hg.). *Genus. Zur Geschlechterdifferenz in den Kulturwissenschaften.* Stuttgart: Kröner Verlag, 1995: 408-445.

找寻一种新的表达和言说方式。这时，他与现代舞蹈家露丝·圣丹尼斯的相遇则由历史的偶然转变成为文化发展的必然：一方面，舞蹈具有作家所追求的直观性、现场感和快速度；另一方面，这一时期的舞蹈也在经历从传统到现代的改革，现代自由舞摆脱了传统芭蕾舞蹈的规范和束缚，追求人性的解放和自由。在这一范式转换的历史语境下，艺术家和知识分子纷纷就自由运动的身体——尤其以女性身体为主——展开探讨。

现代自由舞的兴起与心理分析的科学认知和文化批评的时代精神（Zeitgeist）紧密关联。按照当时的理论话语，身体表征着被压抑的灵魂与无意识的症候，是未曾被表达、无法被言说者的物质媒介。通过身体，人类向外投射出追寻自由与体验自然的深层欲望。伴随着自由舞蹈的高歌猛进，赤脚、蓬裙和（半）裸体逐渐取代了昔日的舞鞋、芭蕾短裙和紧身胸衣，由此为舞蹈艺术的个性化与自然化发展开辟了更为广阔的自由空间。[①]

1900 年前后，舞蹈经历的此番关键转折，离不开女性舞者的突出贡献。她们不但经由表演将芭蕾舞从陈陈相因的古典窠臼中解放出来，更作为创作主体凸显了女性舞者自身的艺术才能。作为这一范式嬗变的积极推动者，霍夫曼斯塔尔不仅为众多舞剧撰写脚本（或剧本），同时也与女性舞者共同探索身体的艺术潜能以及女性舞者的创造力问题。在他眼中，女舞者同样是真正的艺术家，因而要与她们进行地位平等的对话并开展创造性的合作。

北美自由舞蹈艺术家露丝·圣丹尼斯曾在欧洲进行为期数年的巡演，在此期间她与霍夫曼斯塔尔交往甚密。通过频繁的书信往来、当面沟通以及共同创作，两人的友谊日渐升温。这一交往模式类似于日后霍夫曼斯塔尔与其他舞蹈家——比如与格雷特·维森塔尔——的友情。1906 年 11 月 7 日，霍夫曼斯塔尔与好友哈里·凯斯勒伯爵共同观看了圣丹尼斯在柏林上演的舞剧《拉达》（Radha）（见图 4-2）。由于受到圣丹尼斯演出的强烈感染，霍夫曼斯塔尔将这位异域舞蹈艺术家盛赞为"无与伦比的舞者"。随后他与圣丹尼斯在柏林相识，并于 1906 年 12 月 12 日写信给笔友海伦娜·冯·诺斯蒂茨（Helena von Nostitz）说："当她[圣丹尼斯]曼妙起舞时，是如此聪颖而可爱[……]。她是个引人注目的人，禀赋身体天分的同时又那么有思想。"[②]1907 年，圣丹尼斯前往维也纳巡回演出时，在罗道恩（Rodaun）拜访了霍夫曼斯塔尔，两人相谈甚

①关于舞蹈史上的这一重要转折可参考：Marschall, Susanne. *TextTanzTheater. Eine Untersuchung des dramatischen Motivs und theatralen Ereignisses „Tanz" am Beispiel von Frank Wedekinds „Büchse der Pandora" und Hugo von Hofmannsthals „Elektra"*. Frankfurt am Main u.a.: Peter Lang Verlag, 1996: 41; Faust, Nicole. *Körperwissen in Bewegung: vom klassischen Ballett zum Ausdruckstanz*. Marburg: Tectum Verlag, 2006.

②Nostitz, Oswalt von (Hg.). *Hugo von Hofmannsthal–Helene von Nostitz. Briefwechsel*. Frankfurt am Main: Insel Verlag, 1965: 29.

欢，催生出一系列艺术创作计划，其中包括：为圣丹尼斯改编《莎乐美》（*Salome*），创作芭蕾舞剧《国王与女巫》（*Der Kaiser und die Hexe*）、戏剧版本的《恐惧》（*Furcht*），以及断片《女舞者的谈话》（*Die Gespräche der Tänzerin*）和《致一位女舞者的信》（*Brief an eine Tänzerin*）。

图 4-2　1906 年圣丹尼斯的《拉达》剧照之一①

圣丹尼斯后来在其自传《未完成的人生》（*An Unfinished Life*）中生动描绘了两人热烈的对谈以及他们共同的美学追求：

> 诗人与我成为挚友。我们常常漫步良久，一直走入乡村，那儿使
> 我们想起并谈论埃及和巴比伦的神秘与美感。他和我都在思索，《拉达》

---

①图片来源：Ruth St. Denis in *Radha*, Aufführungszeit 1906. https://digitalcollections.nypl.org/items/510d47df-848b-a3d9-e040-e00a18064a99.

能为舞蹈带来怎样全新的启示。他有着卓越的精神和清晰的头脑，能用美学术语连贯地思考和感受，却没有少数诗人身上自恋的矫揉造作。他总是试图表达半仪式性、半情感化的特质，并觉察到这类特质在我的表演中尚未充分发挥出来。他的诗学思想融合了爱的潜藏之美，直到现在都还没被人表达出来。我们之间绝不存在爱人之类的情愫，但我们是两位艺术家，一位是男性、一位是女性。我们对彼此身上的价值有敏锐的觉察。共处的欢乐时光所遗留下的那些残片，具有令人魂牵梦萦的美，蕴藏着比我往昔的表达更为伟大的力量，也包含对这位男性极为真挚的仰慕。①

舞蹈学家加布丽埃勒·布兰德斯泰特认为："正是女性舞者露丝·圣丹尼斯使霍夫曼斯塔尔谙熟新式舞蹈的基本思想。"②基于对这场演出的印象，霍夫曼斯塔尔撰写了个人首篇关于舞蹈表演的评论《无与伦比的舞者》。"这篇文章让圣丹尼斯觉得，自己得到了此前公开褒奖中未曾有过的理解。"③也正是在这篇评论中，霍夫曼斯塔尔首次大篇幅地阐述了自己的舞蹈美学观念。一年以后，霍夫曼斯塔尔舞蹈美学的另一重要文本——虚构性谈话录《恐惧》——问世。读者可以透过该文的构思与内容窥见其与现实经历的照应。霍夫曼斯塔尔与圣丹尼斯的对谈始终围绕舞蹈美学而展开，其中尤其以舞者身体的创造潜能与表达潜能为重，这些议题构成了霍夫曼斯塔尔多部作品的创作背景。可以说，霍夫曼斯塔尔的舞蹈美学在圣丹尼斯身上得到了完美的体现。这里，笔者尝试聚焦于霍夫曼斯塔尔的评论文章《无与伦比的舞者》和虚构对话《恐惧》，通过具体的文本分析，论述他的舞蹈美学思想，同时呈现女性舞者圣丹尼斯对霍夫曼斯塔尔及其舞蹈美学的形成所产生的重大影响。

4.3.1《无与伦比的舞者》：感性与神性在仪式舞蹈中合一

1906 年 11 月 25 日，维也纳《时代》（*Die Zeit*）日报上刊登了霍夫曼斯塔尔的评论文章《无与伦比的舞者》④，文章对圣丹尼斯的《拉达》做出了极高评价。在这场演出中，圣丹尼斯呈现了一位身处庙宇的印度教女神形象。对霍

---

①转引自: Mistry, Freny. On Hofmannsthal's *Die unvergleichbare Tänzerin. Modern Austrian Literature*, 1977, 10(1): 39.

②Brandstetter, Gabriele. Der Traum vom anderen Tanz. Hofmannsthals Ästhetik des Schöpferischen im Dialog *Furcht. Freiburger Universitätsblätter,* 1991(30): 42.

③Brandstetter, Gabriele. Der Traum vom anderen Tanz. Hofmannsthals Ästhetik des Schöpferischen im Dialog *Furcht. Freiburger Universitätsblätter*, 1991(30): 42.

④Hofmannsthal, Hugo von. *Sämtliche Werke. XXXIII: Reden und Afusätze 2*. Frankfurt am Main: Fischer Verlag, 2009. 后续出于该卷本的引文均在括弧中标注卷号和页码。

夫曼斯塔尔而言，《拉达》为他带来了双重震撼：一方面，印度宗教仪式性舞蹈的陌生性强烈地吸引着他；另一方面，女性舞者身体中巨大的表达潜能深深震撼着这位诗人。《无与伦比的舞者》一文极力以言语表现异域风格，以此贴切地描述这场舞蹈演出。霍夫曼斯塔尔似乎认为，只有借助"无法说明""难以描述""不可言说"等带有否定前缀的形容词作定语，才能将圣丹尼斯的舞蹈风格通过概念加以描述（见图4-3）。

图4-3　1906年圣丹尼斯的《拉达》剧照之二[①]

[①]图片来源："Ruth St. Denis in Radha." The New York Public Library Digital Collections. 1906. https://digitalcollections.nypl.org/items/510d47df-848c-a3d9-e040-e00a18064a99.

在评论开篇，霍夫曼斯塔尔对女性舞者的神秘出身及其舞蹈艺术的异域起源做出了一番推测。文章认为，女舞者很可能"看到过东方的永恒之物"，然而却"并非透过寻常的双眼"。霍夫曼斯塔尔认为，舞者的艺术是瞬间的产物，与时间并无关联①，而是"如闪电般"（XXXIII 116）直抵灵魂。以此为背景，霍夫曼斯塔尔为舞蹈演出的异域风格设想出一个拒斥知识渗透的闭合结构：

> 我认为，像我们这样极少精巧、极少繁复的时代中，没有什么能媲美这位在欧洲舞台上翩然起舞的姑娘的舞蹈。我认为，这类艺术在十年前不可能出现——我指的是那全然陌异但却绝不为这神秘的陌异性而赧颜的艺术。它并不寻求中介或桥梁，而且也无关教化或示范，它并不旨在让人们接近什么。它仅仅将全然陌异之物呈现在我们面前，不带丝毫民俗志的、猎奇式的狂妄，而只是为了它自身的美。（XXXIII 116）

在此，霍夫曼斯塔尔不仅描绘了令他震撼的异域风格，同时也透露出自己在巴黎世博会后对异国文化日益浓厚的兴趣。霍夫曼斯塔尔认为，他者性（Alterität）确保了舞蹈中的美感与感官性（Sinnlichkeit）。诗人将自己视为舞剧的观察者，见证舞蹈中"精神享受时的神性氛围"骤然抵达"真实的感官生活"，他将这一过程称为"欧洲幻想与亚洲之美的相互渗透"（XXXIII 117）。其中既指涉东方与西方世界的和谐交融，同时也关乎西方舞者身体中呈现出的印度精神与异域美学。对此，美国学者弗雷尼·米斯特里（Freny Mistry）在英文研究文献中这样评价道："在圣月尼斯对印度精神特性的诠释中，她找到了 20世纪东西方之间日益紧密的、镜像般的智识纽带。"②

实际上，霍夫曼斯塔尔也描绘了自己想象中东西文化的际会：

> 这位姑娘和她庙宇间的舞蹈完全是瞬间的儿女。在那一瞬间，婆罗门的子嗣置身剑桥和哈佛的实验室里，得以从物质中确证远古的智慧。在那一瞬间，日本人用英语写就的奇妙精巧、言浅意深的文字，经由贝纳雷斯和加尔各答出版，丰富着我们图书馆的藏书。在那一瞬间，有一位美国人，母亲来自希腊，他透过诸多业已成名的著作，向我们揭示日本人的内心生活，进而照亮我们自己的古典与当下，使之焕然一新、重现魔力。在那一瞬间，一位德国犹太人成为鞑靼人和库什人

①评论中的原文表述是："她是否曾在他们中间生活过，不管为期数年还是几个小时——这些和时间能有什么关系！"（XXXIII 116）

②Mistry, Freny. On Hofmannsthal's *Die unvergleichbare Tänzerin. Modern Austrian Literature*, 1977, 10(1): 34.

> 蒙古包旁的邻居，对那东方圣书中最艰深、最崇高的典籍进行双重翻
> 译，先是译成法语、而后是德语——每一本都是以凝练的语言而写就
> 的杰作，都由"原始的语词"缀连成篇……（XXXIII 117）

霍夫曼斯塔尔在此畅想和谐而神秘的理想景观，这一世界图景或许与诗人乌托邦式的宇宙观紧密相连。值得注意的是，它与当时的殖民话语有着根本性的区别，因为霍夫曼斯塔尔并不企图征服其他文明，而是尝试理解、学习异域文化，进而从中推演出具备普世性的本体论以及人类学视域下的审美价值。

实际上，霍夫曼斯塔尔在早期的诗学沉思中就已经开始追本探源，几度回溯文化与人类精神的先验特性：他1891年发表的首篇随笔《论现代爱情的生理学》（„Zur Physiologie der Modernen Liebe"）论及"身体、感官"，将之视作"所有诗的根基"（RA I 95）；后来，霍夫曼斯塔尔又将隐喻理解为"一切思想的真正根源"（RA I 190）；而《关于诗的谈话》则以献祭仪式为论述对象，将诗歌的源头归结到人类的肉身，认为诗歌象征与献祭仪式同源，从而揭示诗歌的人类学起源。这些对文化源流的人类学探讨，致力于重新审视文化中长期被精神性所遮蔽的感官向度。

除此之外，霍夫曼斯塔尔还想象了不同文化相互融合的具体场景，以此转置理性的书写文化。在上文中，从知识生产（剑桥和哈佛的实验室）到对知识的表达（语言）与传播（出版）再到知识的存储（书籍和图书馆），这种转置几乎包含知识文化及其秩序的全部元素。霍夫曼斯塔尔认为，舞蹈与书写文化、知识存储同源而生，因而将圣丹尼斯的舞蹈视为与知识并驾齐驱的一种艺术形式。在文本结尾，霍夫曼斯塔尔将舞者圣丹尼斯与拉夫卡迪奥·赫恩（Lafcadio Hearn，即上文中的"一位美国人"，后来归化日本，改名"小泉八云"）与亚历山大·乌拉尔（Alexander Ular，即上文中的"一位德国犹太人"）并列，认为他们是那个时代最重要的文化与知识的传播者。

相较于占据主导地位的文本、书籍等书写文化，舞蹈中的身体展演更为直观、清晰并且令人记忆深刻。舞蹈中运动的身体超越了语言的局限性，勾连起人类共同的远古经验。因此，在跨文化比较的视域中，舞蹈作为超凡的身体艺术具备了逾越语言和文化壁垒的广阔前景，有望实现直接的交流。通过舞蹈的感官性，语言、文化与国家间的界限得以消弭。"与异域事物，尤其与异域身体及运动图景的交会"，为"深陷颓废主义和殖民主义的欧洲思想和文学界"带来了全新的美学刺激。[1]投向异域与他者的目光，最终反射回观察者自身，为欧

---

①Brandstetter, Gabriele. Tanz. In Haupt, Sabine & Würffel, Stefan Bodo (Hg.). *Handbuch Fin de Siècle*. Stuttgart: Kröner Verlag, 2008: 593.

洲文化的自我理解提供新的参照坐标。正如霍夫曼斯塔尔所言，"照亮我们自己的古典与当下，使之焕然一新、重现魔力"（XXXIII 117）。这种双向交互的目光，呼应着诗人在《恐惧》一文中传达的文化批评立场。

在描绘了邂逅异域文化的体验之后，霍夫曼斯塔尔进一步刻画作为艺术家的舞者形象。不过，在此之前他首先指出了舞蹈难以描写的特征："舞蹈中能被描述出来的，总是次要的东西——服装、感情、寓意。舞蹈中没有什么是感情抑或寓言的，就算服装[……]也仅仅有着最为次要的意义。"（XXXIII 117）霍夫曼斯塔尔并未开门见山地直接谈论舞蹈表演，而是先点明感情、寓言和服饰在舞蹈中的地位。

他将身着晶莹饰品起舞的女性舞者喻作一尊"神圣的塑像"，这尊塑像"在渐强的律动之中，骤然显现其裸露性"（XXXIII 117）。"借由肉身的异域色彩"，这种猛烈的感官印象抵达"封闭庙宇里一尊毫无遮掩的圣像的幻影之中"，显露出"超越感官的神圣性"（XXXIII 117）。虽然此处与前文对感官性的认同——"真实的感官性的生活"（XXXIII 117）乍看起来似乎相互矛盾，但是仪式性的庙宇舞蹈本身便具备这样的张力，即身体的感官性与神灵的神圣性在这种舞蹈中融为一体。[①]

就演出的仪式舞蹈而言，精神神圣感的在场至关重要。舞剧伊始笼罩着静谧的氛围，舞者"以佛的神圣姿态端坐于莲花之中"。与其说这般寂静意味着身体运动的缺席，不如说正是寂静构成了运动、动力以及生命力的"来源"。[②]舞者以印度神明超凡脱俗的姿态端坐，营造出浓烈的宗教氛围，为观者心灵带来

---

①凯斯勒伯爵提醒霍夫曼斯塔尔关注圣丹尼斯时，已经指出这种二元对立的同一性。他在 1906 年 10 月 29 日致信霍夫曼斯塔尔，提到舞蹈中"没有任何中间梯度"的"动物之美与神秘主义"。由于这封信对于理解文本和探讨霍夫曼斯塔尔的舞蹈美学理念具有关键意义，笔者在此以较大篇幅引用原文："我最近写信和你提到的圣丹尼斯，你一定要去看看。她是个奇迹。我现在又看到她身上的伟大之处，给我留下了对于舞蹈艺术最深刻的印象。那是印度的庙宇之舞，全然裸露，当然仍穿着重金属做成的童话般的长裙。赤裸的线条在此与褶皱的伤痕、厚重的优雅融为一体，使得服饰与女孩的身体仿若骤然消失，然而服饰与身体二者始终在丰盈与优雅中共同产生效果。这是我所见过的纯粹感官之美的最高境界。她是印度寺庙的舞女，身上只有两个极点：动物之美和神秘主义，没有任何中间的梯度，也没有感伤的声音；无性别的神性和性别化的女性，以最大的势能引发了两种效果间的对比……你一定得去看看这一切，会让你大有收获。"参见：Burger, Hilde (Hg.). *Hugo von Hofmannsthal–Harry Graf Kessler. Briefwechsel 1898 bis 1929*. Frankfurt am Main: Insel Verlag, 1968: 130-131.

②Waldenfels, Bernhard. *Sinne und Künste im Wechselspiel. Modi ästhetischer Erfahrung*. Frankfurt am Main: Suhrkamp Verlag, 2010: 209. 布兰德施泰特从另一方面指出舞者寂静姿态的震撼效果："芭蕾舞者的舞蹈似乎不是对其运动的言说。极具表达力的反而是她并未起舞的时刻——在那寂静的瞬间，在登台前的准备，在舞蹈后的精疲力竭。"参见：Brandstetter, Gabriele. *Tanz-Lektüren. Körperbilder und Raumfiguren der Avantgarde*. Frankfurt am Main: Fischer Taschenbuchverlag, 1995: 311.

强烈的震撼。舞者似乎在冥思，仿若让"某种无法言说的力量与整个身体合而为一"（XXXIII 118）。霍夫曼斯塔尔惊艳于这一沉思的姿态，甚至认为人们"甘愿再花十倍时间来观看这寂静的形态"（XXXIII 118），舞蹈因而收获了灵韵般的表现力[①]：

> 这丝毫不像由人类来模仿塑像。那[寂静]并非牵强做作的停滞，而有其内在的灵魂上的必要性。它如流体一般，从这位端坐女孩心底的最深处涌出，流向她静置的肢体。这涌流超越了爱莲诺拉·杜丝（Eleonora Duse）的曼妙姿态，使人无法将她[圣丹尼斯]视为别物。（XXXIII 118）

这段文字明确彰显出圣丹尼斯舞蹈的非模仿性（见图 4-4）。"非模仿性"是霍夫曼斯塔尔对舞蹈艺术作品的至高褒扬，就连此先被他盛赞的话剧演员杜丝也未曾获得此般盛誉。在霍夫曼斯塔尔眼中，杜丝的舞台表演艺术在模仿性的维度上登峰造极，能够用表情与姿态来"描画"那些"完整的心理与生理事件"（RA I 471）。相较而言，圣丹尼斯的舞蹈则更为高明地对艺术进行自我指涉，创造出一种自律化的艺术形式。后者所追求与表现的纯粹是"舞蹈自身"（XXXIII 118），因而在舞蹈中原原本本地实践"自我运动"（Sich-Bewegen）的理念，使舞蹈的力量由舞者内心生发而出并在身体中流转运行。在霍夫曼斯塔尔看来，即便是看似外在性的身体运动也如河水般涌流，具有"摄人心魄的衔接"[②]（XXXIII 119）：

> 这是运动。正是这些运动不断在节奏的涌流中彼此衔接。（XXXIII 118）
>
> 这是对姿态加以摄人心魄的衔接，这种衔接并非将一位女性舞者僵化成姿势。那是不断散发而出的绝对的感官之美，它并非某种惯例，至少不是欧洲的惯例，而是最崇高、最严谨、象形文字般的古老风格的惯例。（XXXIII 119）

---

①几行文字后，霍夫曼斯塔尔描写了静坐姿态的消解，即舞者的起身："她从这一姿态中起身。这起身恍若一个奇迹，像是寂静的莲花在我们面前向上耸立。"（XXXIII 118）

②如果考虑到舞者初始的静态姿势，此处指的是节奏序列上静态（stasis）与动态（kinesis）相互组合的"能量原则"（das energetische Prinzip）。参考：Brandstetter, Gabriele. Hofmannsthals „Tableaux vivants". Bild-Bewegung „im Vorübergehen". *Hofmannsthal-Jahrbuch zur europäischen Moderne*, 2007(15): 281-307.

图 4-4　1906 年圣丹尼斯的《拉达》剧照之三[①]

　　舞蹈运动迷人的动感蕴藏于活生生的身体性中，这意味着服饰与道具丧失了其物质性，它们不再隐匿自身而指涉舞蹈之外的其他事物[②]。霍夫曼斯塔尔在此提及象征的艺术手法，他认为女舞者"只是完全象征性地使用道具"（XXXIII 119），这些道具仅仅为运动的肉身施以标记，而身体的感官性仍然借由一种远古的风格熠熠生辉。霍夫曼斯塔尔认为，这种风格化的力量是"将稀有的生命体与远古的传统罕见地相互结合"，以此弃绝了舞蹈中"任何矫揉造作的痕迹"（XXXIII 119）。

　　①图片来源："Ruth St. Denis in Radha." The New York Public Library Digital Collections, 1906. https://digitalcollections.nypl.org/items/510d47df-84bb-a3d9-e040-e00a18064a99.
　　②原文表述如下："这些东西本应在她的舞蹈中谐振，但却失去了自己的生命。［……］因而，她对花朵、珍珠绳链抑或饮水之碗丝毫没有施以任何温柔或者任何超出角色的兴致，她的角色只是在舞蹈节奏的纠缠中获得了这些道具。"对服装指涉功能的扬弃，参考：Janz, Rolf-Peter. Zur Faszination des Tanzes in der Literatur um 1900. Hofmannsthals *Elektra* und sein Bild der Ruth St. Denis. In Gernig, Kerstin (Hg.). *Fremde Körper. Zur Konstruktion des Anderen in europäischen Diskursen*. Berlin: Achims Verlag, 2001: 206-207.

在霍夫曼斯塔尔眼中，这种毫无矫饰（Unsentimentalität）正是评价艺术及艺术家优劣的重要标准。所谓毫无矫饰，不仅要求艺术呈现避免矫揉造作、煽情刻奇，也与艺术家自身息息相关。两年后，霍夫曼斯塔尔在写给哈里·凯斯勒伯爵的信中评价道："圣丹尼斯是这样一种造物，她的存在使我们再怎么感激这个世界也不为过。对我而言，她几乎是唯一可以与希腊艺术相媲美的鲜活真实、毫无矫饰的伟大存在。"①在霍夫曼斯塔尔看来，毫无矫饰的特点来源于生命力与传统性的结合②，它使圣丹尼斯成为完美艺术的化身：在霍夫曼斯塔尔描绘的理想图景中，圣丹尼斯甚至被隐喻为古典时代的浮雕，被看成"吕底亚的舞者，从浮雕中走下"（XXXIII 120）。舞者追溯传统、弃绝感伤的创作理念使舞蹈演出收获了陌生化的效果，令多数观众感到陌异、遥远甚至无从比照。霍夫曼斯塔尔把这种特征具体化为女性舞者的神秘微笑：

> 这便正如她的微笑。从最初的时刻起，女子的心房和多数男子的感官好奇便对这位女舞者感到陌生。正是这一点使她的舞蹈无与伦比。这舞蹈直抵欲望的尽头，贞洁无比。它将自己全然交付给感官，却反而指向更为高远的东西。它是野性的，全然遵循着永恒的法则。舞蹈除了它自己，什么也不是，它显现出寓于自身之物。（XXXIII 119）

在霍夫曼斯塔尔的笔下，圣丹尼斯的蒙娜丽莎式的微笑"并非来自尘世"，而且"绝对不是女性化的微笑"（XXXIII 118）。霍夫曼斯塔尔不仅试图理解舞蹈演出和女性舞者那奥秘、神圣、超越感官性的特征，同时也分析了舞蹈艺术的自治化、闭合性的结构。这种结构并不意图借由舞蹈来再现什么，而是使一切都内蕴于舞蹈自身。这一艺术理念尤其体现在圣丹尼斯的笑容中，这种微笑由于具备感官性并且与世界陌异，因而兼具真实的直接性和完全的自治性。无论就男性欲求的凝视而言，还是从女性同一化的目光来说，她的微笑都是全然陌生的。

总结而言，自我指涉的舞蹈结构伴以极为克制的道具使用，加强了圣丹尼斯舞蹈表演的非模仿性特征。她的身体运动并不以再现为目的，更没有霍夫曼斯塔尔在杜丝的舞台表演中体察到的模仿痕迹。这场表演以自我指涉为核心，通

---

①Burger, Hilde (Hg.). *Hugo von Hofmannsthal–Harry Graf Kessler. Briefwechsel 1898 bis 1929*. Frankfurt am Main: Insel Verlag, 1968: 175.

②乌韦·希贝库斯（Uwe Hebekus）在霍夫曼斯塔尔的古体诗学语境中解读"生命力与传统性的结合"，他写道："这种确证并非源于渴望回归至某种所谓的疗愈性的自然秩序（ordre naturel）之中。相反，古代更多地被想象为自然与文化之间激烈碰撞的临界面。"参见：Hebekus, Uwe. *Ästhetische Ermächtigung. Zum politischen Ort der Literatur im Zeitraum der klassischen Moderne*. München: Fink Verlag, 2009: 269.

过充满异国情调的神秘舞蹈，统摄感官与超感官之间的张力。由于舞蹈中的一切要素都自我展现，因而"除了它自己，什么也不是"（XXXIII 119）。身体的自我展演取代了符号学意义上对他物的指涉①，舞蹈中感官性的流露与身体性的凸显"对符号而言是致命的，因为它们使符号无法通过常见的再现模式将自身消融于意义之中"②。

圣丹尼斯的表演艺术完美契合了霍夫曼斯塔尔对于艺术直接性的美学构想，体现出"惊人的、严格的、近乎拒斥的直接性"（XXXIII 120）。不同于伊莎多拉·邓肯等同时代的舞蹈家（见图 4-5），圣丹尼斯在舞蹈表演中实现了吸引与拒斥这对二律背反的同一。如果说伊莎多拉·邓肯邓肯的舞蹈表演宛如精密的计算，那么圣丹尼斯的演出则仿佛与自然融为一体。在文本的结尾处，霍夫曼斯塔尔将邓肯喻作"考古学教授"（XXXIII 120），认为她试图努力再现古希腊陶片上的身体运动。与之相比，圣丹尼斯的舞蹈艺术则具备至高的现实性，令舞者"从浮雕中走下"（XXXIII 120）。通过霍夫曼斯塔尔含意深远的隐喻，舞蹈的当下性得以彰显：它拒绝对陶片或浮雕的刻意模仿，试图实现运动与表演的自我呈现，从而使舞者从图案中"走下来"。霍夫曼斯塔尔对邓肯所实践的舞蹈艺术考古进行了尖锐的反讽批评③，认为这位舞者出于智识而追寻古典时代的直接性，却反而在对直接性的复刻中难以打破模仿的桎梏。圣丹尼斯则更为高明，她宛如一个吕底亚的舞者，自己从图案中走下来展演自身。通过对比两位自由舞的舞者，霍夫曼斯塔尔不仅在理论话语中确立圣丹尼斯的舞蹈艺术对模仿艺术的超越，更隐喻式地借助庙宇浮雕的物质性，将感官性从神圣的石雕中释放出来。通过隐喻，霍夫曼斯塔尔找到了自己舞蹈美学的核心理念：经由反模仿的舞蹈运动超越文化空间的阻隔，在古老的风格中使神圣性与感官性互相融合。

①德国戏剧学专家艾丽卡·费舍尔-里希特在其戏剧史研究中认为，1900 年前后的戏剧经历了表演转向（performative Wende）："戏剧转型为文化表演（cultural performance），于是表演功能统摄于指涉功能之上。戏剧由此被重新定义为表演艺术，其中指涉功能从属于表演功能。"参见：Fischer-Lichte, Erika (Hg.). *Theatralität und die Krisen der Repräsentation.* Stuttgart/Weimar: Metzler Verlag, 2001: 31. 关于戏剧演出中的表演美学，详见：Fischer-Lichte, Erika. *Ästhetik des Performativen.* Frankfurt am Main: Suhrkamp Verlag, 2004.

②Berndt, Frauke & Drügh, Heinz J. Einleitung [zum Teil „Körper"]. In Berndt, Frauke & Drügh, Heinz J. (Hg.). *Symbol. Grundlagentexte aus Ästhetik, Poetik und Kulturwissenschaft.* Frankfurt am Main: Suhrkamp Verlag, 2009: 124.

③邓肯为了表演更贴近自然的舞蹈，专门研究过古希腊陶器上的图画，模仿上面人体造型和动作来编排舞蹈动作。这在当时是很有影响力的。但霍夫曼斯塔尔认为这毕竟是模仿，比圣丹尼斯要逊色一些。我们从今天的角度来看，霍夫曼斯塔尔的这个表述不免有点夸张。邓肯实际上为推动舞蹈变革发挥了相当大的作用。

图4-5 邓肯在希腊酒神剧场演出[2]

4.3.2 《恐惧》：对"原始"舞蹈的憧憬

1907年10月，霍夫曼斯塔尔借鉴古希腊艺妓谈话的形式，在《新德意志报》上发表了虚构谈话录《恐惧》。当时，霍夫曼斯塔尔已经结识圣丹尼斯，并且极为欣赏这位西方的女性舞者对东方仪式传统的借鉴。在圣丹尼斯身上，诗人重新找到"被克服的恐惧"[1]，以及现代人身上早已丢失的同一性。《与圣丹尼斯的对话》一文的注释中写道：

> 舞蹈的一个目标（回归原始人）在于，我们如何才能返归同一。
>
> 她，像神一般，有着和动物一样的同一性。（克莱斯特：《论木偶戏》）
>
> 再度天真以怎样的精神状态为前提。（XXXI 175）

《恐惧》以追寻同一性和"再度天真"（die zweite Naivität）为主题，通过希米尼斯（Hymnis）和莱迪昂（Laidion）两位迥然相异的女性舞者的虚构谈话展开。两人表征着两个截然对立的精神世界：希米尼斯钟情古典舞蹈艺术，将自己视作艺妓（Hetäre）；莱迪昂虽然来自相同社会文化语境，但却不甘于艺妓的身份，企图在生活世界中获得自我解放。莱迪昂梦见"原始人"在岛屿上的远古舞蹈，从前她只在过夜的水手口中对它有所耳闻。[3]这种艺术形式为了舞蹈而舞蹈，超越了功能或目的，摆脱了文化和社会的种种限制。

两位舞者在精神世界上的差异，首先体现于价值观念的分歧。希米尼斯如是评价水手的酬劳："四个德拉克马，再加上那些礼物，就一个水手来说，这还

---

①毫无疑问，霍夫曼斯塔尔与圣丹尼斯之间的谈话对理解《恐惧》极为重要。可以说，霍夫曼斯塔尔的未竟稿《女舞者的谈话》（"女舞者"指圣丹尼斯）是对《恐惧》的续写："除关于杜丝的文章外，第三卷另有一篇关于圣丹尼斯：她身上被战胜之物；被克服的恐惧。"（XXXI 175）

②图片来源：Isadora Duran im Dionysus-Theater in Athen (1902). Foto von ihrem Bruder Raymond Duncan. https://en.m.wikipedia.org/wiki/File:Isadora_Duncan_1903.jpg.

③参考：Schäfer, Peter. *Zeichendeutung. Zur Figuration einer Denkfigur in Hugo von Hofmannsthals „Erfundenen Gesprächen und Briefen"*. Bielefeld: Aisthesis Verlag, 2012: 171.

不赖。"（XXXI 119）与之形成鲜明对比的是，莱迪昂极少关注赠礼的物质价值，而仅仅希冀从客人那里探听岛上的传说。她请求水手在云雨之后留下继续讲述关于原始人的故事："留在这里，再给我讲讲。"（XXXI 118）当水手离她而去，莱迪昂便陷入忧郁，只能向友人倾诉自己的热望："我想让他在这待上20个夜晚，不加休息地跟我讲述。"（XXXI 120）

同时，两位舞者在艺术追求上也截然不同。希米尼斯说自己观赏过舞蹈家德莫纳萨（Demonassa）和她妹妹巴奇斯（Bacchis）的表演，并以溢美之词称赞她们舞蹈中的模仿艺术："要用到手的地方，巴奇斯最为擅长——当一位仙女化身为幼树，当安培里斯（Ampelis）易形为藤蔓——她真的成功了。我也想拥有她的手腕。在动物方面，她也非常成功——不论畏惧狂风但又随风玩耍的小鹿，抑或网中的鸟儿。"（XXXI 120）相较而言，莱迪昂对此类艺术倍感厌烦："哦，上帝，这一切是多么陈旧，多么不值一提。"（XXXI 120）紧接着她对模仿艺术加以批评："你模拟动物和树木的姿态：那么你能与它们融为一体吗？"（XXXI 121）不同于模仿艺术，另一种尚未开化但却更加自由的舞蹈出现在莱迪昂的梦中。无论莱迪昂自己还是水手口中那座岛屿上的居民，都沉醉于这类艺术。莱迪昂认为，"原始人"的这种远古舞蹈使人们能够全然忘我并以此摆脱"所有的恐惧"（XXXI 121）。

文本的标题已经表明，"恐惧"在此构成了莱迪昂舞蹈艺术美学的核心关键词。

希米尼斯： 怎样的恐惧？我跳舞时毫无恐惧。

莱迪昂： 你有欲望，而欲望就是恐惧。你的整个存在不过就是在欲望、在追寻。你来回舞动，难道要逃避自己吗？你把自己隐藏起来，难道要隐藏在内心永不止息的欲望之后？[……]你能从长袍中起身，却可曾从恐惧中起身？你是否能在短短两小时内摆脱一切恐惧？他们[译注：指岛屿上的"原始"居民]可以！他们在圣树之下这样露天舞蹈时，毫无恐惧。（XXXI 121）

由此可见，"恐惧"这一概念意涵尤为丰富，包括各种心理状态与主观感知，涉及人类学意在探讨的人的文化本质以及认识的可能性问题。作为一种心身症候，"恐惧"在文中被理解为刻入肉身的内在陌异。由于它也作为本能的欲求控制着心理上的自我，人们因而无法彻底摆脱这种恐惧。所以莱迪昂在这里不仅拒斥了希米尼斯所主张的符号化、再现性的模仿论，而且更进一步明确指出了两种舞蹈形式的本质区别：古典舞蹈将自身定义为模仿艺术，然而即便再怎么相似，模仿者永远都无法成为被模仿者本身。这一点使得古典舞蹈无法摆脱"模仿者"与"被模仿者"两相分离乃至相互撕裂的宿命。对比之下，岛上"原始人"那古朴的舞蹈则保证了自由和同一，原始岛民在这种艺术形式中摆脱所有"恐惧"，不再进行复刻和再现式的模仿，最终与被模仿者融为一体。

总而言之，古典舞蹈被视为模仿能力的身体性展演，而"原始人"的远古舞蹈则蕴含着一种原初的仪式，是舞者内在冲动的自我指涉。莱迪昂对这种不受限制的自由舞蹈梦寐以求，苦于古典再现舞蹈中对模仿的强制要求。如她下文所言，这种强迫已蔓延到人们的日常世界之中：

> 希米尼斯！我脚踩一根纤细的枝条，它那脆弱的存在融入了我，它就像紫罗兰和玫瑰的美一样，通过眼睛融入我，让我成为它的奴仆，使我夜不能寐。我想到这被诅咒的木头，就听从它的意愿，模仿它弯曲而僵硬的肢体，以至于当夜鸟凝视我时，以为我是塞萨利亚的女巫或是被附身的女人——难道人们不该为此感到害怕吗？（XXXI 123）

值得注意的是，莱迪昂此处将自己的存在描述为一个任凭外部世界摆布的事件，想象自己从外部被人加以观察和控制：她看到一根纤弱的小树枝，便立刻成为客体的奴仆，随后夜不能寐。她认为自己被枝条附体而模仿其中的美晕，而这模仿的举动又被表征外界陌生眼光的夜鸟所观察。实际上，舞者这里将外部的凝视内化为自我的审视，即舞蹈中观众投射出的目光直抵舞者肉身，进而转化为舞者心中规范性的、自我观察的目光。莱迪昂显然在此异化了她的自我，由此触发欲望、渴求、恐怖、期待等一系列无法摆脱的、指向未来的感知与心理。

恰恰在这些感知之中，舞者的肉身与心灵之间的沟壑日益加深："我想，我没有一刻不希望脱离我自己。"（XXXI 122）通过对未来尚未到场之物的心理想象，莱迪昂全然否定了身体在当下的存在，她由此得出了一个惊世骇俗的结论：遭到殴打和忍受饥饿的人无疑"更加幸福"，因为他们拥有痛苦、饥饿等强烈的身体感知。

> **莱迪昂**：我能想象，一个被打的女人，她是幸福的。人要是能躺在树荫下挨饿，那比印度的国王都更加幸福。但得像阿耳戈斯（Argus）那样躺在世上，浑身布满眼睛，总要睁开其中某一只：在一个男人的臂弯——这个男人爱你，你也觉得自己爱他。对身旁无动于衷的涟漪，你要用全部的灵魂去期待，而且不得不去期待，因为有什么东西强迫着你、有什么东西像螺丝钉一样套紧你，那是渴望，是恐惧……仿佛随着这阵阵涟漪，你的生命从自己的血脉中流淌出来[……]（XXXI 122）

上文表明，即使在最幸福的时刻（"在一个男人的臂弯——这个男人爱你，你也觉得自己爱他"）莱迪昂也无法完全将自我交付出去。于是，内涵丰富的"恐惧"不仅将当下的时点裹挟带入时间的线性之中，同时也消解了稳定的自我。流动的意识表征着身份危机和自我异化问题：文中"欲望""憧憬""期待""敬畏""恐怖"等词语共同隶属于"恐惧"这一核心概念，指代某种缺席的陌生之物。为了得到或避免这种陌生之物，人物不得不做出行动。"恐惧"在这里构成了舞蹈的动机，所以人们也并不纯粹是为了舞蹈而舞蹈。当他们舞蹈时，身体的表达极少受到内在冲动的调控，而是被当作由摆脱肉身的力量所引导的运动。文中的两位女性舞者都像木偶一样，把自己的身体交给外力：

    莱迪昂：如果不是因为恐惧，我们为什么要舞蹈？它绷紧那根系在我们肉身中的弦绳，来回拖拽我们，让我们的肢体四处飞舞。（XXXI 123）

此处"弦绳""肢体"等隐喻与海因里希·冯·克莱斯特于 1810 年发表的文章《论木偶戏》形成互文。就克莱斯特和霍夫曼斯塔尔的木偶之喻而言，两者的差异大于共性：在克莱斯特看来，木偶的舞蹈具备无与伦比的优雅性；在霍夫曼斯塔尔所构想的舞蹈中，情色成分则似乎占据主导地位——这一点既体现在艺妓的古典舞蹈中，也显露于岛上"原始人"的古老舞蹈里。霍夫曼斯塔尔认为，这两种舞蹈形式伴随着截然不同的精神状态，因而具备迥然相异的艺术价值。艺妓的舞蹈受制于外在的功能与目的，而"原始人"则无拘无束、不假思索地起舞，他借莱迪昂之口对这两种舞蹈形式进行了对比：

    莱迪昂：[……]我们在那里为 12 或 20 个男人舞蹈，其中有几位老富翁，其余的都傍靠这些富翁。我们跳着跳着就陷入疲惫，接着一切都变得丑陋起来：男人们的面容、灯光、噪音，一切都向我侵袭而来，像贪婪的鸟喙啄食着我的脸，我宁愿死去也不想和他们躺在一处喝酒，或者听他们的哭号。那时，我希望自己像一只鸟儿，飞得越远越好。（XXXI 120）

由此可见，莱迪昂极为反感以情色诱惑为目标的舞蹈，认为其中舞者的身体和精神各自极化，彼此割裂开来。而她的朋友希米尼斯将此视为幸福时刻并从中确证对自我的掌控："我跳舞时候很欣喜，他们把头上的花环掳下朝我扔来。那时我便拥有了他们，便感受到自我。"（XXXI 121）在莱迪昂看来，这种舞蹈解构了她的自我意识。在梦中的场景里，她想象着"原始"岛屿上女性生育仪式中"野蛮"而古朴的舞蹈：

　　　他们就这样跳起舞来，一年只一次。青年男子蹲在地上，岛上的姑娘们站在男人们面前，她们的躯体仿佛汇成一个肉身，就那么一动不动地站立着。然后她们跳舞，最后把自己献给男人们，不加选择——哪个男人向她伸手，她就是谁的：他们因为神灵的缘故这样做，而神灵也会护佑他们。（XXXI 121）

　　从上述文字中能够看出，性爱在这种舞蹈形式中扮演着重要角色。就古典的情色舞蹈而言，舞者的动作和行为是人为的，在经济商业利益的驱使下以诱惑为目的进行。相较而言，"原始"仪式舞蹈则涉及纯粹的性爱：人们不加算计、毫无迟疑，也无所谓性伴是谁，谁选择自己便与谁媾和。

　　值得注意的是，性爱只是仪式舞蹈的组成部分，而非唯一的最终目的。正如霍夫曼斯塔尔所写："这种缠绵、这种沉沦是她们舞蹈的终极要素，但舞蹈并不是为这终极要素而存在。它远比终极要素更加丰富，是为了它自己而存在。"（XXXI 384）在岛民的仪式舞蹈当中，没有任何表演的、人为的要素，也没有霍夫曼斯塔尔批评的"感伤"。它只关乎舞蹈中身体的自由运动，只关乎舞蹈本身。舞者不需要观者的目光，也不祈求他者的认可，她们只为自己而舞蹈。在这种舞蹈中，她们获得幸福，并且是"不抱希望的幸福"（XXXI 125）。在这样的舞蹈中，线性的时间被消解为强烈的当下感受，期望与回忆都不复存在，取而代之的是被感受、被生存的存在。

　　当功利计算、理性意识被抛弃时，舞蹈艺术的真实性便能淋漓尽致地发挥出来。克莱斯特笔下曾描绘动物的无意识与神灵的无限意识之间泾渭分明的鸿沟，然而，在霍夫曼斯塔尔笔下的这种舞蹈中，意识的两个极点得以相互融贯："他们是动物或者神灵，抑或两者皆是。"（XXXI 124）霍夫曼斯塔尔认为，这两极的重合使得舞蹈拥有忘我的自由性，于是使纯净（Reinheit）成为可能。文中写道："此前他们满怀恐惧和愤怒，在纯净的垫子上坐了七天七夜。"（XXXI 123）莱迪昂此处所言的"纯净的垫子"，在希米尼斯的反问中得以强调，希米尼斯问："我难道还不知道要保持自身的纯净吗？"

　　布兰德斯泰特在研究文献中指出，"纯净的垫子"在此处"指向那道门槛、那条界线，它表明除了狂野的、非文化编码的舞蹈，不可能再越过文化回归身体的同一性"[①]。虚构的舞者莱迪昂也强调，这种纯净在"开化"和"文明"的世界中不可能存在：

---

　　①参考：Brandstetter, Gabriele. Der Traum vom anderen Tanz. Hofmannsthals Ästhetik des Schöpferischen im Dialog *Furcht. Freiburger Universitätsblätter*, 1991(30): 57.

莱迪昂：我告诉你，如果我把井里的水、把世界上所有的水，都浇到那个垫子上，如果我把它四周的尘土都洗净，那里便不再纯净。空气是否纯净？纯净的空气能吹到星空下的任何地方吗？难道不是到处都有渴求、恐惧、欲望和堕落吗？一切的一切，不都是在一死一欲之间，难以平静、污浊不堪吗？我告诉你，如果真正纯净的东西出现，大海就会泛起泡沫辟出巷道，我们的心就会跳出身体而滚落，以此在纯净中永远安息。一想到纯净的垫子，我就浑身战栗。或许，他们的确躺在纯净的垫子上。那么他们是动物或者神灵，抑或两者皆是，得向他们叩拜。（XXXI 124）

"渴求""恐惧""欲望""死亡""欲求"，这一系列语词凸显出人类的罪行，对于解读垫子的纯净性尤为关键。就人类的理性意识而言，这种纯净类似于舞蹈的自治性以及舞者的自我规定性。然而这种纯净在现实中并不可能实现，似乎只能借助动物或神灵才能对此加以遐想。布兰德斯泰特指出《恐惧》与克莱斯特的《论木偶戏》之间的互文性，他认为"纯净性"在此指向"再度天真的状态，它以克莱斯特《论木偶戏》中的原罪模式为依据，即通过穷尽反思重新进入天国"①。霍夫曼斯塔尔针对他和圣丹尼斯之间谈话所做的笔记也支持这种解读——"再度天真以怎样的精神状态为前提"（XXXI 175），"反思只有在它不够深入时才是危险的"（XXXI 176）。

需要注意，原始岛民在仪式舞蹈开始前并非没有恐惧："他们满怀恐惧和痛苦，已经在纯净的垫子上坐了七天七夜。"②（XXXI 123）随着舞蹈开始，他们才逐渐从恐惧之中解脱出来，可见"原始人"的仪式舞蹈建立在神秘力量的基础上，这种力量使人们得以克服恐惧。希腊舞者莱迪昂的美学诉求正是克服恐惧，而"原始人"的远古舞蹈与希腊艺妓的古典舞蹈的不同之处也在于，前者具备超越恐惧的魔力。正如同为舞蹈家和文学研究者的贝蒂娜·鲁奇（Bettina Rutsch）所言，这种古老的舞蹈为舞者莱迪昂带来的"不仅是一种替代性的生存模式，用以充实自己充斥着恐惧的存在"，而且"这种反抗纲领也包含着通往克服生存恐惧的道路"③。

古老的仪式舞蹈催生出心理上的满足感，使岛民能够超脱充满恐惧和焦虑

---

①参考：Brandstetter, Gabriele. Der Traum vom anderen Tanz. Hofmannsthals Ästhetik des Schöpferischen im Dialog *Furcht. Freiburger Universitätsblätter*, 1991(30): 57.

②贝蒂娜·鲁奇在她的相关论述中也指出岛上少女在仪式舞蹈开始前的恐惧心理和紧张状态，具体可参考：Rutsch, Bettina. *Leiblichkeit der Sprache: Sprachlichkeit des Leibes: Wort, Gebärde, Tanz bei Hugo von Hofmannsthal*. Frankfurt am Main u.a.: Peter Lang Verlag, 1998: 231.

③Rutsch, Bettina. *Leiblichkeit der Sprache: Sprachlichkeit des Leibes: Wort, Gebärde, Tanz bei Hugo von Hofmannsthal*. Frankfurt am Main u.a.: Peter Lang Verlag, 1998: 231.

的心境。这种对于原始生活的想象，与 1900 年前后人类学研究有着惊人的相似性，尤其是威廉·沃林格在 1907 年完成的、以民族学和心理学为导向的艺术理论研究《抽象与移情》。沃林格的风格心理学研究从艺术的起源问题入手，以民族心理学的视角勾勒出一部族群进化史。他认为，人类在其发展历程的第一阶段（即原始人时期）与世界居于一种恐惧的关系之中——"人们面对广袤而杂乱无章的紊乱世界所产生的对空间的心理恐惧"[①]。沃林格在 1911 年发表的著作《哥特式建筑的形式问题》（*Formprobleme der Gotik*）中写道："因为困惑于种种表象的任意性和不连贯性，原始人生活在一种同外部世界沉闷的精神恐惧关系中。"[②]霍夫曼斯塔尔后来也读过此书，并以诗学的语言来体现这种"原始"的恐惧，这种恐惧催生了本能的抽象冲动和对艺术的欲求。正因为霍夫曼斯塔尔认为艺术肇始于抽象冲动，所以他刻意疏离模仿和再现，并且否定理性在艺术起源中的地位。在霍夫曼斯塔尔眼中，抽象（尤其是装饰等艺术门类）具有驱邪（apotropaic/apotropäisch）的功效，可以安抚"原始人"躁动的灵魂。在写就《恐惧》之前，霍夫曼斯塔尔或许完全未曾了解沃林格的原始主义及其人类学思想，然而诗人却在文本中通过莱迪昂之口凸显艺术的驱邪功能，这一精神内核与人类学家沃林格不谋而合。

莱迪昂在演说的结尾描绘了一个幻想场景，即岛屿女性的集体舞蹈仪式。"你坐在那里，男人们也是如此，那么小、那么远。"（XXXI 124）在这幻境之中，莱迪昂似乎真切感受到仪式舞蹈的庇佑魔力。通过这种舞蹈形式，种种恐惧和欲求都"在她肉体的边界"（an der Grenze ihres Leibes）逐渐平息（XXXI 124），舞者在幻想的时刻仿佛化身为岛民，开始像他们一样舞蹈。[③]此前，莱迪昂仅仅

---

①Worringer, Wilhelm. *Abstraktion und Einfühlung*. München: Piper Verlag, 1964.（中文译本参考：沃林格. 抽象与移情. 王才勇，译. 北京：金城出版社，2019: 36.）

②Worringer, Wilhelm. *Formprobleme der Gotik*. München: Piper Verlag, 1911: 14. 在现有保存下来的霍夫曼斯塔尔个人图书室内可以找到该书在 1912 年的再版版本。从书中大量的阅读痕迹（如下画线、圈号等标记）可以看出，霍夫曼斯塔尔曾认真研读过沃林格的著作。

③值得注意的是，莱迪昂幻想这一舞蹈场景时正处于半睡半醒的状态（Halbschlaf），她的眼睛并未完全闭上，上眼皮耷拉在下眼皮上方微微颤动。也就是说，她是在外在一种观看模式下、依靠想象力使这一舞蹈场景"历历在目"。这点对理解霍夫曼斯塔尔的诗学观非常重要。因为在他看来，正是在这种睡与醒、梦与真的临界时刻，人的幻想能力最具有创造潜能，诗人的任务就是开发和挖掘这种潜能。他在 1906 年 7 月 5 日的日记中这样写道："为什么你在这儿阅读，而不是观看，去打盹，去投身于梦幻中？"（RA III, 467）近年来，学界已经关注到霍夫曼斯塔尔诗学思想中的幻想和幻象主题，相关研究可参考: Pfotenhauer, Helmut. Hofmannsthal, die hypnagogen Bilder, die Visionen. Schnittstellen der Evidenzkonzepte um 1900. In Pfotenhauer, Helmut; Riedel, Wolfgang; Schneider, Sabine (Hg.). *Poetik der Evidenz. Die Herausforderung der Bilder in der Literatur um 1900*. Würzburg: Königshausen & Neumann, 2005: 1-18; Pfotenhauer, Helmut & Schneider, Sabine. *Nicht völlig Wachen und nicht ganz ein Traum. Die Halbschlafbilder in der Literatur*. Würzburg: Königshausen & Neumann, 2006.

用语词叙事，这意味着她仍旧依赖于语言符号系统，带有再现的延宕。但在此处，语词化作肉身的真实展演[1]：

> 她开始扭动胯骨。不知为何，人们觉得她并非独自一人，而有许多同样的人围在她身旁，众人都在神灵的注视下共舞。他们跳着舞、绕着圈，天色已经亮了：树上投下的阴影沉入舞者的喧嚣之中，硕大的鸟儿从死者长眠的树梢飞起，和人们一起绕圈，岛屿在他们身下摇曳，仿若一叶载满醉汉的小船。岛上的一切都无法削弱舞者的力量，他们在这个瞬间如神一般强大，神灵的手臂、腰胯、肩膀与他们的动作浑然一体，死亡的蓝网抑或神灵的珊瑚剑无法刺向他们。他们是岛屿的父母，亦是岛屿的儿女，他们是死亡的承受者，也是封地的受继人。
> （XXXI 124-125）

这里用众多奇幻的意象描摹古代仪式舞蹈中魔幻的庇护场面。在这一过程中，舞者们在齐一的运动节奏中结合为一个有机的整体："她们的躯体仿佛汇成一个肉身。"（XXXI 121）个体肉身的在场呈现于集体运动的节奏场上，进而在统一的整体中发挥个体的功能，但与此同时却并未丢失自己的个体性与同一性。在共同舞动的舞蹈共同体中，个体感受到自己的存在得以强化。只要他们跳舞，"所有人都在一起，所有人都是一个人"（XXXI 123）[2]。鲁奇指出这种舞蹈形式在个体层面具备治疗价值，他认为莱迪昂通过全身投入观赏性的原始舞蹈，得以受到驱邪舞蹈的保护，并因而首先"作为个体而存在"[3]。舞蹈的动作与节奏中蕴含着神秘的力量，既体现在它强烈的暗示作用，也与其消弭界限的融合力量密切相关。

舞者在律动中向外散发力量，使岛上的一切人与物无从逃遁：阴影、鸟类、神灵抑或死者似乎都被邀请加入舞蹈，生与死、人与兽、凡人与圣灵、生产与被生产之间的界限由此消弭。当舞者"如神一般强大"时，便得以免疫外界的危险从而获得无形的驱邪保护，能防御一切威胁或灾难，如文中所言，"死亡的

---

①关于这种从语词到肉身的转化，布兰德斯泰特在分析中特别强调其性别维度，因为莱迪昂对这种仪式舞蹈的想象缘起于一位水手的讲述。如果从性别二分法的视角来解读，这里正好形成"男性/言词/讲述 vs.女性/身体/跳舞"的二元格局。具体论述可参见：Brandstetter, Gabriele. Der Traum vom anderen Tanz. Hofmannsthals Ästhetik des Schöpferischen im Dialog *Furcht. Freiburger Universitätsblätter*, 1991(30): 57.

②舞蹈本身——尤其是群舞——明显具有构建共同体的功能，相关论述可参考：Baxmann, Inge. *Mythos: Gemeinschaft: Körper- und Tanzkulturen in der Moderne*. München: Fink Verlag, 2000.

③Rutsch, Bettina. *Leiblichkeit der Sprache: Sprachlichkeit des Leibes: Wort, Gebärde, Tanz bei Hugo von Hofmannsthal*. Frankfurt am Main u.a.: Peter Lang Verlag, 1998: 236.

蓝网抑或神灵的珊瑚剑无从刺向他们"（XXXI 125）。

"原始居民"的舞蹈中具备狄奥尼亚式的感官性及弥合对立的同一化力量①，与此同时也蕴含着"原始"抽象的语言成分。鲁奇在论及"个体与宇宙间的身体—言语交流"时正确地指出了仪式舞蹈中的交流性特征。②值得一提的是，这种"交流"以"原始人"模拟式（analog）的认知模式为基础，岛民以拟人化的方式感知世上的事物与现象，所以超越了理性思维引发的二分定势。③当个体在仪式舞蹈中凝聚为大的同一集体时，舞蹈的魔力及其令人强健的保护力便与舞者"结合"。经由群体成员一致的律动，舞者收获了"与古人的意识状态相符合的魔幻—驱魔的符号性"④。野性的舞蹈节奏使舞者陷入恍惚的状态，进而构成"一种装饰结构"⑤，以此保护舞者不受外界威胁与逼迫。更进一步来看，霍夫曼斯塔尔的舞蹈美学与沃林格的原始主义抽象理论如出一辙，都支持感官性的抽象形式⑥，认同"原始人"舞蹈中抽象的装饰性、感官性因素。这

①1900 年前后的文艺界和知识界普遍对身体律动、酒神精神和生命力等话题感兴趣，就其中的相互关联多有讨论，可参考：Brandstetter, Gabriele. Rhythmus als Lebensanschauung. Zum Bewegungsdiskurs um 1900. In Brüstle, Christa; Ghattas, Nadia; Risi, Clemens; Schouten, Sabine (Hg.). *Aus dem Takt. Rhythmus in Kunst, Kultur und Natur*. Bielefeld: Transcript Verlag, 2005: 33-44.

②参考：Rutsch, Bettina. *Leiblichkeit der Sprache: Sprachlichkeit des Leibes: Wort, Gebärde, Tanz bei Hugo von Hofmannsthal*. Frankfurt am Main u.a.: Peter Lang Verlag, 1998: 233.

③这种对二分法思维惯式的超越也是霍夫曼斯塔尔诗学思想中的一个核心命题。在《关于诗的谈话》中，他借加布里尔之口描绘了原始岛民的首次献祭。在这次献祭行为当中，献祭者就在献祭的高潮时刻丧失了区分主体和客体的能力，误以为祭祀羔羊流的血液便是自己的血，献祭者与祭祀品瞬间合一。参考：Liu, Yongqiang. Befreiung von den Schranken der Schrift: Das ,Primitive' und das Schoepferische bei Hugo von Hofmannsthal. *Literaturstrasse. Chinesisch-Deutsches Jahrbuch für Sprache, Literatur und Kultur*, 2014(15): 107-119.

④Rutsch, Bettina. *Leiblichkeit der Sprache: Sprachlichkeit des Leibes: Wort, Gebärde, Tanz bei Hugo von Hofmannsthal*. Frankfurt am Main u.a.: Peter Lang Verlag, 1998: 233.

⑤Rutsch, Bettina. *Leiblichkeit der Sprache: Sprachlichkeit des Leibes: Wort, Gebärde, Tanz bei Hugo von Hofmannsthal*. Frankfurt am Main u.a.: Peter Lang Verlag, 1998: 235. 关于装饰结构（Ornament）及其保护功能的讨论在 20 世纪初的文艺理论界此起彼伏，不断兴起，其中格奥尔格·齐美尔的论文《画框：一个美学尝试》（"Der Bildrahmen. Ein ästhetischer Versuch"）颇具引领性，参见：Simmel, Georg. *Aufsätze und Abhandlungen 1901–1908: Band I*. Frankfurt am Main: Suhrkamp Verlag, 1995: 101-108.

⑥在沃林格的博士论文《抽象与移情》出版后，"抽象冲动"（Abstraktionsdrang）成为备受学界和文艺界关注的话题之一。从此，人们对抽象的理解不再囿于智识和纯理性的层面，抽象的感性维度以及它与感官的内在联系跃入考察视野。相关论述可参考：Müller-Tamm, Jutta. *Abstraktion und Einfühlung. Zur Denkfigur der Projektion in Psychophysiologie, Kulturtheorie, Ästhetik und Literatur der frühen Moderne*. Freiburg im Breisgau: Rombach Verlag, 2005; Müller-Tamm, Jutta. Die „Parforce-Souveränität des Autoriellen". Zur Diskursgeschichte des ästhetischen Abstraktionsbegriffs. In Blümle, Claudia & Schäfer, Armin (Hg.). *Struktur, Figur, Kontur. Abstraktion in Kunst und Wissenschaften*. Zürich/Berlin: Diaphanes Verlag, 2007: 79-92; Öhlschläger, Claudia. *Abstraktionsdrang: Wilhelm Worringer und der Geist der Moderne*. München: Fink Verlag, 2005; Öhlschläger, Claudia. „Geistige Raumscheu". Bemerkungen zu Wilhelm

种原始的抽象表演由本能所引发，感官性地对待混沌一体的世界，它可以在舞蹈的符号语言中转化为至关重要的同一。

作为一名"开化的"女性舞者，莱迪昂深感自己受限于文化社会的规范，苦于自我异化的存在和分崩离析的自我，她从想象中"原始人"的古朴舞蹈里窥见苦苦求索的身心同一，并通过白日梦的幻想体验到这种原始存在的可能性。当莱迪昂沉浸在舞蹈的幻境中并"以可怕的节奏"舞动手臂时，她在恍惚间仿佛成为岛屿上的舞者，跟她们一起跳舞。她的双眼"似乎充满了幸福的内心难以承受的张力"，而她的脸上也浮现出"野蛮人的神性"（XXXI 125）。在迷狂的舞蹈中，生命力不断增强，而理性意识渐次抽离。[①]莱迪昂，这位生活在古希腊文化和社会空间中的"开化的"舞者，始终无法超越自己身体的疆界；她在"原始人"的舞蹈中所体验到的幸福终究也只是一种幻觉。莱迪昂想象中的艺术难以实现，她最后满怀激情的律动似乎也不过是在试图重现"原始人"的古朴舞蹈。归根到底，莱迪昂不可能抛却一切文明的影响真的融入"原始"岛民的身体。所以当她从恍惚的幻觉中清醒过来，理智便再度占据主导性的地位。此时她只得苦涩而无奈地意识到，现实中并未发生任何改变："海米斯，海米斯！我躺在那，知道它——却没能拥有它！"（XXXI 125）由此，先前的幸福感受最终转换为现实的痛苦认识。

4.3.3 返归同一的尝试

霍夫曼斯塔尔的舞蹈美学思想着眼于这样一个问题："我们能做些什么才能返归同一？"（XXXI 175）上文分析的两篇舞蹈美学文本反映了霍夫曼斯塔尔对舞蹈艺术的基本看法。诗人思考的核心是：废除二元对立，实现身心合一，达到纯粹的此时此地的感受，即全身心地投入当下瞬间，脑袋里什么也不想，沉浸于当下的感受，感官性与神圣性综合起来。两篇文本的创作灵感源自圣丹尼斯的舞蹈表演，以及作者与她的多次对话，这也体现了舞者对于作家而言的重要意义。霍夫曼斯塔尔认为，圣丹尼斯身上完美体现了自己的舞蹈美学理念。

事实上，即使在圣丹尼斯回到故乡——美国后，诗人仍致力于续写《恐惧》。在先前的文本中，虚构的对话结束于冰冷残酷的现实认识："开化的"现代人无

Worringers Anthropologie der Abstraktion. In Blümle, Claudia & Schäfer, Armin (Hg.). *Struktur, Figur, Kontur. Abstraktion in Kunst und Wissenschaften*. Zürich/Berlin: Diaphanes Verlag, 2007: 93-114.

　①舞蹈中的迷狂是 20 世纪初先锋派文学中的重要主题之一，相关讨论可参考: Sieglinde, Grimm. Leibliche Ekstase als Lebenspraxis: Zur Bedeutung von Tanz und Gebärde in der literarischen Avantgarde. In Kircher, Hartmut; Klanska, Maria; Kleinschmidt, Erich (Hg.). *Avantgarden in Ost und West: Literatur, Musik und Bildende Kunst um 1900*. Köln/Weimar/Wien: Böhlau Verlag, 2002: 91-110.

法挽救自己的文化危机；作为一种对同一的愿景，舞蹈只有在文明的影响之外才能占据一席之地。霍夫曼斯塔尔的手稿和日记中显示，他计划续写对话，解答如何克服恐惧的问题。①然而，他的这一尝试并未贯彻到底。

值得注意的是，这两篇文章折射出舞蹈和仪式的互动关系。第一篇文章《无与伦比的舞者》中，诗人热情地接受了圣丹尼斯所呈现的远东的仪式性舞蹈。而第二篇文章《恐惧》中，霍夫曼斯塔尔则以希腊舞者对"原始人"的幻想及对古朴舞蹈的迷恋为主题。不难发现，霍夫曼斯塔尔以异域风情和古代仪式为例，出于诗学动机进行了一次带有民族学色彩的美学尝试，期望挖掘身体的创造性潜能、夯实舞蹈的人类学根基。霍夫曼斯塔尔认为，仪式中的姿态具备真实性和表现力，这一理念使人联想起阿比·瓦尔堡（Aby Warburg）提出的"激情公式"（Pathos-Formel），它也影响着霍夫曼斯塔尔日后与维也纳舞蹈家格雷特·维森塔尔的合作。在维森塔尔那里，霍夫曼斯塔尔将自己的舞蹈美学发展为"纯净姿势"的概念。

霍夫曼斯塔尔在《恐惧》中也针对"纯净"展开构想，他扩展了克莱斯特在《论木偶戏》中以木偶为例所论述的纯洁性概念，与当时原始主义的人类学话语相勾连，用"纯净"一词形容"原始人"中理性意识的缺席，以此区别于克莱斯特通过穷尽反思获得救赎的诗学构想。在霍夫曼斯塔尔这里，"纯净"具象化为"纯净的垫子"（XXXI 123），以此凸显"原始人"迷狂舞蹈中的无目的性。这一反思同时折射出诗人的文化批判立场。

《无与伦比的舞者》中记录了圣丹尼斯毫不煽情的姿势，引发作者对与欧洲文字文化迥然相异的反模仿艺术的遐想；而在《恐惧》一文中，霍夫曼斯塔尔借助希腊舞者想象中的古朴舞蹈，构想出以肉身为原则的创造美学，以此更为详尽与系统地拒斥了模仿性的艺术规程。岛国的原始居民和艺妓不同，他们并非出于计算而舞蹈，取而代之的是（生存）本能和直觉。依照舞者古老的意识状态和原始的感知模式，他们迷狂的舞蹈衍生出驱邪装饰，可以保护舞者免受外来侵袭，同时带给他们快乐与幸福。对霍夫曼斯塔尔而言，圣丹尼斯的迷人之处在于舞者的虔诚，诗人将虔诚视作舞蹈艺术的本质，他在为续写对话而作的笔记中写道："母亲的信：潘尼奇斯（Pannychis）迷茫又忧虑，如何能做舞者呢？舞蹈就意味着完全、纯粹地献出自己。现在就是。这就是虔诚。"（XXXI 388）而在 1913 年 11 月 11 日的笔记中，诗人更明确地解释了何为虔诚——"舞者：将音乐注入自己的肢体，以便伸展它们；她的一切必须能祈福庇佑、召唤、

---

①霍夫曼斯塔尔在笔记中写道："除关于杜丝（Duse）的文章外，第三卷另有一篇关于圣丹尼斯：她身上被战胜之物；被克服恐惧的恐惧。"（XXXI 175）他在这里的计划是以《女舞者的谈话》延续《恐惧》文本，而《女舞者的谈话》这一虚构对话文本的创作基础正是他与圣丹尼斯的真实对话。

在蜷缩祷告。"（XXXI 391）

霍夫曼斯塔尔在圣丹尼斯身上看到了这一点。圣丹尼斯把自己看作"有节奏的、非人格化的精神启示器具"[①]。她的舞蹈中"没有任何矫饰"[②]。由于抛却一切计算的念头，舞者将自己完全交付给舞蹈，由此克服"介于神灵和木偶之间"（XXXI 175）的缺憾存在。如霍夫曼斯塔尔所言，圣丹尼斯在纯粹的当下存在中感受到了自我的同一性。由于布兰德斯泰特在对《恐惧》的研究中已经详细论证出这种创作能力主要归功于女性舞者[③]，此处不再赘述文本中的性别问题。

1909 年，霍夫曼斯塔尔再度以《恐惧》为标题，计划创作一出以剧场环境为背景的幻想剧目。圣丹尼斯甚至直接被当作剧中主角的楷模。然而，同续写《恐惧》对话的计划一样，这一创作意图最终仅仅止步于笔记和断片。

4.4 文学与舞蹈的交融——霍夫曼斯塔尔与维森塔尔的跨界合作

在霍夫曼斯塔尔写给维也纳舞蹈家格雷特·维森塔尔的书信中，我们可以读到这样一封诗体信：

1910 年 12 月 12 日傍晚，塞默林（Semmering）

格雷特，无处不在，无时不在，秘密
显而易见，行动黑暗，但又纯粹，因为它们
只追求自身，并在自身中得以完成。
词语混淆不清，从此及彼
它们危险，因为它们没有自我，
徘徊于自身之外。

远方净化与带来；近处束缚与
分离。此刻的一切都令人困惑、
但花朵、诗歌、触碰、回眸都

---

①参考：Dormer, Lore Muerdel. „Berührung der Sphären". Die Bedeutung der Freundschaft mit Hugo von Hofmannsthal im Werdegang der Tänzerin Ruth St. Denis. *Neue Zürcher Zeitung und schweizerisches Handelsblatt*, 1978, 87(15/16): 68.

②Nostitz, Oswalt von (Hg.). *Hugo von Hofmannsthal–Helene von Nostitz. Briefwechsel.* Frankfurt am Main: Fischer Verlag, 1965.

③Brandstetter, Gabriele. Der Traum vom anderen Tanz. Hofmannsthals Ästhetik des Schöpferischen im Dialog *Furcht. Freiburger Universitätsblätter*, 1991(30): 56.

穿过它，像神一样永生长存。

我读不懂墙上的画，但当我审视
自己的内心，我发现了你声音的颜色，你手掌那
会言说的表情，以及埃尔温迷人的微笑，
它并不知晓，会被什么目光感知。

音乐将会响起，人物将变得鲜活……
舞者将触动人心。

没人会看到这些诗行；美善之物
对自己一无所知。

霍夫曼斯塔尔①

　　这封信佐证了作家与舞蹈家的深厚友谊。霍夫曼斯塔尔在信中巧妙地引入了一个话题，这个话题不仅贯穿他与维森塔尔的跨艺术合作始末，而且也是其诗学思想中的核心议题，那就是"词语"（Wort）和"行动"（Tat）的二元对立和辩证关联。20 世纪初，霍夫曼斯塔尔在语言危机和语言怀疑论的促动下，开始找寻不依赖于词语表达的艺术形式。他尝试向画家（如凡·高、塞尚等）学习，与音乐家（如理查德·施特劳斯）合作，从舞蹈中（如露丝·圣丹尼斯的舞蹈）汲取灵感。在这些非言语的艺术体裁中，他尤其青睐以舞蹈为代表的身体艺术，因为这种艺术的表达媒介是感性的身体，是"一个尚未被书写文化沾染的空间，身体的符号游戏在运动中——即在舞蹈中——展开：它为文学的符号危机提供了出路，也就是绕过文字，进入一种可以提供其他创作模式的媒介中去"②。然而，霍夫曼斯塔尔对舞蹈艺术并非盲求推崇，因为他知道身体语言虽然一目了然，但也有可能成为与词汇语言相似、以二元的语义指涉（即能指与所指的关系）为基础的符号系统——比如聋哑人使用的哑语，这正是他在哑剧和舞蹈剧的构思与创作中所极力避免的。同时，他也并非毫不区分地、一律将舞蹈视作真实的表达，让他心仪的并非传统的舞蹈种类，而是新式的、自由的表现舞蹈。这些现代自由舞摆脱了传统舞蹈（如古典芭蕾、加伏特舞等）的规范和束缚，追求人性的解放和自由。他在新式的表现舞蹈中看到了主体解放

---

　　①参见：Fiedler, Leonhard M. & Lang, Martin (Hg.). *Grete Wiesenthal. Die Schönheit der Sprache des Körpers im Tanz*. Salzburg/Wien: Residenz Verlag, 1985: 99.

　　②Brandstetter, Gabriele. *Tanz-Lektüren. Körperbilder und Raumfiguren der Avantgarde*. Frankfurt am Main: Fischer Taschenbuchverlag, 1995: 56.

和真实言说的可能。

维森塔尔正是在这样的语境下进入了霍夫曼斯塔尔的视域，唤起了他的注意。在维也纳宫廷歌剧院接受过正统芭蕾舞培训的维森塔尔并非常规路线的遵循者。她拒绝陈旧，锐意创新，全力推行舞蹈艺术的范式嬗变和现代化改革。在她那里，舞蹈动作绝不能蹈常袭故，而是必须从陈陈相因的传统窠臼中解放出来。霍夫曼斯塔尔在亲身观看维森塔尔跳舞后，确信他在后者的舞蹈中找到了一种感性而直接的表达，就像圣丹尼斯的舞蹈，这是一种有望克服语言弊端的表达方式。正如这首诗体信中所言，词语"危险，因为它们没有自我"，语言的符号特性决定了它只能作为能指而指向所指（"从此及彼"），其含义始终"徘徊于自身之外"，与己无关。质言之，语言的表意功能是以否定自身感官价值（即自身的物质性存在）为前提的。与之相反，身体力行的动作（即"行动"）则"只追求自身，并在自身中得以完成"，因此按照符号学的逻辑，它们是不分裂的、"纯粹的"（rein）。这种二元对立的逻辑关系使得许多诗人和作家相信，在"行动"与"行动"的艺术（即舞蹈）中可以找到克服语词分散性和间接性的良方，有望收获众人孜孜以求的同一性与直接性。

"行动"概念以身体动作为核心，同时包括声音和表情。诗体信中提到"声音的颜色""手掌那会言说的表情""埃尔温迷人的微笑"（埃尔温是维森塔尔的丈夫），这些都是身体性的表达，同属于"词语"的对立面。霍夫曼斯塔尔对表情（Mimik）和手势（Gestik）的明显偏爱，体现了他对更具表现力的艺术手段的追求，以及他毕生致力于创造一种"自然"符号美学（Ästhetik der natürlichen Zeichen）的努力。

正因为如此，1907 年 11 月霍夫曼斯塔尔初次观看维森塔尔跳舞，就深信找到了灵魂知己。在写给维森塔尔的第一封信中，霍夫曼斯塔尔坦承自己精神上的孤独，希望与舞蹈家进行富有成效的交流："像我们这些想要创造'美'的人［……］难道不是孤寂地存活于世，唯有相互依赖吗？"[1]在这封信中，霍夫曼斯塔尔将维森塔尔与爱莲诺拉·杜丝、奥古斯特·罗丹（Auguste Rodin）和圣丹尼斯等艺术家相提并论，认为她和他们一样，是真正的艺术家典范。随后，他在罗道恩的家中接待了维森塔尔及其姐妹。从此，作家与舞蹈家之间开启了密切的跨界沟通与合作。霍夫曼斯塔尔为维森塔尔创作了多部哑剧和舞蹈剧，如《爱神与普绪刻》《陌生女孩》《黑暗兄弟》《无用人》等，甚至还将自己构思和撰写的中国舞剧《蜜蜂》馈赠给维森塔尔（见图 4-6 和图 4-7）。

---

[1]引自霍夫曼斯塔尔于 1907 年 11 月 7 日致维森塔尔的书信。参见：Fiedler, Leonhard M. & Lang, Martin (Hg.). *Grete Wiesenthal. Die Schönheit der Sprache des Körpers im Tanz*. Salzburg/Wien: Residenz Verlag, 1985: 64.

图 4-6　霍夫曼斯塔尔与维森塔尔①

图 4-7　维森塔尔身着霍夫曼斯塔尔馈赠的
丝绸服装，1911 年②

对于维森塔尔来说，霍夫曼施塔尔不仅是一位仰慕者或赞助人，还是一位艺术上的知音和精神上的舞伴。她在回忆录中这样描述："在关于舞蹈和哑剧精髓的对话中，我感受到他是一位真正的精神上的舞伴，跟我有着罕见的共鸣，后来我在其他人身上再没有体会到这种共鸣。"③这种"共鸣"抑或"精神上的舞伴"关系也体现在具体的创作实践中。在舞蹈与文学的跨艺术联姻中，维森塔尔无须适应任何既有角色，霍夫曼斯塔尔会为她量体裁衣般设计人物角色和故事情节，助其实现更好的舞台表现效果和感染力。因此有研究者指出，霍夫曼斯塔尔的剧本在这里"更像是一种文字说明（Zu-Schrift）"而不是"演出规定（Vor-Schrift）"。④这种特殊的合作模式需要以两人的密切交往为前提。事实上，霍夫曼斯塔尔在经历与圣丹尼斯的短暂际遇之后，维森塔尔成了他不可或缺的对话伙伴。他在写给维森塔尔的信中，表达了对这种合作模式的渴望和构想："如果题材能够吸引你，你就把球抛回给我，然后我再抛给你，这样最终会

①图片来源：Fiedler, Leonhard M. & Lang, Martin (Hg.). *Grete Wiesenthal. Die Schönheit der Sprache des Körpers im Tanz*. Salzburg/Wien: Residenz Verlag, 1985: 39.

②图片来源：Fiedler, Leonhard M. & Lang, Martin (Hg.). *Grete Wiesenthal. Die Schönheit der Sprache des Körpers im Tanz*. Salzburg/Wien: Residenz Verlag, 1985: 39.

③Wiesenthal, Grete. Amoretten, die um Säulen schweben. In Fiechtner, Helmut A. (Hg.). *Hugo von Hofmannsthal. Der Dichter im Spiegel der Freunde*. Bern/München: Francke Verlag, 1963: 187.

④Junge, Claas. *Text in Bewegung. Zu Pantomimen, Tanz und Film bei Hugo von Hofmannsthal*. Universität Frankfurt am Main, 2007: 152.

呈现惊人的绚丽多彩。"①这一设想很快得以践行，两个人合作完成的哑剧《爱神与普绪刻》和《陌生女孩》于 1911 年 9 月在柏林首演，维森塔尔担任导演和主角。同时，霍夫曼施塔尔撰写的杂文《论哑剧》与哑剧剧本一起刊登在演出节目的手册里。

4.4.1 霍夫曼斯塔尔关于"纯净姿势"的美学构想

霍夫曼斯塔尔在杂文《论哑剧》中详细论述了他关于"纯净姿势"的美学思想。在这篇杂文中，他援引古希腊作家卢奇安（Lukian）的论稿，指出舞蹈和哑剧血脉相连。他认为："哑剧表演如果不能完全贯穿韵律，如果没有纯粹的舞蹈性，就不能成为哑剧；缺乏这一点，我们所见的戏剧表演就是演员莫名其妙地在用手而不是用舌头来表达，仿佛置身于无端而非理性的世界……"②与词汇语言相比较，霍夫曼斯塔尔更倾向于选择有节奏的身体运动作为表达手段，因为身体语言能够以更加凝练的方式表达内心情感、具有更强的表现力——这首先与它的表现形式有关：一种亘古不变、世人皆通的表达方式。

> 这种表达形式在简朴的英雄时代，尤其是史前文明的时代非常常见。在我们当下这个混乱复杂的时代，这种未曾更改的需求再次凸显出来。因为生存土壤不适宜，要满足这种需求，就要为这种古老的艺术形式注入新的活力。（XXXIV 13）

霍夫曼斯塔尔从人类学的视角探讨身体表达的心理根基、宗教维度与仪式特征，他以印度的太阳礼拜和埃塞俄比亚的战争舞蹈为例，指出人类最初的身体表达是虔诚的，是积聚的内心情感的外在表现。换言之，在这些身体动作中，人内心最深处的需求得以表达，从而得到了满足。霍夫曼斯塔尔在此基础上构建了他关于"纯净"（das Reine）的美学思想。所谓"纯净"，就是指摆脱理性思维范式的牵制，不受文明规则的束缚与历史负担的重荷。霍夫曼斯塔尔设想的"纯净姿势"，是一种由内在冲动引发的身体动作，这种动作不受外在强制力或外来意志的影响，也不受理性意识的约束。

为了更好地解释"纯净姿势"，霍夫曼斯塔尔从二元对立的思维惯式出发，

---

①引自霍夫曼斯塔尔于 1910 年 6 月 18 日致维森塔尔的书信，参见：Hofmannsthal, Hugo von. *Sämtliche Werke. Kritische Ausgabe. Band XXVII: Ballette–Pantomimen–Filmszenarien.* Frankfurt am Main: Fischer Verlag, 2006: 359.

②Hofmannsthal, Hugo von. *Sämtliche Werke. Kritische Ausgabe. Band XXXIV: Reden und Aufsätze 3.* Frankfurt am Main: Fischer Verlag, 2011: 13. 后续出于该卷本的引文均在括弧中标明卷号和页码。

将身体的表达姿势分为"纯净的"和"非纯净的"。在他看来，所有表演性的身体动作都属于"非纯净"（das Unreine）的范畴，正如他在一封写给维森塔尔的信中所陈述的那样：

> 伴有表演成分的姿势都是非纯净的，因为它们互相掺杂，是混杂的产物。就算从性质来看，它们也是非纯净的：只有一小部分是真正发展而成的戏剧性姿势，大部分则仅仅是传统符号——就如同一个个字符，它们本就来自象形文字，来自真实的图像。[①]

霍夫曼斯塔尔将所谓的"非纯净姿势"列入传统符号的范畴。他毫不含糊地批评这类符号，因为它们已经脱离本源，就像拼音字母与其原先作为象形文字、作为真实图像这一本源已经离得很远。他批评马克斯·莱因哈特导演的哑剧，因为剧中舞蹈动作的表演性太强。在霍夫曼斯塔尔看来，表演性的姿势就如同字母符号，总是指向一个缺席的所指——而这个所指才是真正要表达的内容。质言之，"非纯净姿势"的表达方式和表达内容是永远分离的。霍夫曼斯塔尔关于"纯净姿势"的美学构想就是要克服这种分离状态，追求身体表达的内外同一。这种同一性在宗教仪式中有着完美的体现，因为人在虔诚祈祷时，其身心是统一的，所谓的能指与所指是合二为一的。值得注意的是，"纯净姿势"由此获得了"一种超验的品质"[②]，正如霍夫曼斯塔尔在 1906 年的笔记中所写的，"演员的创造力在于一种姿势，他的身体以此揭示与宇宙万物的关联。这样的一种姿势是永恒的"（RA III, 480）。此外，宗教仪式和哑剧舞蹈的内在关联不仅在于克服符号学意义上的二元性，还在于其对超个体的普遍性要求。在仪式中，个人始终是共同体的一部分，身处绵延的历史当中，他的每个动作都代表着成千上万的人，正如霍夫曼斯塔尔在 1917 年的笔记中所写的，"仪式的含义：它是一种个体为其前辈和后辈所做的姿势……仪式的执行者是单个的人，但他代表了全人类"（RA III, 537）。

如此，演员在哑剧表演中一方面要克服表演性的成分，努力实现表达方式与表达内容的同一，另一方面又要挖掘和表现出人类共通的生命体验。只有当他的身体动作和姿势经过"净化"，摆脱理性的过多干预，抹平单个造物的独特个性，才能达到这一目标，正如霍夫曼斯塔尔在论述中所言，"纯净的姿势就像

---

①引自霍夫曼斯塔尔在 1910 年 7 月 5 日（或 11 日）致维森塔尔的书信。参见：Hofmannsthal, Hugo von. *Sämtliche Werke. Kritische Ausgabe. Band XXVII: Ballette–Pantomimen–Filmszenarien*. Frankfurt am Main: Fischer Verlag, 2006: 362.

②Vollmer, Hartmut. *Die literarische Pantomime. Studien zu einer Literaturgattung der Moderne*. Bielefeld: Aisthesis Verlag, 2011: 35.

纯净的思想，是摈除了一时的思如泉涌和局限的、纯个体的特性的"（XXXIV 15）。这种从无数个体中提炼出的、世人共通的表达不受民族、文化和语言的束缚，它表意明确，一目了然。霍夫曼斯塔尔对身体表达的人类学探究，无疑受到了尼采的影响。尼采在遗稿《酒神世界观》（„Die dionysische Weltanschauung"）中也谈到身体语言的共通性，他写道：

> 姿势语言由通俗易懂的象征组成，因条件反射性动作生成。这些象征是可见的：眼睛一看到它们，就会马上联想到，是什么激发了这个姿势，它又象征着什么。观看者往往能够与姿势的发出者感同身受。[1]

"纯净姿势"虽然是从无数个体中提炼出来的，具有共通性和普适性，但姿势本身并不会因此而失去其个性。"因为艺术和自然一样都是无穷无尽的"（XXXIV 14），它有着"无穷无尽的种类"（XXXIV 15），每一个姿势都不会等同于另一个。"纯净姿势"将两个看似矛盾的特征联系起来，个体性和普遍性在哑剧舞蹈中得到统一，正因为这种差异中的共通性，使得观众们可以在演员的姿势和舞蹈中找到认同之处，霍夫曼斯塔尔如是说：

> 我们面前的舞蹈者是像我们一样的人，但比我们的身体动作更自由。当我们拘束地、抽搐着释放出内心深处的充裕时，舞蹈者通过身体姿势的纯净和自由，表达出我们想要表达的同样内涵。（XXXIV 15）

舞蹈者的姿势与动作之所以能够"表达出我们想要表达的同样内涵"，一方面基于人类共有的表达媒介（即身体），另一方面是人类亘古以来未曾改变的对于表达的需求，无论是情感的表达、思想的表达还是身体感受的表达，这些都是由内而外的过程。霍夫曼斯塔尔有关"纯净姿势"的美学构想就是要解决内在外化的问题。按照他的观点，舞台上的舞者能够自由地表达，而观者则是在与舞者的认同中找到满足自己的表达需求的可能性。因此，霍夫曼斯塔尔在杂文《论哑剧》的结尾引用卢奇安的话，为哑剧的本质功能给出定义：

> 如果观众中每个人都与舞台上运动着的舞者相认同，如果每个人都在舞蹈动作中像在镜子中一样认识到自己最真实的情感冲动，那么——绝不在此之前——演出也就成功了。这样的一出无言戏剧完全实现了

---

[1]Nietzsche, Friedrich. *Sämtliche Werke. Kritische Studienausgabe: Band 1*. München: DTV, 1980: 572.

德尔斐的箴言："认识你自己"——观众从剧院回家时，会觉得自己经历了值得经历的事情。（XXXIV 15-16）

观者能否与舞者认同，能否在舞蹈中认识到自己"最真实的情感冲动"，这是哑剧成功与否的决定性标准。这里指的绝不仅是观众将主观愿望投射于舞者身上这样的投射性目光，而更多是"纯净姿势"表达内容的普适性，这是实现认同的前提。唯其如此，无声的哑剧表演才能像镜子一样折射出观者的真情实感。有趣的是，霍夫曼斯塔尔借用卢奇安的话将德尔斐箴言"认识你自己"作为哑剧要实现的目标，进而与他在 1902 年发表的、著名的语言危机作品《钱多斯信函》建立互文性关系。因为钱多斯在陷入语言危机之前曾设想撰写一部大百科全书，并计划将其命名为"认识你自己"，后来由于对语言失去信任而未能完成这项伟大工程，而现在这个愿望似乎能够在哑剧中得以实现。如果说危机前的钱多斯曾相信，能够用语言将"生命的存在当作一个宏大整体"（XXXI 47）来把握，那么哑剧中有韵律的舞蹈动作和"纯净姿势"则向人们揭示着"生命存在中最充足的瞬间"（XXXIV 14）。

4.4.2 《爱神与普绪刻》中的"纯净姿势"

霍夫曼斯塔尔关于"纯净姿势"的美学思想在他为维森塔尔量身定做的哑剧《爱神与普绪刻》中有很好的体现（见图 4-8 和图 4-9）。该剧于 1911 年 9 月 15 日在柏林首演，取材于阿普列乌斯（Apuleius）的《变形记》（*Metamorphosen*）。霍夫曼斯塔尔对其中有关爱神阿摩尔和普绪刻的神话传说进行了改写。他摒弃了阿普列乌斯童话般的叙述方式，将故事浓缩为三个关键场景。在 1910 年 6 月 18 日寄给维森塔尔的信中，霍夫曼斯塔尔这样写道：

在我看来，爱神与普绪刻这一素材提供了三个完全纯净的、舞蹈性的主要情景。古代舞蹈家若要表现这一神话，恐怕会选同样的情景，因为这些情景概括了这则美丽童话的真正内涵。（XXVII 358）

霍夫曼斯塔尔之所以会按他对古代的理解，选择古代舞蹈家也会选的情景，跟他以人类学为导向的诗学观和艺术观息息相关。就像他在《论哑剧》中阐述的那样，他一直在探寻人类亘古不变的需求。为了突出人性特征，他在构思这部哑剧时遵循极简原则，将剧情集中在关键性的场景和人物身上，摈弃所有次要因素，他在上文提及的信中写道："在我看来，必须远离所有附加元素、所有小说和童话的成分、所有配角。"（XXVII 358）因此，这部哑剧剧本中没有铺展开来的大篇幅叙事，没有细致入微的舞姿描述，而更多只是点到为止的暗示，这为舞者的自由发挥提供了更大的空间。

霍夫曼斯塔尔本人将哑剧的"三个重要的象征性情景"概括为："一、灯下的恩爱夜晚，二、地狱中的普绪刻（惩罚、改过、苦难），三、幸福结合。"（XXVII 358）剧本以三段式的发展脉络，讲述了普绪刻从犯错到赎罪再到获救的故事。主人公普绪刻因为好奇违反神的禁令，窥看了恋人的面貌，进而犯下大错，她为此不仅要目睹恋人的离去，还要忍受身心剧痛的惩罚，在痛苦的炼狱之后，最终被恋人爱神搭救并被提升为神。仅从剧情梗概即可看出，好奇这一人性弱点是该剧的一个重要主题，也为之后"纯净姿势"的展开铺设了心理根基。

图 4-8 《爱神与普绪刻》剧照之一[①]

爱神与普绪刻的恋爱关系因为神人不同而缺乏平衡，同时还伴随着严格的观看禁令。普绪刻不可以看到恋人的身体，爱神的出场都蒙着夜晚的纱罩，他"一再地、严厉地禁止揭开纱罩"（XXVII 54）。由于这一禁令，这对情侣间的交流受到很大限制，只能通过解读特定的符号和调动其他的感知器官来完成。祭坛上火焰的燃起意味着恋人爱神的到来，普绪刻肉眼看不到他，只能"感觉到他，嗅到他，寻觅他"（XXVII 54）。视觉交流的缺失和感知系统的极度受限使得普绪刻成为一个双重意义上的被动者：一是作为"目盲的"、爱的接受者，二

---

①图片来源：Fiedler, Leonhard M. & Lang, Martin (Hg.). *Grete Wiesenthal. Die Schönheit der Sprache des Körpers im Tanz*. Salzburg/Wien: Residenz Verlag, 1985.

是作为全知的神的观察对象。这种持续的被动状态催生她想要摆脱束缚的渴望，促使她尝试窥见恋人的模样。

在这种情况下，用以照明的灯成为颇具诱惑力的物品："灯似乎在向她涌动，它虽然漂亮，但已不再是一个纯真的物品。"（XXVII 55）这里的灯不再是启蒙的象征，它虽然能够带来光明和认识，但同时预示着一种不幸。剧本第一段就写道："那盏灾厄之灯就在这边，看上去漂亮又纯真。"（XXVII 54）霍夫曼斯塔尔在 1910 年 7 月给舞蹈家维森塔尔的信中也写道："灯很重要，它貌似会带来真理，其实不过是世人的短见理智伪造的光明"（XXVII 362）。灯的在场激发普绪刻的观看欲望，就像《圣经·旧约》中的夏娃经不住蛇的引诱偷食禁果一样，她也抵挡不住这样的诱惑，想要举灯观看爱神的模样。为此她先用计哄骗爱神：

图 4-9 《爱神与普绪刻》剧照之二[①]

普绪刻从恋人怀中逃脱，舞姿轻盈，捉住他的头颅。恋人又摆落开去，她重新捉住他，抓住他的卷发，将那可爱的头颅拽向灯下。她已经将手伸向灯具——这时她感到手腕被神的手紧紧拽住，感到一种

[①]图片来源：Fiedler, Leonhard M. & Lang, Martin (Hg.). *Grete Wiesenthal. Die Schönheit der Sprache des Körpers im Tanz*. Salzburg/Wien: Residenz Verlag, 1985.

威胁，凛然无情的威力、厄运。她只得服从，胆战心惊地放开手上的
灯，神的手以警告的姿势威严地举起——普绪刻看不见神的手，可是
普绪刻怎么可能感觉不到这警告呢[……]（XXVII 55）

普绪刻的照明尝试招致爱神威胁性的警告，与神强有力的手势相比，普绪刻
不仅显得娇弱无力，而且意志薄弱。这完全符合作者对普绪刻这一形象的理解。
霍夫曼斯塔尔在 1894 年参观爱德华·伯恩-琼斯（Edward Burne-Jones）爵士的
绘画《潘神与普绪刻》时，就曾谈到普绪刻"畏惧的眼神"和"无知的身体"
（RA I, 547），并在同年发表的杂文《沃尔特·佩特》（„Walter Pater"）中将普
绪刻划归为"弱者类型"，他指出"普绪刻的美，是哭泣着的、变化着的、单纯
而变态的小普绪刻的美"（RA I, 197）。沿用霍夫曼斯塔尔关于"纯净姿势"的
定义，普绪刻这时的动作和姿势是"非纯净的"，因为它们具有很强的目的性和
操控性。她的动作不是出自内在动力，而是为了实现外在目的，即观看恋人。她
的计谋被神看穿，正好说明人的理智的有限性。而普绪刻最终还是无法抵挡观
看诱惑，不顾禁令和警告，趁着恋人熟睡，第二次尝试举灯照亮他，进而犯下
大错：

她蜷缩着身体，起身离床，朝着灯走去，几乎处于半睡半醒的状
态；如酒神的女祭司般，她向前猛扑过去，亲吻灯，然后用灯将他照
亮……（XXVII 55）

"半睡半醒"的状态、"猛扑"的动作和"酒神的女祭司"的比喻都指明，
此时普绪刻不是在演戏，她的理性意识已不占主导地位，而是好奇的本能在操
控着她，这似乎满足了"纯净姿势"的前提条件，即普绪刻的动作由内在动力
驱动，然而行动的目的导向非常明显。与普绪刻因为好奇而夜不成眠相比，爱
神"像孩子般毫无猜疑之心"（XXVII 55）。霍夫曼斯塔尔在 1910 年 7 月给维
森塔尔的信中这样描述爱神："他是蒙面的，同时也是毫不猜疑和简单的，神就
像动物一样比人简单一级。"（XXVII 362）这一描述让人联想到霍夫曼斯塔尔
1907 年的一段关于先锋舞蹈家露丝·圣丹尼斯的笔记，他写道："在她[即圣丹
尼斯]身上有着像神和动物一样的一种统一。"（XXXI 175）圣丹尼斯以带有宗
教色彩的仪式舞蹈著称，她的舞姿看起来虔诚、不做作，颇具神性，这对霍夫
曼斯塔尔舞蹈美学观的形成影响很大。霍夫曼斯塔尔构想的"纯净姿势"正是
以宗教仪式中的虔诚体姿为榜样，因为仪式中人的身心是同一的。按照霍夫曼
斯塔尔的理解，人拥有理智，却失去了神或者动物身上的同一性，理性赋予人
认知的能力，却让人因此深受主客二分法的束缚，无法实现天人合一，既不能

像神一样全知，也不会像动物一样无知，始终处于两者之间的不纯粹的状态。普绪刻的好奇就表达了这样一种以主客二分为前提的认知渴望，她费尽心思的算计和目的意识使其身体姿势不再"纯净"。一直到她经受惩罚、并与惩罚认同后，才彻底摆脱了如此的"非纯净"状态。

剧作第二个场景就重点刻画了普绪刻的受罚过程。在晦暗的地下世界，普绪刻与生命隔绝，但又寻死不得，只能如影子般存在："她如果死去，就可以消殒，这样她倒觉得好些，可是她必须活着，必须受苦，没有尽头——在此，这一切都依靠舞者的力量，以便描绘出无法测量的痛苦，试图逃离自身的疯狂努力，彻底的绝望。"（XXVII 55）霍夫曼斯塔尔在文本中的简短描述不仅留给舞蹈表演者以很大的发挥空间，同时也暗示了词语与身体两种表达介质的不同，深受"语言危机"折磨的作家对这点的感触尤为强烈，他在 1910 年 7 月给维森塔尔的信中甚至坦言："所有这些都是词汇，您将其转化为更好的材料吧。"（XXVII 363）因此，霍夫曼斯塔尔贬语言扬身体的立场非常明显。为了让维森塔尔能够更好地把握这种痛苦情感，更好地融入角色，霍夫曼斯塔尔在 1910 年 6 月 18 日寄给维森塔尔的信中细致描述这种痛苦：

> 寻而不得，无果的找寻，知道：你将永远找不到——一再爬起，跨步向前，徒劳地跨步向前，不离原地地跨步向前，只有舞者的身体能够找到一种语言，将坦塔罗斯（Tantalus）、西西弗斯（Sisyphos）和达乃依德（Danaiden）的所有痛苦转化到人物的身体姿势中，包括疯狂绝望的旋转、灵魂的全然幽暗以及身体的完全僵化。

面对这样巨大的痛苦，语言表达显得苍白无力，身体似乎具有超乎语言的表达力度。霍夫曼斯塔尔在着力强调舞蹈表演的优越性之余，还列举了一系列受难的神话人物，借助他们的故事传说来勾勒这种痛苦的极端程度，进一步凸显霍氏美学思想的人类学维度。中国日耳曼学者杨劲点评道："神话将人的原初体验浓缩于恒定状态，霍夫曼斯塔尔在此铺陈出亘古不变的痛苦景观纵横。这赋予普绪刻的个人痛苦以超个体的特征，将之还原到古希腊神话的典型痛苦语境。"[1]这种类比与还原使得普绪刻的痛苦炼狱成为人皆共通的生命体验，而挖掘和表现出这种生命体验正是霍夫曼斯塔尔构思"纯净姿势"所力求实现的。这样的身体姿势和舞蹈动作不带有感伤色彩，没有矫揉造作的成分，就像圣丹尼斯的仪式舞蹈，在表面的冰冷下掩藏着内心的火热。霍夫曼斯塔尔在 1910 年 7

---

[1] 杨劲. 女人的好奇与痛苦的渊薮——论霍夫曼斯塔尔的哑剧《丘比特与普绪刻》和芭蕾剧《斯基罗斯岛上的阿喀琉斯》. 德语人文研究，2014(2)：3.

月给维森塔尔的信中一再强调这种舞蹈表达的仪式特征：

> 没有何处比这里更需要担心以避免感伤，没有何处比这里更需要
> 强烈的追求：一方面是追求对灵魂苦难描摹般的、甚至于怪诞的表
> 达，另一方面则是崇尚对仪式、宗教行为的看似漫不经心。这里所展
> 现的并非转瞬即逝的情感，而是象征意义上地把握永恒与极度的痛苦，
> 将之汇集于短暂瞬间。（XXVII 363）

霍夫曼斯塔尔在信中为维森塔尔解释剧情，同时是对舞蹈表演给予指导建
议，其中包含了他的舞蹈观和身体美学。他所构想的"纯净姿势"在这里细化
为表达痛苦的身体姿势，这一美学构想与同时期艺术理论家阿比·瓦尔堡在绘
画研究中提出的"激情公式"这一美学概念有着异曲同工之处：两者都是从人
类学的视角考察身体表达，都选择以身体的仪式性行为作为模范，都关注于情
感的凝聚、保存和爆发式的表达。[1]

剧中普绪刻在惩罚的折磨下痛不欲生，她目光所及之处全是阴影，绝望中
行为主体的内心世界与主体所在的外部空间成为一体，灵魂与肉体、内在与外
在变得不可分离。普绪刻想要逃出"地狱圈"的努力就如同想要摆脱自己的身
体，无法实现。剧情在她与阴影对抗的激情舞蹈中达到高潮：

> 影子们在她周围旋转，将她束缚，肉体和灵魂都受着阴森的折磨。
> 肉体和灵魂是一致的吗？她可怜的脑袋已无法分辨，恐惧带给她强烈
> 的欲望，要从苦难的深渊逃离。她向前进跳——然后又蜷起身体。她
> 再使劲上跃，好似她想把自己给扔出去。她掉落到地上，像毛虫一样
> 蜷缩着，而影子越来越多，向上腾起。这时，普绪刻原本抽搐的身体
> 终于解脱了，她的双臂像翅膀一样合上，谧然地躺下：她像一个解脱
> 者，而非战败者。（XXVII 56）

如果说进跳、上跃等动作还表现了一种对抗、一种努力逃离的尝试，那么
蜷起身体、像毛虫一样蜷缩等动作则表明了这种尝试的失败，她与痛苦的认同，
将自己交给痛苦的现实。普绪刻失望地、蜷缩着倒在地上，由此她听天由命，将
自己交给了阴影们，此刻普绪刻与痛苦融为一体，全身心地接受惩罚。在倒地
和自我交付的姿态中实现了她自身的一种变化——理性意识逐渐消失、一切渴

---

①参考：Gombrich, Ernst H. *Aby Warburg. Eine intellektuelle Biographie.* Frankfurt am Main: Europäische Verlagsanstalt, 1984: 327-329.

望都被瓦解。她之前还怀有将自己从痛苦中解脱的希望，现在她毫无保留地献身于它；她之前尚企图要逃跑，现在她只能不加反抗地让所有苦难发生。在完全把自我交给痛苦的这一幕，她放弃了诸如怀疑、愿望、恐惧和渴望等思想，回到了当下的肉身存在，好像动物一样纯净而统一。普绪刻在这时的身体动作完全符合霍夫曼斯塔尔关于"纯净姿势"的设想。文本还以毛虫的比喻意象指明普绪刻姓名的含义关联：普绪刻（Psyche）的希腊文含义是蝴蝶，她对痛苦的认同、对惩罚的融合性接受态度为她带来了脱胎换骨的变化，就像毛虫变成蝴蝶，文中的"翅膀"比喻更加突出这点。因此普绪刻最终更像是一位"解脱者"，即摆脱了人性的不足，而非"战败者"。

在剧作的第三个场景，晦暗被光明代替，躺在地上的普绪刻浑身闪烁着光亮，"仿佛由玻璃制成"（XXVII 56）。这种晶莹光亮的灯光效果一指情景场地的变化——与阴影密布的地下世界相对，这儿是上界神灵的栖居地，普绪刻躺在奥林匹克上的台阶下；二指普绪刻已经通过惩罚的考验，摆脱了尘世肉身的沉重与浑浊。然而她的身体还僵硬，意识尚且昏沉，有待恋人爱神的拯救。两人的重逢场景最先犹如第一场景中的单向度观看，后来发展成为四目相对的相认、相识和相聚。神志不清的普绪刻被爱神发现，她再次成为爱神的观看对象，然而这次爱神并没有像以往那样用尽自己的观看权力，而是逃避观看的可能、不忍心看："他像被电击中，他呆若木鸡。无尽的痛苦，身体僵硬，处于死亡状态——他不愿看见这一切。他像动物幼崽受到惊吓一样，转身躲开这一景象。"（XXVII 56）当他克服畏惧，靠近她，仔细看她，文中用"第一次"（zum ersten Mal）来形容这种观看，意指这次观看与以往恋爱场景中的观看有所不同，这不再是观看权力的独有者的观看，而是陷入爱河的人所特有的忘我的观看。爱神为普绪刻的遭遇而义愤填膺，他"像一个宠坏的孩子一样"（XXVII 56），斥责天庭的众神，不顾一切，用尽全力，希望使恋人复活，普绪刻也才终于慢慢恢复意识：

> 　　她意识还不清醒地坐了起来，环顾四周，看向身边的爱神——那是一种微笑的认识、不认识——渐渐地，她终于完全复活了过来，她站了起来，踏向前去，就像步入天堂——她不正是在跨越极乐之门吗？爱神后退几步，如羽翼般地张开手臂将她拥入怀中；她也张开双翼，走向他，靠入他的怀抱，他们相依相伴地步入永恒之地，消失了。（XXVII 56）

两人四目相对的场景被描述为貌似互相矛盾的"认识、不认识"，一指普绪刻初次亲眼看见爱神这种既熟悉又陌生的感觉，二指两人恋爱关系的本质改变：他们之间不再有神人不同的等级差异，观看禁令不再生效，随之建立的是一种新的爱情秩序，它以平等和互敬为前提。之前令普绪刻感到害怕的、威严的统治者，现在对她彬彬有礼，以"后退""张开双臂"的姿态迎接普绪刻。随着普绪刻被提升为神，两人的爱情也变得永恒。

按照作者霍夫曼斯塔尔的观点，哑剧《爱神与普绪刻》以三个关键性情景集中表达了这个古希腊神话传说的核心思想。他尤其看好第二和第三个情景，认为"纯净姿势"的理念在此得到了完美的艺术展现：

> 在我看来，普绪刻计划中的第二和第三幕是真正出彩的。这里仅有为数不多的"纯净姿势"，以及从一个姿势到另一个姿势的纯净过度。一个"纯净姿势"在它的抑扬顿挫、在它内在的节奏中已经如此丰富，以至于寥寥几个便足以构成完整的一幕，完整的仪式。①

在第二幕中，普绪刻的身体遍布阴影，经受痛苦的炼狱。在反抗和逃离的尝试失败后，她对痛苦认同，全身心接受惩罚，此时她的主体性降至"毛虫"的动物般的肉体存在。第三幕为纯粹的精神世界，普绪刻的身体晶莹光亮，被提升为神，脱离尘世肉身的浑浊与沉重。在晦暗与明亮的光线对比当中，两个情景都聚焦于普绪刻的内心世界，通过"纯净姿势"实现了由内向外的表达。正如德国学者乌苏拉·伦纳尔所言，霍夫曼斯塔尔的哑剧并非旨在"外在的戏剧效果，而是找寻一个富有表达力的、非语言的编码"②。

值得注意的是，霍夫曼斯塔尔关于"纯净姿势"的美学构想一方面试图将人类有节奏的身体运动从算计性的目的意识及随之而来的模仿和表演的意识中解脱出来，力求实现真实情感的直接表现；另一方面又要尽可能地摒除姿势表达中的个体元素，突出其世人皆通的普适性。姿势的纯净与否主要取决于对这两方面元素的净化程度。只有排除这两方面的元素，身体姿势才能满足世人皆有、亘古不变的表达需求，哑剧也才能——正如霍夫曼斯塔尔在《论哑剧》中的表述——成为一面"镜子"（XXXIV 16），让观众与之认同。也正是由于这点，霍夫曼斯塔尔特别热衷于重塑源远流长的神话和传说故事：

---

①引自霍夫曼斯塔尔在1910年7月5日（或11日）寄给维森塔尔的书信，参见：Hofmannsthal, Hugo von. *Sämtliche Werke. Kritische Ausgabe. Band XXVII: Ballette–Pantomimen–Filmszenarien*. Frankfurt am Main: Fischer Verlag, 2006: 362.

②Renner, Ursula. *„Die Zauberschrift der Bilder". Bildende Kunst in Hofmannsthals Werken*. Freiburg im Breisgau: Rombach Verlag, 2000: 217.

古老的神话故事在双重意义上是取之不尽、用之不竭的：在提炼
与浓缩之中，向内囊括了人类千万年来仍能通过新鲜、未被触碰的断
裂面供新一代人挖掘的、始终如一的永恒；向外则独立地开启了对世
界的幻想［……］ （XXVII 63）

霍夫曼斯塔尔对神话的理解与他关于"纯净姿势"的美学构想一脉相承，贯
穿着人类学的思想维度。他在构思《爱神与普绪刻》时就一直追随着这一思想，
试图将"人类固有不变"的内涵作为表达的重心，以此在观众当中唤起共鸣，促
使观者更好地"认识自己"，而这点正是哑剧要实现的目标。

最后需要指出的是，霍夫曼斯塔尔关于"纯净姿势"的美学构想还具有历
史哲学的思辨色彩。他所说的"纯净"在颇具动物性和神性特征的身体表达中
有完美体现，这与克莱斯特在杂文《论木偶戏》中勾勒的意识发展的三级模型
类似。①回顾哑剧《爱神与普绪刻》的三个情景，我们大体可以归纳如下：第
一幕，人的好奇和目的意识；第二幕，普绪刻的痛苦炼狱，动物般的承受；第
三幕，普绪刻得救并升神，纯精神的存在。如果说克莱斯特在《论木偶戏》中
勾勒一个从动物到人再到神的意识进化模型，那么霍夫曼斯塔尔的哑剧《爱神
与普绪刻》呈现的则是从好奇的人到动物性的存在再到全知全能的神。这里的
动物性和神性看似相反，实则互补，因为它们在"纯净性"这一方面是相通的，
不仅在对爱神的描述中经常用到动物比喻，普绪刻的提升为神也在"翅膀"这
一母题中变得清晰可见。如此，霍夫曼斯塔尔在哑剧《爱神与普绪刻》中不仅
实践了他对哑剧这一艺术体裁的诗学探索，展现了他所构思的"纯净姿势"，也
同时在人类学和历史哲学的维度上，勾勒了对身体的表达空间和表达。

4.4.3 《陌生女孩》中的视觉感知与身体姿势

霍夫曼斯塔尔之所以对舞蹈艺术情有独钟，并将其纳入自己的文学创作之
中，在很大程度上得益于他与舞者们的相识相知。在20世纪初，他与当时名噪
一时的舞蹈家如伊莎多拉·邓肯、露丝·圣丹尼斯、格雷特·维森塔尔和瓦斯
拉夫·尼金斯基等都有过接触，与有些更是有着很紧密的合作。譬如跟维森塔
尔的合作就产生了多部舞台剧。需要注意的是，维森塔尔在这些作品中扮演的
角色都是霍夫曼斯塔尔为她量身定制的——她并非被随意安排到某个角色，而
是霍夫曼斯塔尔依据维森塔尔的舞蹈风格和个人特征专门为她设计，从而使她

---

①Kleist, Heinrich von. *Über das Marionettentheater.* Mit einem Nachwort von Josef Kunz.
Frankfurt am Main: Insel Verlag, 1980.

在舞台表演中将精髓要义更好地发挥和表现出来。①同样出于这个原因，霍夫曼斯塔尔不会在剧本中具体规定舞蹈的每个动作和神情，而是留出大量空白，让表演艺术家去诠释和发挥。他曾就剧本《陌生女孩》在给维森塔尔的信中写道："我是故意用一种含糊不清的笔调去写《陌生女孩》的。"②霍夫曼斯塔尔不时地观看排练，同舞蹈演员交流，从而让舞者与作者都参与到作品的创作过程当中。本部分探讨的哑剧《陌生女孩》就是在作者与舞者的合作下诞生的。维森塔尔曾这样描述他们的合作：

> 在美丽的奥赛湖边一个宁静花园里，所有这些场景都由我先通过一切姿势和手势，在步态和舞步中尝试表现出来。霍夫曼斯塔尔对舞蹈的挚爱，他对韵律的深刻感悟使他对这部无言戏剧的结构和布局有着最细腻的知觉。在一次次向前迈步的尝试中，剧作家渐渐区分出各个场景，最终能使韵律贯穿所有场景，包括最细微的动作。
>
> 霍夫曼斯塔尔的最初想法，即一位风流倜傥的年轻人在一个奇异、梦幻般夜晚的不寻常经历，仅为哑剧《陌生女孩》提供剧情骨架。[……]然后是共同创作，这才使得作家看见作品，使得我领会作品并感受到它的韵律。③

1911年9月15日，《陌生女孩》在柏林首演，维森塔尔担任女主角。剧本与理论性文本《论哑剧》一起发表在演出手册里。霍夫曼斯塔尔在《论哑剧》一文中具体论述了他关于"纯净姿势"的美学构想，哑剧《陌生女孩》则从艺术实践的角度对这一思想进行诠释。此外，值得注意的是，哑剧《陌生女孩》对视觉感知尤为重视：一方面，剧本仅从男主人公的视角进行叙事并一以贯之，其中男主人公常常以呆板木讷、沉默寡言的观看者形象出现；另一方面，男主人公的感知模式非常特别，他的观看目光无疑是其主观愿望的外在投射，他对剧中女主人公的观看目光不乏情欲痕迹。因此，我们在分析中也会着重注意剧作中对目光、观看等视觉元素的刻画。

---

①霍夫曼斯塔尔在1911年7月致维森塔尔的一封信中写道："当我[……]试图发展哑剧这一艺术形式时，我也非常清楚，这对您是非常巨大和丰富的可能性，将是您发展的第二阶段，其实是无穷无尽的可能性，以便您充分展现内在，从内心创造性地发展出更高的境界、无限的多样性。"（XXVII 361）

②引自霍夫曼斯塔尔于1911年9月10日寄给维森塔尔的书信，参见：Hofmannsthal, Hugo von. *Sämtliche Werke. Kritische Ausgabe. Band XXVII: Ballette–Pantomimen–Filmszenarien*. Frankfurt am Main: Fischer Verlag, 2006: 386.

③Wiesenthal, Grete. Pantomime. *Hofmannsthal-Blätter*,1986(34): 44-45.

在对哑剧《陌生女孩》中的身体姿势和视觉感知进行阐述之前，有必要对霍夫曼斯塔尔关于"纯净姿势"的美学构想做一个简单的回顾。霍夫曼斯塔尔在《论哑剧》中从人类学的视角探讨了身体表达的心理根基、宗教维度与仪式特征。他指出，人类最初的身体表达是虔诚的，是内心情感的外在表现。以此为基础，他发展出了关于"纯净"的美学思想。霍夫曼斯塔尔所说的"纯净"，是指不受理性思维范式的束缚与历史负担的重荷，在同维森塔尔的交谈和通信中他也多次提到了这个概念。[①]

霍夫曼斯塔尔有关"纯净姿势"的美学设想为的是解决内在外化的问题。他理想中的身体表达或身体姿势，是一种由内在冲动引发的运动。这种运动不受外在强制力或外来意志的影响，也不受理性意识的约束。霍夫曼斯塔尔追求的"纯净姿势"指的是身体表达的内外同一性，即内心情感与外在表达、表达方式与表达内容是融合为一的、不可分离的。霍夫曼斯塔尔认为，这种内外同一的身体姿势在宗教仪式中得到了完美体现，因为人在虔诚祈祷时，其身心是统一的，所谓的能指与所指是合二为一的。与之相应，霍夫曼斯塔尔对语言的批判，主要集中在对其再现（Repräsentation）功能的批评，因为语言要再现（repräsentieren）表达对象，所以能指与所指、表达者与被表达者是永远彼此分离的。霍夫曼斯塔尔关于"纯粹姿势"的构想实则是对主体同一性（Identität）的追寻，面对现代化进程中出现的人的异化、分裂等主体危机症状，试图找到摆脱危机的途径。

哑剧《陌生女孩》的脚本读来就像是一篇短篇小说，作者省略了哑剧剧本常有的人物、道具、布景等说明和演出指示词，而采用了叙事文本的形式。故事讲述的是一位富家公子在一个奇异的夜晚被盗贼团伙引诱、抢劫的经历，具体情节从他与一位乞讨少女的邂逅展开。剧本开篇第一句话就指明接下来所发生的一切都在舞台之上，展现了这篇叙述文本的戏剧特征。首句说道：

> 当帷幕首次升起时，两人正坐在一张华灯映照的小桌旁用餐——一位富有的年轻人和他的女友。（XXVII 57）

剧本情节分四幕展开，每幕戏的发生场地都不相同。在第一幕中，富家公子与女友在一家豪华饭店用餐。尽管饭店富丽堂皇，侍者殷勤招待，他却毫不满意，闷闷不乐，"像看水族馆里的鱼儿一样"（XXVII 57）望着窗外的行人，

---

①参考：Fiedler, Leonhard M. „nicht Wort, –aber mehr als Wort...": Zwischen Sprache und Tanz–Grete Wiesenthal und Hugo von Hofmannsthal. In Brandstetter, Gabriele & Oberzaucher-Schüller, Gunhild (Hg.). *Mundart der Wiener Moderne. Der Tanz der Grete Wiesenthal.* München: Kieser Verlag, 2009: 130.

直到盗贼团伙将一名少女送入他的视线范围，他的目光才有所改变。在第二幕中，富家公子与女友置身于贼人酒馆，观看少女的舞蹈表演。第三幕发生在富家公子女友的公寓里，他在家里惴惴不安，思绪不由飞向那位女孩，甚至在幻觉中看到女孩出现在他面前。这时，匪帮中的老鸨来到他家，年轻公子跟着老鸨重返贼窝。在第四幕中，年轻人在贼窝遭遇抢劫，被捆绑抛掷在马路上。女孩不顾危险营救年轻人，替他松绑，自己却命悬一线。然而，两人才初次柔情相对，女孩就猝死在地。在这个充满爱欲又基调阴暗的故事里，霍夫曼斯塔尔将一份描绘魅力与渴求的心理图析与包含爱欲、死亡的主题相联结，并为他构思的"纯净姿势"创设了展现空间。

值得注意的是，剧本中的叙述几乎完全从男主角——富家子弟——的视角展开。他受到乞讨女孩的吸引，因为后者对他而言充满神秘感，异于他所熟悉环境中的人群——她们似乎都有着"一模一样的、既无生气又无美貌的面具脑袋"（XXVII 57）。年轻人过着声色犬马的生活，百无聊赖，这从哑剧一开篇就能看出：与女友做客一家装饰华丽的饭店根本无法令他满足。乏味之余，他将"冰冷、漠然的目光"投向窗外，默默地扫视，"像观看水族馆里的鱼儿一样[……]，看着窗外可悲和败坏的生活。人影来回掠过，呆望着窗内的奢华"（XXVII 57）。

从"水族馆"这一比喻意象，我们可以读出两点：其一，外界的现实生命对于年轻人而言更多只是观赏的对象，考虑到水族馆在科学史上的重要意义，这种观赏不仅是审美式的，而且也是研究性的——生命在观察者的眼中被物化，观察者作为唯一的观看主体，是权力的拥有者；其二，在看与被看的关系中，"水族馆"这一意象清楚表明了年轻人的存在方式，他与社会的现实生活有一"墙"之隔，相互分离。透明的玻璃把年轻人所处的奢华世界与"败坏的"人物所处的丑陋室外之间划清了界限。在这一语境下，进入其视野内的陌生女孩可被理解为年轻人搜集的"生命标本"中的稀缺品，由于她在年轻人眼中非同寻常的陌生，从而激起了年轻人对她的好奇和认知的渴望。他原本对着窗外无聊地漠视，只在发现少女的片刻转为聚精会神的观察：

> 她看上去瘦小单薄，头发披散在肩上，双膝跪地，将手举向灯光照亮的漂亮餐桌——这是从哪儿学来的乞讨姿势，抑或当真是一个沉默而惴惴不安的请求？年轻男子站起身来，对他来说好似开始了他从未经历过的什么[……]（XXVII 57）

鉴于女孩身处的团伙早已为了引起年轻富人的注意而费尽心思，女孩双膝跪地、双手捧起的乞讨姿势显然是受胁迫或者是受到指令之下的行为。尽管如此，女孩的身体姿势仍有着双重意味，似乎摇摆于模仿习得与真的惴惴不安之间——一方面在表达贼人团伙命令她做的乞讨请求，另一方面又流露出一种质朴与真实。正是这种含义的模棱两可让年轻人倍感神秘，就好像暗示着他什么新奇的事，他也因此被这个乞讨女孩所吸引。[①]当女孩在行窃团伙的导演下突然消失不见时，男子对女孩的着迷瞬间转换成一种难以遏止的渴望：他将"一种寻觅的、几乎受着折磨的目光投向黑夜"（XXVII 58）。在受控女孩的显隐戏里，他渴望见到女孩的欲望不断膨胀。女孩再次显现时，拖曳着双脚来到男子面前：

> 这次，她站得笔直，走向他，慢慢地，拖曳般地拖动自己的双脚[……]好像有谁正把她往回推似的。年轻人看见了她，急促地站起身，他以为她想走向他，他朝她走去，而这时她就像被绳子拽着似的被拉回黑暗中。他矗立着，目不转睛地呆视昏暗处。（XXVII 58）

女孩的吃力步伐以及如"拖曳"和"往回推"等被动动作，说明了她被异化和控制。"像被绳子拽着一般被拉回黑暗中"这样的比喻描述，把乞讨女孩类比成一个牵线木偶，正受到一股陌生力量的遥控。倘若我们结合霍夫曼斯塔尔关于"纯净姿势"的美学构想来考察女孩的姿势与动作，就能够更好地探究其真实性：女孩的身体姿势不应被看成是"纯净"的，因为她的每个动作都有目的指向，尽管这种目的是他人强加于她的。

然而，乞讨者自身与她的姿势传达出的信息却毫无同一性可言。这些姿势最终只存在于一条由他人动机和意图构成的链条上。在乞讨者拖曳双脚的出场中，她的非自愿性、作为肢体表达的一系列动作的被操控性展露无遗，一种明显的不和谐已浓缩在她的身体姿势中。这一出木偶戏似的出场与存在赋予了女孩一种内在纯洁性与"纯净"，使她在这位富公子的眼中显得愈加神秘，犹如谜团一般。富家子弟漠然游离的眼神因为对她的迷恋而变得呆滞，停留在乞讨者消失的地方。由贼人团伙所导演的让女孩时显时隐的戏法所产生的戏剧效果使年轻人忘却了周遭的一切——"他不再留心任何人、任何物"（XXVII 58），无论如何他都想走向唤起他欲望的形象。这时老鸨出现，年轻人不假思索地跟随他进入了贼窝，在行窃团伙的安排下，年轻人与女孩再一次相遇。

---

①外形瘦小、看似纯洁无辜的女孩形象是 1900 年前后的文学和绘画作品中格外具有诱惑力的女性形象之一，相关论述可参考：Günther, Stephanie. *Weiblichkeitsentwürfe des Fin de Siècle. Berliner Autorinnen: Alice Berend, Margarette Böhnme, Clara Viebig*. Bonn: Bouvier Verlag, 2007: 157-158.

作者将这一重逢设计成一幕戏剧，并将男主角及其女伴安排为唯一指定的观众。年轻人与女伴一同坐在贼人中间，却对自己周边潜在的危险毫不关心，只是凝视着"一块缀着补丁的肮脏帘布"（XXVII 58），期待着女孩从帷幕后走出来。直到女孩登台起舞，他才心满意足：

> 他快意满足，大饱眼福：她那令人动容的娇小躯体、她那隐藏在酒馆里恶人们中的神秘魔力以及她眼神中流露出的那种奇特的心不在焉。他本可以永远看着她这么跳舞，但她却变得孱弱无力，一场昏厥突然袭来。老妇人粗暴地抓起她，随即从瓶子里取出劣酒给她灌下。她又可以继续跳舞，抱着更强烈的热望，甩动自己的四肢——但从来都带着那种最无法捉摸的纯真。（XXVII 58）

起先，年轻富人的眼神在作者的笔下是冰冷而漠然，到此处他在观赏之余流露出的喜悦之情已经跃然纸上。①他对女孩的迷恋主要源于后者"眼神中流露出的那种奇特的心不在焉"，这种"心不在焉"说明女孩的不情愿，她是被迫跟这些歹人在一起，被迫充当引诱别人落网的诱饵；这种"心不在焉"说明她心灵与身体的分裂，她的身体虽然在完成盗贼团伙给她的命令，但其内心却在渴望他处。至于真相如何，我们不能确定，至少男主人公是如此解读她的出场的。因为整出戏都是从男主人公的视角展开叙事，陌生女孩自始至终只是作为男主人公的观看对象，而少女的身体最终只是男主人公个人感受的投射场。少女的神情与姿态都是他的主观解读，因为在男主人公眼中，女孩并非自愿充当诱饵来跳舞，所以她的表演由于流露出这种不情愿反而显得格外真实。"她眼神中的心不在焉"还暗示着权威性的强逼，同时表明女孩想要摆脱这种强迫。这更使得她迥异于其生活的盗贼团伙，而是保留着一种无辜与"纯真"。这种"纯真"给予她充满神秘气息的陌生感，令年轻富人格外着迷。值得注意的是，年轻人投向跳舞女孩的目光不乏其主观愿望的外在投射——因为事实上他也饱受着那种身心分裂的煎熬，他也抱着从自己所处的虚伪的、毫无生气的生活世界中解放的愿望。与他平日所见的虚假相比，这位少女的眼中流露出的，是一种

---

①霍夫曼斯塔尔笔下的陌生女孩形象无疑受到歌德的长篇小说《威廉·麦斯特的学习时代》（*Wilhelm Meisters Lehrjahre*）的影响，因为她与歌德笔下的迷娘（Mignon）形象多有雷同。迷娘也是一个看似发育未全的神秘少女，她被钢索舞者虐待，也为威廉·麦斯特跳舞，而威廉·麦斯特同样是目不转睛地观看她的舞蹈表演："威廉怎么都看不够她[即迷娘]。他的眼睛和他的心毫无抵挡地被这个神秘造物所吸引。"参见：Goethe, Johann Wolfgang von. *Sämtliche Werke. Briefe, Tagebücher und Gespräche. I. Abteilung. Band 9: Wilhelm Meisters theatralische Sendung; Wilhelm Meisters Lehrjahre; Unterhaltungen deutscher Ausgewanderten.* Frankfurt am Main: Deutscher Klassiker Verlag, 1992: 451.

真实。在此基础上一根联结他与女孩的秘密纽带产生了：好像没人能像他那样理解女孩的舞蹈。格雷特·维森塔尔作为陌生女孩的扮演者如此阐述她饰演的女孩角色：

> 她在他面前跳舞；最初是被迫和不情愿的，接着她却渐渐明白，这个男人是第一个读懂她内心的人，她的渴望和痛苦、她内心的光彩和幽暗的悲伤。快乐的狂醉席卷全身，所有强制离她而去，她的四肢终于舒展开来，她的舞姿成为她自己，成为她内心的至佳至高至美。①

维森塔尔对角色的阐释为这部哑剧增添了女性的观察视角，这是被男性作家所忽视的。她指明跳舞的女孩作为被看者同时也在观察观众，她在观看者的目光中觉察到，自己不仅被观看，而且也被理解。这一情形与维森塔尔在奥赛湖畔霍夫曼斯塔尔面前的舞蹈尝试非常类似：一种"以女性的身体表达和男性的观看愉悦为基础形成女性舞者和男性观者之间的目光秩序"②。当女孩感到被理解、被同情，她起先摇摆于反抗与顺从之间的舞蹈——同时也是在酒精的作用下——顷刻转变为激情的表现舞蹈：女孩跳得比先前更自由，"抱着更强烈的热望，甩动自己的四肢"。她似乎忘记作为诱饵的使命，而跟随起内心的声音。就在舞蹈"感人至深"（XXVII 59）的高潮时刻，老鸨将女孩拖至帷幕后，横加干涉，中断了舞蹈。尽管年轻人难忍视觉愉悦的戛然中断，想要冲向前去追随女孩的双眼，但他的女伴及时阻止了他——她注视着年轻人，眼神中充满痛苦的不安。两位女性的双眼在这里形成类比，又截然不同（见图4-10）。

年轻人在离开贼窝时从地上捡起一根绳子。"绳子"这一意象就其物质层面可以作为记忆的载体来理解，在象征的维度则暗示女孩受奴役与束缚的生存状态，同时也与女孩在第一幕出场时"像被绳子牵着"（XXVII 59）走的意象一脉相承，再次指明她的身份与牵线木偶的雷同。此时已回到家中的年轻人在手中把玩那根绳子时，这一母题的诸多含义呈现出来。他好像看到女孩受捆绑的幻影从他眼前走过：

> 她如此真切地站在他面前，仿佛从墙中走了出来。她扭曲着经过他身旁，用一根纤细但有力的绳索将自己的双臂绑在背后。但男子的女伴却对此番幻景毫无察觉,因为那只是他受刺激后想象出来的幻觉。

---

①Wiesenthal Grete. Pantomime. *Hofmannsthal-Blätter*, 1986(34): 44.
②杨劲. 深沉隐藏在表面：霍夫曼斯塔尔的文学世界. 北京：北京师范大学出版社，2015：268.

然而，对于他而言，女孩就是真实的存在。他目不转睛地看着她，涎睃的眼中淆混着不安与狂喜，直到她再次消失，如同房间的另一面墙吞噬了她。（XXVII 60）

图 4-10　《陌生女孩》剧照之一①

引文中描述的幻象唯独男主角一人能看到，它"是他受刺激后想象出来的幻觉"的，这一表述清楚指出，男主角的视觉感知中交织着主观愿望和想象的投射，而这也是电影院感知模式的基本特征：就像放映机把胶片影像投射到银幕上一样，人们也将自己的愿望与想象投射到银幕上。引文场景还从另一个侧面展现了其与电影的内在关联，即女孩幻象的突然出现与消失。如果说第一幕中盗贼团伙为了刺激年轻人的观看欲望，上演了一出显隐戏，让陌生女孩突然消失又突然出现在街头，那么这次女孩的突然出现与消失则完全取决于男主角的想象力。被捆绑的女孩转眼间活生生地站在他面前，"仿佛从墙中走了出来"，片刻之后又突然消失，"如同房间的另一面墙吞噬了她"。这里的"墙"好比电影院的银幕，是观看者想象的投射场域，是一面属于艺术与想象力的墙，女孩如同呈现在大银幕上一般清晰可见。最后，这面墙突然回到它本来的面貌，像

①图片来源：Fiedler, Leonhard M. & Lang, Martin (Hg.). *Grete Wiesenthal. Die Schönheit der Sprache des Körpers im Tanz*. Salzburg/Wien: Residenz Verlag, 1985.

电影剪切一样，原本在其表面展示的客体图像顿时消失。年轻人在这里就像看电影一样观看了幻象从出现到消失的全过程（见图4-11）。

在经历这段幻象之后，年轻人对女孩的思念之情剧增。当老鸨出现在他面前时，他毫不犹豫地跟随她走，进而掉入了贼人设下的陷阱。他被洗劫一空、被绳捆索绑着丢在大街上。之后的场景展现了女孩如何解救男子。那时的她已忘却周围的一切危险，试图接近动弹不得的年轻男子。在解救行动中，她所展现的体态姿势，不再是预先设定的表演或是带着目的的引诱，而明显是摆脱羁绊的情感在驱使着她。按照霍夫曼斯塔尔的美学观点，她此时的身体动作是真正的"纯净姿势"，体现了她对爱的真诚表白：

> 她在被捆绑者身边坐起来，充满恐惧又温情脉脉地注视着他，轻轻拂过他的脸，咬断他手腕上的绳子，通过碰触、抚摸和挽扶使他恢复知觉。他渐渐苏醒过来，四肢僵硬，头昏脑胀。他俩就这样面对面坐在地上。她俨然一位女人，不再是女孩。她将万般柔情倾注在他身上。他俩接着站起身，他正想朝她走去，这时她脸色死灰般煞白，跟跄着倒在他脚前。（XXVII 62）

图4-11　《陌生女孩》剧照之二①

①图片来源：Fiedler, Leonhard M. & Lang, Martin (Hg.). *Grete Wiesenthal. Die Schönheit der Sprache des Körpers im Tanz*. Salzburg/Wien: Residenz Verlag, 1985.

勇敢地解救年轻男子，在"咬断"绳索以解放男子时展现的动物般的姿势，"抚摸和搀扶"男子，温柔地照顾他——这些都反映了女孩对男子之爱。当她将年轻男子唤醒时，她已经——正如文本中从男性视角的观察所得——从女孩转变成了女人。双方的初次接近柔情蜜意，暗含爱欲的情致，却因为女孩的突然死亡而中断。最终，女孩背后的秘密再次被尘封，而作为戏剧性结局的一部分得到保留。

综上所述，哑剧《陌生女孩》中的身体姿势表现不一，甚至彼此对立。当女孩作为盗贼团伙的诱饵被人放置在年轻男子的面前，她的乞讨姿势表现为强逼的模仿时，她的身体姿势中既有表演的成分，又有清晰可见的非表演性的勉强动作，如女孩受拖曳的步伐。这种复合体使她显得既神秘又"纯真"，从而使她与整个盗贼团伙区分开来。年轻男子也在她的舞蹈表演中感受到了"她眼神中流露出的那种奇特的心不在焉"并着迷于她"最无法捉摸的纯真"（XXVII 58）。如果说这些姿势并非发自内心，是被他者操控并具有一定的目的性，因此属于霍夫曼斯塔尔所称的"非纯净"的身体姿势，那么女孩营救男子时的身体动作则明显属于"纯净姿势"，因为它们发自女孩的内心渴望，是真性情的外在表现。

霍夫曼斯塔尔在杂文《论哑剧》中详尽阐述"纯净姿势"的美学构想时，其实他是有参照体的。他在与格雷特·维森塔尔合作前，就已经在另一名舞者身上看到了这一艺术理念的完美体现。1906年，霍夫曼斯塔尔在柏林观看圣丹尼斯的舞蹈表演之后，撰写评论文章《无与伦比的舞者》，竭力称赞舞蹈家的舞蹈艺术。他在圣丹尼斯那儿的观赏体验对他后来关于舞蹈艺术的审美反思起到了决定性作用。霍夫曼斯塔尔认为，圣丹尼斯舞蹈的基本标志是她从不有意识地操控舞蹈动作。圣丹尼斯在她的舞蹈艺术中既不刻意"表达"什么，也不一味追求在舞者与观众间搭建沟通的"桥梁"，如霍夫曼斯塔尔所言：她的舞蹈让人感到完全陌生，"它既跟教育无关，又不诠释什么，也不试图让人领会什么"（XXXIII 116），反而因此显得非常真实（authentisch）。霍夫曼斯塔尔看重的是，圣丹尼斯的舞姿自然，从不做作，每个动作都是内心情感的直接外在显现。他甚至将圣丹尼斯与当时声名赫奕的舞蹈改革家伊莎多拉·邓肯做比较："邓肯的秘密在于，她知道什么是舞蹈艺术。那位[即圣丹尼斯]则是天生的伟大舞蹈家。"（XXXIII 120）在这里，霍夫曼斯塔尔意有所指：邓肯从事舞蹈发展史的研究，将研究的心得运用于自己的舞蹈表演，按照霍夫曼斯塔尔的说法，这种仔细思量、精心设计的舞蹈动作几乎只是"一种展示"，而圣丹尼斯舞蹈中的自然动作，那些"未经考虑的姿势"（inkalkulable Gebärde）则是他心中理想的身体表达（XXXIII 120）。

哑剧《陌生女孩》中不仅讨论了身体姿势的多重含义和表达空间，该剧也在特定叙述视角中表现出与电影艺术的内在关联。一方面，情节叙述完全局限于年轻男子的视角，而他在剧中表现为一个消极不动的观看者，男子的身体姿势几乎总是凝眸不动的观望，霍夫曼斯塔尔在手稿中对男主角的描述是"总是凝视，几乎一动不动"（XXVII 378）；另一方面，他的凝滞目光中充斥着主观愿望的投射，无论是在酒馆里观看女孩跳舞，还是在家中看到的女孩幻象，他感知到的画面都被其幻想中的图景所覆盖，女孩的身体和家中幻影出现的墙壁承载他的投射目光，就像电影院里的银幕上呈现放映机发送的图片信息那样。

如此，《陌生女孩》既表达了身体姿势的多样性，又再现了一种以凝视和投射为特征的视觉感知方式。如果我们参照意大利哲学家吉奥乔·阿甘本（Giorgio Agamben）的观点——"电影的基本元素是姿势，不是图像"[1]，《陌生女孩》则分别从表达方式（"纯净姿势"）和感知方式（"放映机式观看"）两个层面彰显出哑剧与电影的亲缘关系。霍夫曼斯塔尔自知他的哑剧与电影间的距离之近，在给好友阿尔弗雷德·沃尔特·海默尔（Alfred Walter Heymel）的信中，他明确交代道，《陌生女孩》就是"为电影而生的"[2]。事实上，这部剧也很快被改编成电影，成为作者首部被搬上银幕的作品（见图4-12）。由此，霍夫曼斯塔尔的创作体裁又进一步拓宽。直至1929年生命的结束，他创作了多部电影脚本，并对电影艺术进行美学思考，而在这一领域的研究还有待进一步深化。

图4-12 《陌生女孩》电影剧照[3]

---

①Agamben, Giorgio. Noten zur Geste. Übersetzt von Elisabetta Fontana-Hentschel. In Georg-Lauer, Jutta (Hg.). *Postmoderne und Politik*. Tübingen: Edition Diskord, 1992: 101.

②引自霍夫曼斯塔尔 1911 年 9 月 22 日致阿尔弗雷德·瓦特尔·海默尔的书信。参见：Hofmannsthal, Hugo von. *Briefwechsel mit Alfred Walter Heymel 1900–1914*. Freiburg im Breisgau: Rombach Verlag, 1998: 187.

③图片来源：Grete Wiesenthal und Gösta Ekman in Mauritz Stillers Film "Das fremde Mädchen". https://www.tanz.at/index.php/wiener-tanzgeschichten/2442-the-swedish-connection-tack-sa-mycket-sverige.

4.5 影响研究：霍夫曼斯塔尔和维森塔尔对维也纳华尔兹的现代主义改革

（本节作者：刘永强/赵婧雯）

法国芭蕾舞在与浪漫主义一同经历了18世纪末至19世纪前期的辉煌之后，于19世纪末期从舞蹈艺术的神坛跌落。无论在美国还是欧洲，都有众多年轻的舞蹈家对古典芭蕾舞那套陈旧的规则颇为不满。她们尝试摆脱古典芭蕾舞对动作、节奏、服饰、音乐等方面的束缚，发掘舞者个体的自主性，探索自由舞蹈的可能。例如，曾有三位来自美国的舞蹈家对古典舞进行改革：洛伊·富勒（Loie Fuller），将光与舞蹈相结合，打造蕴含多种元素的视觉领域和动感世界；伊莎多拉·邓肯作为首位赤脚在舞台上表演的艺术家，创立了一种基于古希腊艺术的自由舞蹈而世界闻名；露丝·圣丹尼斯通过异域风格的舞蹈探寻宗教的身体表达，达到灵与肉的和谐统一。这些年轻的舞者都为古典芭蕾舞向现代舞的转型做出了不可低估的贡献，是西方现代舞的先驱。

同一时期，另一位来自奥地利的舞者格雷特·维森塔尔也致力于摆脱古典舞的束缚。她在维也纳现代主义的背景下以芭蕾舞蹈动作作为基础对维也纳华尔兹进行了改革，为后世留下了宝贵的财富。在各种舞蹈形式中，古老的华尔兹作为一种文化的寓言对舞蹈艺术审美的重构起到了尤为重要的作用。华尔兹，又称圆舞曲，是舞会舞蹈（Balltanz）中最有生命力的自娱舞形式之一，并且具有悠久的历史。早在17世纪，与华尔兹节拍类似的舞曲就演奏于哈普斯堡的皇家舞会上了。随着法国大革命的到来，华尔兹取得了胜利，使舞蹈变成了一种社会化的活动[①]；至19世纪的最后十年，华尔兹已渗透进人们的日常生活。[②]然而，经过长久的发展，华尔兹形成了一套固定的模板，不再是个人意志的自由表达，陷入了可以与"语言危机"相提并论的困境。为了使华尔兹从僵化陈旧的泥沼中脱离出来，有舞者尝试对其进行现代化改良。改良后的华尔兹可以将舞蹈与音乐深度融合，同时遵循着严格的运动秩序，而且具有词汇表达所没有的鲜活和客观。因此，华尔兹成为一种游走于传统与现代的舞蹈形式。

在此般历史语境下，维森塔尔从维也纳华尔兹的本质特征出发，创造了一种新的身体语言，将维也纳的文化元素与自由舞蹈相结合。维森塔尔深受维也纳现代主义的影响，其中以作家霍夫曼斯塔尔对她的启迪最为显著。两人曾合作完成多部享誉全球的哑剧。在这一过程中，两人通过大量信件保持着紧密的联系和频繁的互动，并产生了精神上的共鸣。可以说，霍夫曼斯塔尔在维森塔

---

①这里需要补充说明：随着法国大革命的到来，华尔兹作为中产阶级的典型舞蹈，成为年轻人竞相学习的舞种，一时间也成为大舞会的亮点，因此备受争议。

②埃斯. 华尔兹史话. 郑慧慧，译. 上海：上海音乐出版社，2006：104.

尔完成对华尔兹现代化的改革这一过程中起到了至关重要的作用。舞者与剧作家的思维碰撞体现出舞蹈与文学彼此促进、相互交融的互动关系。

维森塔尔的新式舞蹈极具现代性，表现为传统艺术风格与奥地利青春艺术风格的结合，并融入了流行文化与前卫文化的元素。她构建了一种新颖的舞蹈表现形式和审美模式，推动了西方舞蹈的现代化发展。这种舞蹈艺术的新美学也成为那个时代的典范。本节将从维森塔尔童年学习芭蕾舞的经历入手，探寻其放弃芭蕾舞表演转而对华尔兹进行现代主义改革的内在动因，深挖其对维也纳华尔兹的技术革新。此外，本节还将勾画维森塔尔与霍夫曼斯塔尔的文艺共鸣与合作友情，阐述两人共同致力的新哑剧理念与实践，彰显舞蹈与文学的互动交融。

4.5.1 从芭蕾舞到华尔兹：不受束缚的自由舞者

格雷特·维森塔尔于 1885 年出生在奥地利维也纳。成长于艺术之家的她，从儿时第一次欣赏芭蕾舞表演起，便有了成为芭蕾舞蹈家的梦想。10 岁时，维森塔尔进入维也纳宫廷歌剧院芭蕾舞团学习舞蹈，接受音乐和舞蹈教育，并于 7 年后在该舞团担任芭蕾舞演员。1907 年，22 岁的维森塔尔在古斯塔夫·马勒（Gustav Mahler）的歌剧《波荷蒂西的哑女》（*La Muette de Portici*）中担任主角，受到了广泛好评。观众惊叹，这位身躯娇小的女孩竟然有如此激情澎湃的表演：

> 看她那充满激情的动作，好似这世上再无可与她抗衡之物了，尽管她的外表看上去那样弱不禁风，那样稚嫩、渺小和瘦弱！[1]

这个娇小的人亦获得了霍夫曼斯塔尔和里尔克等同时代文学家，以及阿尔弗雷德·丹尼斯·科尔托（Alfred Denis Cortot）和阿尔弗雷德·波尔加（Alfred Polgar）等批评家的赞扬。尽管维森塔尔当时仍在舞团表演芭蕾，却已从众人中脱颖而出、一枝独秀。

然而，随着对芭蕾舞的了解日渐精深，维森塔尔开始厌倦这种循规蹈矩的学院派舞蹈（Akademischer Tanz），并对舞蹈学校的教学颇有微词。她曾在个人演讲《舞蹈与哑剧》（„Tanz und Pantomime"）中这样描述："小时候我曾在维也纳歌剧院学过一段时间芭蕾舞，但是在我看来，我们表演的仪式性质甚至多于舞蹈本身[……]。大家只需要跟着拍子跳舞，却不需要遵循线性的音乐，甚至没有人知道如何让身体动作与音乐旋律相结合。"[2]

---

①Schmidt, Jochen. *Tanzgeschichte des 20. Jahrhunderts in einem Band: Mit 101 Choreografenporträts*. Berlin: Henschel Verlag, 2002: 28.

②Wiesenthal, Grete. Tanz und Pantomime. Vortrag im Kunstsalon Hugo Heller, Wien, 27. Oktober 1910 [aus dem Nachlaß mitgeteilt]. *Hofmannsthal-Blätter*, 1986(34): 36.

带着对芭蕾舞的质疑，维森塔尔在心中产生了对"真正"舞蹈的渴望——一种更快节奏的、更坚定且与音乐真正吻合的舞蹈。在《波荷蒂西的哑女》首演大获成功后不久，恰逢舞者黄金年龄的她便毅然离开了维也纳宫廷歌剧院芭蕾舞团，成为一名自由舞者。对于这一决定，维森塔尔曾坦言："我总是不得不做些我自认为没有美感的动作。有那么几个瞬间，我感到僵硬和厌恶，甚至为此羞愧。在我身上产生了一种夸张的羞涩和对大多数芭蕾舞动作的情绪敏感，只有通过这种缺乏自由的方式，我才会到达有意识的自由。"①

离开舞团后，维森塔尔与她的姐妹艾莉莎·维森塔尔（Elsa Wiesenthal）和贝尔塔·维森塔尔（Bertha Wiesenthal）共同组建了一个舞蹈组合（见图4-13）。她们以接受过的芭蕾舞教育为基础，对维也纳华尔兹进行改革：她们将作为交谊舞的华尔兹搬到舞台上来，使其成为一种舞台表演形式；在表演中，维森塔尔姐妹也不再以拙劣的作态和多愁善感的表演来示人，转而将音乐以摇摆的舞姿表达出来。她们三人在维也纳的小剧院表演的华尔兹舞曲《蝙蝠》（Fledermaus），因其独具创新色彩的摇摆方式吸引众多观众慕名前来观赏，她们后来还前往柏林、圣彼得堡、布达佩斯和布拉格等地进行巡回演出。

图4-13　维森塔尔三姐妹（从左至右：艾莉莎、格雷特、贝尔塔）②

①Schmidt, Jochen. *Tanzgeschichte des 20. Jahrhunderts in einem Band: Mit 101 Choreografenporträts.* Berlin: Henschel Verlag, 2002: 28.
②图片来源：Klingenbeck, Fritz. Unsterblicher Walzer: die Geschichte des deutschen Nationaltanzes, mit 126 Abbildungen. Wien: Wilhelm Frick, 1943: 50.

这种舞蹈与传统芭蕾舞的机械运动完全不同，是舞者出于自身对音乐的感觉而产生的自由表达，这尤其表现在腿部运动上——由单一的、被规则约束的、以节奏为基础的芭蕾舞腿部动作发展为复杂的、更为自由的、凭个人意志而运动的腿部动作。这是对于音乐的全身心投入、对自身感觉的完全表达和对个人意志的彻底发掘。维森塔尔曾这样描述道："我认为，是音乐让我们第一次感受到一种完全不同的舞蹈。我身体的每一个动作都是在展现一个音乐片段。"①

完成音乐上的自我解放后，维森塔尔便充满了对自由舞蹈的灵感。甚至仅仅是面对摇曳的树叶、空中的飞鸟以及奔跑的动物都能让她灵光乍现，收获创作灵感。然而这时她却发现，音乐也在一定程度上束缚了她的自由意志，因为再没有音乐可以为她脑中随时闪现的灵感伴奏，以至于她不得不自己谱曲。维森塔尔曾围绕"风"这一意象完成一次舞蹈及音乐上的独立创作（见图4-14）：

图4-14 《维也纳的无用人》剧照②

①Wiesenthal, Grete. Unsere Tänze. *Der Merker 1*, 1909(2): 66.

②图片来源: Setzer Theatermuseum, Wien. Inv. Nr.: FS_PA113052. https://www.theatermuseum.at/online-sammlung/detail/81213/.

我以"风"为主题，在舞台上表演一部小小的情景剧。我让风轻拂树木，树叶在枝头瑟瑟发抖，又突然回归宁静，却再次被强风吹动，直至树被呼啸的狂风刮倒的情景用舞蹈动作展现出来。这是一场风与树的博弈。①

基于对自然的感知，维森塔尔得以通过不同的、快速变化的动作演示自然界不同的场景氛围，并完成了一个由摆脱固式舞步到完全依赖音乐再到从音乐中解放出来的成长过程。维森塔尔将自己作为一个整体融入自然中，她对大自然的模仿惟妙惟肖。舞蹈学家汉斯·勃兰登堡（Hans Brandenburg）在著作《现代舞蹈》（Der Moderne Tanz）中这样评价维森塔尔："她身上散发着狂野，却又带着成熟，夹杂着感性与善良，她如风似浪、如树似花般起舞，自己便是自然。"②

维森塔尔不愿止步于模仿自然，她更希望回归到"人"身上。她想要通过舞蹈表达出人所独有的复杂情感。因此，"哑剧"这一将舞蹈与戏剧相结合的艺术形式激起她极大的兴趣与热情。当时已与维森塔尔相识的霍夫曼斯塔尔将她们三姐妹推荐给导演马克斯·莱因哈特。在莱因哈特的扶持下，维森塔尔推出她的首部哑剧《苏姆隆》（Sumurûn），并在柏林大获成功（见图 4-15）。随后，维森塔尔姐妹的组合在德国其他城市和其他欧洲国家进行巡回演出，共计 120 场。这不仅为她们赢得了国际声誉，也为维森塔尔后来从舞蹈表演转向哑剧演出夯实了基础。评论家埃贡·弗里德尔（Egon Friedell）盛赞维森塔尔的舞台表演，他不无夸张地写道："当她的面容、她的双手、她身体的每一个曲线都在诉说着一种比雷蒙德，甚至歌德和莎士比亚的诗句都要雄辩一百倍的语言时，她哪里还需要口才之类的次等艺术呢？"③

至于她如何能够在这么短的时间内同时将音乐、表演艺术和舞蹈结合起来，维森塔尔自己也始料未及。她表示，这些都并非事先谋划，而是自然而然做到的。同时她也强调，在拍摄中，她绝不会做任何艺术上的妥协，不会为了作品的表演性而牺牲其艺术性。④

1911 年，维森塔尔推出了与霍夫曼斯塔尔联手创作的哑剧《爱神与普绪刻》和《陌生女孩》。演出同样大获成功，舞蹈家维森塔尔与文学家霍夫曼斯塔尔之间的友谊也成为佳话。

①Wiesenthal, Grete. Tanz und Pantomime. Vortrag im Kunstsalon Hugo Heller, Wien, 27. Oktober 1910 [aus dem Nachlaß mitgeteilt]. *Hofmannsthal-Blätter*, 1986(34): 39.

②Brandenburg, Hans. *Der Moderne Tanz*. München: G. Müller Verlag, 1913: 48.

③Schmidt, Jochen. *Tanzgeschichte des 20. Jahrhunderts in einem Band: Mit 101 Choreografenporträts*. Berlin: Henschel Verlag, 2002: 29.

④Schmidt, Jochen. *Tanzgeschichte des 20. Jahrhunderts in einem Band: Mit 101 Choreografenporträts*. Berlin: Henschel Verlag, 2002: 31.

图4-15　哑剧《苏姆隆》，维森塔尔扮演厨房帮工①

　　1916 年以后，声名显赫的维森塔尔基本上只在大型音乐厅进行表演了。她始终以华尔兹为主要舞蹈形式（见图 4-16 和图 4-17），贯彻改革后的新型舞蹈艺术。1919 年，维森塔尔发表了她的自传《一位舞者的人生》(*Der Aufstieg: Aus dem Leben einer Tänzerin*)。同年，她在维也纳开办舞蹈学校，自此开始数十年的教学生涯。1942—1952 年，维森塔尔担任维也纳音乐和美术学院舞蹈系系主任。1945 年，她还组建了"格雷特·维森塔尔舞团"，该舞团一直到维森塔尔身故后仍在演出。

4.5.2 技术创新与身体表达：对维也纳华尔兹的现代主义革命

　　维森塔尔对舞蹈的技术创新是以她自小学习的古典芭蕾舞为基础的。她正是利用自身芭蕾舞的教育背景，通过突破传统芭蕾舞的局限性对维也纳华尔兹进行了技术创新，进而形成一种新的自由舞蹈模式。因此，我们只需稍作对比就可以发现维森塔尔的创新点与突破点。维森塔尔的舞蹈技术包括以下几个关

①图片来源：http://www.gaestebuecher-schloss-neubeuern.de/biografien/Wiesenthal_Grete_Taenzerin.pdf.

键词：球形、平衡、悬空、摇摆、旋转及飞翔。

"球形"（sphärisch）这个关键词来自霍夫曼斯塔尔对维森塔尔舞蹈的评价。它主要体现在维森塔尔舞蹈中的"流动性"（Fließfähigkeit）和"轻盈性"（Leichtigkeit）。维森塔尔的动作流畅度极高，不受突如其来的阻断，看不到节点与终点。此外，维森塔尔动作也极具力度，甚至在舞蹈动作停止后，其引起的力量仍以波形在空气中继续传播，其旋律也将周围的环境带动起来。这种流动的形式展现出球形的特征。汉斯·勃兰登堡这样描述："当她起舞时，仿佛房间里所有的圆圈都集中在了她身上，她的身影越来越纤细，仿佛在自我撕扯，直到运动从她身上爆发，宛若一团燃烧的火焰。"[1]另外，"球形"的特征

图4-16　木刻画《维森塔尔跳华尔兹》[2]

---

[1]Brandenburg, Hans. *Der Moderne Tanz*. München: G. Müller Verlag, 1913: 46.

[2]该画由埃尔温·朗（Erwin Lang）于 1910 年完成。图片来源：Theatermuseum, Wien. Inv. Nr.: GS_GPU1023. https://www.theatermuseum.at/online-sammlung/detail/708097/?offset=10&lv= list.

也表现在维森塔尔的舞蹈服饰上。维森塔尔对华尔兹的服饰提出了创造性的要求，她要求舞者使用宽大的裙摆，旋转时身体形成一个摆动着的圆锥体，而在摇摆、奔跑、跳跃等动作时可以构成自己的几何运动空间，看上去宛如一个快速移动的球体，并在此过程中传递出强大却轻盈的能量。

维森塔尔的"平衡技术"（Balancetechnik）一方面体现为身体在形成曲线的过程中表现出的特定张力，另一方面体现在身体相对于地面的贴近与倾斜。在古典芭蕾舞中，身体轴线（Körperachse）往往保持在垂直方向进行平行移动，即舞者往往以垂直站立的方式保持身体轴线的竖直，不会做出大幅度的倾倒动作；而维森塔尔则突破了这种对身体轴线的固化限制，她尝试将身体轴线倾斜，达到对角线甚至水平线的角度。这样的姿势具有强大张力，且对舞者的平衡能力提出了极高的要求，特别是要保持膝关节、踝关节和髋关节的稳定，提高相关肌肉的力量。维森塔尔的"平衡技术"在技术方面为古典舞向现代舞的过渡奠定了基础，后来兴起的众多现代舞风格学习和借鉴了维森塔尔的平衡之术，尝试在突破身体常规状态的同时保持稳定的张力，进而保持一种看似脆弱却实际坚韧的平衡。

图4-17 维森塔尔的《多瑙河华尔兹》①

①维森塔尔的《多瑙河华尔兹》（Donauwalzer）。图片来源：https://loc.gov/pictures/resource/agc.7a09891/.

维森塔尔的"悬空技术"（Schwebetechnik）体现为对横向的、水平层面运动的纳入和对横向空间的开辟，这在舞蹈史上并无先例。与传统芭蕾舞中摆脱身体重力的悬空技术不同，维森塔尔并不注重芭蕾舞中通过踮脚实现的所谓静态"悬空"，而是希望通过大幅度的、连贯的摇摆动作，产生强大的动力，实现水平层面的动态悬空。她依靠摇摆开创了新的水平运动模式，并以此开辟了新的空间层次和维度。再者，对新的空间层面的开辟也体现在对表演场地的拓宽上。从维也纳歌剧院出来后，维森塔尔姐妹尝试在维也纳各个工厂的小型歌剧院表演舞蹈，这突破了华尔兹演出的场地限制，将华尔兹这样一个中产阶级用于社交的舞蹈搬到舞台上，演化成舞蹈表演，这在舞蹈史上也是前所未有的。总的来说，维森塔尔完成了舞台舞蹈的改革，使华尔兹不再囿于中产阶级的社交舞蹈，而是成为面向普罗大众的舞台表演。维森塔尔成功融合了乡间舞蹈与芭蕾舞的元素，在不同阶层的文化中取得了平衡，这也是华尔兹实现现代化的主要标志之一。霍夫曼斯塔尔在小型歌剧院观看了维森塔尔姐妹的演出后，随即充满激情地预言："更大的舞台——柏林在等着她们！"[1]

"旋转"及"飞翔"作为维森塔尔在舞蹈中常用的高难度动作技巧，大多用于连接不同的舞蹈片段，使其串联为一个连续的运动流，且经常作为片段高潮而出现。传统的古典芭蕾舞往往不可避免出现静态因素，如衔接不同动作时的突然停顿，这在维森塔尔看来是会破坏美感与和谐的。维森塔尔对维也纳华尔兹改革的核心就是尽可能克服古典芭蕾舞中不可避免的静态因素，并将一切动作融入永不停息的运动流中。因此，维森塔尔在舞蹈中加入大量的旋转元素，并辅之以快速的奔跑，两者的融合打破了古典芭蕾舞的封闭圆圈形态，形成了一种开放且连贯的螺旋形；维森塔尔还将部分古典芭蕾舞中僵硬的停顿改造成了跳跃，通过高跳技巧创造类似鸟类飞翔的动作意象，用以衔接下一套动作，整体显得连贯和谐，凸显轻盈美感，这些动作技巧的表演对于身材娇小的维森塔尔而言无疑是极为适合的，在她的独舞中能实现绝佳的艺术效果（见图4-18和图4-19）。

总的来说，维森塔尔对维也纳华尔兹的现代主义改革突破了古典芭蕾舞"学术舞蹈"的限制，使舞蹈不受音乐、场地、规则、集体舞等的限制。通过这样的技术改革，舞蹈规则和动作更为自由，舞者将自我意志融入舞蹈当中，舞蹈也成为舞者表达心声的方式，成为一种真实的"身体语言"。特奥多·塔格尔（Theodor Tagger）甚至用"欢呼"来比喻维森塔尔的舞蹈：

---

[1] Brandstetter, Gabriele & Oberzaucher-Schüller, Gunhild (Hg.). *Mundart der Wiener Moderne: Der Tanz der Grete Wiesenthal.* München: Kieser Verlag, 2009: 10.

她的身体内蕴藏着旋律。这娇小的维森塔尔，旋律是她的言语，她用舞姿来歌唱：她用她的动作、她那动作中的灵魂，在歌唱……她的舞蹈哪里还是舞蹈，明明是一种欢呼！是柔软的、朝气蓬勃的、轻声的欢呼。通过欣赏她的舞蹈，人们可以沉默地发出声音……她在为我们叙述着什么呢？或许是那些正沐浴着春光的小鸟吧！①

图4-18　维森塔尔在威格尔德雷尔公园跳舞②　图4-19　维森塔尔跳《多瑙河华尔兹》③

维森塔尔的舞蹈是对民间传统华尔兹的城市化演绎，她从古典芭蕾舞中"破框"而出，通过创新技艺表达对自由舞蹈的渴望和追求。质言之，维森塔尔试图用身体取代词语，摈弃言说的间接性和异质性，用纯粹的身体语言直接表达舞者的个性和自由意志，这与霍夫曼斯塔尔关于"纯净姿势"的美学构想不谋而合。在这个意义上，霍夫曼斯塔尔对维森塔尔的现代主义舞蹈改革具有不可磨灭的影响。

4.5.3 当舞蹈家遇上剧作家：从舞蹈走向哑剧

1907 年，维森塔尔姐妹与剧作家霍夫曼斯塔尔在画家鲁道夫·胡贝尔（Rudolf

①Brandstetter, Gabriele. Grete Wiesenthals Walzer: Figuren und Gestern des Aufbruchs in die Moderne. In Brandstetter, Gabriele & Oberzaucher-Schüller, Gunhild (Hg.). *Mundart der Wiener Moderne: Der Tanz der Grete Wiesenthal*. München: Kieser Verlag, 2009: 16.

②图片来源：Amort, Andrea (Hg.). *Alles tanzt: Kosmos Wiener Tanzmoderne*. Berlin: Hatje Cantz, 2019: 9.

③图片来源：Amort, Andrea (Hg.). *Alles tanzt: Kosmos Wiener Tanzmoderne*. Berlin: Hatje Cantz, 2019: 9.

Huber）的工作室里相识。作为维也纳现代派的代表作家，彼时的霍夫曼斯塔尔正在语言危机的促动下，开始找寻不依赖于词语表达的艺术形式。在这些非言语的艺术体裁中，他尤其青睐以舞蹈为代表的身体艺术。因为在他看来，有韵律的舞蹈性动作能够直接表达内在的真情实感，所以舞蹈体现一种运动自由的概念。这在他关于"纯净姿势"的美学构想中有充分体现。而那时的维森塔尔姐妹刚刚离开维也纳歌剧院，独自组团，尝试新风格的舞蹈，并在维也纳的小剧院里演出。当霍夫曼斯塔尔在工作室中第一次欣赏到维森塔尔姐妹的舞蹈时，心中便即刻荡起一种"特殊的激情与共情"，它由"感激之情、共同的责任感、兄弟般的情感"①混糅而成。于是，霍夫曼斯塔尔随后便邀请维森塔尔姐妹至其家中再次编排这段舞蹈，并极力劝说马克斯·莱因哈特邀请维森塔尔姐妹到柏林演出。

在一封致埃德蒙·莱因哈特（Edmund Reinhardt，马克斯·莱因哈特的弟弟）的信中，霍夫曼斯塔尔丝毫不掩饰对维森塔尔姐妹的赞赏之情："我曾多次向您的兄弟提及维森塔尔姐妹，并曾设想以她们的舞蹈作为《吕西斯特拉忒》（Lysistrata）的结尾。她们的舞姿是那么美丽与娴熟，以至于这个想法在我的脑海中愈发强烈，我甚至觉得自己是否要写序幕都取决于此。"②在马克斯·莱因哈特的扶持下，这段舞蹈最终蜕变成维森塔尔的首部哑剧《苏姆隆》（Sumurûn），并在柏林大获成功。

霍夫曼斯塔尔与维森塔尔的深厚友谊一方面源于他对后者舞蹈技艺的钦佩，另一方面是因为他在她身上找到了"纯净姿势"的具体表现。这让他更加确定舞蹈有别于义字，是自我的、纯粹的。在致维森塔尔的信中，霍夫曼斯塔尔表达了与她交友的强烈意愿：

> 像我们这些想要创造"美"的人[……]难道不是孤寂地存活于世，唯有相互依赖吗？③

维森塔尔欣然接受了这份友谊。当时她正致力于对维也纳华尔兹的现代主

---

①引自霍夫曼斯塔尔于 1907 年 11 月 7 日寄给维森塔尔的书信。参见：Fiedler, Leonhard M. & Lang, Martin (Hg.). *Grete Wiesenthal. Die Schönheit der Sprache des Körpers im Tanz.* Salzburg/Wien: Residenz Verlag, 1985: 64.

②Fiedler, Leonhard M. „nicht Wort, – aber mehr als Wort...": Zwischen Sprache und Tanz– Grete Wiesenthal und Hugo von Hofmannsthal. In Brandstetter, Gabriele & Oberzaucher-Schüller, Gunhild (Hg.). *Mundart der Wiener Moderne. Der Tanz der Grete Wiesenthal.* München: Kieser Verlag, 2009: 133.

③引自霍夫曼斯塔尔于 1907 年 11 月 7 日寄给维森塔尔的书信。参见：Fiedler, Leonhard M. & Lang, Martin (Hg.). *Grete Wiesenthal. Die Schönheit der Sprache des Körpers im Tanz.* Salzburg/Wien: Residenz Verlag, 1985: 64.

义改革，因为传统芭蕾舞对个人意志的压抑和固态僵硬的表达方式令她几近窒息——她渴求新的舞蹈模式，努力想要创造一种直观真实的身体语言。霍夫曼斯塔尔的来信无疑让她备受鼓舞，同时又深受触动。不仅是写信人对舞蹈的热爱打动了她，更是对方关于身体表达的思考启发了她。譬如，霍夫曼斯塔尔在给维森塔尔的书信中曾这样评论"词汇语言"和"身体语言"的区别："词语的语言看上去是个性化的，实际上是具有普遍性的；身体的语言看上去具有普遍性，实际上是高度个性化的。不是一个身体对另一个身体说话，而是一个完整的人对另一个完整的人说话。"（RA I, 505）

随着沟通的不断深入，维森塔尔发现霍夫曼斯塔尔对"纯净姿势"的美学构想正是自己在舞蹈改革中想要实现的。无论是对传统表达方式的怀疑，还是对直接的身体表达的渴望，抑或是对自由意志的追求，都是两人的志趣所在。因此，对维森塔尔而言，霍夫曼斯塔尔绝不仅是一个崇拜者或支持者，而更是一位"精神上的舞伴"，如她在回忆录中的描述："在关于舞蹈和哑剧精髓的对话中，我感受到他是一位真正的精神上的舞伴，跟我有着罕见的共鸣，后来我在其他人身上再没有体会到这种共鸣。"①

两人很快将精神交流的结果转化为了现实的成果。彼时，维森塔尔正困惑于单纯的舞蹈表演往往以"自然"为主题，难以将中心回归到"人"身上，她急于寻找新的主题和新的表演形式。而与霍夫曼斯塔尔的相遇正好为此提供了契机，帮她打开了哑剧的大门。因此，善于舞蹈又对哑剧感兴趣的舞者与善于剧作又欣赏舞蹈的作家一拍即合。他们共同致力于舞蹈与哑剧的融合，进而创造出一种新式哑剧。

两人联手创作的哑剧首先包括《陌生女孩》和《爱神与普绪刻》。其中，《陌生女孩》还被改编为电影，搬上银幕。另外，霍夫曼斯塔尔还为维森塔尔创作了一部中国哑剧《蜜蜂》作为礼物，并冠以维森塔尔的姓名出版。除此之外，两人还有两部未完成的舞蹈剧本，即《黑暗兄弟》和《无用人》。在霍夫曼斯塔尔去世后，维森塔尔还将他未完成的作品《作为贵族的公民》（*Der Bürger als Edelmann*）搬上了舞台。

需要强调的是，维森塔尔在所有这些剧作中都有极大的自主发挥的空间。霍夫曼斯塔尔在书信中提到过两人独具特色且极为自由的合作模式："创作的素材在你我手中相继传递，不断磨合与补充，最终便会出现惊人的宝藏。"（XXVII 359）在这些作品中，剧本的地位低了许多，居于中心的是维森塔尔个人的表演艺术。比起欣赏剧情本身，人们更多欣赏起维森塔尔的动作、表情、身姿及舞

---

①Wiesenthal, Grete. Amoretten, die um Säulen schweben. In Fiechtner, Helmut A. (Hg.). *Hugo von Hofmannsthal. Der Dichter im Spiegel der Freunde*. Bern/München: Francke Verlag, 1963: 127.

蹈技艺。这在当时是颇为前卫的，它迥异于以文本为基础的戏剧传统。在这里，维森塔尔无须努力适应角色，所有的角色都是霍夫曼斯塔尔为她量身定制的，因此舞者本人很容易与所饰角色融为一体，增强演绎的真实性。这种合作模式在《陌生女孩》和《爱神与普绪刻》的创作过程中贯彻始终。

霍夫曼斯塔尔在这种密切合作的基础上撰写了一篇理论性杂文《论哑剧》。在这篇文章中，他详细阐述了自己的哑剧理念以及舞蹈在其中的重要性。他认为："哑剧表演如果不能完全贯穿韵律，如果没有纯粹的舞蹈性，就不能成为哑剧；缺乏这一点，我们所见的戏剧表演就是演员莫名其妙地在用手而不是用舌头来表达，仿佛置身于无端而非理性的世界……"（XXXIV 55）。因此，与词汇语言相比较，霍夫曼斯塔尔更倾向于选择有节奏的身体运动作为表达手段。他甚至反问道："灵魂不是以一种特殊的方式在这里显露吗？"（RA I, 479）

这种艺术性的身体表达对维森塔尔的表演提出了较高的要求。为了满足霍夫曼斯塔尔对"纯净姿势"的要求，维森塔尔在哑剧表演中一方面要克服表演性的成分，努力实现表达方式与表达内容的同一；另一方面又要挖掘和表现出人类共通的生命体验。只有当她的身体动作和姿势经过"净化"，摆脱理性的过多干预，抹平单个造物的独特个性，才能达到这一目标。因此，为了让维森塔尔能够更好地把握情感、更好地融入角色，霍夫曼斯塔尔经常在信中为她解释剧情，描述角色的情绪变化。所以说，维森塔尔的演出作品中往往也包含霍夫曼斯塔尔的舞蹈观和身体美学。

实际上，由于两人的友谊建立在彼此高度认同的基础上，来自霍夫曼斯塔尔的要求同样也是维森塔尔对自己的要求。她在 1910 年的演讲篇目《舞蹈与哑剧》和 1911 年的报刊文章《哑剧》（„Pantomime"）中表达的对于哑剧的看法，与霍夫曼斯塔尔的《论哑剧》有大量相似之处。维森塔尔曾表示，有别于以手势语为特征的法国哑剧，她更希望展现的是以舞蹈为导向的哑剧表演，其中动作必须是由灵魂而引发的自由舞蹈。这是一种全新的哑剧表现形式，"新哑剧"的概念也随之应运而生。与传统哑剧不同，它不是通过手势语促使观众理解剧情，而是通过大量的身体运动将剧情演绎出来，例如各个角色的平躺、端坐、站立、大喊以及舞蹈等等。其中，舞蹈是新哑剧最核心的表达方式。维森塔尔曾解释道："我刚才说过，舞蹈是新哑剧的最高表现。因为新哑剧不受哑语动作可笑性的阻碍，而是寻求动作的形式美，自然而然地发展为最高的表现。你会发现，每个人都会理解这种哑剧，因为没有秘密的手势。"[1]显而易见，维森塔尔对哑剧的理解受到了霍夫曼斯塔尔极大的影响。

---

[1]Wiesenthal, Grete. Tanz und Pantomime. Vortrag im Kunstsalon Hugo Heller, Wien, 27. Oktober 1910 [aus dem Nachlaß mitgeteilt]. *Hofmannsthal-Blätter*, 1986(34): 40.

维森塔尔与霍夫曼斯塔尔的合作促成了有关新哑剧的理论构想，其中主要的理论建树包含以下几点：

第一，表演的个性化。舞蹈元素的添加与剧本中的留白为表演者的个性化表演提供了空间，也促使其个人意志的表露，但这并不是对规则的完全免除。尽管维森塔尔的舞姿源自心灵深处的触动，而霍夫曼斯塔尔往往仅履行着"导师"的职责，但其艺术创作并非完全即兴的。[1]1910 年 7 月，维森塔尔就曾在给霍夫曼斯塔尔的信中写道："我完全意识到我的即兴创作在我们的哑剧中是荒谬的。"（XXVII 363）

第二，对真实旋律的要求。与传统芭蕾舞不同，新哑剧中舞蹈动作不被几何线条所固化，而是要最大程度实现按照旋律的流畅运动。这点共识贯穿于两人联手创作的哑剧《爱神与普绪刻》。在阅读剧本时，维森塔尔被霍夫曼斯塔尔"对舞蹈的强烈热爱以及对旋律的深刻感受"[2]深深打动，而对霍夫曼斯塔尔来说，这正是为没有语言的哑剧构建真实旋律的最佳感觉。因此，维森塔尔也希望在舞台上能够展现出"旋律作为新式哑剧的本质的胜利"[3]。遗憾的是，同其他古老的哑剧乐谱一样，《爱神与普绪刻》的乐谱早已遗失，我们也无从得知维森塔尔具体是如何实现身体与音乐在旋律中的完全统一。

第三，作为具有表演性质的仪式。没有人可以否认，即使是最原始的舞蹈形式也有一个表演性质的因素。许多宗教仪式，比如印度人的太阳神礼节，就是以哑剧的形式进行的。条件是它与仪式完成了本质上的统一。[4]对霍夫曼斯塔尔来说，哑剧就是仪式。他曾在给维森塔尔的信中写道："一个纯粹的上升和下降的姿态，它的内在节奏是如此丰富，以至于一个完整的仪式也许只是由几个姿势组成的。"[5]

总的来说，维森塔尔与霍夫曼斯塔尔精神上的相通促成了两人的默契合作。霍夫曼斯塔尔为维森塔尔的现代主义舞蹈改革带来理论基础和新的形式，维森

---

[1]Hiebler, Heinz. *Hugo von Hofmannsthal und die Medienkultur der Moderne.* Würzburg: Königshausen & Neumann, 2003: 438.

[2]Mazellier-Lajarrige, Catherine. „Das wortlose Spiel". Pantomime um 1900 am Beispiel der Zusammenarbeit zwischen Hugo von Hofmannsthal und Grete Wiesenthal. In Wellnitz, Philippe (Hg.). *Das Spiel in der Literatur.* Berlin: Frank & Timme, 2013: 139.

[3]Mazellier-Lajarrige, Catherine. „Das wortlose Spiel". Pantomime um 1900 am Beispiel der Zusammenarbeit zwischen Hugo von Hofmannsthal und Grete Wiesenthal. In Wellnitz, Philippe (Hg.). *Das Spiel in der Literatur.* Berlin: Frank & Timme, 2013: 140.

[4]Mazellier-Lajarrige, Catherine. „Das wortlose Spiel". Pantomime um 1900 am Beispiel der Zusammenarbeit zwischen Hugo von Hofmannsthal und Grete Wiesenthal. In Wellnitz, Philippe (Hg.). *Das Spiel in der Literatur.* Berlin: Frank & Timme, 2013: 144.

[5]引自霍夫曼斯塔尔致维森塔尔的书信，参考：Hofmannsthal, Hugo von. *Sämtliche Werke. Kritische Ausgabe. Band XXVII: Ballette–Pantomimen–Filmszenarien.* Frankfurt am Main: Fischer Verlag, 2006: 362.

塔尔则为霍夫曼斯塔尔的"纯净姿势"理论带去思想灵感和实践途径。至于霍夫曼斯塔尔对维森塔尔的重要性，文学史家莱昂哈德·费德勒（Leonhard Fiedler）曾这样形容：

> 在维森塔尔的一生中，她身边从不缺乏极具艺术气质的人，包括画家、作曲家、演员、导演和诗人等。但是在其中，可能只有与霍夫曼斯塔尔的相遇对维森塔尔来说最有成效且意义深远，这不仅体现在对维森塔尔艺术方面的促进，还体现在两人亲密的友谊。对于霍夫曼斯塔尔来说，再没有人像维森塔尔那样与他所创作的角色相吻合了。[1]

维森塔尔与霍夫曼斯塔尔联手创作的哑剧实现了舞蹈与戏剧的融合，他们还在创作实践的基础上凝练出一套新哑剧理论。这种将表演、音乐和舞蹈和谐地结合起来的形式，使得戏剧从僵硬的规则或惯例中解放出来，达到某种程度上的重生，是现代戏剧的原型和源泉。

4.5.4 《陌生女孩》：舞蹈式哑剧的具体实践

1911年9月15日，《陌生女孩》在柏林首演，维森塔尔担任女主角（见图4-20）。霍夫曼斯塔尔将哑剧剧本与理论性文本《论哑剧》一起发表在演出手册里。在《论哑剧》中，霍夫曼斯塔尔详细阐述了他对哑剧表演的理论构想。他跟维森塔尔联手创作的《陌生女孩》则从舞台实践的角度对这一构想进行演示。

前文已对《陌生女孩》的剧本有过系统论述。我们知道，首先，从剧本创作来看，《陌生女孩》的脚本读来就像是一篇短篇小说。作者省略了哑剧剧本常有的人物、道具、布景等说明和演出指示词，而采用了叙事文本的形式，这为维森塔尔的舞蹈和表演留下了极大想象的空间。事实上，对于以维森塔尔为主角的剧本，霍夫曼斯塔尔往往仅提供一个框架，而主角的表情或姿势、具体的内容及剧情的演变则需要舞者凭自身感觉去填充。在霍夫曼斯塔尔完成《陌生女孩》初稿后，他便拿给维森塔尔阅读，维森塔尔在该文本的基础上进行舞蹈设计。例如，《陌生女孩》中女孩跳舞的场景，便是维森塔尔和霍夫曼斯塔尔共同创作的。这一切都始于维森塔尔的自由舞蹈——霍夫曼斯塔尔任维森塔尔在花园中用她可以想到的所有的舞姿和步态跳舞，依自身的感觉而起舞，霍夫曼斯塔尔在一旁静静观察，将舞蹈演化为一幕幕场景，甚至将每个最细微的动作

---

①Fiedler, Leonhard M. „nicht Wort, –aber mehr als Wort...": Zwischen Sprache und Tanz– Grete Wiesenthal und Hugo von Hofmannsthal. In Brandstetter, Gabriele & Oberzaucher-Schüller, Gunhild (Hg.). *Mundart der Wiener Moderne. Der Tanz der Grete Wiesenthal*. München: Kieser Verlag, 2009: 129.

都用节奏表达出来。由此才创造出《陌生女孩》中最美的一段舞蹈，女孩全身心地为年轻人跳了一段舞蹈。因而可以断定，霍夫曼斯塔尔完成的是一个极具弹性的剧本，留给舞者极大的创作空间，任其充分发挥舞蹈的潜力，从而实现舞蹈与戏剧的深度交融。这也促使舞蹈家与剧作家的灵感相互碰撞与融合。这里是对新哑剧理论中"表演的个性化"这一诉求的具体实践。

图 4-20　《陌生女孩》海报与表演中的维森塔尔[①]

其次，从剧本的框架内容来看，在哑剧《陌生女孩》中，维森塔尔和霍夫曼斯塔尔希望通过具有节奏感的戏剧框架展现出旋律的胜利，这是新型哑剧的本质。《陌生女孩》的情节推进快速，其四幕剧情的场景变换干脆利落，内容虽然曲折却极具连贯性。每一幕都是以环境描写开始的，接下来是对主角的心境、动作、形态的一系列描写，并以非常平均的字数结束，体现出了情节上的节奏感。维森塔尔的表演也以遵循旋律的舞蹈为核心，少女在年轻人面前的舞蹈最为纯真，亦展现了对真实旋律的追求和自我意识的觉醒。这段舞蹈已成为少女最真诚的、最直接的身体言说。她以身体替代言语，以旋律替代词汇，表

①图片来源：Fiedler, Leonhard M. & Lang, Martin (Hg.). *Grete Wiesenthal. Die Schönheit der Sprache des Körpers im Tanz*. Salzburg/Wien: Residenz Verlag, 1985.

达出了最诚挚的爱意。这里是具体践行了新哑剧理论中提出的"对真实旋律的要求"。

最后，从剧本的主角心境来看，少女在年轻人面前表演的舞蹈体现出仪式化的特征。格雷特·维森塔尔作为陌生女孩的扮演者这样阐述她饰演的角色：

> 她在他面前跳舞；最初是被迫和不情愿的，接着她却渐渐明白，这个男人是第一个读懂她内心的人，她的渴望和痛苦、她内心的光彩和幽暗的悲伤。快乐的狂醉席卷全身，所有强制离她而去，她的四肢终于舒展开来，她的舞姿成为她自己，成为她内心的至佳至高至美。①

在这里，少女的舞蹈表演与其自主意识的觉醒完成了实质性的合一。她终于不是被迫起舞，而是衷心地为年轻人上演一出至美的舞段。她似乎是在完成一个自我救赎的仪式，一个从控制自己的盗贼团伙中逃离而奔向真正理解自己的年轻人的仪式，一个从悲惨现实里解脱而进入理想世界的仪式。这个仪式的表演对象是年轻人，也是她自己。这里无疑是对新哑剧理论中"作为具有表演性质的仪式"的具体实践。

另外，维森塔尔对角色的阐释也为这部哑剧增添了女性的观察视角，这是被男性作家所忽视的。她指明跳舞的女孩作为被看者同时也在观察观众，她在观看者的目光中觉察到，自己不仅被观看，而且也被理解。

综上所述，在维也纳现代主义思潮的影响下，众多欧洲艺术家都渴望推陈出新，寻找新的艺术表达方式，格雷特·维森塔尔就是舞蹈界的一位代表。她以儿时接受的芭蕾舞训练为基础，对维也纳华尔兹进行技术创新，并要求舞者遵循音乐并随自我意志跳舞，从而发展出一套自己的自由舞蹈模式，推动了西方舞蹈从古典舞到现代舞的转型。维森塔尔进一步将自己的舞蹈思想与表演技艺运用到哑剧中，以女主角的身份演绎了多部哑剧，获得国际声誉。在这一过程中，剧作家霍夫曼斯塔尔对她的影响至关重要。两人作为知交，合作完成多部哑剧。霍夫曼斯塔尔有关"纯净姿势"的美学思想深深影响了维森塔尔，而维森塔尔也在两人的合作中收获灵感。两人在合作实践的基础上，融合舞蹈与戏剧的优长，凝练出一套新哑剧理论，并在联手创作的哑剧中演绎这一理论思想。毫无疑问，维森塔尔与霍夫曼斯塔尔的合作生动展示了舞蹈与文学的交融互动，彰显了这种跨界合作激发的创作潜能。

①Wiesenthal, Grete. Pantomime. *Hofmannsthal-Blätter*, 1986(34): 44.

4.6 小　结

与关于解放和净化语言的诗学思索相同，霍夫曼斯塔尔的舞蹈美学亦是脱胎于他的语言批判。面对语言危机、感知危机、文化危机等一系列危机话语肆意横行的世纪末，霍夫曼斯塔尔将物质性、生理性的身体视为联结自我与世界、获取认识的媒介。同时他敏锐地察觉到，在舞蹈这一瞬间性的身体艺术中潜藏着巨大的创造力和创新潜能。与语言文字不同，舞蹈本身——至少就天然的舞蹈动作而言——并非抽象编码的符号体系。舞蹈是一种身体艺术，依靠手势、姿态与身体的律动来表达。由此，舞蹈指向对瞬间与整体的图像，因而能够弥合词与物的罅隙，彰显出直接体验的同一性与生成意义的整体性。

在这一理念的推动下，霍夫曼斯塔尔不仅对舞蹈艺术进行了深刻的美学反思，他还积极开展与舞蹈家的交流与合作，参与到舞蹈剧和哑剧的创作实践当中。上文讨论的七篇文本勾勒出了霍夫曼斯塔尔的舞蹈剧创作及其舞蹈美学的生成与演变。这一过程可大致分成三个阶段。

第一阶段是霍夫曼斯塔尔舞蹈美学的萌发阶段。在这一阶段，他的艺术创作基础逐渐脱离以往抽象的书写文化，转向直观感性的身体表达。芭蕾舞蹈剧脚本《时间的胜利》是霍夫曼斯塔尔转向舞蹈艺术后的首次越界尝试。他通过大量互文刻画一种以文本阅读为基础的感知方式，表达了对西方书写文化的不满与批判，并将语言危机与舞蹈美学相结合，以身体在场改变单一媒介下的感知模式，回应彼时新型媒介对文学提出的挑战。在哑剧剧本《学徒》中，霍夫曼斯塔尔刻画了类似的感知方式。然而不同于《时间的胜利》，《学徒》中的感知目光与感知主体的权力欲与控制欲紧密相连，由此造成了相关角色的幻想与误读，其荒谬而悲剧的命运暗示理性主义统治下符号系统的必然瓦解。剧中关于舞蹈和仪式行为的思考，也成为他日后提出"纯净姿势"美学构想的铺垫。

第二阶段是霍夫曼斯塔尔舞蹈美学的形成阶段。在这一阶段，霍夫曼斯塔尔与舞蹈家圣丹尼斯来往密切，两人在舞蹈美学领域形成了高度的思想共振。在评论文章《无与伦比的舞者》中，霍夫曼斯塔尔不仅从圣丹尼斯毫无矫饰的舞姿中看到了她对模仿艺术的超越，也从舞蹈仪式性的动作中找到了真实虔诚的表现力，由此生发了其舞蹈美学的核心理念——反模仿的舞蹈运动超越文化空间的阻隔，在古老的风格中使神圣性与感官性互相融合。而在虚构谈话《恐惧》中，霍夫曼斯塔尔则借由希腊舞者对原始岛上居民的幻想以及对古朴舞蹈的迷恋，对舞蹈进行了颇具民族学和原始主义色彩的美学探索，构想出以肉身为原则的创造美学，在进一步反对模仿性艺术的同时，呼吁在纯粹的当下存在中返归同一。

在第三阶段，对"纯净姿势"的美学构想标志着霍夫曼斯塔尔舞蹈美学的成熟，这一理念的提出与奥地利舞蹈家维森塔尔密不可分。在杂文《论哑剧》中，霍夫曼斯塔尔详细阐述了"纯净姿势"这一美学理念。基于人类学视角对身体表达的考察，他指出应当将身体从文明规则和历史负担的束缚中解放出来，通过源自内在冲动且不受理性意识控制的"纯净姿势"实现身体表达的内外同一。同时霍夫曼斯塔尔主张消除"纯净姿势"的个体特征，强调其作为人类亘古不变的表达手段的共通性和普适性。

霍夫曼斯塔尔与维森塔尔联手打造的两部哑剧《爱神与普绪刻》和《陌生女孩》分别使"纯净姿势"的表现形式与功能在舞台表演实践中得到运用。《爱神与普绪刻》的脚本中并没有大篇幅叙事，而将故事浓缩成了三个象征性的关键场景，聚焦普绪刻的内心世界，借由"纯净姿势"实现表达的外化。此外，这部作品也通过主人公普绪刻所经历的三个阶段，即人性的意识、动物性的存在、神性的蜕变，从人类学和历史哲学的视角进一步丰富了"纯净姿势"的内核。

不同于一般的哑剧剧本，《陌生女孩》采用叙事文本的形式，不仅基于女主人公的舞蹈讨论了身体姿势的多重含义和表达空间，也通过男主人公的观看呈现了以凝视和欲望投射为特征的视觉感知模式，彰显哑剧和电影艺术的内在亲缘关系，成为霍夫曼斯塔尔第一部搬上银幕的剧作。维森塔尔则为这部作品加入了被男性作家所忽视的女性观看视角，使得表演更加复杂而生动。

由此可见，对身心同一的不断追求是贯穿霍夫曼斯塔尔舞蹈美学发展历程的核心线索。需要一再强调的是，对霍夫曼斯塔尔而言，并非所有的舞蹈都具有同一性，只有像圣丹尼斯、维森塔尔等人的舞蹈才具备帮助世人摆脱危机的潜能。她们的舞蹈既不以模仿为原则，又不掺杂矫饰和做作，其姿势动作皆源自内在冲动，是纯粹的自我表达。基于舞蹈美学理念上的高度同频，霍夫曼斯塔尔不仅更新了戏剧创作模式，给予表演者以极大的阐释和即兴发挥空间，他还联手维森塔尔共同发展出了新哑剧理论，在实践"纯净姿势"的同时，强调哑剧中舞蹈对真实旋律的反映以及舞蹈的仪式性。

值得注意的是，在与霍夫曼斯塔尔交往的过程中，维森塔尔也受到"纯净姿势"理念的启发，大力推进华尔兹现代主义改革，打破古典芭蕾框架的束缚，将舞者的自我意志融入其中，使舞蹈成为一种自由的身体语言，推动西方舞蹈从古典舞向现代舞转型。这与霍夫曼斯塔尔所主张的"纯净姿势"这一美学理念有着紧密的内在联系，更加彰显了文学与舞蹈的互动共融，以及这种跨媒介、跨艺术合作所蕴含的创新潜力。

第 5 章　结语：走向一种"总体艺术"

一

在探讨完霍夫曼斯塔尔与维森塔尔的跨界合作后，本书的主要研究也就接近尾声了。霍夫曼斯塔尔与维森塔尔联手打造的舞蹈哑剧不仅很好地呈现了文学与舞蹈的互动交融，而且以生动明朗的方式诠释了霍夫曼斯塔尔对舞蹈这一艺术种类的人类学思考。在维森塔尔以及前文讨论过的圣丹尼斯的舞蹈姿势中，我们可以看到霍夫曼斯塔尔构想的"新人"（Neue Menschen）形象：他们是有情感、欲望和本能的鲜活的人，而非一味强调算计和思考的纯理性者（抑或理性机器）。通过这样一种逆转，人所应有的创造力能够突破现代文明的压抑机制，获得解放。霍夫曼斯塔尔的语言批判以及他对其他艺术种类和表达方式的探索与尝试都在围绕着"创造力"这一核心概念："创造力是一种魔力。[……]每个人都有这样的创造力，它就像是一种氛围，能够消解黑暗，扫除僵物，这种力量无边无际。"（RA III, 498）

就这种超越隔阂、扫清障碍的流动力量（即创造力）而言，霍夫曼斯塔尔的语言批判与舞蹈狂热可谓一脉相承。他没有屈从于根深蒂固的符号体系制约，而是企图在语言与舞蹈中唤起超越边界的冲动。正是在这个意义上，舞蹈不是固定僵死的符号。它不断地消解符号含义，并生成新的符号意义，通过这种连绵不断的消解与生成来交融、抵消符号之间的边界并使其重建关联。霍夫曼斯塔尔追求的诗的言说方式也是符号生成与消解的连绵不绝。早在 1893 年至 1894 年间，他就在笔记中写道："诗——思维的乐趣。它将自我从概念的束缚中解救出来。[……]继而形成新的概念。"（RA III, 375）。以此观之，无论是钱多斯的天启体验、还是返乡者的观画经历、抑或旅行者在希腊女神雕像前的幻象感知都是一种流动性体验，并非确定的、能由概念获得的固化意义。如此一来，诗的言说可以与连绵不绝的幻象和连贯可见的舞姿相互媲美，从而使诗歌、图像与舞蹈被拔擢为充满希望的艺术形式。无论是永恒的转义游戏，还是浮想联翩的流动画面，抑或纯净姿势的连接，它们都指向一种消融边界的力量，其中也蕴藏着创造性的同一潜能。

按照这个逻辑，天启经历与纯净姿势如出一辙，它们都有着结构上的融合。对霍夫曼斯塔尔而言，这种融合意味着返归原初的同一。隐喻式的展演带来了同一的体验，它留存于想象之中，在某种程度上经由"纯净姿势"得以视觉化和具形化：身体舞蹈中的姿势体态与隐喻言说中的形象画面形成对应。诗歌通过隐喻跨越概念的界线，舞蹈借助流变的"纯净姿势"带来同一的体验，两者相互交融，产生出卓有成效的艺术魅力。在这种情况下，霍夫曼斯塔尔对古老文化的回归和对同时期原始主义话语的借鉴都可以被理解为一种努力，即激发人类的创造力，并给予其再次发展的空间。

霍夫曼斯塔尔的文学原始主义（Literarischer Primitivismus）总是指向某种原初的恒定之物。它与人类共存，并始终未曾改变。无论是我们内心构建隐喻的本能，还是人的想象力以及对于真情实感的表达，在这里都被视为人固有的创造潜能，但这种潜能被无休止的文明化进程压抑阻隔。为了解决这一问题，霍夫曼斯塔尔阐述了一个对表达介质进行"净化"的设想。所谓"净化"，即指回归本原。当他谈"纯净姿势"的普遍性时，他指的不仅是作为舞蹈表现基础的身体，而且是每个人都有的对于表达的基本需求。正因为如此，观众在观看舞蹈哑剧时，会被舞蹈动作的强烈表现力所感染，在舞姿中"认识自我"；返乡者站在凡·高的画作前，会从中认识到"在我的命运、画作和我自己之间的秘密"（XXXI 170）。同样，在霍夫曼斯塔尔于 1906 年发表的散文《关于一本新书的谈话》（„Unterhaltungen über ein neues Buch"）中，虚构人物费迪南德在阅读雅各布·瓦瑟曼（Jakob Wassermann）的小说时，也体验到了一种魔力，感受到了命运的羁绊，仿佛这些故事"进入了我的世界，周围弥漫着异域的气息"（EGB 535）。这种唤起观者（或读者）认同感的神奇触动依托于人类的普遍经验，抑或说是人的表达本能。

霍夫曼斯塔尔对"创造力"和"纯净性"的探索与追求可被视为一种原始主义式的实践尝试。他试图通过挖掘尚未被文字文化沾染的感性维度来反抗理性主义。无论吟唱、舞蹈还是图像创作（包括想象），它们都是远早于文字书写的人类基本经验。对其进行追根溯源的考察可以使概念的界限变得模糊，进而突破僵化的思想体系，释放创新潜力。霍夫曼斯塔尔在第一次世界大战之前的创作美学坚持以人类学为导向，聚焦于感性的身体维度。但他在一战之后，在晚期的作品中却对之前的创作美学思想进行了大幅度的调整，身体的创造力不再是考察的重心，表达的纯净性不再是最高的艺术追求，取而代之的是对精神维度的发掘和对"总体艺术"的执念。笔者接下来就以霍夫曼斯塔尔自认为最成功的歌剧《埃及海伦》为例，展望他在创作后期逐步走向"总体艺术"的美学思想。

二

作为世界上最美丽的女人，海伦成为西方神话传说和文学创作中的一个不朽形象。在《荷马史诗》、古希腊戏剧、歌德的《浮士德》等经典作品中对其都有所描述。她与特洛伊战争的曲折关联使得这位女性背负了一生的罪名，后来有很多人为帮她洗清罪责而做过各种各样的尝试。荷马史诗上下卷之间留有这样一块空白，即人们究竟是如何原谅海伦"红颜祸水"的罪恶而重新开始一种"纯洁无伤"的新生活的。海伦作为战争的诱因被指责为罪恶深重、不知廉耻的坏女人，然而在荷马的《奥德赛》第四卷中我们又能读到这样的情节：俄底修斯之子忒勒马科斯在前往斯巴达寻找失踪的父亲时，拜会了莫奈劳斯夫妇并见证了这两位老人虽然不再年轻却还恩爱和睦的场景，特别是他们还轻松地谈及过去所经历的战乱。对其中的变化欧里庇得斯以文学创作的方式在剧作《海伦》中做过一次解释的尝试，而霍夫曼斯塔尔的《埃及海伦》(*Die ägyptische Helena*)[①]又是对欧里庇得斯的剧作《海伦》的改写和创新。霍夫曼斯塔尔的文学创作多取材于古代，尤其在他中后期的创作更是直接对西方经典文本进行改写和再创作。有趣的是，这部戏剧虽然取名为《埃及海伦》，但这个海伦其实只存在于剧中人物急中生智编出来的故事当中，换言之，只是骗人的假话，作者意图以此衬托出莫奈劳斯在经历爱妻背叛和十年战乱的双重冲击后，其心理创伤的深重难愈。同时，该作品以神话歌剧的形式融多种艺术类别于一体，集中体现了霍夫曼斯塔尔在一战结束后在创作思想上发生的重大转变：他试图通过一种保守主义革命（Konservative Revolution），在精神层面实现古代与现代、东方与西方的大融合，从而实现矛盾相容的和谐。

霍夫曼斯塔尔认为欧里庇得斯忽略了作为战争发起者的莫奈劳斯在近十年的战乱中走过的心理路程，以及眼看着无数战士因他而纷纷倒下时所承受的心理压力。欧里庇得斯试图通过两个海伦的传说以及对海伦形象的重新塑造来为她洗脱罪名。他在戏剧《海伦》中引入了"双影人"（Doppelgänger）和"幻影"（Phantom）的母题：剧本中有两个海伦，被帕里斯带到特洛伊的海伦只是一个幻影，真正的海伦被众神带到了埃及，在埃及国王普罗透斯的庇护之下远离祸乱。人们所熟知的那个不守妇道、浑身罪孽的女人只是海伦的幻影，当莫奈

---

①该歌剧的剧本创作于 1923 年到 1926 年间，并于 1928 年 6 月 6 日在德累斯顿首演。霍夫曼斯塔尔在首演前发表了一篇同名文本，文本内容是他与作曲家理查德·施特劳斯的一个虚构对话。在这个虚构对话中，霍夫曼斯塔尔具体讲述了他创作这个剧本的动机以及他自己对歌剧的理解。鉴于这篇对话对作品理解甚为重要，笔者在下文的论述中会不时提及其中内容。

劳斯重逢自己的贤良爱妻时那个幻影就化作青烟消散了。这样近十年的战争经历对莫奈劳斯来说就变成了毫无意义的忙乱。战争的创伤因意义的丧失而蜕变成了错误的记忆。假海伦已经消散，莫奈劳斯只能别无选择地接受现实。对于这段历史的空白，霍夫曼斯塔尔有着别样的思考。他认为欧里庇得斯把这段历史处理得太过简单而未能体现历史人物（尤其是莫奈劳斯）内心的变化过程，他在 1928 年歌剧首演前发表的虚构对话中写道："如果特洛伊战争只是为了一个幻影而战，而真正的海伦却远在埃及，那特洛伊战争就无异于一场噩梦，所有一切都分成两半——彼此毫不相干的精灵故事和田园生活——这也就没什么意思了。"①霍夫曼斯塔尔转换了叙述的重心而将莫奈劳斯放置于焦点的位置，把他作为一个有血有肉的、经历了长期战乱并受到各种巨大刺激的人来研究。"他的灵魂得遭受多大的打击！这样的命运、这样的曲折和罪责——他只是一个人。"（D V, 502）

　　一战结束以后，霍夫曼斯塔尔始终在思索着战争给那代人在心灵上造成的巨大刺激，并试图找到一种艺术形式来将其表现出来。他对战争创伤的兴趣不仅源自他本人的参战经历②，也受到一战后出现许多创伤性神经症患者的社会现实和弗洛伊德心理分析学说的影响。弗洛伊德在 1920 年发表的《快乐原则的彼岸》(*Jenseits des Lustprinzips*)中对创伤性神经症和重复强迫症做了具体描述，他指出患者是在经受剧烈刺激后神经系统受到损害并"在心理上紧紧固定住某种创伤"③而不能真正将其排斥，因此心理分析的疗法应该是"让被排斥的对象作为当前经历再次出现，而不是像医生宁愿看到的那样，作为一段过去来回忆"④。《埃及海伦》中莫奈劳斯一次次刺杀海伦的尝试和对血腥祭祀仪式的愿望正是战争刺激的延续。作者在该剧中借用古代的神话题材，意欲展现一个几经战乱内心受到极大震撼的人怎样完成重新融入和平的社会化过程（Sozialisation）。其实，社会化过程的完成关键在于治愈创伤。如此，莫奈劳斯如何克服创伤记忆，如何摆脱过去的阴影而正视当下，如何跨越过去与现在的门槛重新融入现实生

---

① Hofmannsthal, Hugo von. *Gesammelte Werke in Zehn Einzelbänden. Dramen V: Operndichtungen*. Frankfurt am Main: Fischer Verlag, 1979: 502. 后续出于该卷本的引文均在括弧中标注卷号和页码。

②沃尔夫·格尔哈德·施密特（Wolf Gerhard Schmidt）指出，霍夫曼斯塔尔本人曾亲身参与一战，并在一次战役中被炮弹击毁的房屋掩埋，这段经历对他影响颇深。参见：Schmidt, Wolf Gerhard. „....wie nahe beisammen das weit Auseinaderliegende ist". Das Prinzip der *Metamorphose* in der Oper *Die Ägyptische Helena* von Hugo von Hofmannsthal und Richard Strauss. *Jahrbuch zur Kultur und Literatur der Weimarer Republik*, 2002(7): 187.

③Freud, Sigmund. *Jenseits des Lustprinzips; Massen-Psychologie und Ich-Analyse; Das Ich und Das Es*. 6. Aufl. Frankfurt am Main: Suhrkamp Verlag, 1969:10.

④Freud, Sigmund. *Jenseits des Lustprinzips; Massen-Psychologie und Ich-Analyse; Das Ich und Das Es*. 6. Aufl. Frankfurt am Main: Suhrkamp Verlag, 1969:16.

活，成为该剧首先探讨的问题。

阿赖达·阿斯曼（Aleida Assmann）在总结前人研究成果的基础上指出，创伤是"一种无法进入语言和反思系统的身体书写"[1]。这种书写到身体上的文字固定了一种潜藏在非意识层面的经验，这种经验因为没有进入意识层面而无法被回忆或言说。也许正因为如此，荷马对史诗上下卷之间出现空白的原因缄默不语，欧里庇得斯的解释也难以令人信服，实际上，面对难以克服的创伤就连通晓魔法的巫师也无能为力。《埃及海伦》中就出现了一位能用"遗忘之水"和"记忆之水"重塑莫奈劳斯记忆的女巫，但很明显，这种外来的魔力并不具有真正疗伤的功效，对于罪行和战争的记忆依然稳固难撼，要真正超越这种记忆，需要内在和外在因素的共同作用。

正如上文所述，霍夫曼斯塔尔试图以特洛伊战争的暗喻来探讨人们究竟怎样才能克服和摆脱战争造成的巨大创伤。毋庸置疑，战争的恐怖首先体现在其对个人以及群体身体的蛮性摧毁力量上，即便战争结束，其毁灭性依然在人们的记忆中盘亘。战争创伤是创伤的一种特殊形式，作为单数的个体一方面具有对毁灭身体行为的巨大恐惧，另一方面，由于战争的群体性和机械性，属于这种群体的个人往往在战后也会不自觉地重复战斗性行为。剧中莫奈劳斯的行为即反映了战后个人在这激烈冲突下的心理分裂性：一方面，他害怕失去与自己血肉相连的女人，无法真正下手伤害妻子的身体；另一方面，作为因海伦的罪责而损失惨重的希腊人首领，莫奈劳斯感到自己有义务通过一种血腥仪式来祭奠亡魂，从而在某种意义上抚平战争伤痕。对于莫奈劳斯而言，只有解决了这两层面的问题，特洛伊战争才能真正落下帷幕。

剧本中莫奈劳斯三次刺杀海伦的企图正是其心理冲突的外化[2]，同时也是战争刺激的余痕。在船上他第一次持刀走向正在熟睡的海伦，却被女巫阿伊特拉所掀起的巨浪卷到了岛上。当他和海伦踏进女巫的宫殿时，莫奈劳斯不忘前非，第二次举刀试图杀死海伦，这时躲在暗处的阿伊特拉唤来精灵在户外变幻成帕里斯和海伦的模样，将莫奈劳斯引到室外，从而再次救了海伦。在通过自己的魔法两次解救海伦之后，她又尝试用"遗忘之水"使莫奈劳斯忘记前事，并

① Assmann, Aleida. *Erinnerungsräume. Formen und Wandlungen des kulturellen Gedächtnisses*. München: C. H. Beck, 1999: 278.

②托马斯·格尔特讷（Thomas Gärtner）具体考察了该剧与歌德《浮士德》的互文性关联，并指出：在歌德笔下"莫奈劳斯的谋杀意图只是一个外在的动机"，而"霍夫曼斯塔尔将这种外在动机提升为他对莫奈劳斯和海伦之间关系的心理学考察的核心出发点。在这个背景下，该母题的三次出现显得合情合理"。参见：Gärtner, Thomas. Hugo von Hofmannsthals *Ägyptische Helena* und Ernst Blochs *Prinzip Hoffnung*. Zur modernen Rezeption der Europideischen Helena. *Antike und Abendland. Beiträge zum Verständnis der Griechen und Römer und ihres Nachlebens*, 2004(L): 82.

通过两个海伦的故事来使他接受眼前的海伦。①这种尝试的最终失败说明"遗忘"只能暂时抚慰创伤而不能彻底抹平伤痕。无论是将记忆抛至脑后还是设计谎言都无法真正疗伤，莫奈劳斯醒来看到自己的佩剑，认为佩剑比眼前的海伦更属于他：

> 莫奈劳斯：
> *跳过去，握住剑，推开她*
> 端走酒杯！是这把剑！
> 是这把剑，我用它击中了她！
> 世上不幸的万物中
> 没有一个如此接近过她——像这把剑和我！
> *他看着海伦，目光中流露着恐惧*
> 迷人的你，
> 镜中形象。（D V, 461-462）

佩剑的出现激活了他对过去的朦胧记忆，已经杀死海伦的幻觉否决了面前海伦的真实性，他在幻觉中完成的血腥杀戮——在户外杀死了（精灵变幻成的）海伦和帕里斯——虽然能短暂缓解他内心的冲突，但同时也使现实生活在他眼中变得亦真亦幻。同样情形的再现（莫奈劳斯外出打猎），使创伤记忆（在他外出打猎时帕里斯诱拐了海伦）被激活，身体在无意识中不自觉地完成动作：他在迷乱之中杀死了陪同打猎的少年，只因他觊觎海伦。在幻觉中他试图通过身体行为（如杀戮）来改变历史。海伦在一段心理分析式的唱词中道出了莫奈劳斯的幻觉。

> 海伦：
> 没有什么栖身之处能够
> 让我们逃脱命运，
> 而是我们必须面对它。——
> 你很恨帕里斯

---

①值得注意的是，关于两个海伦的传说在这里只是为了安抚莫奈劳斯的谎言。莫奈劳斯以为，他在户外已经杀死了海伦，眼前又出现一个海伦的现实令他很惶惑，而且这个海伦因为经过阿伊特拉的魔法所以显得年轻无邪，在莫奈劳斯眼中她更像是上天的赏赐，是半人半神的精灵，因此，他是在神志恍惚、半信半疑中接受这位海伦的，这为下一幕剧情的发展做了铺垫。

> 即便他已尸葬陵墓
> 你仍在世上追踪
> 所有无辜的他的幻象
> 在一棵飘摇的树上
> 或在一个男孩身上——
> 但一切并非为了报复
> 只因为这是能够靠近
> 的唯一道路——莫奈劳斯，
> 告诉我，靠近谁？（D V, 481）

海伦在这里揭示了莫奈劳斯潜意识中的奇特秘密：只有在对帕里斯无尽的追杀中，他才能重新获得海伦。追杀帕里斯和杀死海伦体现了莫奈劳斯的双重创伤：个人伤痕（杀死帕里斯夺回海伦）和战争伤痕（海伦的罪孽使希腊人死伤无数，因此需要杀死海伦以祭亡灵，进而他会失去海伦）。然而，由于这两者之间存在着一个无法逾越的鸿沟——海伦的生还是死——所以个人最终陷入暂时的疯癫。大胆机智的海伦认清了问题的根源：要想医治莫奈劳斯的记忆创伤只能让昨夜的情形再现，即让莫奈劳斯认出她的罪孽并试图杀她。她不顾女巫阿伊特拉的劝阻给莫奈劳斯喝下了"记忆之水"。莫奈劳斯认出眼前海伦的罪责并第三次试图杀死她，这时阿伊特拉呼喊道："海伦！活下去！他们把你的孩子带来了！"（D V, 488），莫奈劳斯随之垂下手臂并从海伦与他对视的眼神中认出自己的爱妻，他唱道：

> 唯独有你，
> 不忠诚的你，
> 永久的唯一，
> 永久的新！
> 永久的深爱
> 唯一的亲近！（D V, 488）

这一"认出"的瞬间表现为一种感知目光的转变，原本被"遗忘之水"的药效遮盖的目光顿时变得清晰，他不仅认出海伦身上的罪责，同时意识到自己对她的无限爱意，而此时"孩子"这个字眼的出现更是加剧了这种效果，孩子象征着战后的重生和对罪恶的净化，海伦的身份同一性（Identität）在此完成最终转型：从罪恶的美到新生命的希望。只有在接受这种转型的基础上，莫奈劳斯才能够宽恕记忆中的罪恶海伦，真正完成由战争向和平世界的过渡，也跨越了从精神上的否认到承认、从拒斥到记忆的门槛，正如阿斯曼所言，霍夫曼斯塔尔的这部戏剧展现了一种"跨越门槛的仪式"①。

如果说希腊传说中人们将身体定义为罪责的载体，海伦因为出走特洛伊而成为历史罪人，那么要想洗清她的罪名，似乎唯一的办法就是编出一套"双影人"的谎言，说明真正的海伦（即身体）并未被带走而是寄居他处。这种解释在《埃及海伦》中只起到暂时的麻醉作用而非彻底的医治。第二幕中同样情形的再现才使压抑在非意识层面的创伤显现出来。这一显现过程表现为身体在无意识中完成的行为动作，由于创伤没有进入意识的层面，所以它摆脱了符号指涉系统（如能指和所指）的束缚，如此，观众能够感知而不是被告知剧情和人物内心的变化，这已经超出了普通心理对话剧（psychologisches Konversationsstück）的范畴，而需要"神话歌剧"（D V, 512）这一特殊的艺术形式（见图5-1）。

霍夫曼斯塔尔对这种艺术形式的追求，首先源于他对语言的怀疑和批判。语言批判是贯穿他全部作品的重要主题，他早年创作的《钱多斯信函》中以青年作家钱多斯的创作危机为题探讨了语言和现实的分离，他后来创作的幽默话剧《难相处的人》（Der Schwierige）则以误解为题表现语言作为交流媒介的不足，

图5-1　《埃及海伦》首演现场的舞台布景②

① Assmann, Aleida. *Erinnerungsräume. Formen und Wandlungen des kulturellen Gedächtnisses*. München: C.H. Beck, 1999: 284.

②图片来源：Hiebler, Heinz. *Hugo von Hofmannsthal und die Medienkultur der Moderne*. Würzburg: Königshausen & Neumann, 2003: 686.

在神话歌剧《埃及海伦》中他最终突破了"对话"和"言说"的束缚，实现了融合多种艺术形式的"总体艺术品"（Gesamtkunstwerk）的创作。

德国学者君特·施尼茨勒（Günter Schnitzler）指出："霍夫曼斯塔尔从一开始就意识到，单凭语言本身无法真正彻底克服文字语言的局限性。"①这进一步解释了霍夫曼斯塔尔文学作品中鲜明的跨媒介和跨艺术特征。霍夫曼斯塔尔对非语言艺术的推崇，主要源自他对语言抽象性和两分法（如能指和所指的分离）的反抗。视觉造型艺术、舞蹈和音乐为他提供了这种抵抗和革新的可能性。他在同名的虚构对话《埃及海伦》中明确表达了他对"在辩证层面"的话剧、"挖空心思想出来的对话"以及"所谓的对话艺术或心理学对话"的反感。（D V, 510）他追求的是另外的艺术手段，凭借它：

> 他能通过虚构情节来展现某种事物，而不是告知；能让事物在听众的耳中变得生动，而又不让听众觉察到这是通过哪种渠道实现的；能让人感觉到那些貌似单一的事物是怎样的组合体，那些分割离散的事物是怎样的紧密关联。（D V, 511）

霍夫曼斯塔尔强调，他在歌剧《埃及海伦》中实现了这样的艺术理想，千丝万缕的线索被紧紧捆扎在一起，"让隐蔽物发声，发声物隐蔽"（D V, 511）。正如他通过呈现类似人物和情形来激活无法用言语表述的创伤经验一样，他选择用与身体感知紧密相关的声响，而不是受意识主导的言语作为艺术表达的手段，因此他选择歌剧这一艺术形式。选择歌剧的另一个原因是他对"总体艺术品"的追求，他在给作曲家理查德·施特劳斯的信中写道：

> 歌剧是总体艺术品，这不仅始自瓦格纳，他只是以大胆而放肆的方式将古老的世界趋势主观化，而是自歌剧辉煌的诞生开始就是这样。（BW Strauss, 442）②

霍夫曼斯塔尔在歌剧这一"总体艺术品"中添加了神话的元素，进而使《埃及海伦》不仅实现了文学、音乐、舞蹈和视觉艺术的集合，而且超越了时间和空间的限制：个人和集体、过去和现在、东方和西方的界限在此变得荡然无存。该剧在题材、主题、情节等各维度上的矛盾体"在不同的层面完成统一：悲

---

① Schnitzler, Günter. Syntheseversuch: Anmerkungen zur *Ägyptischen Helena* von Hofmannsthal und Strauss. *Freiburger Universitätsblätter*, 1991(30): 96.

② Schuh, Willy (Hg.). *Richard Strauss–Hugo von Hofmannsthal: Briefwechsel.* 5., ergänzte Auflage. Zürich/Freiburg im Breisgau: Atlantis Verlag, 1978: 442.

剧/喜剧（美学层面）、忠诚/背叛（伦理层面）、战争/和平（政治层面）"①。这种包罗万象的统一只有通过神话才能实现。霍夫曼斯塔尔指出，只要对该剧稍加修改，删除其神话因素，它就会变成一部普通的心理对话剧，这同时说明这些神话因素对该剧的重要性。他在关于《埃及海伦》的虚构对话中谈到当时现实的神话特征：

> 如果要说我们当前所处现实是什么的话，那它是神话式的——我不知道还能用什么来描述这种存在，它发生在这样非同寻常的地平线上——被几千年的历史所包围，东方和西方在我们的自我中相聚，宽阔的内心广度，强烈的内心张力，在此处同时又在别处，这构成了我们生命的标记。市民对话根本无法囊括这些。我们创作神话歌剧，这是所有形式中最真实的。（D V, 512）

霍夫曼斯塔尔对神话的理解无疑受到瓦格纳和尼采的影响。瓦格纳在1851年发表的理论著作《歌剧和戏剧》（*Oper und Drama*）是他与施特劳斯的通信中经常提及的作品，其中关于神话"永久真实"和"用之不竭"②的言论对他并不陌生；尼采在1872年发表的《悲剧的诞生》（*Die Geburt der Tragödie*）中也有类似论述："如果没有神话，每种文化都会失去其健康的、富有创造性的自然力量：唯有神话包围的地平线能将全部文化运动凝结成统一的整体。"③

这里，神话被赋予了海纳百川的属性，它是迪奥尼索斯式的，也是阿波罗式的，"它包括英雄和牺牲者，秩序和变化，标准和神圣"（RA III, 16）。生活实践中的僵死对立在神话的语境下成为紧密相连的整体，霍夫曼斯塔尔在《友人的书》（*Buch der Freunde*）中写道：

> 神话是所有虚构的事物，你作为生者参与其中。神话中每个事物都有两层相互矛盾的含义：死=生，与蛇斗争=恩爱相拥。因此神话中万物都处于平衡状态。（RA III, 257-258）

根据他的观点，神话不仅具有化解矛盾的功能，而且它跟歌剧——作为"古

①Schmidt, Wolf Gerhard. „....wie nahe beisammen das weit Auseinaderliegende ist". Das Prinzip der *Metamorphose* in der Oper *Die Ägyptische Helena* von Hugo von Hofmannsthal und Richard Strauss. *Jahrbuch zur Kultur und Literatur der Weimarer Republik*, 2002 (7): 173.

②Wagner, Richard. *Oper und Drama*. Herausgegeben und kommentiert von Klaus Kropfinger. Stuttgart: Reclam Verlag, 1984:163.

③Nietzsche, Friedrich. *Die Geburt der Tragödie; unzeitgemäße Betrachtungen I-III (1872–1874)*. München: DTV, 1980:141.

代总体艺术品的再生"（BW Strauss, 442）——有着天然的亲缘关系。这里，个性化的原则被扬弃，表面的离散在更高层面得到统一。神话歌剧作为两者的结合克服了现实的分裂混乱，囊括了多元的矛盾体，进而实现了"真正的综合"和"真正的不朽"（RA III, 526）。霍夫曼斯塔尔意欲通过这种理想的艺术形式来回应战后分崩离析的社会现实。在给施特劳斯的信中，他强调道："在海伦的魔幻魅力和莫奈劳斯的人性伦理之间形成一种对立，这是整部戏剧围绕的核心。"（BW Strauss, 604）海伦和莫奈劳斯的最终结合不仅代表审美和伦理的和解，同时也是东方和西方的综合。霍夫曼斯塔尔在虚构对话中谈道："对我而言，他［即莫奈劳斯］体现的是西方文化，在她［即海伦］身上则涌现出东方文明中永不枯竭的力量。他代表的是规章、婚姻和父职，而她却游离于所有规则之外，像是极具魅力又不受束缚的女神。"（D V, 502）

　　霍夫曼斯塔尔自己坦言，他对人物角色的塑造和分工受到约翰·雅克布·巴赫欧芬（Johann Jakob Bachhofen）的影响。德国学者艾娃-玛利亚·棱茨（Eva-Maria Lenz）在考察霍夫曼斯塔尔对巴赫欧芬的接受时指出："巴赫欧芬在他作品的许多地方将精神/物质、法则/任性、婚姻/妃嫔等对立概念跟男人/女人等同使用，甚至在有些地方直接等同为西方/东方。所以他将特洛伊战争也解释为'欧洲婚姻法则和亚洲妃嫔制度的斗争'。"[1]事实上，霍夫曼斯塔尔只是接受了巴赫欧芬的某些概念，而并未真正束缚于其哲学体系，戏剧中的海伦不仅表现出对莫奈劳斯的忠诚，同时又勇于承认自己所犯的罪过。剧本对海伦形象的美化与作者在一战后的思想转向有密切联系。霍夫曼斯塔尔在一战后越加倾向于一种东方主义的立场，他试图通过汲取东方的文化养分来解救西方的文化危机。[2]他所推崇的古典文化的复兴——他认为这是战后最迫切的任务——其实就是从东方的视角来对自有的文化传统进行革新："我们唯有创造一个新的古典，才能继续存在下去：这个新古典的诞生需要我们从大东方的视角来审视我们精神存在的根基，即希腊古典。"（RA II, 156）如此，剧中海伦和莫奈劳斯的最终结合也可以被理解为作者"在诗学和政治思想上的寄托"[3]，即达成一种"东方和西方的平衡"（RA III, 623）。

---

　　①Lenz, Eva-Maria. *Hugo von Hofmannsthals mythologische Oper „Die Ägyptische Helena"*. Tübingen: Niemeyer Verlag, 1972: 12-13.

　　②霍夫曼斯塔尔在战后的东方主义立场主要受到德国哲学家鲁道夫·潘维茨（Rudolf Pannwitz）的影响。对他而言，潘维茨无异于志同道合的知己，潘维茨"像他一样非常清楚地看到当前的混乱，并有志于通过宏大的宇宙观来制止这种混乱，最后从混乱中找到通往共同体的道路"；按照潘维茨的观点，欧洲人应该向东方学习，"以创建在东方已经实现的宇宙观"。参考：Volke, Werner. *Hugo von Hofmannsthal in Selbstzeugnissen und Bilddokumenten*. Reinbeck bei Hamburg: Rowohlt, 1967: 153-154.

　　③Dormer, Lore Muerdel. Schwester der Hoffnung: *Die ägyptische Helena* als poetisch-politisches Vermächtnis Hugo von Hofmannsthals. *Modern Austrian Literature*, 1975, 7(3/4): 172.

三

20世纪20年代是现代文明大踏步发展的年代,同时也是危机四伏的年代,现代社会的躁动、冲突、加速度和偶然性造成传统的流失和断裂。霍夫曼斯塔尔试图通过追溯古典神话来找寻延续传统的可能性。他借用特洛伊战争的隐喻正是要为失败的战争赋予一定的意义。剧中刻意塑造的勇敢而机智的海伦并未表现出对过去的忏悔或否认,而是毫不退缩地面对和接受自己所面临的惩罚。在这个意义上,海伦和莫奈劳斯的最终和解正好填补了战争缺乏的意义、回忆的勇气和对未来的希望。

阿斯曼在对该剧的阐释中明显没有意识到这一点,她只是一味强调战争的破坏性和身体文字(即创伤)的"不可抹杀性"[1],而忽略了剧中传达的另一个声音,即战争混乱中所潜藏着的对秩序和统一的渴望。这点恰恰正是霍夫曼斯塔尔在该剧和晚期许多作品中重点表述的思想。假如该剧只是以创伤记忆为主题,那它跟作者20多年前创作的剧本《厄勒克特拉》之间则没有实质性的差异和发展。事实上,在这期间霍夫曼斯塔尔的创作思想发生了巨大的转变。[2]他对"总体艺术品"的追求、对宏大宇宙观的渴望和对古典神话的推崇都是其创作晚期和谐理念的具体表现。在这个背景下,《埃及海伦》其实是"一种晚期的尝试,试图通过保守的变形记在艺术或美学领域重新建构自尼采以来丢失的整体"[3]。值得注意的是,这种整体的重构尝试是在精神层面完成的,就像他在1927年的演讲稿《文献作为民族的精神空间》(„Schriftum als geistiger Raum der Nation")中阐释的保守主义革命其实是精神层面的革命一样。霍夫曼斯塔尔在这一演讲中介绍了这种以精神为主导的整体性世界观:"所有将精神和生活两极化的二分,要在精神维度上克服,达成一种精神上的统一;所有表面的分裂必须追究到事物自身的内部,并在那儿凝缩成整体,然后外部表面才能成为整体,因为只有在内部完整时,世界才会成为一个整体。"(RA III, 40)

值得一提的是,霍夫曼斯塔尔在晚期创作中关于总体艺术、和谐统一的思想似乎跟他早期作品中对天启经历的描述相类似:在圣灵显现的天启瞬间,感知主体跟感知对象相互融合,形成一种和谐统一、不可分离的状态。这种理解似乎符合霍夫曼斯塔尔本人的意愿,他在虚构对话《埃及海伦》中指出神话歌

---

①Assmann, Aleida. *Erinnerungsräume. Formen und Wandlungen des kulturellen Gedächtnisses.* München: C.H. Beck, 1999: 247.

②霍夫曼斯塔尔在晚年一再强调《厄勒克特拉》属于他青年时期的作品,并坚持要与该作品保持距离。

③Schmidt, Wolf Gerhard. „....wie nahe beisammen das weit Auseinaderliegende ist". Das Prinzip der *Metamorphose* in der Oper *Die Ägyptische Helena* von Hugo von Hofmannsthal und Richard Strauss. *Jahrbuch zur Kultur und Literatur der Weimarer Republik*, 2002(7): 171.

剧和他早年创作的诗剧非常相似。然而不容忽视的是，他早期作品中所描述的关于天人合一的经历是一种酒神精神的、身体性的狂喜体验；而在他生命晚期的创作则将重心转移到精神层面，现代社会的混乱无序和魏玛共和国时期普遍存在的主体性危机促使他转向古典和东方以寻求精神导向。他试图通过重拾古典来实现传统的延续性。因此，一战构成了霍夫曼斯塔尔文学创作的重要转折点。"在一战后，他更加强烈地试图在古代遗产中找到能够创建关联和给予导向的力量"①。

　　青年霍夫曼斯塔尔认为传统是遏制创新的累赘，他试图突破抽象文化传统（如历史主义、文字文化等）的束缚，找寻真正的生命体验。马赫的感知一元论、尼采的文化批判和生命哲学以及弗洛伊德的心理分析为他的文学创作赋予鲜明的现代性。他在晚期创作中的和谐理念及其对"总体艺术"的追求，则是要通过复兴古典文化来找回现代文明中沦丧的关联性。霍夫曼斯塔尔从此告别他早期创作的先锋现代性，开始尝试接近自己曾经猛烈批判的人文主义的教育理想。

---

①Uhlig, Kristin. *Hofmannsthals Anverwandlung antiker Stoffe*. Freiburg im Breisgau: Rombach Verlag, 2003: 365.

参考文献

1. 常用书目缩写

1)《霍夫曼斯塔尔全集（评注版）》

SW = Hofmannsthal, Hugo von. *Sämtliche Werke. Kritische Ausgabe.* Veranstaltet vom Freien Deutschen Hochstift. Hrsg. von Rudolf Hirsch, Clemens Köttelwelsch, Christoph Perels, Edward Reichel, Heinz Rölleke, Ernst Zinn. Frankfurt am Main: Fischer Verlag. 1975ff.

III = *Dramen 1.* Hrsg. von Götz Eberhard Hübner, Klaus-Gerhard Pott und Christoph Michel. 1982.

VII = *Dramen 5. Alkestis, Elektra.* Hrsg. von Klaus E. Bohnenkamp und Mathias Mayer. 1997.

XXVII = *Ballette–Pantomimen–Filmszenarien.* Hrsg. von Gisela Bärbel Schmid und Klaus-Dieter Krabiel. 2006.

XXVIII = *Erzählungen 1.* Hrsg. von Ellen Ritter. 1975.

XXXI = *Erfundene Gespräche und Briefe.* Hrsg. von Ellen Ritter. 1991.

XXXII = *Reden und Aufsätze 1.* Hrsg. von Hans-Georg Dewitz, Olivia Varwig, Mathias Mayer, Ursula Renner und Johannes Barth. 2015.

XXXIII = *Reden und Aufsätze 2.* Hrsg. von Konrad Heumann und Ellen Ritter. 2009.

XXXIV = *Reden und Aufsätze 3.* Hrsg. von Klaus E. Bohnenkamp, Katja Kaluga und Klaus-Dieter Krabiel. 2011.

2)《霍夫曼斯塔尔全集（袖珍版）》

GW = Hofmannsthal, Hugo von. *Gesammelte Werke in Zehn Einzelbänden.* Hrsg. von Bernd Schoeller (Band 10: und Ingeborg Beyer-Ahlert) in Beratung mit Rudolf

Hirsch. Frankfurt am Main: Fischer Verlag, 1979f.

EGB = *Erzählungen. Erfundene Gespräche und Briefe. Reisen.*

GD I = *Gedichte, Dramen I: 1891–1898.*

D II = *Dramen II: 1892–1905.*

D V = *Operdichtungen.*

RA I = *Reden und Aufsätze I: 1891–1913.*

RA II = *Reden und Aufsätze II: 1914–1924.*

RA III = *Reden und Aufsätze III: 1925–1929. Buch der Freunde. Aufzeichnungen: 1889–1929.*

3)《尼采全集（学研版）》

KSA = Friedrich Nietzsche. *Sämtliche Werke. Kritische Studienausgabe.* Hrsg. von Giorgio Colli und Mazzino Montinari. München: DTV, 1980.

4）霍夫曼斯塔尔的通信集

Briefe = Hofmannsthal, Hugo von. *Briefe 1900–1909.* Wien: Bermann-Fischer Verlag, 1937.

Brief-Chronik = Hofmannsthal, Hugo von. *Brief-Chronik.* Regest-Ausgabe. Hrsg. von Martin E. Schmid unter Mitarbeit von Regula Hauser und Severin Perrig. Heidelberg: Universitätsverlag Winter, 2003.

BW Andrian = Perl, Walter H. (Hg.). *Hugo von Hofmannsthal–Leopold von Andrian*: *Briefwechsel.* Frankfurt am Main: Fischer Verlag, 1968.

BW Bodenhausen = Bodenhausen, Dora von (Hg.). *Hugo von Hofmannsthal–Eberhard von Bodenhausen: Briefe der Freundschaft.* Düsseldorf: Eugen Dietrichs, 1953.

BW Degenfeld = Hofmannsthal, Hugo von. *Briefwechsel mit Ottonie Gräfin Degenfeld und Julie Freifrau von Wendelstadt.* Hrsg. von Marie Therese Miller-Degenfeld unter Mitwirkung von Eugene Weber. Eingeleitet von Theodora von der Mühll. Frankfurt am Main: Fischer Verlag, 1986.

BW Heymel = Hofmannsthal, Hugo von. *Briefwechsel mit Alfred Walter Heymel 1900–1914.* Hrsg. von Werner Volke. Freiburg im Breisgau: Rombach Verlag, 1998

BW Karg Bebenburg = Gilbert, Mary E. (Hg.). *Hugo von Hofmannsthal–Edgar Karg von Bebenburg: Briefwechsel.* Frankfurt am Main: Fischer Verlag, 1966.

BW Kessler = Burger, Hilde (Hg.). *Hugo von Hofmannsthal–Harry Graf Kessler: Briefwechsel 1898 bis 1929.* Frankfurt am Main: Insel Verlag, 1968.

BW Nostitz = Nostitz, Oswalt von (Hg.). *Hugo von Hofmannsthal–Helene von Nostitz: Briefwechsel*. Frankfurt am Main: Fischer Verlag, 1965.

BW Strauss = Schuh, Willy (Hg.). *Richard Strauss–Hugo von Hofmannsthal: Briefwechsel*. 5. ergänzte Aufl. Zürich/Freiburg im Breisgau: Atlantis Verlag, 1978.

BW Zifferer = Burger, Hilde (Hg.). *Hugo von Hofmannsthal–Paul Zifferer: Briefwechsel*. Wien: Verlag der Österreichischen Staatsdruckerei, 1983.

2. 其他作者外文文献

Adorno, Theodor. George und Hofmannsthal. Zum Briefwechsel: 1891–1906. In Adorno, Theodor. *Prismen. Kulturkritik und Gesellschaft*. Berlin/Frankfurt am Main: Suhrkamp Verlag, 1955: 232-282.

Agamben, Giorgio. Noten zur Geste. Übersetzt von Elisabetta Fontana-Hentschel. In Georg-Lauer, Jutta (Hg.). *Postmoderne und Politik*. Tübingen: Edition Diskord, 1992: 97-107.

Alewyn, Richard. *Über Hugo von Hofmannsthal*. Göttingen: Vandenhoeck & Ruprecht, 1958.

Alt, Peter-André. Katharsis und Ekstasis. Die Restitution der Tragödie als Ritual aus dem Geist der Psychoanalyse (Hofmannsthal, Werfel). In Fulda, Daniel & Valk, Thorsten (Hg.). *Die Tragödie der Moderne. Gattungsgeschichte–Kulturtheorie–Epochendiagnose*. Berlin/New York: Walter de Gruyter, 2010: 177-205.

Apel, Friedmar. *Hugo von Hofmannsthal*. Berlin: Deutscher Kunstverlag, 2012.

Aristoteles. *Poetik*. Übersetzung, Einleitung und Anmerkung von Olof Gigon. Stuttgart: Reclam Verlag, 1961,

Asendorf, Christoph. *Batterien der Lebenskraft. Zur Geschichte der Dinge und ihrer Wahrnehmung im 19. Jahrhundert*. Gießen: Anabas Verlag, 1984.

Asendorf, Christoph. *Ströme und Strahlen. Das langsame Verschwinden der Materie um 1900*. Gießen: Anabas Verlag, 1989.

Assmann, Aleida. *Erinnerungsräume. Formen und Wandlungen des kulturellen Gedächtnisses*. München: C. H. Beck, 1999.

Assmann, Aleida. Hofmannsthals Chandos-Brief und die Hieroglyphen der Moderne. *Hofmannsthal- Jahrbuch zur europäischen Moderne*, 2003(11): 267-279.

Assmann, Jan. *Das kulturelle Gedächtnis. Schrift, Erinnerung und politische Identität in frühen Hochkulturen*. München: C. H. Beck, 1992.

Austin, Gerhard. *Phänomenologie der Gebärde bei Hugo von Hofmannsthal*. Heidelberg: Universitätsverlag Winter, 1981.

Bachmann-Medick, Doris. *Cultural Turns. Neuorientierungen in den Kulturwissenschaften.* Reinbek bei Hamburg: Rowohlt Verlag, 2006.

Bahr, Hermann. Das unrettbare Ich. In Wunberg, Gotthart (Hg.). *Die Wiener Moderne. Literatur, Kunst und Musik zwischen 1890 und 1910.* Stuttgart: Reclam Verlag, 1981: 147-148.

Bahr, Hermann. *Dialog vom Tragischen/Dialog vom Marsyas/Josef Kainz.* Weimar: VDG, 2010.

Bamberg, Claudia. *Hofmannsthal: Der Dichter und die Dinge.* Heidelberg: Universitätsverlag Winter, 2011.

Barthes, Roland. *Der entgegenkommende und der stumpfe Sinn. Kritische Essays III.* Aus dem Französischen von Dieter Hornig. Frankfurt am Main: Suhrkamp Verlag, 1990.

Baudrillard, Jean. Die Simulation. In Welsch, Wolfgang (Hg.). *„Weg aus der Moderne": Schlüsseltexte der Postmoderne-Diskussion.* Weinheim: VCH, Acta Humaniora, 1988: 153-162.

Baxmann, Inge. *„Die Gesinnung ins Schwingen bringen".* Tanz als Metasprache und Gesellschaftsutopie in der Kultur der zwanziger Jahre. In Gumbrecht, Hans Ulrich & Pfeiffer, Ludwig (Hg.). *Materialität der Kommunikation.* Frankfurt am Main: Suhrkamp Verlag, 1988: 360-373.

Baxmann, Inge. *Mythos: Gemeinschaft: Körper- und Tanzkulturen in der Moderne.* München: Fink Verlag, 2000.

Beer-Hofmann, Richard. *Schlaflied für Mirjam. Lyrik, Prosa, Pantomime und andere verstreute Texte.* Oldenburg: Igel Verlag, 1998.

Benjamin, Walter. *Das Kunstwerk in Zeitalter seiner Reproduzierbarkeit.* Frankfurt am Main: Suhrkamp Verlag, 1977.

Benjamin, Walter. *Medienästhetische Schriften.* Mit einem Nachwort von Detlev Schöttker. Frankfurt am Main: Suhrkamp Verlag, 2002.

Bergengruen, Maximilian. *Mystik der Nerven. Hugo von Hofmannsthals literarische Epistemologie des „Nicht-mehr-Ich".* Freiburg im Breisgau/Berlin/Wien: Rombach Verlag, 2010.

Berndt, Frauke & Drügh, Heinz J. Einleitung [zum Teil „Körper"]. In Berndt, Frauke & Drügh, Heinz J. (Hg.). *Symbol. Grundlagentexte aus Ästhetik, Poetik und Kulturwissenschaft.* Frankfurt am Main: Suhrkamp Verlag, 2009: 109-124.

Blasberg, Cornelia. Ornament, Schrift und Lektüre. Überlegungen zu Ernst Haeckel, Gustav Klimt und Hugo von Hofmannsthal. In Arburg, Hans-Georg von; Gamper,

Michael & Stadler, Ulrich (Hg.). „Wunderliche Figuren". Über die Lesbarkeit von Chiffrenschriften. München: Fink Verlag, 2001: 293-315.

Block, Edwin Frank. Journey as self-Revelation: Hugo von Hofmannsthals Reiseprosa, 1893–1917. Modern Austrian Literature. 1987, 20 (1): 23-35.

Blumenberg, Hans. Die Lesbarkeit der Welt. 2. Aufl. Frankfurt am Main: Suhrkamp Verlag, 1983.

Bodenhausen, Eberhard von. Entwicklungslehre und Ästhetik. Pan, 1900, 5(4): 236-240.

Boehm, Gottfried (Hg.). Was ist ein Bild?. München: Fink Verlag, 1994.

Boehm, Gottfried. Bildbeschreibung. Über die Grenzen von Bild und Sprache. In Boehm, Gottfried & Pfotenhauer, Helmut (Hg.). Beschreibungskunst–Kunstbeschreibung: Ekphrasis von der Antike bis zur Gegenwart. München: Fink Verlag, 1995: 23-40.

Bohlinger, Sandra. Hugo von Hofmannsthals Libretto „Der Triumph der Zeit". Eine Analyse unter besonderer Berücksichtigung der Aspekte Zeit, (Gebärden)Sprache und Symbolik. Frankfurt an der Oder: Viademica Verlag, 1998.

Böhme, Hartmut. Aby M. Warburg (1866–1929). In Michaels, Axel (Hg.). Klassiker der Religionswissenschaft. Von Friedrich Schleiermacher bis Mircea Eliade. München: C. H. Beck, 1997: 133-157.

Bohrer, Karl Heinz. Plötzlichkeit. Zum Augenblick des ästhetischen Scheins. Mit einem Nachwort von 1998. 3. Aufl. Frankfurt am Main: Suhrkamp Verlag, 1998.

Bolterauer, Alice. Zu den Dingen. Das epiphanische Ding-Erlebnis bei Musil, Rilke und Hofmannsthal. Wien: Praesens Verlag, 2015.

Borchardt, Rudolf. Erinnerungen. In Fiechtner, Helmut A. (Hg.). Hugo von Hofmannsthal. Der Dichter im Spiegel der Freunde. Bern/München: Francke Verlag, 1963: 82-92.

Böschenstein, Bernhard. Hofmannsthal und die Kunstreligion um 1900. In Braungart, Wolfgang & Koch, Manfred (Hg.). Ästhetische und religiöse Erfahrungen der Jahrhundertwenden. Band 2. Paderborn u.a.: Schöningh Verlag, 1998:111-121.

Brandenburg, Hans. Der Moderne Tanz. München: G. Müller Verlag, 1913.

Brandstetter, Gabriele & Wulf, Christoph (Hg.). Tanz als Anthropologie. München: Fink Verlag, 2007.

Brandstetter, Gabriele. Der Traum vom anderen Tanz. Hofmannsthals Ästhetik des Schöpferischen im Dialog Furcht. Freiburger Universitätsblätter, 1991(30): 37-58.

Brandstetter, Gabriele. Tanz-Lektüren. Körperbilder und Raumfiguren der Avantgarde. Frankfurt am Main: Fischer Taschenbuchverlag, 1995.

Brandstetter, Gabriele. Rhythmus als Lebensanschauung. Zum Bewegungsdiskurs um 1900. In Brüstle, Christa; Ghattas, Nadia; Risi, Clemens & Schouten, Sabine (Hg.). *Aus dem Takt. Rhythmus in Kunst, Kultur und Natur*. Bielefeld: Transcript Verlag, 2005: 33-44.

Brandstetter, Gabriele. Hofmannsthals „Tableaux vivants". Bild-Bewegung „im Vorübergehen". *Hofmannsthal-Jahrbuch zur europäischen Moderne*, 2007(15): 281-307.

Brandstetter, Gabriele. Tanz. In Haupt, Sabine & Würffel, Stefan Bodo (Hg.). *Handbuch Fin de Siècle*. Stuttgart: Kröner Verlag, 2008: 583-600.

Brandstetter, Gabriele. Grete Wiesenthals Walzer: Figuren und Gestern des Aufbruchs in die Moderne. In Brandstetter, Gabriele & Oberzaucher-Schüller, Gunhild (Hg.). *Mundart der Wiener Moderne: Der Tanz der Grete Wiesenthal*. München: Kieser Verlag, 2009: 15-39.

Braungart, Georg. *Leibhafter Sinn: der andere Diskurs der Moderne*. Tübingen: Niemeyer Verlag, 1995.

Briese-Neumann, Gisa. *Ästhet, Dilettant, Narziss. Untersuchung zur Reflexion der Fin-de-siècle- Phänomene im Frühwerk Hofmannsthals*. Frankfurt am Main u.a.: Peter Lang, 1985.

Brittnacher, Hans Richard. *Erschöpfung und Gewalt. Opferphantasien in der Literatur des Fin de Siècle*. Köln/Weimar/Wien: Böhlau Verlag, 2001.

Brittnacher, Hans Richard. „Das ist die Wurzel aller Poesie." Das Blutopfer bei Hugo von Hofmannsthal und Joseph de Maistre. In Honold, Alexander; Bierl, Anton & Luppi, Valentina (Hg.). *Ästhetik des Opfers*. München: Fink Verlag, 2012: 263-280

Broch, Hermann. Hofmannsthal und seine Zeit. In Broch, Hermann. *Schriften zur Literatur 1: Kritik*. Frankfurt am Main: Ullstein Verlag, 1975: 111-284.

Bronfen, Elisabeth. Weiblichkeit und Repräsentation–aus der Perspektive von Ästhetik, Semiotik und Psychoanalyse. In Bußmann, Hadumond & Hof, Renate (Hg.). *Genus. Zur Geschlechterdifferenz in den Kulturwissenschaften*. Stuttgart: Kröner Verlag, 1995: 408-445.

Dangel-Pelloquim, Elsbeth. Hofmannsthal 1968. Zur Gründung der Hofmannsthal-Gesellschaft vor 50 Jahren. *Hofmannsthal-Jahrbuch zur europäischen Moderne*, 2018(26): 309-327.

Dangel-Pelloquin, Elsbeth & Honold, Alexander. *Grenzenlose Verwandlung: Hugo von Hofmannsthal. Biographie*. Frankfurt am Main: Fischer Verlag, 2024.

Daviau, Donald G. Hugo von Hofmannsthal's Pantomime: *Der Schüler*. Experiment in Form–Exercise in Nihilism. *Modern Austrian Literature,* 1968, 1(1): 4-30.

Derrida, Jacques. *Grammatologie*. Übers. von Hans-Jörg Rheinberger und Hanns Zischler. 3. Aufl. Frankfurt am Main: Suhrkamp Verlag, 1990.

Dormer, Lore Muerdel. „Berührung der Sphären". Die Bedeutung der Freundschaft mit Hugo von Hofmannsthal im Werdegang der Tänzerin Ruth St. Denis. *Neue Zürcher Zeitung und schweizerisches Handelsblatt*, 1978, 87(15/16): 68.

Dormer, Lore Muerdel. Schwester der Hoffnung: *„Die ägyptische Helena"* als poetisch-politisches Vermächtnis Hugo von Hofmannsthals. *Modern Austrian Literature*, 1975, 7(3/4): 172-183.

Erken, Günther. *Hofmannsthals Dramatischer Stil. Untersuchungen zur Symbolik und Dramaturgie*. Tübingen: Niemeyer Verlag, 1967.

Fan, Jieping & Liu, Yongqiang (Hg.). *Bildforschung aus interdisziplinärer Perspektive*. Hangzhou: Zhejiang University Press, 2021.

Farguell, Roger W. Müller. Tanz. In Barck, Karlheinz (Hg.). *Ästhetische Grundbegriffe. Historisches Wörterbuch in sieben Bänden*. Band 6. Stuttgart: Metzler Verlag, 2005: 1-15.

Faust, Nicole. *Körperwissen in Bewegung: vom klassischen Ballett zum Ausdruckstanz*. Marburg: Tectum Verlag, 2006.

Fick, Monika. *Sinnenwelt und Weltseele. Der psychophysische Monismus in der Literatur der Jahrhundertwende*. Tübingen: Niemeyer Verlag, 1993.

Fiedler, Konrad. Über den Ursprung der künstlerischen Tätigkeit (1887). In Fiedler, Konrad. *Schriften zur Kunst. Text nach der Ausgabe von 1913/14 mit weiteren Texten aus Zeitschriften und dem Nachlaß, einer einl. Abhandlung und einer Bibliographie*. Band 1, 2. Aufl. München: Fink Verlag, 1991:111-220.

Fiedler, Leonhard & Lang, Martin (Hg.). *Grete Wiesenthal. Die Schönheit der Sprache des Körpers im Tanz*. Salzburg/Wien: Residenz Verlag, 1985.

Fiedler, Leonhard. „nicht Wort, –aber mehr als Wort...": Zwischen Sprache und Tanz–Grete Wiesenthal und Hugo von Hofmannsthal. In Brandstetter, Gabriele & Oberzaucher-Schüller, Gunhild (Hg.). *Mundart der Wiener Moderne. Der Tanz der Grete Wiesenthal*. München: Kieser Verlag, 2009: 127-150.

Fischer-Lichte, Erika. (Hg.). *Theatralität und die Krisen der Repräsentation*. Stuttgart/Weimar: Metzler Verlag, 2001: 1-19.

Fischer-Lichte, Erika. Vom „Text" zur „Performance". Der „performative turn" in den Kulturwissenschaften. In Stanitzek, Georg & Vosskamp, Wilhelm (Hg.).

Schnittstelle: Medien und Kulturwissenschaften. Köln: DuMont Verlag, 2001: 111-115.

Fischer-Lichte, Erika. *Ästhetik des Performativen*. Frankfurt am Main: Suhrkamp Verlag, 2004.

Flach, Sabine. Das Auge. Motiv und Selbstthematisierung des Sehens in der Kunst der Moderne. In Benthien, Claudia & Wulf, Christoph (Hg.). *Körperteile. Eine kulturelle Anatomie*. Reinbek bei Hamburg: Rowohlt Verlag, 2001: 49-65.

Foucault, Michel. *Die Ordnung der Dinge. Eine Archäologie der Humanwissenschaften*. Aus dem Französischen von Ulrich Köppen. Frankfurt am Main: Suhrkamp Verlag, 1974.

Frank, Gustav. Assoziationen/Dissoziationen. Von den „stummen Künsten" (Hofmannsthal) zum „sichtbaren Menschen" (Balazs): eine Triangulation des „Neuen Tanzes" durch Literatur und Film. In Hess-Lüttich, Ernest W. B. (Hg.). *Kodikas/Code. Ars Semeiotica (Vol. 26, No. 3-4) Themenheft: Tanz-Zeichen. Vom Gedächtnis der Bewegung*. Tübingen: Narr Verlag, 2003: 225-241.

Freud, Sigmund. *Jenseits des Lustprinzips; Massen-Psychologie und Ich-Analyse; Das Ich und Das Es*. 6. Aufl. Frankfurt am Main: Suhrkamp Verlag, 1969.

Friedman, Ken & Díaz, Lily. Intermedia, Multimedia, and Media. In Bruhn, Jørgen; Azcárate, Asun López-Varela & Vieira, Miriam de Paiva (eds.). *The Palgrave Handbook of Intermediality*. Cham: Springer International Publishing, 2023: 1-27.

Gärtner, Thomas. Hugo von Hofmannsthals *Ägyptische Helena* und Ernst Blochs *Prinzip Hoffnung*. Zur modernen Rezeption der Europideischen Helena. *Antike und Abendland. Beiträge zum Verständnis der Griechen und Römer und ihres Nachlebens*, 2004(50): 73-105.

Gebauer, Gunter (Hg.). *Das Laokoon-Projekt. Pläne einer semiotischen Ästhetik*. Stuttgart: Metzler Verlag, 1984.

Gerke, Ernst Otto. *Der Essay als Kunstform bei Hugo von Hofmannsthal*. Lübeck/Hamburg: Matthiesen Verlag, 1970.

Gess, Nicola. „So ist damit der Blitz zur Schlange geworden." Anthropologie und Metapherntheorie um 1900. *Deutsche Vierteljahrsschrift für Literaturwissenschaft und Geistesgeschichte*, 2009, 83(4): 643-666.

Gess, Nicola. Literarischer Primitivismus: Chancen und Grenzen eines Begriffs. In Gess, Nicola (Hg.). *Literarischer Primitivismus*. Berlin/New York: De Gruyter, 2012: 1-9.

Gil, Isabel Capeloa. Poiesis, Tanz und Repräsen-Tanz. Zu Hugo von Hofmannsthals

Ariadne auf Naxos. Colloquia Germanica. Internationale Zeitschrift für Germanistik, 2000, 33(2): 149-162.

Gillman, Abigail E. Hofmannsthal's Jewish Pantomime. *Deutsche Vierteljahrsschrift für Literaturwissenschaft und Geistesgeschichte*, 1997, 71(3): 437-460.

Goethe, Johann Wolfgang von. *Zur Farbenlehre*. Frankfurt am Main: Klassiker Verlag, 1991.

Goethe, Johann Wolfgang von. *Sämtliche Werke. Briefe, Tagebücher und Gespräche. I. Abteilung. Band 9: Wilhelm Meisters theatralische Sendung; Wilhelm Meisters Lehrjahre; Unterhaltungen deutscher Ausgewanderten*. Frankfurt am Main: Deutscher Klassiker Verlag, 1992.

Gombrich, Ernst H. *Aby Warburg. Eine intellektuelle Biographie*. Frankfurt am Main: Europäische Verlagsanstalt, 1984.

Götz, Bärbel. *Erinnerung schöner Tage. Die Reise-Essays Hugo von Hofmannsthals*. Würzburg: Königshausen & Neumann, 1992.

Gretz, Daniela. *Die deutsche Bewegung. Der Mythos von der ästhetischen Erfindung der Nation*. München: Fink Verlag, 2007.

Grimm, Sieglinde. Leibliche Ekstase als Lebenspraxis: Zur Bedeutung von Tanz und Gebärde in der literarischen Avantgarde. In Kircher, Hartmut; Klanska, Maria & Kleinschmidt, Erich (Hg.). *Avantgarden in Ost und West: Literatur, Musik und Bildende Kunst um 1900*. Köln/Weimar/Wien: Böhlau Verlag, 2002: 91-110.

Gruber, Bettina. „Nichts weiter als ein Spiel der Farben.": Zum Verhältnis von Romantik und Ästhetizismus". In Gruber, Bettina & Plumpe, Gerhard (Hg.). *Romantik und Ästhetizismus. Festschrift für Paul Gernhard Klussmann*. Würzburg: Königshausen & Neumann, 1999: 7-27.

Grundmann, Heike. *„Mein Leben zu erleben wie ein Buch". Hermeneutik des Erinnerns bei Hugo von Hofmannsthal*. Würzburg: Königshausen & Neumann, 2003.

Gumbrecht, Hans Ulrich. *Diesseits der Hermeneutik. Die Produktion von Präsenz*. Frankfurt am Main: Suhrkamp Verlag, 2004.

Gumpert, Gregor. *Die Rede vom Tanz. Körperästhetik in der Literatur der Jahrhundertwende*. München: Fink Verlag, 1994.

Günther, Stephanie. *Weiblichkeitsentwürfe des Fin de Siècle. Berliner Autorinnen: Alice Berend, Margarette Böhnme, Clara Viebig*. Bonn: Bouvier Verlag, 2007.

Günther, Timo. *Hofmannsthal. Ein Brief*. München: Fink Verlag, 2004.

Günther, Timo. Tragik und Endlichkeit in Hugo von Hofmannsthals *Über Goethes dramatischen Stil in der „Natürlichen Tochte“*. In Günter, Friederike Felicitas & Hoffmann, Torsten (Hg.). *Anthropologien der Endlichkeit. Stationen einer literarischen Denkfigur seit der Aufklärung*. Göttingen: Wallstein Verlag, 2011: 113-139.

Hank, Rainer. *Motifikation und Beschwörung: Zur Veränderung ästhetischer Wahrnehmung in der Moderne am Beispiel des Frühwerks Richard Beer-Hofmanns*. Frankfurt am Main u.a.: Peter Lang, 1984.

Happ, Julia S. *Literarische Dekadenz. Denkfiguren und poetische Konstellationen*. Würzburg: Königshausen & Neumann, 2015.

Hebekus, Uwe. *Ästhetische Ermächtigung. Zum politischen Ort der Literatur im Zeitraum der klassischen Moderne*. München: Fink Verlag, 2009.

Heim, Leonie. „Euer Europa ist ein gefährliches Gewebe“. Hugo von Hofmannsthals Blick aus Asien in seinen *Erfundenen Gesprächen und Briefen*. In Besslich, Barbara & Fossaluzza, Christina (Hg.). *Kulturkritik der Wiener Moderne (1890–1938)*. Heidelberg: Universitätsverlag Winter, 2019: 235-243.

Heininger, Konstanze. *„Ein Traum von großer Magie“. Die Zusammenarbeit von Hugo von Hofmannsthal und Max Reinhardt*. München: Utz Verlag, 2015.

Helmstetter, Rudolf. Entwendet. Hofmannsthals *Chandos-Brief*, die Rezeptionsgeschichte und die Sprachkrise. *Deutsche Vierteljahrsschrift für Literaturwissenschaft und Geistesgeschichte*, 2003, 77(3): 446-480.

Herrmann, Hans-Christian von. Am Leitfaden des Leibes–Zur Entliterarisierung des Theaters um 1900. In Corbineau-Hoffmann, Angelika & Nicklas, Pascal (Hg.). *Körper/Sprache–Ausdrucksformen der Leiblichkeit in Kunst und Wissenschaft*. Hildesheim: Georg Olms Verlag, 2002: 195-211.

Hiebler, Heinz. ...mit Worten (Farben) ausdrücken, was sich im Leben in tausend anderen Medien komplex äußert...: Hofmannsthal und die Medienkultur der Moderne. *Hofmannsthal-Jahrbuch zur europäischen Moderne*, 2002(10): 89-181.

Hiebler, Heinz. *Hugo von Hofmannsthal und die Medienkultur der Moderne*. Würzburg: Königshausen & Neumann, 2003.

Higgins, Dick. Intermedia. *Something Else Newsletter*. 1966, 1(1): 1-6.

Hirsch, Rudolf. Ein Druckfehler von Bedeutung. *Hofmannsthal-Blätter*, 1971(6): 490-491.

Holdenried, Michaela. Reiseliteratur. In Brunner, Horst & Moritz, Rainer (Hg.). *Literaturwissenschaftliches Lexikon*. 2. Aufl. Berlin: Erich Schmidt Verlag, 2006: 236-238.

Hömig, Herbert. *Hugo von Hofmannsthal. Eine Lebensgeschichte.* Münster: Aschendorff Verlag, 2019.

Hörisch, Jochen & Wetzel, Michael (Hg.). *Armaturen der Sinne. Literarische und technische Medien 1870 bis 1920.* München: Fink Verlag, 1990.

Jäger, Hans-Wolf. Reiseliteratur. In Weimar, Klaus (Hg.). *Reallexikon der Deutschen Literaturwissenschaft. Band III.* Berlin/New York: De Gruyter, 2003: 258-261.

Janz, Rolf-Peter. Zur Faszination des Tanzes in der Literatur um 1900. Hofmannsthals *Elektra* und sein Bild der Ruth St. Denis. In Gernig, Kerstin (Hg.). *Fremde Körper. Zur Konstruktion des Anderen in europäischen Diskursen.* Berlin: Achims Verlag, 2001: 258-270.

Junge, Claas. *Text in Bewegung. Zu Pantomimen, Tanz und Film bei Hugo von Hofmannsthal.* Universität Frankfurt am Main (Dissertation), 2007.

Kessler, Harry Graf. *Das Tagebuch. Vierter Band 1906–1914.* Stuttgart: Klett-Cotta Verlag, 2005.

Kiesel, Helmuth. *Geschichte der literarischen Moderne. Sprache, Ästhetik, Dichtung im zwanzigsten Jahrhundert.* München: C. H. Beck, 2004.

King, Martina. Sprachkrise. In Feger, Hans (Hg.). *Handbuch Literatur und Philosophie.* Stuttgart und Weimar: Metzler Verlag, 2012: 159-177.

Kittler, Friedrich. *Aufschreibsysteme 1800/1900.* 4. übera. Aufl. München: Fink Verlag, 2003.

Kleinschmidt, Erich. Der Tanz, die Literatur und der Tod. Zu einer poetologischen Motivkonstellation des Expressionismus. In Link, Franz (Hg.). *Tanz und Tod in Kunst und Literatur.* Berlin: Duncker & Humblot, 1993: 369-385.

Koch, Gerhard R. Bringt der Reine den Untergang? Hofmannsthal-Ballette: *Josephs Legende* von Richard Strauß und eine Uraufführung von Alexander Zemlinsky. *Frankfurter Allgemeine Zeitung*, 1992-01-28(25).

Köhnen, Ralph. *Das opitsche Wissen. Mediologische Studien zu einer Geschichte des Sehens.* München: Fink Verlag, 2009.

König, Christoph. *Hofmannsthal. Ein moderner Dichter unter den Philologen.* Göttingen: Wallstein Verlag, 2001.

Kraus, Karl. *Die demolirte Literatur.* Wien: Severus Verlag, 1897.

Küpper, Peter. Hugo von Hofmannsthal–Der *Chandos-Brief.* In Aller, Jan & Enklaar, Jattie (Hg.). *Zur Wende des Jahrhunderts.* Amsterdam: Rodopi Verlag, 1987: 72-91.

Laak, Lothar van. *Hermeneutik literarischer Sinnlichkeit. Historisch-systematische*

Studien zur Literatur des 17 und 18. Jahrhunderts. Tübingen: Niemeyer Verlag, 2003.

Le Rider, Jacques. *Hugo von Hofmannsthal. Historismus und Moderne in der Literatur der Jahrhundertwende.* Aus dem Französisch von Leopold Federmair. Wien/Köln/Weimar: Böhlau Verlag, 1997.

Lenz, Eva-Maria. *Hugo von Hofmannsthals mythologische Oper „Die Ägyptische Helena".* Tübingen: Niemeyer Verlag, 1972.

Lessing, Gotthold Ephraim. *Laokoon oder über die Grenzen der Malerei und Poesie: mit beiläufigen Erläuterungen verschiedener Punkte der alten Kunstgeschichte.* Mit einem Nachwort von Ingrid Kreuzer. Stuttgart: Reclam Verlag, 2001.

Li, Shuangzhi. *Die Narziss-Jugend. Eine poetologische Figuration in der deutschen Dekadenz-Literatur um 1900 am Beispiel von Leopold von Andrian, Hugo von Hofmannsthal und Thomas Mann.* Heidelberg: Universitätsverlag Winter, 2013.

Liu, Yongqiang. Befreiung von den Schranken der Schrift: Das ‚Primitive' und das Schoepferische bei Hugo von Hofmannsthal. *Literaturstrasse. Chinesisch-Deutsches Jahrbuch für Sprache, Literatur und Kultur*, 2014(15): 107-119.

Liu, Yongqiang. *Schriftkritik und Bewegungslust. Sprache und Tanz bei Hugo von Hofmannsthal.* Würzburg: Königshausen & Neumann, 2013.

Lönker, Fred. Die Wirklichkeit der Lyrik. Zu den Dichtungskonzeptionen Hofmannsthals und Benns. *Hofmannsthal-Jahrbuch zur europäischen Moderne.* 2009(17): 227-252.

MacDonald, Raymond A. Review Essay: Murray Krieger, *Ekphrasis–The Illusion of the Natural Sign. Word and Image*, 1993, 9(1): 85.

Mach, Ernst. *Die Analyse der Empfindungen und das Verhältnis des Physischen zum Psychischen.* Nachdruck der 9. Aufl., Jena, Fischer, 1922, mit einem Vorwort zum Neudruck von Gereon Wolters. Darmstadt: Wissenschaftliche Buchgesellschaft, 1991.

Mähl, Hans-Joachim (Hg.). *Werke, Tagebücher und Briefe Friedrich von Hardenberg. Band 2: Das philosophischtheoretische Werk.* München/Wien: Carl Hanser, 1978.

Marschall, Susanne. *TextTanzTheater. Eine Untersuchung des dramatischen Motivs und theatralen Ereignisses „Tanz" am Beispiel von Frank Wedekinds „Büchse der Pandora" und Hugo von Hofmannsthals „Elektra".* Frankfurt am Main u.a.: Peter Lang, 1996.

Matala de Mazza, Ethel. *Dichtung als Schau-Spiel: Zur Poetologie des jungen Hugo von Hofmannsthal.* Frankfurt am Main u.a.: Peter Lang, 1995.

Matala de Mazza, Ethel. Gaukler, Puppen, Epigonen. Figuren der Mimesis im Essay Hugo von Hofmannsthals. In Matala de Mazza, Ethel & Pornschlegel, Clemens (Hg.). *Inszenierte Welt. Theatralität als Argument literarischer Texte.* Freiburg im Breisgau: Rombach Verlag, 2003: 79-101.

Matussek, Peter. Intertextueller Totentanz. Die Reanimation des Gedächtnisraums in Hofmannsthals Drama *Der Tor und der Tod. Hofmannsthal-Jahrbuch zur europäischen Moderne*, 1999(7): 199-231.

Mauser, Wolfram. *Bild und Gebärde in der Sprache Hofmannsthals.* Wien: Böhlau Verlag, 1961.

Mauser, Wolfram. Hofmannsthals *Triumph der Zeit.* Zur Bedeutung seiner Ballett- und Pantomimen-Libretti. *Hofmannsthal Forschungen*, 1979(6): 141-148.

Mauthner, Fritz. *Beiträge zu einer Kritik der Sprache* (1900–1902). Band I. Hildesheim: Vero Verlag, 1969.

Mayer, Mathias & Werlitz, Julian (Hg.). *Hofmannsthal Handbuch. Leben–Werk– Wirkung.* Stuttgart: Metzler Verlag, 2016.

Mayer, Mathias. Der Tanz der Zeichen und des Todes bei Hugo von Hofmannsthal. In Link, Franz (Hg.). *Tanz und Tod in Kunst und Literatur.* Berlin: Duncker & Humblot, 1993: 351-368.

Mayer, Mathias. *Hugo von Hofmannsthal.* Stuttgart: Metzler Verlag, 1993.

Mayer, Mathias. Lesarten einer Verfehlung. Gustav Mahler und Hugo von Hofmannsthal. *Hofmannsthal-Jahrbuch zur europäischen Moderne*, 2007(15): 309-327.

Mazellier-Lajarrige, Catherine. „Das wortlose Spiel". Pantomime um 1900 am Beispiel der Zusammenarbeit zwischen Hugo von Hofmannsthal und Grete Wiesenthal. In Wellnitz, Philippe (Hg.). *Das Spiel in der Literatur.* Berlin: Frank & Timme, 2013: 133-146.

Meid, Christopher. „Unmögliche Antike". Erfahrung von Kulturgeschichte in Hugo von Hofmannsthals *Augenblicken in Griechenland.* In Breyer, Thiemo (Hg.). *Erfahrung und Geschichte. Historische Sinnbildung im Pränarrativen.* Berlin/ New York: de Gruyter, 2010: 257-273.

Meid, Christopher. *Griechenland-Imaginationen. Reiseberichte im 20. Jahrhundert von Gerhart Hauptmann bis Wolfgang Koeppen.* Berlin/Boston: de Gruyter, 2012.

Meiser, Katharina. *Fliehendes Begreifen. Hugo von Hofmannsthals Auseinandersetzung mit der Moderne.* Heidelberg: Universitätsverlag Winter, 2014.

Mersch, Dieter. *Was sich zeigt. Materialität, Präsenz, Ereignis.* München: Fink Verlag,

2002.

Meyer, Theodor. *Das Stilgesetz der Poesie*. Mit einem Vorwort von Wolfgang Iser. Frankfurt am Main: Suhrkamp Verlag, 1990.

Mistry, Freny. On Hofmannsthal's *Die unvergleichbare Tänzerin*. *Modern Austrian Literature*, 1977, 10(1): 31-42.

Mitchell, W. J. T. Was ist ein Bild?. In Bohn, Volker (Hg.). *Bildlichkeit. Internationale Beiträge zur Poetik*. Frankfurt am Main: Suhrkamp Verlag, 1990: 17-68.

Müller Farguell, Roger W. *Tanz-Figuren: Zur metaphorischen Konstitution von Bewegungen in Texten: Schiller, Kleist, Heine, Nietzsche*. München: Fink Verlag, 1995.

Müller, Lothar. Modernität, Bewegung und Verlebendigung. Hofmannsthal und das Bild der Antiken Statue. *Austriaca*, 1993(37): 215-226.

Müller-Richter, Klaus & Larcati, Arturo. Hugo von Hofmannsthals Konezpt des symbolischen Augenblicks. In Müller-Richter, Klaus & Larcati, Arturo. *„Kampf der Metapher!". Studien zum Widerstreit des eigentlichen und uneigentlichen Sprechens. Zur Reflexion des Metaphorischen im philosophischen und poetologischen Diskurs*. Wien: Österreichische Akademie der Wissenschaften, 1996: 284-330.

Müller-Richter, Klaus. Bild, Symbol und Gleichnis: Die Metaper in der Poetologie der klassischen Moderne. In Müller-Richter, Klaus & Larcati, Arturo (Hg.). *Der Streit um die Metapher: poetologische Texte von Nietzsche bis Handke*. Mit kommentierenden Studien. Darmstadt: WBG, 1998: 70-89.

Müller-Tamm, Jutta. *Abstraktion und Einfühlung. Zur Denkfigur der Projektion in Psychophysiologie, Kulturtheorie, Ästhetik und Literatur der frühen Moderne*. Freiburg im Breisgau: Rombach Verlag, 2005.

Müller-Tamm, Jutta. Die „Parforce-Souveränität des Autoriellen". Zur Diskursgeschichte des ästhetischen Abstraktionsbegriffs. In Blümle, Claudia & Schäfer, Armin (Hg.). *Struktur, Figur, Kontur. Abstraktion in Kunst und Wissenschaften*. Zürich/Berlin: Diaphanes Verlag, 2007: 79-92.

Narloch, Sabine. *Text und Tanz. Literarische Intermedialität in der Dichtung der Mloda Polska*. Frankfurt am Main u.a.: Peter Lang, 2006.

Neumann, Gerhard. „Die Wege und die Begegnungen". Hofmannsthals Poetik des Visionären. *Freiburger Universitätsblätter*, 1991(30): 61-75.

Neumann, Gerhard. „Kunst des Nicht-lesens". Hofmannsthals Ästhetik des Flüchtigen. *Hofmannsthal-Jahrbuch zur europäischen Moderne*, 1996(4): 227-260.

Neumann, Gerhard. Wahrnehmungswandel um 1900. Harry Graf Kessler als Diarist. In Neumann, Gerhard & Schnitzler, Günter. *Harry Graf Kessler: Ein Wegbreiter der Moderne*. Freiburg im Breisgau: Rombach Verlag, 1997: 47-107.

Nienhaus, Stefan. *Das Prosagedicht im Wien der Jahrhundertwende. Altenberg–Hofmannsthal–Polgar*. Berlin/New York: De Gruyter, 1986.

Nischke, August. *Körper in Bewegung. Gesten, Tänze und Räume im Wandel der Geschichte*. Stuttgart: Kreuz Verlag, 1989.

Öhlschläger, Claudia. *Abstraktionsdrang: Wilhelm Worringer und der Geist der Moderne*. München: Fink Verlag, 2005.

Öhlschläger, Claudia. „Geistige Raumscheu". Bemerkungen zu Wilhelm Worringers Anthropologie der Abstraktion". In Blümle, Claudia & Schäfer, Armin (Hg.). *Struktur, Figur, Kontur. Abstraktion in Kunst und Wissenschaften*. Zürich/Berlin: Diaphanes Verlag, 2007: 93-114.

Pestalozzi, Karl. *Sprachskepsis und Sprachmagie im Werk des jungen Hofmannsthal*. Zürich: Atlantis Verlag, 1958.

Pfotenhauer, Helmut. *Sprachbilder. Untersuchungen zur Literatur seit dem achtzehnten Jahrhundert*. Würzburg: Königshausen & Neumann, 2000.

Pfotenhauer, Helmut. Hofmannsthal, die hypnagogen Bilder, die Visionen. Schnittstellen der Evidenzkonzepte um 1900. In Pfotenhauer, Helmut; Riedel, Wolfgang & Schneider, Sabine (Hg.). *Poetik der Evidenz. Die Herausforderung der Bilder in der Literatur um 1900*. Würzburg: Königshausen & Neumann, 2005: 1-18.

Pfotenhauer, Helmut; Riedel, Wolfgang & Schneider, Sabine (Hg.). *Poetik der Evidenz: Die Herausforderung der Bilder in der Literatur um 1900*. Würzburg: Königshausen & Neumann, 2005.

Pfotenhauer, Helmut & Schneider, Sabine. *Nicht völlig Wachen und nicht ganz ein Traum. Die Halbschlafbilder in der Literatur*. Würzburg: Königshausen & Neumann, 2006.

Piontek, Heinz. Thema Reisen. Neue deutsche Reiseprosa. Analysen und Beispiele. In Piontek, Heinz (Hg.). *Das Handwerk des Lesens. Erfahrung mit Büchern und Autoren*. München: Schneekluth Verlag, 1979: 244-267.

Pornschlegel, Clemens. Bildungsindividualismus und Reichsidee. Zur Kritik der politischen Moderne bei Hugo von Hofmannsthal. In Graevenitz, Gerhart von (Hg.). *Konzepte der Moderne*. Stuttgart/Weimar: Metzler Verlag, 1999: 251-267.

Puccioni, Linda. *Farbensprachen. Chromatik und Synästhesie bei Hugo von Hofmannsthal*. Würzburg: Königshausen & Neumann, 2019.

Rajewsky, Irina. *Intermedialität*. Tübingen: A. Francke Verlag, 2002.

Rajewsky, Irina. Intermedialität–eine Begriffsbestimmung. In Bönnighausen, Marion & Rösch, Heidi (Hg.). *Intermedialität im Deutschunterricht*. Baltmannsweiler: Schneider Verlag Hohengehren, 2004: 8-30.

Rasch, Wolfdietrich. Tanz als Lebenssymbol im Drama um 1900. In Rasch, Wolfdietrich. *Zur deutschen Literatur seit der Jahrhundertwende*. Stuttgart: Metzler Verlag, 1967: 59-77.

Renner, Ursula. Das Erlebnis des Sehens–Zu Hofmannsthals produktiver Rezeption bildender Kunst. In Renner, Ursula & Schmid, G. Bärbel (Hg.). *Hugo von Hofmannsthal. Freundschaften und Begegnungen mit deutschen Zeitgenossen*. Würzburg: Königshausen & Neumann, 1991: 285-305.

Renner, Ursula. *„Die Zauberschrift der Bilder"*. *Bildende Kunst in Hofmannsthals Werken*. Freiburg im Breisgau: Rombach Verlag, 2000.

Resch, Margit. *Das Symbol als Prozess bei Hugo von Hofmannsthal*. Königstein/Ts.: Forum Academicum, 1980.

Rieckmann, Jens. Zwischen Bewußtsein und Verdrängung. Hofmannsthals jüdische Erbe. *Deutsche Vierteljahrsschrift für Literaturwissenschaft und Geistesgeschichte*, 1993, 67(3): 466-483.

Riedel, Wolfgang. Archäologie des Geistes. Theorien des wilden Denkens um 1900. In Barkhoff, Jürgen; Carr, Gilbert & Paulin, Roger (Hg.). *Das schwierige neunzehnte Jahrhundert. Germanistische Tagung zum 65. Geburtstag von Eda Sagarra im August 1998*. Mit einem Vorwort von Wolfgang Frühwald. Tübingen: Niemeyer Verlag, 2000: 467-485.

Riedel, Wolfgang. Ursprache und Spätkultur. Poetischer Primitivimus in der österreichischen Literatur der Klassischen Moderne (Hofmannsthal, Müller, Musil). In Krimm, Stefan & Sachse, Martin (Hg.). *Europäische Begegnungen: Um die schöne blaue Donau ...: Acta Ising 2002*. Im Auftrag des Bayerischen Staatsministeriums für Unterricht und Kultus. München: Bayerischer Schulbuchverlag, 2003: 182-202.

Riedel, Wolfgang. Arara = Bororo oder die metaphorische Synthesis. In Zymner, Rüdiger & Engel, Manfred (Hg.). *Anthropologie der Literatur*. Paderborn: mentis Verlag, 2004: 220-241.

Riedel, Wolfgang. *Homo Natura. Literarische Anthropologie um 1900*. Studienausgabe. Würzburg: Königshausen & Neumann, 2011.

Riedel, Wolfgang. Schopenhauer, Hofmannsthal und George? *George-Jahrbuch*,

2011(8): 37-52.

Rispoli, Marco. *Hofmannsthal und die Kunst des Lesens. Zur essayistischen Prosa.* Göttingen: Wallstein Verlag, 2021.

Rohde, Erwin. *Psyche. Seelencult und Unsterblichkeitsglaube der Griechen.* 3. Aufl. Tübingen/Leipzig: Mohr Verlag, 1903.

Rutsch, Bettina. *Leiblichkeit der Sprache: Sprachlichkeit des Leibes: Wort, Gebärde, Tanz bei Hugo von Hofmannsthal.* Frankfurt am Main u.a.: Peter Lang, 1998.

Rutsch, Bettina. Das verkörperte Ich. Bewegungen und Begegnungen des Individuums bei Hugo von Hofmannsthal. In Löwenstein, Sascha & Maier, Thomas (Hg.). *Was bist du jetzo, Ich? Erzählungen vom Selbst.* Berlin: Wissenschaftlicher Verlag, 2009: 137-175.

Sandhop, Jürgen. *Die Seele und ihr Bild. Studien zum Frühwerk Hugo von Hofmannsthals.* Frankfurt am Main u.a.: Peter Lang, 1998.

Schäfer, Peter. *Zeichendeutung. Zur Figuration einer Denkfigur in Hugo von Hofmannsthals „Erfundenen Gesprächen und Briefen".* Bielefeld: Aisthesis, 2012.

Scharnowski, Susanne. Funktionen der Krise. Kulturkritik, Psychopathologie und ästhetische Produktion in Hugo von Hofmannsthals *Briefen des Zurückgekehrten.* In Porombka, Stephan & Scharnowski, Susanne (Hg.). *Phänomene der Derealisierung.* Wien: Passagen Verlag, 1999: 47-63.

Scheffer, Katrin. *Schwebende, webende Bilder. Strukturbildende Motive und Blickstrategien in Hugo von Hofmannsthals Prosaschriften.* Marburg: Tectum Wissenschaftsverlag, 2007.

Schings, Hans-Jürgen. Lyrik des Hauchs. Zu Hofmannsthals *Gespräch über Gedichte. Hofmannsthal-Jahrbuch zur europäischen Moderne,* 2003(11): 311-339.

Schings, Hans-Jürgen. Hier oder nirgends. Hofmannsthals *Augenblicke in Griechenland.* In Hildebrand, Olaf & Pittrof, Thomas (Hg.). *„...auf klassischen Boden begeistert". Antike-Rezeptionen in der deutschen Literatur. Festschrift für Jochen Schmidt zum 65. Geburtstag.* Freiburg im Breisgau: Rombach Verlag, 2004: 365-388.

Schmid, Gisela Bärbel. *Amor und Psyche.* Zur Form des Psyche-Mythos bei Hofmannsthal. *Hofmannsthal-Blätter,* 1985(31/32): 58-64.

Schmid, Gisela Bärbel. Der Tanz macht beglückend frei. In Renner, Ursula & Schmid, G. Bärbel (Hg.). *Hugo von Hofmannsthal. Freundschaften und Begegnungen mit deutschen Zeitgenossen.* Würzburg: Königshausen & Neumann, 1991: 251-260.

Schmid, Gisela Bärbel. „Ein wahrer geistiger Tänzerpartner von seltenem Einfühlungsvermögen": Hugo von Hofmannsthals Pantomimen für Grete Wiesenthal. In Brandstetter, Gabriele & Oberzaucher-Schüller, Gunhild (Hg.). *Mundart der Wiener Moderne. Der Tanz der Grete Wiesenthal.* München: Kieser Verlag, 2009: 151-166.

Schmid, Martin Erich. *Symbol und Funktion der Musik im Werk Hugo von Hofmannsthals.* Heidelberg: Universitätsverlag Winter, 1968.

Schmidt, Jochen. *Tanzgeschichte des 20. Jahrhunderts in einem Band: Mit 101 Choreografenporträts.* Berlin: Henschel Verlag, 2002.

Schmidt, Wolf Gerhard. „...wie nahe beisammen das weit Auseinaderliegende ist". Das Prinzip der *Metamorphose* in der Oper *Die Ägyptische Helena* von Hugo von Hofmannsthal und Richard Strauss. *Jahrbuch zur Kultur und Literatur der Weimarer Republik,* 2002(7): 169-223.

Schmitter, Sebastian. *Basis, Wahrnehmung und Konsequenz. Zur literarischen Präsenz des Melancholischen in den Schriften von Hugo von Hofmannsthal und Robert Musil.* Würzburg: Königshausen & Neumann, 2000.

Schneider, Manfred. Bildersturm und Überbietung. Die Reorganisation des Imaginären im Fin de siècle. In Lubkoll, Christine (Hg.). *Das Imaginäre des Fin de siècle. Ein Symposion für Gerhard Neumann.* Freiburg im Breisgau: Rombach Verlag, 2002: 171-189.

Schneider, Sabine. Das Leuchten der Bilder in der Sprache. Hofmannsthals medienbewußte Poetik der Evidenz. *Hofmannsthal-Jahrbuch zur europäischen Moderne,* 2003(11): 205-244.

Schneider, Sabine. Evidenzverheißung. Thesen zur Funktion der ‚Bilder' in literarischen Texten der Moderne um 1900. In Neumann, Gehard & Öhlschläger, Claudia (Hg.). *Inszenierungen in Schrift und Bild.* Bielefeld: Aisthesis Verlag, 2004: 49-79.

Schneider, Sabine. *Verheißung der Bilder. Das andere Medium in der Literatur um 1900.* Tübingen: Niemeyer Verlag, 2006.

Schneider, Sabine. Poetik der Illumination. Hugo von Hofmannsthals Bildreflexionen im *Gespräch über Gedichte. Zeitschrift für Kunstgeschichte,* 2008, 71(3): 389-404.

Schneider, Sabine. „Die Welt der Bezüge". Hofmannsthal zur Autorität des Dichters in seiner Zeit. In Herlth, Jens & Müller Farguell, Roger W. (Hg). *Autoritäre Moderne.* Fribourg: Aisthesis Verlag, 2011: 203-221.

Schneider, Sabine. Die Visionen des Benvenuto Cellini: Künstlerische Inspiration als

Schwellenphänomen bei Johann Wolfgang Goethe, E. T. A. Hoffmann und Hugo von Hofmannsthal. In Paulin, Roger & Pfotenhauer, Helmut (Hg.). *Die Halbschlafbilder in der Literatur, den Künsten und den Wissenschaften.* Würzburg: Königshausen & Neumann, 2011: 93-110.

Schnitzler, Günter. Syntheseversuch: Anmerkungen zur *Ägyptischen Helena* von Hofmannsthal und Strauss. *Freiburger Universitätsblätter*, 1991(30): 95-124.

Schopenhauer, Arthur. *Sämtliche Werke. Band 1.* Frankfurt am Main: Cotta verlag, 1986.

Schorske, Carl. *Wien. Geist und Gesellschaft im Fin de Siècle.* Deutsch von Horst Günther. Frankfurt am Main: Fischer Verlag, 1982.

Schultz, H. Stefan. Hofmannsthal and Bacon: The Sources of the Chandos-Letter. *Comparative Literature*, 1961(13): 1-15.

Schultz, Joachim. *Wild, Irre und Rein. Wörterbuch zum Primitivismus der literarischen Avantgarden in Deutschland und Frankreich zwischen 1900 und 1940.* Gießen: Anabas Verlag, 1995.

Schüttpelz, Erhard. *Die Moderne im Spiegel des Primitiven. Weltliteratur und Ethnologie (1870–1960).* München: Fink Verlag, 2005.

Schüttpelz, Erhard. Zur Definition des literarischen Primitivismus. In Gess, Nicola (Hg.). *Literarischer Primitivismus.* Berlin/New York: De Gruyter, 2012: 13-28.

Schwalbe, Jürgen. *Sprache und Gebärde im Werk Hugo von Hofmannsthals.* Freiburg im Breisgau: Schwarz Verlag, 1971.

Seeba, Hinrich. *Zur Kritik des ästhetischen Menschen. Hermeneutik und Moral in Hofmannsthals „Der Tor und der Tod".* Bad Homburg: Gehlen Verlag, 1970.

Seel, Martin. *Die Macht des Erscheinens. Texte zur Ästhetik.* Frankfurt am Main: Suhrkamp Verlag, 2007.

Shen, Chong. *Ennui, Epiphanie, Mnemopoesie. Poetologische Konzeptionen des Vorübergehens bei Stefan George und Hugo von Hofmannsthal.* Würzburg: Königshausen & Neumann, 2021.

Sieglinde, Grimm. Leibliche Ekstase als Lebenspraxis: Zur Bedeutung von Tanz und Gebärde in der literarischen Avantgarde. In Kircher, Hartmut; Klanska, Maria & Kleinschmidt, Erich (Hg.). *Avantgarden in Ost und West: Literatur, Musik und Bildende Kunst um 1900.* Köln/Weimar/Wien: Böhlau Verlag, 2002: 91-110.

Simmel, Georg. Der Bildrahmen. Ein ästhetischer Versuch. In Simmel, Georg. *Aufsätze und Abhandlungen 1901–1908. Band I.* Frankfurt am Main: Suhrkamp Verlag, 1995: 101-108.

Simon, Ralf. Die Szene der Einfluß-Angst und ihre Vorgeschichten. Lyrik und Poetik beim frühen Hofmannsthal. *Hofmannsthal-Jahrbuch zur europäischen Moderne*, 2012 (20): 37-77.

Singer, Rüdiger. „Die er uns gab, wir konnten sie nicht halten." Absenz als Präsenz von Schauspielkunst in den *Mitterwurzer*-Texten von Eugen Guglia und Hugo von Hofmannsthal. In Grutschus, Anke & Krilles, Peter (Hg.). *Figuren der Absenz*. Berlin: Frank & Timme, 2010: 173-187.

Sorell, Walter. *Der Tanz als Spiegel der Zeit. Eine Kulturgeschichte des Tanzes.* Wilhelmshaven: Heinrichshofen Verlag, 1985.

Spörl, Uwe. *Gottlose Mystik in der deutschsprachigen Literatur um die Jahrhundertwende.* Paderborn u.a.: Schöningh Verlag, 1997.

Steiner, Uwe C. *Die Zeit der Schrift. Die Krise der Schrift und die Vergänglichkeit der Gleichnisse bei Hofmannsthal und Rilke.* München: Fink Verlag, 1996.

Stern, Martin. Kreativität und Krise. Hofmannsthals Teilhabe und Kritik am europäischen Ästhetizismus vor 1900. Eine These. In Lörke, Tim; Streim, Gregor & Walter-Jochum, Robert (Hg.): *Von den Rändern zur Moderne. Studien zur deutschsprachigen Literatur zwischen Jahrhundertwende und Zweitem Weltkrieg. Festschrift für Peter Sprengel zum 65. Geburtstag.* Würzburg: Königshausen & Neumann, 2014: 17-25.

Stockhammer, Robert. *Zaubertexte. Die Wiederkehr der Magie und die Literatur 1880–1945.* Berlin: Akademie Verlag, 2000.

Sträßner, Matthias. *Tanzmeister und Dichter. Literatur-Geschichte(n) im Umkreis von Jean Georges Noverre: Lessing, Wieland, Goethe, Schiller.* Berlin: Henschel Verlag, 1994.

Streim, Gregor. *Das Leben in der Kunst: Untersuchungen zur Ästhetik des frühen Hofmannsthal.* Würzburg: Königshausen & Neumann, 1996.

Strowick, Elisabeth. *Sprechende Körper–Poetik der Ansteckung. Performativa in Literatur und Rhetorik.* München: Fink Verlag, 2009.

Szondi, Peter. *Das lyrische Drama des fin de siècle.* Frankfurt am Main: Suhrkamp Verlag, 1975.

Tarot, Rolf. *Hofmannsthal. Daseinsformen und dichterische Struktur.* Tübingen: Niemeyer Verlag, 1970.

Thiemer, Horst. *Hugo von Hofmannsthals Ballettdichtungen.* Masch. Universität Greifswald (Dissertation), 1957.

Thurner, Christina. Auf den Leib geschrieben. Hugo von Hofmannsthals Ballettlibretti aus Anlaß des Erscheinens von Band XXVII der kritischen Ausgabe. *Hofmannsthal-Jahrbuch zur europäischen Moderne*,2008(16): 87-104.

Treichel, Hans-Ulrich. „Als geriete ich selber in Gärung" –Über Hofmannsthals *Brief des Lord Chandos*. In Honold, Alexander & Köppen, Manuel (Hg.). *„Die andere Stimme". Das Fremde in der Kultur der Moderne. Festschrift für Klaus R. Scherpe zum 60. Geburtstag*. Köln/Weimar/Wien: Böhlau Verlag, 1999: 135-143.

Tylor, Edward B. *Die Anfänge der Cultur. Untersuchungen über die Entwicklung der Mythologie, Philosophie, Religion, Kunst und Sitte*. 2. Bde. Leipzig: C.F. Winter'sche Verlagshandlung, 1873.

Uhlig, Kristin. *Hofmannsthals Anverwandlung antiker Stoffe*. Freiburg im Breisgau: Rombach Verlag, 2003.

Vilain, Robert. Der Triumph der Zeit. Zum Ballett Hugo von Hofmannsthals. *Neue Zürcher Zeitung und schweizerisches Handelsblatt*, 1992, 12(17): 34.

Volke, Werner. Hofmannsthal als Beiträger der Zeitschrift *Die Dichtung*. Briefe an Wolf Przygode. *Hofmannsthal-Blätter*, 1975(13/14): 24-39.

Volke, Werner. *Hugo von Hofmannsthal in Selbstzeugnissen und Bilddokumenten*. Hamburg: Rowohlt Verlag, 1967.

Vollmer, Hartmut. *Die literarische Pantomime. Studien zu einer Literaturgattung der Moderne*. Bielefeld: Aisthesis, 2011.

Wagner, Peter (Hg.). *Icons–Texts–Iconotexts: Essays on Ekphrasis and Intermediality*. Berlin/New York: de Gruyter, 1996.

Wagner, Richard. *Oper und Drama*. Herausgegeben und kommentiert von Klaus Kropfinger. Stuttgart: Reclam Verlag, 1984.

Waldenfels, Bernhard. *Sinne und Künste im Wechselspiel. Modi ästhetischer Erfahrung*. Frankfurt am Main: Suhrkamp Verlag, 2010.

Walzel, Oskar. *Die wechselseitige Erhellung der Künste. Ein Beitrag zur Würdigung kunstgeschichtlicher Begriffe*. Vortrag, gehalten am 3. Januar 1917 in der Berliner Abteilung der Kantgesellschaft. Berlin: Reuther & Reichard Verlag, 1917.

Ward, Philip. *Hofmannsthal and Greek Myth: Expression and Performance*. Oxford u.a.: Peter Lang, 2002.

Weber, Max. Die „Objektivität" sozialwissenschaftlicher und sozialpolitischer Erkenntnis (1904). In Weber, Max. *Gesammelte Aufsätze zur Wissenschaftslehre*. 7. Aufl. Tübingen: Mohr Siebeck Verlag, 1988: 146-214.

Wei, Yuqing. Muräne und Reuse. Eine daoistisch-sprachkritische Lesart des *Chandosbriefs* von Hugo von Hofmannsthal. *Zeitschrift für Germanistik*, 2006(2):

259-270.

Weigel, Sigrid. *Pathos–Passion–Gefühl*. Schauplätze affekttheoretischer Verhandlungen in Kultur und Wissenschaftsgeschichte. In Weigel, Sigrid. *Literatur als Voraussetzung der Kulturgeschichte. Schauplätze von Shakespeare bis Benjamin*. München: Fink Verlag, 2004: 147-172.

Wellbery, David E. Die Opfer-Vorstellung als Quelle der Faszination. Anmerkungen zum *Chandos-Brief* und zur frühen Poetik Hofmannsthals. *Hofmannsthal-Jahrbuch zur europäischen Moderne*, 2003(11): 281-310.

Werkmeister, Sven. Analoge Kulturen. Der Primitivismus und die Frage der Schrift um 1900. In Gess, Nicola (Hg.). *Literarischer Primitivismus*. Berlin/New York: De Gruyter, 2012: 29-58.

Werkmeister, Sven. *Kulturen jenseits der Schrift. Zur Figur des Primitiven in Ethnologie, Kulturtheorie und Literatur um 1900*. München: Fink Verlag, 2010.

Wiesenthal, Grete. Amoretten, die um Säulen schweben. In Fiechtner, Helmut A. (Hg.). *Hugo von Hofmannsthal. Der Dichter im Spiegel der Freunde*. Bern/München: Francke Verlag, 1963: 185-191.

Wiesenthal, Grete. Pantomime. *Hofmannsthal-Blätter*, 1986 (34): 43-45.

Wiesenthal, Grete. Tanz und Pantomime. Vortrag im Kunstsalon Hugo Heller, Wien, 27. Oktober 1910 [aus dem Nachlaß mitgeteilt]. *Hofmannsthal-Blätter*, 1986(34): 36-40.

Wiesenthal, Grete. Unsere Tänze. *Der Merker 1*, 1909(2): 66.

Wiethölter, Waltraud. *Hofmannsthal oder Die Geometrie des Subjekts: Psychostrukturelle und ikonographische Studien zum Prosawerk*. Tübingen: Niemeyer Verlag, 1990.

Wirth, Uwe. *Performanz. Zwischen Sprachphilosophie und Kulturwissenschaften*. Frankfurt am Main: Suhrkamp Verlag, 2002.

Wolf, Norbert Christian. Das ‚wilde Denken' und die Kunst. Hofmannsthal, Musil, Bachelard. In Robert, Jörg & Günter, Friederike Felicitas (Hg.). *Poetik des Wilden. Festschrift für Wolfgang Riedel*. Würzburg: Königshausen & Neumann, 2013: 363-392.

Wolf, Norbert Christian. *Eine Triumphpforte österreichischer Kunst. Hugo von Hofmannsthals Gründung der Salzburger Festspiele*. Salzburg/Wien: Jung und Jung, 2014.

Wolgast, Karin. „Scaramuccia non parla, e dice gran cose". Zu Hofmannsthals Pantomime *Der Schüler. Deutsche Vierteljahrsschrift für Literaturwissenschaft und Geistesgeschichte*, 1997, 71(2): 245-263.

Worbs, Michael. *Nervenkunst. Literatur und Psychoanalyse im Wien der Jahrhundertwende*. Frankfurt am Main: Europäische Verlagsanstalt, 1983.

Worringer, Wilhelm. *Abstraktion und Einfühlung*. München: Piper Verlag, 1964.

Worringer, Wilhelm. *Formprobleme der Gotik*. München: Piper Verlag, 1911.

Wulf, Christoph & Kamper, Dietmar (Hg.). *Die Wiederkehr des Körpers*. Frankfurt am Main: Suhrkamp Verlag, 1982.

Wulf, Christoph. Mimesis. In Wulf, Christoph (Hg.). *Vom Menschen. Handbuch Historische Anthropologie*. Weinheim und Basel: Beltz Verlag, 1997: 1015-1029.

Wunberg, Gotthart. *Der frühe Hofmannsthal. Schizophrenie als dichterische Struktur*. Stuttgart/Berlin/Köln/Mainz: Kohlhammer Verlag, 1965.

Wundt, Wilhelm. *Elemente der Völkerpsychologie. Grundlinien einer psychologischen Entwicklungsgeschichte der Menschheit*. Leipzig: Kröner Verlag, 1912.

Wundt, Wilhelm. *Völkerpsychologie. Eine Untersuchung der Entwicklungsgesetze von Sprache, Mythus und Sitte. Band 1: Die Sprache. Erster Teil. 3., neu bearb. Aufl.* Leipzig: Wilhelm Engelmann Verlag, 1911.

Yang, Jin. *„Innige Qual". Hugo von Hofmannsthals Poetik des Schmerzes*. Würzburg: Königshausen & Neumann, 2010.

3. 中文译著

阿斯曼. 文化记忆：早期高级文化中的文字、回忆和政治身份. 金寿福，黄晓晨，译. 北京：北京大学出版社，2015.

阿斯曼. 回忆空间：文化记忆的形式和变迁. 潘璐，译. 北京：北京大学出版社，2016.

埃斯. 华尔兹史话. 郑慧慧，译. 上海：上海音乐出版社，2006.

茨威格. 昨日的世界：一个欧洲人的回忆. 文泽尔，译. 南京：江苏凤凰文艺出版社，2023.

德里达. 论文字学. 汪堂家，译. 上海：上海译文出版社，2015.

福柯. 词与物. 莫伟民，译. 上海：上海三联书店，2002.

胡塞尔. 艺术直观和现象学直观——埃德蒙德·胡塞尔致胡戈·冯·霍夫曼斯塔尔的一封信. 倪梁康，译//倪梁康. 胡塞尔选集（下）. 上海：上海三联书店，1997：1201-1204.

霍夫曼斯塔尔. 途中幸福. 杨劲，译. 外国文学，1998(2)：35-37.

霍夫曼斯塔尔. 钱多斯致培根. 魏育青，译//刘小枫. 德语诗学文选. 上海：华东师范大学出版社，2006：82-93.

霍夫曼斯塔尔. 风景中的少年：霍夫曼斯塔尔诗文选. 李双志，译. 南京：译林出版社，2018.

李希特. 行为表演美学. 余匡复，译. 上海：华东师范大学出版社，2012.

马赫. 感觉的分析. 洪谦，唐钺，梁志学，译. 北京：商务印书馆，1986.

米切尔. 图像理论. 兰丽英，译. 重庆：重庆大学出版社，2021.

尼采. 不合时宜的沉思. 李秋零，译. 上海：华东师范大学出版社，2007.

尼采. 尼采全集. 杨恒达，译. 北京：中国人民大学出版社，2015.

泰勒. 原始文化. 连树声，译. 桂林：广西师范大学出版社，2005.

沃林格. 哥特形式论. 张坚，周刚，译. 杭州：中国美术学院出版社，2004.

沃林格. 抽象与移情. 修订版. 王才勇，译. 北京：金城出版社，2019.

休斯克. 世纪末的维也纳. 李锋，译. 北京：光明日报出版社，2022.

泽尔. 显现美学. 杨震，译. 北京：中国社会科学出版社，2016.

4. 中文著作

范捷平. 奥地利现代文学研究. 杭州：浙江大学出版社，2007.

韩瑞祥，马文韬. 20 世纪奥地利瑞士德语文学史. 青岛：青岛出版社，2004.

韩耀成. 德国文学史：第四卷. 修订版. 北京：商务印书馆，2020.

李双志. 弗洛伊德的躺椅与尼采的天空：德奥世纪末的美学景观. 上海：上海文
    艺出版社，2021.

欧荣，等. 语词博物馆：欧美跨艺术诗学研究. 北京：北京大学出版社，2022.

杨劲. 深沉隐藏在表面：霍夫曼斯塔尔的文学世界. 北京：北京师范大学出版社，
    2015.

张玉能. 19—20 世纪之交德国文学思想史. 北京：人民出版社，2021.

朱志荣. 中西美学之间. 上海：上海三联书店，2006.

5. 中文论文

陈珏旭. 永恒中的瞬间——论霍夫曼斯塔尔的游记《在希腊的瞬间》中的时间感
    知. 中外文化，2020(9)：131-144.

陈维. 世纪末的唯美主义者——谈霍夫曼斯塔尔笔下的"中国皇帝". 安徽文学
    （下半月），2018(4)：32-34.

冯存凌. 胡戈·冯·霍夫曼斯塔尔与理查德·施特劳斯（上）——一段世纪之交
    的艺术史话. 音乐天地，2022(10)：27-31.

冯存凌. 胡戈·冯·霍夫曼斯塔尔与理查德·施特劳斯（下）——一段世纪之交
    的艺术史话. 音乐天地，2022(11)：28-32.

韩瑞祥.《一封信》：一个唯美主义者的反思. 外国文学评论，2001(3)：82-88.

韩瑞祥. 自我—心灵—梦幻：论维也纳现代派的审美现代性. 外国文学评论，

2008(3)：66-73.

韩瑞祥. 霍夫曼斯塔尔早期作品中死亡的象征意义. 外国文学，2009(1)：53-60.

韩瑞祥. 瞬间感知：维也纳现代派的哲学基础. 外国文学评论，2011(4)：114-123.

贺骥. 霍夫曼斯塔尔的语言批判. 外国文学评论，1997(3)：22-28.

贺骥. 霍夫曼斯塔尔的歌剧创作. 国外文学，2000(2)：91-96.

贺骥. 从《诗与生活》看霍夫曼斯塔尔的早期诗学. 同济大学学报（社会科学版），
    2006(2)：13-16，76.

贺骥. 霍夫曼斯塔尔的文化批判. 国外文学，2008(3)：29-34.

贺骥. 霍夫曼斯塔尔对颓废派的批判. 宜宾学院学报，2013(10)：46-50.

李莉，聂军. 坚守与改变的诗学意蕴——霍夫曼斯塔尔戏剧《厄勒克特拉》的象
    征性艺术. 外语教学，2022(1)：107-112.

李莉. 霍夫曼斯塔尔对"宏大形式"的追寻：克服现代意识危机的一种尝试. 名
    作欣赏，2023(23)：178-181.

李双志. 有无之境："世纪末"主体想象的空间隐喻——以霍夫曼斯塔尔的早期作
    品为例. 德语人文研究，2016(2)：1-7.

龙迪勇. "出位之思"与跨媒介叙事. 文艺理论研究，2019(3)：184-196.

施畅. 跨越边界：跨媒介艺术的思想谱系与研究进路. 艺术学研究，2023(4)：55-69.

杨宏芹. 新的诗学原则在痛苦中诞生——论霍夫曼斯塔尔的《钱多斯信函》//陈洪
    捷. 北大德国研究：第二卷. 北京：北京大学出版社，2007：141-156.

杨劲. 唯美主义的幻灭——霍夫曼斯塔尔的两篇作品. 外国文学，1998(2)：38-40，
    46.

杨劲. 望远镜中的幸福幻影——论霍夫曼斯塔尔的短篇小说《途中幸福》的感知
    模式. 国外文学，2013(4)：122-128.

杨劲. 女人的好奇与痛苦的渊薮——论霍夫曼斯塔尔的哑剧《丘比特与普绪刻》
    和芭蕾剧《斯基罗斯岛上的阿喀琉斯》. 德语人文研究，2014(2)：1-8.

杨劲. 世纪之交的审美范式转换——论霍夫曼斯塔尔的报刊文艺栏作品《两幅画》
    和《一封信》. 同济大学学报（社会科学版），2014(2)：16-23.

殷西环. 霍夫曼斯塔尔诗剧《傻子与死神》中的唯美主义症结. 青年作家（中外
    文艺版），2011(3)：48-49.

张晓剑. 视觉艺术中媒介特殊性理论研究——从格林伯格到弗雷德. 文艺研究，
    2019(12)：30-39.

张玉能. 霍夫曼斯塔尔的象征主义戏剧论. 青岛科技大学学报（社会科学版），
    2011(3)：41-48.

周濛濛. 物之不可言说——论霍夫曼斯塔尔作品中的物与词. 德语人文研究，
    2019(2)：62-67.

6. 图片清单

图 1-1　青年霍夫曼斯塔尔

图片来源：Portrait des jungen Hugo von Hofmannsthal.

https://www.hofmannsthal.de/ fotoarchiv/?page=object&id=7888.

图 1-2　《耶德曼》在萨尔茨堡大教堂广场上演

图片来源：*Jedermann*-Aufführung vor dem Salzburger Dom.

https://hessen.museum- digital.de//object/96155.

图 1-3　霍夫曼斯塔尔葬礼的出殡队伍，前两位是其妻格尔蒂和二儿子莱蒙（Raimund）

图片来源：Trauerzug bei Hofmannsthals Beerdigung mit Gerty und Raimund von Hofmannsthal im Vordergrund.

https://goethehaus.museum-digital.de/object/5307.

图 2-1　西塞罗的雕像

图片来源：Statue von Marcus Tullius Cicero.

https://www.britannica.com/biography/Cicero.

图 2-2　塞内卡的雕像

图片来源：Statue von Lucius Annaeus Seneca.

https://www.britannica.com/biography/Lucius-Annaeus-Seneca-Roman-philosopher-and-statesman.

图 2-3　威廉·沃林格

图片来源：Porträt von Wilhelm Worringer. Bildgegenstand im Deutschen Literaturarchiv Marbach.

图 2-4　《抽象与移情》封面

图片来源：Das Titelblatt von *Abstraktion und Einfühlung*. Mit Signatur von Elga Worringer. Bildgegenstand im Deutschen Literaturarchiv Marbach.

图 2-5　格奥尔格诗集《心灵之年》封面

图片来源：Das Titelblatt von „Das Jahr der Seele". Deutsches Textarchiv–George, Stefan. Das Jahr der Seele. Berlin, 1897.

图 2-6　马赫心理学著作《感觉的分析》封面

图片来源：Das Titelblatt von „Die Analyse der Empfindungen".

https://antikvariatmyslikova.cz/produkt/die-analyse-der-empfindungen-mach-e.

图 2-7 《隐喻的哲学》手稿

图片来源：Hofmannsthals handschriftliches Manuskript „Die Philosophie des Metaphorischen".

https://hessen.museum-digital.de/object/98817.

图 2-8 《图像性表达》手稿

图片来源：Hofmannsthals handschriftliches Manuskript „Bildlicher Ausdruck".

https://hessen. museum-digital.de/object/98911.

图 2-9 威廉·冯特

图片来源：Das Porträt von Wilhelm Wundt.

https://www.alamy.com/stock-photo-wilhelmwundt-1832-1920-german-psychologist-wundt-trained-as-a-physician-50048409.html.

图 2-10 埃尔温·罗德

图片来源：Das Porträt von Erwin Rohde.

https://sydneytrads.com/2016/04/30/2016-symposium-gwendolyn-taunton.

图 3-1 《可技术复制时代的艺术品》手稿

图片来源：Benjamins handschriftliches Manuskript „Das Kunstwerk im Zeitalter seiner Reproduzierbarkeit".

https://www.adk.de/en/archives/archives-departments/walter-benjamin-archiv/ index.htm.

图 3-2 莱辛肖像画

图片来源：Lessing, Gotthold Ephraim. *Laokoon oder Über die Grenzen der Malerei und Poesie. Studienausgabe*. Stuttgart: Reclam Verlag, 2012: 274.

图 3-3 群雕《拉奥孔》

图片来源：Stemmrich, Gregor. Gotthold Ephraim Lessing. In Gaehtgens, Thomas W. & Fleckner, Uwe (Hg.). *Historienmalerei*. Heidelberg: Arthistoricum.net-ART-Books, 2019: 258.

图 3-4 希罗尼穆斯·博施肖像（画于 1550 年）

图片来源：Porträt von Hieronymus Bosch (um 1550).

https://www.finestresullarte.info/en/ab-art-base/hieronymus-bosch-mystery-painter-life-and-works.

图 3-5 《愚人与死神》宣传画

图片来源：Hiebler, Heinz. Hugo von Hofmannsthal und die Medienkultur der Moderne. Würzburg: Königshausen & Neumann, 2003:613.

图 3-6 《印象主义者》封面

图片来源：Meier-Graefe, Julius. *Impressionisten: Guys–Manet–Van Gogh–Pissarro–Cézanne. Mit einer Einleitung über den Wert der französischen Kunst.* 2. Auflage, München/Leipzig: Piper Verlag, 1907.

图 3-7 霍夫曼斯塔尔的《在希腊的瞬间》手稿

图片来源：Hofmannsthals handschriftliches Manuskript „Augenblicke in Griechenland".

https://asset.museum-digital.org/hessen/images/1/202209/98575/h34_hs-20239_eivb15_002-98575.jpg.

图 3-8 霍夫曼斯塔尔在卡斯塔利亚圣泉边

图片来源：Hugo von Hofmannsthal am Kastalischen Quell. Bildgegenstand im Deutschen Literaturarchiv Marbach.

图 3-9 雅典卫城博物馆女神雕像之一

图片来源：Hebekus, Uwe. *Ästhetische Ermächtigung. Zum politischen Ort der Literatur im Zeitraum der klassischen Moderne.* München: Fink Verlag, 2009: 271.

图 4-1 芭蕾舞蹈剧脚本《时间的胜利》手稿

图片来源：Theatermuseum, Wien. Inv. Nr.: HS_VM585Ro.

https://www.theatermuseum.at/online-sammlung/detail/80632/.

图 4-2 1906 年圣丹尼斯的《拉达》剧照之一

图片来源：Ruth St. Denis in Radha, Aufführungszeit 1906.

https://digitalcollections.nypl.org/items/510d47df-848b-a3d9-e040-e00a18064a99.

图 4-3 1906 年圣丹尼斯的《拉达》剧照之二

图片来源：„Ruth St. Denis in Radha." The New York Public Library Digital Collections. 1906.

https://digitalcollections.nypl.org/items/510d47df-848c-a3d9-e040-e00a18064a99.

图 4-4 1906 年圣丹尼斯的《拉达》剧照之三

图片来源：„Ruth St. Denis in Radha." The New York Public Library Digital Collections, 1906.

https://digitalcollections.nypl.org/items/510d47df-84bb-a3d9-e040-e00a18064a99.

图 4-5 邓肯在希腊酒神剧场演出

图片来源：Isadora Duran im Dionysus-Theater in Athen (1902). Foto von ihrem Bruder Raymond Duncan.

https://en.m.wikipedia.org/wiki/File:Isadora_Duncan_1903.jpg.

图 4-6　霍夫曼斯塔尔与维森塔尔

图片来源：Fiedler, Leonhard & Lang, Martin (Hg.). *Grete Wiesenthal. Die Schönheit der Sprache des Körpers im Tanz*. Salzburg/Wien: Residenz Verlag, 1985: 39.

图 4-7　维森塔尔身着霍夫曼斯塔尔馈赠的丝绸服装，1911 年

图片来源：Fiedler, Leonhard & Lang, Martin (Hg.). *Grete Wiesenthal. Die Schönheit der Sprache des Körpers im Tanz*. Salzburg/Wien: Residenz Verlag, 1985: 39.

图 4-8　《爱神与普绪刻》剧照之一

图片来源：Fiedler, Leonhard & Lang, Martin (Hg.). *Grete Wiesenthal. Die Schönheit der Sprache des Körpers im Tanz*. Salzburg/Wien: Residenz Verlag, 1985.

图 4-9　《爱神与普绪刻》剧照之二

图片来源：Fiedler, Leonhard & Lang, Martin (Hg.). *Grete Wiesenthal. Die Schönheit der Sprache des Körpers im Tanz*. Salzburg/Wien: Residenz Verlag, 1985.

图 4-10　《陌生女孩》剧照之一

图片来源：Fiedler, Leonhard & Lang, Martin (Hg.). *Grete Wiesenthal. Die Schönheit der Sprache des Körpers im Tanz*. Salzburg/Wien: Residenz Verlag, 1985.

图 4-11　《陌生女孩》剧照之二

图片来源：Fiedler, Leonhard & Lang, Martin (Hg.). *Grete Wiesenthal. Die Schönheit der Sprache des Körpers im Tanz*. Salzburg/Wien: Residenz Verlag, 1985.

图 4-12　《陌生女孩》电影剧照

图片来源：Grete Wiesenthal und Gösta Ekman in Mauritz Stillers Film "Das fremde Mädchen".

https://www.tanz.at/index.php/wiener-tanzgeschichten/2442-the-swedish-connection-tack-sa-mycket-sverige.

图 4-13　维森塔尔三姐妹（从左至右：艾莉莎、格雷特、贝尔塔）

图片来源：Klingenbeck, Fritz. *Unsterblicher Walzer: die Geschichte des deutschen Nationaltanzes, mit 126 Abbildungen*. Wien: Wilhelm Frick, 1943: 50.

图 4-14　《维也纳的无用人》剧照

图片来源：Setzer Theatermuseum, Wien. Inv. Nr.: FS_PA113052.

https://www.theatermuseum.at/online-sammlung/detail/81213/.

图 4-15　哑剧《苏姆隆》，维森塔尔扮演厨房帮工

图片来源：http://www.gaestebuecher-schloss-neubeuern.de/biografien/Wiesenthal_Grete_Taenzerin.pdf.

图 4-16　木刻画《维森塔尔跳华尔兹》

图片来源：Theatermuseum, Wien. Inv. Nr.: GS_GPU1023.

https://www.theatermuseum.at/online-sammlung/detail/708097/?offset=10&lv=list.

图 4-17　维森塔尔的《多瑙河华尔兹》

图片来源：https://loc.gov/pictures/resource/agc.7a09891/.

图 4-18　维森塔尔在威格尔德雷尔公园跳舞

图片来源：Amort, Andrea (Hg.). *Alles tanzt: Kosmos Wiener Tanzmoderne*. Berlin: Hatje Cantz, 2019: 9.

图 4-19　维森塔尔跳《多瑙河华尔兹》

图片来源：Amort, Andrea (Hg.). *Alles tanzt: Kosmos Wiener Tanzmoderne*. Berlin: Hatje Cantz, 2019: 9.

图 4-20　《陌生女孩》海报与表演中的维森塔尔

图片来源：Fiedler, Leonhard & Lang, Martin (Hg.). *Grete Wiesenthal. Die Schönheit der Sprache des Körpers im Tanz*. Salzburg/Wien: Residenz Verlag, 1985.

图 5-1　《埃及海伦》首演现场的舞台布景

图片来源：Hiebler, Heinz. *Hugo von Hofmannsthal und die Medienkultur der Moderne*. Würzburg: Königshausen & Neumann, 2003: 686.

附录　霍夫曼斯塔尔生平和创作年表

（本年表的制定参考了《霍夫曼斯塔尔全集（评注版）》和新近出版的霍夫曼斯塔尔传记，参见：Dangel-Pelloquin, Elsbeth & Honold, Alexander. *Grenzenlose Verwandlung: Hugo von Hofmannsthal: Biographie*. Frankfurt am Main: Fischer Verlag, 2024.）

　　霍夫曼斯塔尔虽然只生活了 55 个年头，但他的创作开始早，产量高，其全集（评注版）包括 40 多个卷本，囊括数百部作品。其中，除了诗歌、小说、散文、剧本等常见文体，还包括翻译和大量的断片残篇。本年表无法顾及他的每一部作品，仅限于学界研究较多、接受较广的若干名作，以及本书中有所提及的作品。

1874 年
　　2 月 1 日，霍夫曼斯塔尔出生在维也纳的一个富商家庭。

1890 年
　　6 月，首次发表诗作，笔名为"洛里斯""洛里斯·梅里科夫"等。
　　秋季，结识理查德·比尔-霍夫曼、阿图尔·施尼茨勒、费利克斯·萨尔腾等"青年维也纳"作家。

1891 年
　　春季，发表随笔《论现代爱情的生理学》和《一位意志衰颓者的日志》（„Das Tagebuch eines Willenskranken"）。
　　4 月，结识赫尔曼·巴尔，被其盛赞为天才。
　　10—11 月，发表剧作《昨日》。
　　12 月，结识斯特凡·格奥尔格。

1892 年

7 月，中学毕业。

10 月，发表诗体剧《提香之死》，刊载于格奥尔格主编的《艺术之页》（*Blätter für die Kunst*）第 1 期。

10 月，入读维也纳大学，主修法学专业。

秋冬，诗歌《云》（„Wolken"）、《普绪刻》（„Psyche"）、《经历》（„Erlebnis"）、《早春》（„Vorfrühling"）刊登于《艺术之页》；发表散文《易卜生戏剧中的人物》（„Die Menschen in Ibsens Dramen"）、《阿尔加侬·查尔斯·斯温伯恩》（„Algernon Charles Swinburne"）等。

1893 年

4 月，撰写诗体剧《愚人与死神》

夏季，发表短篇小说《途中幸福》。

1894 年

1 月，《愚人与死神》见刊于《现代缪斯年鉴》。

7 月，通过第一次国家法律考试。

10 月，开始服兵役。

1895 年

4 月，发表短篇小说《第 672 个夜晚的童话》（*Das Märchen der 672. Nacht*）。

9 月，一年兵役期满。

10 月，更换主修专业，转而学习法语语言文学。

1896 年

1—3 月，发表诗作《外部生活之谣曲》（„Ballade des äußeren Lebens"）、《强大魔力之梦》（„Ein Traum von großer Magie"）、《有的人自然……》（„Manche freilich ... "）、《生命之歌》（„Lebenslied"）等。

7 月，发表演讲词《诗与生活》（„Poesie und Leben"）。

8 月，撰写《士兵故事》（*Soldatengeschichte*）。

12 月，发表短篇小说《山间村落》（*Das Dorf im Gebirge*）。

1897 年

8 月，撰写诗体剧《窗中女人》（*Die Frau im Fenster*）、《小世界剧场》（*Das kleine Welttheater*）。

秋季，撰写诗体剧《梭拜伊德的婚礼》（*Die Hochzeit der Sobeide*）、《国王与女巫》（*Der Kaiser und die Hexe*）、《白扇记》（*Der weiße Fächer*）。

1898 年

5 月，在维也纳大学提交博士毕业论文《论七星诗社诗人的语言运用》。

5 月 15 日，《窗中女人》在柏林德意志剧院（Deutsches Theater）首演，导演：奥托·布拉姆（Otto Brahm）。

9—11 月，撰写诗体剧《冒险家与女歌手》（*Der Abenteurer und die Sängerin*）。

11 月 13 日，《愚人与死神》在慕尼黑园丁广场剧院首演，导演：路德维希·纲霍福尔。

1899 年

3 月 18 日，《梭拜伊德的婚礼》和《冒险家与女歌手》同时在柏林德意志剧院首演，导演：奥托·布拉姆。两部戏剧同日亦在维也纳城堡剧院（Burgtheater）首演。

3 月 20 日，通过博士毕业考试，获文学博士学位。

7—10 月，撰写悲剧《法伦矿井》（*Das Bergwerk zu Falun*）。

12 月，发表《骑兵故事》（*Reitergeschichte*）。

1900 年

3—5 月，旅居巴黎。撰写短篇小说《巴松皮埃尔元帅的经历》（*Das Erlebnis des Marschalls von Bassompierre*）和芭蕾舞蹈剧本《时间的胜利》。

1901 年

6 月，提交教授资格论文《论诗人维克多·雨果的发展》，半年后撤回。

6 月 8 日，与格尔蒂·施莱辛格（Gerty Schlesinger）结婚。

7 月 1 日，迁居罗道恩。

9 月，芭蕾舞蹈剧本《时间的胜利》见刊于《岛屿》杂志。

1902 年

2—5 月，做多场关于歌德及其作品的演讲。

5 月 14 日，女儿克里斯蒂安娜（Christiane）出生。

暑期，开始撰写悲剧《被拯救的威尼斯》（*Das gerettete Venedig*）。

10 月 18 日和 19 日，《一封信》（即《钱多斯信函》）连载于《日报》。

12 月，发表散文《论小说和戏剧中的人物角色》（„Über Charaktere im Roman

und im Drama"）。

1903 年

6—8 月，撰写虚构对话《关于诗的谈话》和剧本《厄勒克特拉》。

10 月 29 日，大儿子弗朗茨（Franz）出生。

10 月 30 日，《厄勒克特拉》在柏林小剧场（Kleines Theater）首演，导演：马克斯·莱因哈特。

1905 年

1 月 21 日，《被拯救的威尼斯》在柏林莱辛剧院（Lessingtheater）首演，导演：奥托·布拉姆。

1906 年

2 月 2 日，悲剧《俄狄浦斯与斯芬克斯》（Ödipus und die Sphinx）在柏林德意志剧院首演，导演：马克斯·莱因哈特。

5 月 26 日，二儿子莱蒙（Raimund）出生。

11 月 25 日，在维也纳《时代》日报上发表评论文章《无与伦比的舞者》。

11 月 29 日—12 月 13 日，在多地做演讲，主要演讲稿为《诗人与这个时代》（„Der Dichter und diese Zeit"）。

12 月，与理查德·施特劳斯达成协议，由其为《厄勒克特拉》谱曲。

1907 年

5—8 月，《返乡者书信集》中的前三封书信先后见刊；开始构思长篇小说《安德里亚斯》。

10 月，发表虚构对话《恐惧》。

11 月 6 日，首次观看格雷特·维森塔尔的舞蹈。

同年，由霍夫曼斯塔尔自己编选的《散文集》（Prosaische Schriften）第 1 卷和第 2 卷出版。

1908 年

4 月 30 日—5 月 11 日，与哈里·凯斯勒伯爵和法国雕塑家阿里斯蒂德·马约尔同游希腊。

6 月，发表第一篇希腊游记《圣卢卡斯寺院》。第二篇游记《赶路人》发表于 1912 年，第三篇《雕像》则发表于 1914 年。

1909 年

1 月 25 日，歌剧《厄勒克特拉》（作曲：理查德·施特劳斯）在德累斯顿皇家歌剧院（Königliches Opernhaus）首演。该剧是施特劳斯谱曲歌剧中上演率最高的剧目之一。

1910 年

2 月 11 日，喜剧《克里斯蒂娜的返乡之行》（*Cristinas Heimreise*）在柏林德意志剧院首演，导演：马克斯·莱因哈特。

1911 年

1 月 26 日，歌剧《玫瑰骑士》（作曲：理查德·施特劳斯）在德累斯顿皇家歌剧院首演，演出取得巨大成功。该剧迅速成为欧洲各大歌剧院的热演剧目。

9 月 15 日，哑剧《爱神与普绪刻》和《陌生女孩》在柏林首演；发表散文《论哑剧》。

12 月 1 日，戏剧《耶德曼》在柏林的舒曼马戏园（Zirkus Schumann，归属于德意志剧院）首演，导演：马克斯·莱因哈特。

1912 年

9—10 月，撰写《安德烈亚斯》前八章。

10 月 25 日，歌剧《阿里阿德涅在纳克索斯岛》（作曲：理查德·施特劳斯）在斯图加特皇家宫廷剧院（Königliches Hoftheater）首演。

10 月，霍夫曼斯塔尔主编的《德语小说选》出版。

1913 年

8 月 21 日，电影版的《陌生女孩》在维也纳首映，导演：莫里茨·施蒂勒（Moritz Stiller）。

1914 年

5 月 14 日，由霍夫曼斯塔尔、哈里·凯斯勒伯爵和理查德·施特劳斯合作完成的芭蕾舞蹈剧《约瑟夫传奇》（*Josephs Legende*）在巴黎歌剧院首演，由俄罗斯芭蕾舞团出演。

7 月 28 日，第一次世界大战爆发，霍夫曼斯塔尔参军。

1915 年

5 月，发表散文《格里尔帕策的政治遗产》（„Grillparzers politisches

Vermächtnis“）。

8 月，由霍夫曼斯塔尔编选的《奥地利图书馆》系列丛书陆续出版。

1916 年

1—3 月，在多地发表演讲《奥地利现象》（„Das Phänomen Oesterreich“）。

4 月 26 日，芭蕾舞蹈剧《绿色长笛》（*Die grüne Flöte*）在柏林德意志剧院首演，导演：马克斯·莱因哈特，音乐指挥：埃纳尔·尼尔森（Einar Nilson）。

10 月 4 日，新版歌剧《阿里阿德涅在纳克索斯岛》（作曲：理查德·施特劳斯）在维也纳宫廷歌剧院首演。

11 月，发表演讲词《文学镜像中的奥地利》（„Oesterreich im Spiegel seiner Dichtung“）。

1917 年

由霍夫曼斯塔尔自己编选的《散文集》第 3 卷出版。

春夏，在多地发表演讲《关于欧洲理念》（„Über die europäische Idee“）。

11 月，发表散文《奥地利理念》（„Die oesterreichische Idee“）。

1919 年

8 月，发表演讲《萨尔茨堡艺术节的理念》（„Die Idee der Salzburger Festspiele“）。

10 月 10 日，歌剧《没有影子的女人》（又译：《失去影子的女人》）在维也纳歌剧院首演，作曲：理查德·施特劳斯；小说版的《没有影子的女人》撰写完成。

1920 年

8 月 22 日，《耶德曼》在萨尔茨堡大教堂广场上演，萨尔茨堡艺术节正式开幕。

1921 年

3 月，发表三篇小品文《事物的讽刺》（„Ironie der Dinge“）、《梦想的替代》（„Der Ersatz für die Träume“）、《美妙的语言》（„Schöne Sprache“）。

11 月 7 日，喜剧《难相处的人》（*Der Schwierige*）在慕尼黑王宫剧院（Residenztheater）首演，导演：库尔特·施蒂勒（Kurt Stieler）。

1922 年

7 月，由霍夫曼斯塔尔创办的刊物《新德语文献》开始出版；该期刊持续了五年，于 1927 年停刊。

8 月 12 日，戏剧《萨尔茨堡大世界剧场》（*Das Salzburger Große Welttheater*）在萨尔茨堡学院教堂（Kollegienkirche）首演，导演：马克斯·莱因哈特。

10 月，霍夫曼斯塔尔主编的《德语读本》出版。

1923 年

3 月 16 日，喜剧《廉洁之人》（*Der Unbestechliche*）在维也纳莱蒙剧院（Raimund-Theater）首演，主角由马克斯·帕伦贝格（Max Pallenberg）扮演。演出取得巨大成功，使霍夫曼斯塔尔成功摆脱了经济危机的影响。

1924 年

2 月 1 日，不来梅出版社在霍夫曼斯塔尔 50 岁生日时出版纪念性文集《埃拉诺斯》（*Eranos*）。

同年，6 卷本的《霍夫曼斯塔尔全集》出版。

1925 年

剧本《塔楼》（*Turm*）在不来梅出版社出版。

1926 年

1 月 10 日，电影版本的《玫瑰骑士》在德累斯顿歌剧院首映，导演：罗伯特·维内（Robert Wiene）。

1927 年

1 月，在慕尼黑大学做演讲《文献作为民族的精神空间》。

7—11 月，撰写歌剧脚本《阿拉贝拉》。

同年，新版剧本《塔楼》在费舍尔出版社出版。

1928 年

2 月 4 日，戏剧《塔楼》在慕尼黑摄政王剧院（Prinz-Regenten-Theater）首演，导演：库尔特·施蒂勒。

6 月，歌剧《埃及海伦》（又译：《埃及的海伦娜》）在德累斯顿国家歌剧院（Staatsoper）首演，作曲：理查德·施特劳斯。

1929 年

7 月，修订完歌剧脚本《阿拉贝拉》（该剧后来由施特劳斯谱曲，于 1933

年7月1日在德累斯顿国家歌剧院首演）。

7月13日，大儿子弗朗茨自杀。

7月15日，霍夫曼斯塔尔离世。

后 记

　　本书是国家哲学社会科学基金青年项目"霍夫曼斯塔尔作品中的视觉感知与身体表达研究"的结项成果。我在此非常感谢项目的团队成员——对外经济贸易大学德语系的贾涵斐副教授、浙江大学外国语学院硕士研究生赵婧雯和博士研究生陈子轩。他们分别在项目开展的前期、中期和末期给我提供了诸多帮助，确保了项目的有序开展和顺利结题。结项成果最后能被鉴定为优秀，他们功不可没。

　　作为国内的第二部霍夫曼斯塔尔研究专著，本书在选题、构思和撰写方面必然受到学界前人的影响和启发。且不计单篇论文，仅就著作而言：中山大学杨劲教授在 2015 年出版的《深沉隐藏在表面：霍夫曼斯塔尔的文学世界》是汉语世界的首部霍夫曼斯塔尔研究专著，具有开启先河的榜样作用。而就译介而言，复旦大学李双志教授在 2018 年出版的译著《风景中的少年：霍夫曼斯塔尔诗文选》中首次较为全面地译介了霍夫曼斯塔尔的早期代表作品，让更多的中国读者能够品读和感受其文字韵味和思想魅力。此外，李双志教授在 2021 年的著作《弗洛伊德的躺椅与尼采的天空：德奥世纪末的美学景观》中有单独的章节专门论述霍夫曼斯塔尔作品的现代性。这两位学友为推动国内的霍夫曼斯塔尔研究立下了汗马功劳，也使我作为后来者能够尝试"管中窥豹"的做法，即从较小的切口入手，开展较为精细的专题研究。

　　霍夫曼斯塔尔是我读得最多、读得最久的作家。从在北外读研开始，到在柏林深造读博，再到进入浙大从事教学科研工作，前后累计将近二十年的光阴，其间我都把霍夫曼斯塔尔作为阅读和研究的首选对象。好在他的作品经得住反复读，也确实需要慢慢品，所以我从未感到过厌倦。这里要特别感谢由王炳钧教授（北外）、冯亚琳教授（川外）、范捷平教授（浙大）和魏育青教授（复旦）等学界前辈倡议组织的"德语文学和文化学研究"系列研讨会。该系列研讨会至今已持续近二十年，每年的会议主题都会为文学研究开辟新的视野：感知、媒介、记忆、仪式、知识、姿势、修养等一系列的关键词后面潜藏的是一整套的理论学说和新锐前沿的研究视角。本人有幸数次参会，并在会上展示阶段性成果，听取学界同仁的点评意见，从中获益良多。可以说，新思想、新视角和新方法的引入，让我即使每天面对霍氏作品，也能够感到常读常新。

我主持的这个科研项目前后持续了七年时光，中间经历过三年疫情，经历过母亲离世的悲痛和幼子降生的喜悦，有过高低起伏的人生颠簸，有过苦闷郁结的写作困境。多亏了前辈师长的勉励扶持和亲朋好友的打气鼓励，我才能坚持完成项目。虽然在这里无法提到每个人的名字，但是你们知道，我内心深处非常感谢大家！

在初稿完成后，我在组会上分享过自己的书稿。我的几位学生是书稿的首批读者，他们提供的阅读反馈和修改意见为这本书增色不少。除了前文提到的陈子轩，还有步静怡、岑晓丝、俞子墨、谢煜璐和闫思琪，尤其后两位同学还跟我一起校对过样稿，我在此表示万分感谢！

此外，我要感谢浙江大学外国语学院德国文化研究所的各位同事，尤其是我们的所长李媛教授。她在百忙之余还不时地关心我的项目进展，想方设法地帮我减轻负担，令我深受感动。我的新同事赵蔚婕（Weijie Ring）博士通读了书稿的后半部分，并为我提供了大量珍贵图片，我在此一并谢过！同时，我要特别感谢中华译学馆的创建者许钧教授，感谢他对我本人以及众多后辈学人的成长给予的极大关心和支持。我同样也要特别感谢"法德文学与思想研究文丛"的主编赵佳教授，感谢她收录拙作并撰写"主编的话"。这本书能够这么顺利地出版，还要多亏诸葛勤编辑的大力支持。他放弃休假时间，全身心地投入这本书的编辑工作当中，我对此感激不尽。

Last but not least，我要感谢我的爱人解雯，是她承包了家里几乎所有的琐事，让我能够后顾无忧地安心做学问。应该说，没有她的无私奉献，我可能真的一事无成。这本小书要献给她。

2024 年初夏于浙大紫金港

图书在版编目（CIP）数据

霍夫曼斯塔尔的跨艺术诗学研究 / 刘永强著.
杭州：浙江大学出版社，2024.9 --（法德文学与思想
研究文丛 / 赵佳主编). -- ISBN 978-7-308-25470-0

Ⅰ. I521.072

中国国家版本馆 CIP 数据核字第 20243CE735 号

霍夫曼斯塔尔的跨艺术诗学研究

刘永强　著

策　　划	包灵灵
责任编辑	诸葛勤
封面设计	周　灵
责任校对	杨诗怡
出版发行	浙江大学出版社
	（杭州市天目山路 148 号　邮政编码 310007）
	（网址：http://www.zjupress.com）
排　　版	浙江时代出版服务有限公司
印　　刷	杭州高腾印务有限公司
开　　本	710mm×1000mm　1/16
印　　张	17.75
字　　数	348 千
版 印 次	2024 年 9 月第 1 版　2024 年 9 月第 1 次印刷
书　　号	ISBN 978-7-308-25470-0
定　　价	88.00 元

版权所有　侵权必究　　印装差错　负责调换

浙江大学出版社市场运营中心联系方式：(0571) 88925591；http://zjdxcbs.tmall.com